比较文学与黎族文学

王 超 —— 著

重庆大学出版社

图书在版编目（CIP）数据

比较文学与黎族文学／王超著. -- 重庆：重庆大学出版社，2024.5

ISBN 978-7-5689-4417-5

Ⅰ.①比… Ⅱ.①王… Ⅲ.①黎族—少数民族文学—文学研究—中国 Ⅳ.①I207.981

中国国家版本馆 CIP 数据核字（2024）第 058121 号

比较文学与黎族文学

BIJIAO WENXUE YU LIZU WENXUE

王　超　著

策划编辑：张慧梓

责任编辑：张慧梓　　版式设计：张慧梓
责任校对：谢　芳　　责任印制：张　策

*

重庆大学出版社出版发行
出版人：陈晓阳
社址：重庆市沙坪坝区大学城西路 21 号
邮编：401331
电话：(023) 88617190　88617185（中小学）
传真：(023) 88617186　88617166
网址：http://www.cqup.com.cn
邮箱：fxk@ cqup.com.cn（营销中心）
全国新华书店经销
重庆升光电力印务有限公司印刷

*

开本：720mm×1020mm　1/16　印张：20.5　字数：285 千
2024 年 5 月第 1 版　　2024 年 5 月第 1 次印刷
印数：1—1 000
ISBN 978-7-5689-4417-5　定价：78.00 元

2018 年海南省哲学社会科学规划课题"南海区域黎族文学的意象谱系研究"成果

2023 年"海南省高校思想政治工作中青年骨干队伍建设项目经费资助"成果

海南师范大学文学院出版基金资助成果

作者简介

王超,中共党员,毕业于四川大学比较文学与世界文学专业,师从四川大学杰出教授曹顺庆先生。获评"四川省优秀博士论文",并参加"全国优秀博士论文"评选。2008—2017 年担任县市区委常委、县委办主任、县委宣传部部长、县委统战部部长等职。现任海南师范大学文学院副教授、博士生导师、海南省"南海创新人才"、海南省拔尖人才。获评全国高校教师教学竞赛三等奖,全国党建工作样板支部(书记),海南省高等教育教学成果一等奖(第一完成人),海南省高校教师教学大赛一等奖,四川省社会科学优秀成果一等奖,海南省社会科学优秀成果二等奖、三等奖,海南师范大学"师德标兵""园丁奖""优秀教师""十佳青年教学能手"等。在《文艺研究》《人民日报》等刊物发表论文约 50 篇(其中 CSSCI 约 30 篇),5 篇被《人大复印资料》等刊物转载。主持 1 个国家社科基金项目和 6 个省级重点(一般)项目。出版《比较文学变异学研究》《比较文学阐释学研究》《比较文学变异学》《中西诗学对话》《立德树人 传承文明》等 6 部著作。

谨以此书献给恩师曹顺庆教授

序　言

　　王超是我在四川大学培养的博士生。我和王超相识于2004年,20年来他一直在求学、教学和科研的道路上勤奋努力、笔耕不辍、创新进取。2017年他入职海南师范大学,到哪座山上唱哪首歌,他将比较文学研究方法论与海南黎族文学相结合,将文学研究与课程思政相结合,同时与文明互鉴、"一带一路"、海南自由贸易港、铸牢中华民族共同体意识等主题相结合,展开了一系列跨学科、跨民族、跨国家的交叉阐释研究,形成《比较文学与黎族文学》这部著作及相关研究成果,具有一定创新价值。

　　习近平总书记指出:"文明因交流而多彩,文明因互鉴而丰富。"当今世界处于一个全球化和多元文化时代,我们需要不同文明文学之间的交流、碰撞、对话和互补,而不是某一种文明文学对其他文明文学的潜在压制和强制阐释。文明互鉴是人类文明发展的必然趋势,也是当今国际学术界的前沿主题。当前,海南正处于自由贸易建设的重要时期,不同国家、不同文明的异质文学话语在这里对话交流。如何在文明互鉴和海南自由贸易港建设的总体背景下重新审视海南黎族文学与其他民族文学的历史传承和创新发展,也是文学研究者应当关注和思考的重要问题。

　　这部书之前,王超已出版《比较文学变异学研究》《比较文学阐释学研究》《比较文学变异学》《中西诗学对话》等著作,他在这些研究基础上进一步拓展创新，完成了《比较文学与黎族文学》。该书用比较文学变异学和比较文学阐释学等方法论来创新阐释南海区域的黎族文学文本，并且在文明互鉴和文学人类学研究的基础上提出了"民族互鉴"的阐释策略。本书紧紧围绕黎族文学中的神话意象、人物意象和生态意象等意象谱系，以小见大，以少总多，从点到面，点面结合，有理论、有方法、有文本、有案例、有阐释、有创新，生动阐明了黎族文学核心意象对铸牢中华民族共同体意识的重要作用，也阐明了黎族文学和壮族、苗族等其他民族文学之间的差异与类同，更阐明了黎族文学对于当今社会发展的精神文化价值和文明凝聚价值。

在海南自由贸易港建设的背景下，我们不能从单一民族、单一区域、单一时空的角度来分析某一类文学文本，也不能强调民族文学的通约性而淡化其原生差异性，而是需要从文明互鉴、民族互鉴、开放包容的研究视野，从跨文明、跨学科、跨民族的角度重新分析文学文本，这样才能尊重黎族文学的原生差异性和类同性，才能依靠差异来展开不同民族文学之间的对话互补，才能通过交叉阐释和阐释变异让民族文学取得新成果和新发展。

这本书既有宏观的比较文学与民族文学研究方法论支撑，又有微观的黎族文学文本依据，既有理论阐释，又有文本分析，叙述比较流畅生动，方法也有一定创新。作者以马克思主义文艺理论思想和习近平新时代中国特色社会主义思想为指导，依托黎族文学意象谱系的系统化勾勒和描述，剖析了黎族文化精神以及中华优秀传统文化精神的历史形态和时代价值，这对于铸牢中华民族共同体意识，对于跨学科、跨民族、跨文明比较文学研究具有一定价值。

尽管如此,该书中的一些观点和论述也值得推敲和商榷,学术界的各位专家学者应该给予客观的批评和帮助,我也希望王超能够在这本书基础上进一步思考、进一步完善,把问题想得更通透,把学问做得更扎实,把人生过得更精彩。

是为序。

欧洲科学与艺术院院士

四川大学文科杰出教授　　　　　曹顺庆

第四任中国比较文学学会会长

2023 年 3 月 7 日

导　论

一、研究缘起

意大利美学家克罗齐在《历史学的理论和实际》中提出："一切历史都是当代史。"任何一个地区的经济社会发展,都离不开其深厚的社会文化语境,只有从横向的空间布局和纵向的历史脉络中进行交叉观照,才能够深刻把握区域文化与区域经济社会发展之间的逻辑关联。毫无疑问,海南当前正处于千载难逢的重大历史机遇期,2018 年习近平总书记发表"4.13"重要讲话,2020 年 6 月 1 日《海南自由贸易港建设总体方案》出台,这些都从政策上、实践上指明海南发展的前进方向,也意味着海南未来光明的前景。迂回为了进入,反观是为了重构。海南自由贸易港建设,不仅仅是经济建设,它更是一种文化建设、制度建设和思想建设,根据马克思主义的基本观点,经济基础决定上层建筑,但是上层建筑反过来又对经济基础起作用。经济的发展离不开与之相适应的文化的发展,文化的发展又与经济的发展呈现出一定程度的历史呼应与共鸣共振。

因此,正当海南自由贸易港建设如火如荼的时候,我们更应当冷静下来,从实际出发,从具体的路径出发,认真反思、稳扎稳打。如何在习近平新时代中国特色社会主义思想的指导下,如何在海南自由贸易港建设的重大机遇和历史语境下,推动区域文化思想又好又快发展,同时又用区域文化助推经济社会又好又快发展,成为当今海南思想界的一个重大课题。

因为,只有当一种发展模式沉淀为一种人民群众的文化思维模式的时候,才可能让经济发展成为一种可持续的前进惯性。正如精准扶贫一样,为什么我们要"扶贫先扶志"? 就是因为精神上的动力才是脱贫致富的根本动力,任何外在的援助都是治标不治本。文化精神层面的源动力,才是一个地区经济社会发展的制胜法宝。正如深圳一样,我们不能只看到深圳崛起的特区政策优势,还要关注其背后的文化软实力。同样是特区的汕头、珠海,包括海南,也有很好的特区政策,为什么与深圳相比仍然还有发展差距呢? 我认为,其中一个最关键的地方,还是在于一种文化精神的建构与生成:"不论是科技创新还是制度创新,最后拼的都是文化。开放包容的胸襟,敢于试错、自强不息的奋斗精神,英雄不问出处、唯才是用的人才理念,成为一座城市、一个国家持久发展的力量。正如习近平总书记所强调的——文化自信,是更基础、更广泛、更深厚的自信。"[1]说到底,深圳的成功,还是源于建构出了一种开放包容、自强不息的奋斗精神和文化自信,这种文化自信既来源于顶层设计层面的政策优势,还来源于每一个人心中的文化自信,当今在科技领域独领风骚的华为、腾讯、大疆等创新型企业的崛起,就是这种文化精神的硕果。如今,在深圳市委门口,仍然矗立着一尊埋头奋蹄的铜雕拓荒牛,这就是一种文化意象,一种文化符号,一种精神力量,也是深圳文化精神的符号表征。

同样,在这个问题上,海南面临一样的历史课题。海南如何在自贸港建设的过程中同步推进和建构自己的文化精神呢? 显然,任何一种文化精神和思想观念体系的建构都不是全然地无中生有、天马行空、随意捏造的,也并不是学者们编织虚拟出的价值体系,它需要一种最广泛、最深层的大众认

---

[1] 严圣禾,党文婷等:《让所有的梦想都开花——深圳特区 38 年发展奇迹背后的文化自信》,《光明日报》2018 年 8 月 26 日第 4 版。

同,而不是某一个人、某一群人的自言自语、自吹自擂。那么,如何才可能最大程度地获取人民群众的思想认同呢?那就是要坚持"从群众中来,到群众中去"的原则,从历史与当下,从空间与时间,从物质与精神等各方面综合分析和梳理考察,最后提炼出区域文化精神的基本特征及其变异形态。

那么,海南区域发展的历史与当下、空间与时间、物质与精神会交织成怎样的文化精神形态呢?本书认为,这些要素反复叠加、彼此重合,整合形成以黎山、黎水、黎人为核心的跨民族文化历史精神和话语体系。有人也许会问:我们已经处在21世纪的全球化和多元文化时代,还谈那么远古的黎族文化干什么?难道让我们退回去,重新过着黎族人的原始生活?重新复制黎族人的思想观念吗?显然不是,正如本书第一句所引克罗齐的话,一切历史都是当代史,一个区域的经济社会发展,必须从它的历史模态中进行反思,以前走过的路,每一步都算数,都不会消失。倘若要探索其文化历史模态,则要从民间的文学模态入手,这些文学模态可能是一些神话故事,例如古希腊文学模态的《荷马史诗》;也有可能是一些抒情歌谣,例如中华民族的《诗经》;还有可能是一些叙述文本,例如古巴比伦的《吉尔伽美什》。对南海区域的黎族人民而言,黎族的民间文学就是黎族文学模态的经典样式,也是黎族和海南历史的重要思想宝库,正是黎族文学长期的历史积淀,才形成了一个民族固有的一些"炼话""套话""俗语""谚语"以及本书将集中研究的"意象",正如季羡林先生所分析:"不管哪一个国家,也不管哪一个时代,人民在同自然做斗争中,在社会生活中,在处理自己的学习与工作时,积累了一些经验,也得到了一些教训,把这些经验与教训,归纳起来,加以精炼,结果就形成了一些炼话。有些炼话,在几十年,几百年,甚至几千年的长时间内,记录在一些学者们的著作中,流行于老百姓的口中,便利了对自然的斗争和阶级斗争,提高了人们的工作效率,加强了人民的道德修养。"①在季

---

① 季羡林:《比较文学与民间文学》,北京:北京大学出版社,1991年,第162页。

羡林先生看来,世界各个民族都在同自然界和社会阶级敌人作斗争的过程中,形成了自己的文学话语,这些话语并不是某一个人叙述或抒发出来的,而是在老百姓口中到处传唱,经久不息而深入民心的,这种传唱深入骨髓,就形成了一个民族的精神类型和道德修养。

同样,在这里我们需要强调两个观点:第一,海南当下文化精神建构离不开对历史文化精神的创造性转化与创新性发展。历史是不可重复的,我们既不可重蹈覆辙,又不可能原封不动地学习古人的思想,我们所需要做的,就是以南海区域的黎族文化精神为基本的文化原型,通过创造性阐释和转化创新,继而形成有利于当今文化发展的文化新形态。第二,民族的就是世界的。19世纪的西方,由于资本主义的发展,很多学者并不愿意局限在国别文学、民族文学之中来自我欣赏,他们倡导走出去,走进世界的文学大同之中。世界各民族同唱一首歌,同做一个梦。但是,当时的世界文学是"伪"世界文学,因为它是以牺牲民族文化个性为代价来满足西方世界的"同一性"幻想。例如,1827年,歌德认为民族文学算不了很大一回事,民族文学应当消除个性,融入世界文学的同一性话语体系之中,从1895年戴克斯特的博士学位论文《卢梭和文学世界主义之起源》可见一斑。他们试图论证的不是各民族文学有多绚烂,而是为了证明西方文化与西方文学是如何影响其他国家文学的历史过程。1940年,盖拉德也指出:"世界文学:这些作品的主体,理想上是全人类共同享有的,实际上是我们自己的西方文明集团所享有的。"①所以说,传统世界文学的主体本质上是西方文学。在20世纪末尤其是21世纪以来,这种局势发生了变化,美国哈佛大学比较文学系主任丹穆若什教授就提出了"世界文学史新建构主义",他认为世界文学并非欧洲浪漫主义的乌托邦,不能用同一性消除异质性,而应当让民族文学在世界语境

---

① Albert Léon Guérard, *What is World Literature*? Cesar Dominguez, Mads Rosendahl Thomsen. Ed. *World Literature: A Reader*. Routledge,2012, p.57.

中显示自身的变异性和多元性："宽泛地理解'民族的'这个术语,我们可以说,即使它们流通到世界文学之后,它们仍然继续负有民族起源标记。"①在他看来,新世界文学体系中,文学的民族性不仅不会泯灭,反而会在流通中不断得到强化标示,只有在确保民族性主体的前提下,才可能谈论世界文学。正如季羡林先生所说:"所谓世界文学,内容是民族的,形式是世界的,总是先有民族的,然后才是世界的。只要国家民族还存在,就决不会有一个超出一切国家民族高悬在空中的空洞的世界文学。"②

　　这两个观点说明,当前建构与海南自由贸易港相适应的区域文化精神,从根本的方法论上来说,主要有两个路径:一是从时间上紧紧依靠当地的历史文化。也就是说,南海区域的经济社会发展,应当从历史中挖掘发展动力。二是从空间上紧紧依靠当地的主体民族文化。这两个路径结合在一起,就可以概括为:南海区域的黎族文化精神研究。但是,文化是一个相当宽泛的词语,黎锦、文身、饮食、舞蹈、音乐等,都是文化,这是一个相当庞杂的系统工程。限于篇幅和资料,在这里,我们主要聚焦于南海区域的黎族文学形态,尤其是文学文本中的意象谱系,从这些意象谱系的梳理之中,把握黎族文学的核心精神,继而分析南海区域黎族文化精神的主要特征。因为,文学是文化的一种重要形态,文学就是人学,文学史说到底就是人的历史,进一步说,海南是黎族聚集区,海南的历史很大程度就是黎族的民族史,海南的文学从根源上说,主要来源于黎族的文学,这就是本课题的研究缘起。

　　进一步说,海南自由贸易港建设的关键还是在人,没有人的思想的大解放,再好的政策也无法落地。也许有人会问:按这个逻辑推断,那我们应当紧紧依靠黎族人以及黎族文化精神? 显然不能这样理解,这里需要一种深层次的文化交融与结构变异。具体地说,就是当地文化与外来文化的对话

---

① David Damrosch, *What is World Literature*? Princeton：Princeton University Press, 2003, p. 283.

② 季羡林:《比较文学与民间文学》,北京:北京大学出版社,1991 年,第 322 页。

与交融,历史文化与当代文化的对话与交融,文化精神与经济发展的对话与交融。这三类交融就形成新时代的海南文化精神,这种文化精神才能进一步树立海南自由贸易港建设的文化自信文化自觉和文化自强,进一步在深化对外开放的过程中坚守中国特色社会主义文化发展道路。

说到底,文学是人学,一切发展的根本动力还是在于人。一个人的关键构成既在于他的体魄,更在于他的精神,而人的精神既在于他主体的思想观念和主体精神,更在于一种岁月积淀绵延下来的观念体系和文化精神。所以,按照这个逻辑结构,我们大题小做、小题大做,从黎族文学意象谱系来把握黎族文学的精神符号,从黎族文学的精神符号把握黎族文化的核心价值,从黎族文化的核心价值发掘黎族群众的思想理念,从黎族群众的思想理念和思维关系出发,研究和引导有利于海南自贸港建设的舆论氛围,继而增强全岛人民群众的创新动力,将外在的政策支持转化为内在的发展动力,从根本上贯彻落实党的二十大精神,推进海南自由贸易港建设。这就是本课题的思维逻辑。

从文学人类学的角度说,我们当下处于多民族共同发展与协同创新的时期,我们不能一味强化主流文化的同化作用,更不能认同西方文化对中国文化的强制阐释、过度阐释。全球化不是西方化,多元化不是同一化。海南自由贸易港建设必然会迎来世界各国的创业者、旅行者、购物者和定居者,同时也会带来他们的国家文化、民族文化,因此,海南处于一个多民族文化交流碰撞的历史新时期。我们面临世界各民族文化之间的交流碰撞,在这个文化交流与碰撞过程中,任何民族文化都不是居于绝对平等的地位,它内在的有一个以谁为主的问题。对海南而言,既要体现自身的民族文化基本特征,同时又不能否定其他少数民族文化的差异性特征。所以,我们应当以海南本土黎族文化与文学为基本要素,积极对话与融合其他民族文化,继而建构海南自由贸易港时代的新型文化模式。

综上所述,在建设海南自由贸易港的宏大历史语境下,重新审视黎族文学与文化的历史形态及其现代传承问题,具有重要的战略意义,因为"民族文化的保护问题直接关系到一个民族的发展问题,在黎族文学作品中,我们看到了他们对黎族文化全方位的记录和探讨,他们应和时代的要求,将黎族文化和社会历史融会在一起,以文学的视角、凭借新思想观念来重新探究黎族的历史与文化,用文化记录历史,用历史承载文化。伴着黎族文学的发展,必将带领我们步入别样的文化情怀"①。这种别样的文化情怀,就是来源于一种新的阐释模式,对南海区域的黎族文学与文化研究,已经产生过许多种阐释模式,并且形成了丰富多彩的阐释结论。如今,我们在新的时代、新的语境,用新的方法来重新阐释黎族文学与文化,就可生成一种复合式的文化情怀和精神力量,这种新的方法,就是民族互鉴、文明互鉴、比较文学变异学、比较文学阐释学等研究方法,以黎族的文学与文化意象谱系为基本研究对象,通过将之与汉族、苗族、侗族等其他民族文学与文化以及其他文明文学的交叉阐释,继而形成新的结论,这些结论有助于我们更加深入地认识这个民族,以及南海区域各个民族之间的文化交流和文学发展,就是研究南海区域黎族文学与文化的总体背景和发生缘起,也是本书试图解决的问题。

二、研究现状

与其他少数民族文学研究现状而言,黎族文学研究虽然内容上看似非常丰富,但是在实际发展过程中,与其他少数民族文学还有一定的差距,从发展的数量和质量来看,相对而言不是那么繁荣壮大。但是,黎族文学研究也有自己的一些特色,目前主要有以下几种研究路径或研究范式。

(一)黎族文学文献搜集整理研究。这是目前采用最多的研究方式,主要对黎族文学中的神话传说、民间传说、口头文学等进行搜集整理,形成文学文本流传推广。比如符桂花的《黎族民间故事大全》、陈立浩的《海南民族

---

① 曲明鑫:《从黎族文化到黎族文学的历史变迁》,《民族论坛》2015 年第 5 期。

文学作品选析》、吉明江的《黎家故事》、文明英的《黎族民间文学概论》以及付策超等人编的《黎族民族文学》等。这些文本的收集和整理从20世纪80年代开始逐渐形成规模,他们的主要研究方式是组织各种调查队,深入到南海区域的黎族聚集区进行记录、采访、座谈、采风,经过整理和编辑之后而形成的一些研究资料。这一类研究主要聚焦黎族文学本身样态,这些文学文本的史料价值比较高。当然,这里的史料价值并不是说可以被当作历史文本来对待,他们的文本主要从口头文学中截取了最核心的主体内容,然而往往在表述上又略有差异。例如,有的文学文本是《黎母山》,有的又叫作《黎母山的传说》,甚至还有其他别的名称,诸如此类的现象还比较多,这也是民间文学在文本化、文字化过程中比较常见的问题,这种研究模式不足之处在于,对文学材料的梳理校对和分析阐释力度不够,尤其是对文学文本的理论范式研究不够,并且,对南海区域黎族文学与其他民族文学的内在差异性的概括总结也显得不够。

(二)黎族文学的文化诗学语境研究。黎族文学的文化诗学语境研究,侧重从文化的角度对黎族文学历史形态及其共鸣性文本进行系统考察。此研究角度以文学文本为依据,然后振叶以寻根,观澜而索源,对文学现象的文化根源进行探讨。一方面,这种研究方式主要将黎族文学作为一种文化形态纳入黎族的整个历史文化史学中进行考察分析;另一方面,又从文学人类学和文学阐释学的角度对文本进行横向的解读和纵向的梳理,较有理论的深度和阐释的厚度。例如,王献军的《黎族的历史与文化》、付策超等人的《黎族哲学初探》、王挺的博士论文《黎族的文化适应:特征、影响因素及理论模式》、王海的《黎族文化研究述评》、曲明鑫的《从黎族文化到黎族文学的历史变迁》等。这类研究方式的主要优点是便于从发生学角度阐释黎族文学与历史诗学的关联性语境及生成机制,不足之处是对黎族文学精神的转化机制及其当代意义研究不够。

(三)黎族文学的创作与述评研究。黎族文学的创作与述评研究主要是黎族作家群和黎学专家根据黎族的文学主题进行创作,并贯穿对黎族文学身份立场的研究及述评。例如,杜桐的长篇小说《甘工鸟》,龙敏的长篇小说《黎山魂》,孙有康、李和弟的黎族创世史诗《五指山传》,韦勇的《黎学新论文集》,张扬文倩的硕士论文《论 20 世纪黎族作家的散文创作》,邢植朝的《黎族文学总体观》等。这些作品大致上都是讲黎族题材的文学作品,其中有黎族作家文学作品,如龙敏《黎山魂》,也有非黎族作家创作的黎族题材的文学作品。当然,还有的是对黎族文学作品进行当代批评和分析阐释的文本。这一类研究的主要优点是将黎族文学的历史元素进行当代转换,通过文学创作或单篇评论形式深度推进,具有明显的现代感和时代感,也有一定理论深度,不足之处是对文学精神的思想模式及话语变异过程研究不够,往往只聚焦于黎族文学的民族文化特性来展开,对历史传承中的文学变异性和话语分散性研究不够。

（四）黎族文学的域外传播研究。这种方式主要从他国文学或海外文学视野考量黎族文学文本,同时,又可以说是研究黎族文学文本的跨文化、跨民族、跨国家流传变异问题。这种研究方式需要依靠较多的第一手海外材料,难度较大,也容易创新,在当前也是研究较少的一个方面,未来的研究空间比较大。例如,王学萍的《黎族藏书》英文卷,赵红的《黎族古籍文献流散轨迹与再生性回归策略研究》,马蛟的硕士论文《清末至民国时期外国学者对黎族的考察和研究》,赵红的《黎族古籍文献流散轨迹与再生性回归策略研究》,向丽的《百年来国内外黎族研究述评》,金山的《20 世纪初日本学者对黎族的研究及其目的》等。这些研究超出了传统黎族文学研究的基本范围,从全球化、多元化视野进行拓展思考,其优点是能提供域外参照视野,能够让我们发现更多的第一手域外文献资料,不足是往往搜集的资料较零散,与国内的研究很难形成一种吻合呼应,系统化变异阐释也不够,没有形成一种逻辑化的传播链阐释机制。

三、研究路径

通过对学界研究现状的梳理和分析,我们能够基本把握当前黎族文学研究的主要路径和存在的主要问题,这些路径都有各自的特点和优势,同时也有一些不足之处,在书中都已经作了简要分析。那么,接下来就要分析本课题研究的主要创新。本课题是在以上研究基础之上作出的进一步拓展,吸收了之前研究范式的主要优势,同时又作出了一些独有的创新,主要体现在以下几个方面。

(一)研究角度创新。黎族文学丰富多彩,历来研究者众多,课题主要创新在于从比较文学变异学和比较文学阐释学等比较文学的角度来切入黎族文学研究。比较文学是跨民族、跨国家、跨文化的交叉性学科,它提供的是一种方法论视域,比较变异学理论和比较文学阐释学理论是比较文学的中国话语和当前最前沿的学科理论,本书作者前期也发表过关于这两个领域的学术论文,出版过《比较文学变异学研究》《比较文学阐释学研究》等著作,主持过国家社科基金项目课题,也和四川大学曹顺庆教授一起,参与过这两个领域的学术开拓。本书主要是用这些比较文学方法论来研究黎族文学,属于交叉学科研究。简单地说,这些比较文学方法论认为,我们应当尊重民族文学的原生差异性和类同通约性,超越法国学派、美国学派"求同"式的比较思维,承认异质文明语境下的文学文论异质性,并将异质性作为可比性,研究某一文学文本在跨文化、跨民族传播中的意义转化和变异问题,这个研究角度对创新挖掘黎族文学具有重要意义。当前黎族文学研究主要采取的是搜集整理、文化解读、创作述评等方式,其视野主要聚焦于黎族文学本身。事实上,黎族文学作为民族文学的一个分支,它的生成和发展,既具有黎族的民族属性,又具有中华民族的整体属性,应当将黎族文学文本置于多民族的比较视域中进行对比观照,并置于跨文明视野中进行比对,思考其民族通约性,同时又研究与其他民族文学的差异性,从而在一个横向的对比坐标和纵向的历史坐标中穿透其深层的意义结构。从另一方面说，本课题之所以要梳理黎族文学的历史形态及知识谱系，关键就在于黎族文学主要是口头文学、民间文学，它在传承过程中不断发生流传变异和阐释变异，本书通过对神话、歌谣、传说等历史形态的实地考察和文本辨析，归纳出黎族文学的通约性、民族性和异质性特征。大致说来，本书经过不同角度的阐释，认为南海区域黎族文学具有独特的民族原始意象符号体系，并且，南海区域黎族文学意象具有三大谱系结构——神灵意象谱系、人物意象谱系、生态意象谱系，这些意象谱系构成南海本土文化原生态范式，并且在海南自由贸易港建设的宏大语境下，具有重要的当代文化价值。

（二）研究路径创新。从比较文学变异学和比较文学阐释学切入是角度创新，从这个角度出发，将历史形态与当下价值、黎族文学与民族文学、文本形态与非文本形态、核心话语与变异话语进行对比研究，继而展开"历史形态—变异形态—转化形态"的综合性立体化的研究路径。这个路径的创新之处在于，它并不是从一个静态方式研究黎族文学，而是着力于意义的发生、变迁和转化等客观现象。这些现象是不可避免的，毕竟受到时空变迁、社会发展、文化交流、媒介更新等多种因素影响，文学文本是不是封闭的，而是一个动态生成结构体系。由于这些因素而导致的意义变化问题，我们显然不能忽视，当然其中还包括海外的黎族文学研究，也是迂回进入黎族文学的路径。我们通过检视黎族文学的传播路径及话语变异，就能够更加全面地理解阐释黎族文学文本。毕竟，在口口相传和与其他民族交流碰撞过程中，受时空变化、意识形态及传播路径等因素制约，黎族文学文本的话语质态一定程度发生变异。基于此，该课题运用比较文学变异学和比较文学阐释学的研究策略，采用文明互鉴和民族互鉴的具体方法，检视其变异进程中的文化规则。路径的多元化导致结论的多元化，这种多元路径能进一步丰富和完善新时代语境下的民族文学研究。具体地说，这种路径可以系统把握南海区域黎族文学的异质特征，动态审视南海区域黎族文学的意象谱系，阐释思考南海区域黎族文学的当代转化,创新梳理黎族文学意象谱系的审美价值。

(三)研究方法创新。这里有必要交代本书采取的研究方法、实践方案、必要性、可行性等问题。本书采取田野考察法、实地调研法、大数据分析法、跨民族比较法等一系列科研方法来介入黎族文学意象谱系的研究工作。从文化地理学角度阐释南海区域黎族文学空间差异,从跨民族比较视域阐释黎族文学异质性,从知识谱系学立场阐释黎族文学意象三大谱系,从实践转化层面分析文学意象的精神符号。具体地说:(1)田野考察法。由于需要从文学人类学的角度研究黎族文学,因此到五指山、琼中、白沙、陵水、东方等黎族群众聚集区进行田野考察,主要采取直接观察法。或者说,直接到黎族主要生活区进行亲身体验、切身感受,对其民族风情和思想特征进行近距离接触,为开展研究提供第一手资料。(2)实地调研法。由于原生态的黎族文学以口头文学为主,没有太多文本载体,因此对于研究内容相关的人物和地区,都需要进行实地调研。例如,对民间传说和神话非常熟悉的当地权威人物,进行了实地走访或问卷调查,认真记录相关情况,全面了解相关信息。对重要的文献资料,广泛搜集,全面整理,尽可能把握第一手文献资料和实证资料。(3)跨学科分析法。运用比较文学、世界文学、民族文学等研究视域来对黎族文学文本进行现代化的分析研判,对其叙述符号、文学意象、表意模式、话语规则等元素开展数据化的分析和理性化的思考。从历史的角度看这些文学特征是如何生成、发展、演变的,并结合当前实际,总结其话语转换路径及主要的现实意义。

(四)研究取向创新。本书研究取向着眼于民族文学在新时代新语境下的创造性转化和创新性发展。黎族文学的历史形态能为当下的海南文化精神提供什么样的话语支撑?这是本书研究的落脚点。要实现中华民族伟大复兴,也需要每一个民族的参与,本书不仅聚焦于黎族文学本身,而且归纳黎族文学及它与其他民族文学交流碰撞中形成的文学精神和文学传统,继而思考它对当前国家"一带一路"建设和海南建设自由贸易港的文化价值意义。人的精神力量决定着发展的内生动力,文学研究应当面对社会现实并立足服务社会发展,其中的关键环节就是提供文化软实力和文化精神力量。本书的主要创新就在于探索黎族文学的历史形态如何形成海南文化精神元素,又是如何转化为当下的文化精神力量并推进海南的生态转型发展。当然,本书还着力于阐释黎族文学的价值转化及实践意义,在国家"一带一路"建设与海南建设自由贸易港的双重背景下,生态建设尤其是本土文学与文化的精神原生态建设至关重要。本书主要阐释黎族文学原生态话语范式及其当代实践价值,从文化精神层面为海南生态转型提供思想资源,也为铸牢中华民族共同体意识提供重要路径。

四、研究内容

基于以上的研究缘起、现状分析和创新路径,基本就可以厘清本书的具体研究对象和研究内容。总体上说,本书研究的空间区域是南海区域,值得注意的是,这里的南海区域,主要是聚焦于海南岛,但是又不仅仅局限于海南岛,而是强调南海区域文化的整体性,将整个南海区域当作一个整体看待。因为我们今天看到的海南,其实在空间上和历史上一直与相关邻近岛屿、邻近国家都有着密切的文化往来,我们不能局限于本土岛屿范围之内,当今是信息化时代、全球化时代,更应当注重研究区域文化之间的交流互补。也就是说,我们要从南海区域研究的角度来介入黎族文学的意象谱系问题。

所以,这里的南海区域研究,并不是某一个地点或某一个民族的封闭式研究,而是一种比较文学视野下的跨界性研究。我们在前面已经提及,本书不是从民族学的角度来展开分析,而是从比较文学与跨民族角度来展开分析。所以,这里的区域研究,也是当今国际比较文学界非常关注的一种研究方法。关于区域研究这个问题,我们可以用当代著名比较文学家斯皮瓦克的观点来予以论证。她认为建立在欧洲中心主义基础上的比较文学已经死亡,必须推倒重来,必须建立"星球化"的比较文学,跨越民族和国家边界,关注到每个区域性的文学现象:"有了区域研究来补充比较文学,假象的集体跨越了边界,它们也许会试图塑造自我,即想象自我,并成为这个星球的一成员,而不是那种洲际的、全球化的或世俗中的一员。这个星球是可以轻而易举地占领的。"①所以,我们要强调南海区域黎族文学的"区域性"问题,就是要从跨民族、跨边界、跨国家的路径来分析它的异质性及其变异性,体现文明互鉴和民族互鉴的基本方法。在斯皮瓦克看来,全球化还不足以描述这种他异性,因此"我建议用星球来改写地球一词"②。这里的"星球",并不是一个天体学概念,她所强调的乃是一种差异化类型和多元化语境,她试图打破某一种封闭的话语空间,从一个多元化的他者视域来思考和检视民族文学文本,因此这是一种思维方式的变革,也就是说:"全球就在我们的计算机里。没有人居住在那里。这就使我们想到可以尽力去控制它。星球是一种他异性(alterity)的类型,它属于另一种体系。尽管我们居住在它的上面,但那只是借住。"③这其实是一种迂回与进入的话语策略,我们研究民族文学和区域文学,应当关注他者性和差异性、变异性,应当用一种开放包容的思维去研究黎族文学文本。换言之,在斯皮瓦克看来,星球并不是一个具体的物理概念,而是一种思维方式:"星球思维是开放的,它包含了一个取之不竭的分类系统,可以囊括诸如此类的名称。"④

可以看出,海南文学与南海区域的黎族文学,两者的不同不仅仅是表述方面的差异,更在于一种思维模式方面的差异。因为我们需要从一个更加宏大的研究视野来审视传统的黎族文学,必须打破传统的疆域和边界,在

---

① [美]斯皮瓦克:《一门学科之死》,张旭译,北京:北京大学出版社,2014年,第89-90页。
② [美]斯皮瓦克:《一门学科之死》,张旭译,北京:北京大学出版社,2014年,第90页。
③ [美]斯皮瓦克:《一门学科之死》,张旭译,北京:北京大学出版社,2014年,第90页。
④ [美]斯皮瓦克:《一门学科之死》,张旭译,北京:北京大学出版社,2014年,第90-91页。

全球化语境中重构话语新秩序,必须要跨民族边界,从一个新的视野来阐释黎族文学文本,同时,又必须要审视他者之异域和异族文化特质。南海区域的黎族文学正是这样一个区域化的"他者"。在泛南海区域范围内,我们既研究文化历史的"同中之异",也研究历史文化的"异中之同",从而"存异求同""借异识同",以便能更准确地反映该区域各民族和社会的特点和发展规律,以期推动南海区域的和平与发展,满足海南地方经济、文化和社会建设的需要,为党的二十大提出的实现中国式现代化做出贡献。本书的研究目标、研究内容及拟解决的关键问题如下:

(一)系统把握海南黎族文学的异质性特征。本书第一个研究目标是比较文学变异学视域下的黎族文学历史形态异质性。这个目标的主要内容是广泛搜集整理黎族文学生成、发展过程中的文学文本及非文学文本,对这些多元化的文本进行综合考察分析。一方面从中华民族文学的整体性构架中进行横向对比阐释,梳理其异质性所在;另一方面从黎族文学的内在进化发展变异角度展开思考。在不同的历史条件下,尤其是与外来民族文化的交流碰撞中,黎族文学本身原生态话语体系发生了一定变迁,本书要系统研究这些文学要素尤其是文学意象的主要变迁过程。这里的关键问题在于:这不仅仅是对黎族文学的文献整理,也不仅仅是进行单向度的文本分析,而是从宏观和微观、外在和内在、历史和现状等多个维度辨识黎族文学与其他民族文学相比的原生态话语属性,比如"甘工鸟""大力神"等神话传说与其他民族神话传说原型相比的通约性和差异性,根据这种差异性可以提炼和阐释出黎族特色鲜明的文学精神及文学传统。

(二)动态审视黎族文学话语的变异路径。本书第二个研究目标是比较视域下的黎族文学适应性及变异性。这个目标的主要内容包含两个层面:一是审视黎族文学在与其他民族文学尤其是汉族文学与文化的交流发展中,其原生态话语发生了怎样的调整适应和转型变异。比如,对于"开天神话"文学主题或母题,其最初涵义是什么,后来受到某种因素的影响,意义论域如何发生变迁,为什么黎族是大力神开天,汉族是盘古开天,其中的渊源和变异是什么。二是他国化视域中的黎族文学,这既包含其他民族和国家是如何研究黎族文学的,同时又包含黎族文学如何影响其他民族并异域化为其他民族的文学新质。其中的关键问题是:黎族文学在生成发展过程中受到哪些主观因素和客观因素的影响,在这些影响下发生了怎样的意义变迁,同时黎族文学又是如何影响其他民族文学,并促进其他民族文学的话语转型的。这两个关键问题,能够从比较文学与世界文学、民间文学与文学人类学的角度扩大黎族文学的论域。

(三)阐释思考黎族文学精神的当代价值转化。本书第三个研究目标是黎族文学如何实现当代转化。刘勰在《文心雕龙》中就专门有"通变"一篇,文学发展具有通变规律,通中有变,变中有通,在传承中发展,在发展中创新。相通的元素除了文学主题、体裁、形式等表象性元素,还有文论话语、民族文学规则等"元理论"层面的传承。这个目标的主要内容包含两个层面:一是在海南建设自由贸易港建设背景下,海南黎族文学传统如何从历史层面赋予文化精神的思想渊源,将文化原生态建设与自然原生态建设并举并重。不仅打生态牌,还要打文化牌,尤其是民族历史文化牌,要从黎族文学中提取核心内容和核心文化精神,并契合当前实际进行当代转化和实践运用。二是在国家"一带一路"倡议背景下,海南黎族文学如何走出去的问题,在构建黎族文学的基本范式基础上,应当充分在"一带一路"的背景下展开文学对话与文化交流,深入开展文明互鉴、民族互鉴和文学互鉴,通过译介传播、异域研究等方式,鼓励黎族文学走出去,促进传统黎族文学历史形态的现代转换,也促进当代黎族文学的创新发展,继而拓展和提升海南的文化影响力和国际知名度、美誉度。

五、研究价值

以上几个方面的研究,以问题为导向,明确了本书研究内容的针对性和方向性,也提出了明确的创新点和创新路径,这对当前的海南文学与文化研究具有一定的参考价值。这种研究价值既体现在较小的文学话语切入点,又拓展到比较宏观的文化研究理论视域,具体有以下几个方面。

(一)为南海区域黎族文学研究提供诗学形态的话语观照。本书主要从文学人类学的角度考察南海区域黎族文学的主要历史形态,研究其发生语境、生成方式和话语规则。从宏观上将黎族文学置于与其他民族文学的比较参照视域之中,挖掘其民族文学的通约性和结构性差异之所在,确立南海区域黎族文学的文化身份及其民族性话语符号。从微观上系统把握口头传承的文学文本及非文学文本样态,研究其中的关联性、系统性和整体性诗学特征。从这两个向度研究思考,能够在比较文学与世界文学的跨学科、跨文化、跨民族、跨文明语境下重新阐释黎族文学的新内涵、新思想,并提供新的话语观照资源。另外,本书为南海区域黎族文学研究提供诗学形态的话语观照。或者说,可以为南海区域黎族文学梳理意象谱系和异质结构。本书以文学意象的谱系结构为立足点,经过文本分析和史料比对,从跨民族的角度阐释黎族文学的基本意象结构及其诗学渊源、变异形态和发展脉络,有助于对南海区域黎族文学的异质性特征有一个系统性和创新性把握。同时,也可以从文学人类学的角度出发,考察南海区域黎族文学意象的历史形态、发生语境、生成方式和话语规则。进一步说,我们将之置于跨民族和交感诗学视域中,挖掘其通约性和结构性差异之所在,确立其区域文化身份及其民族诗学特性。

(二)为建构南海区域文化精神探索思想渊源和价值转换路径。本书从比较文学变异学和比较文学阐释学的角度,深入探索黎族文学在传承与发展过程中的形态变异和话语创新。文学与文化的传承并非呈现直线型的发展模式,它既有内在的变异诉求,又受到外来文化与文学的影响,还处于时空转换、社会发展、媒介更新等外在制约因素之中,呈现为涟漪式叠加式螺旋式发展形态。区域发展关键在人,人之关键在文化精神,而文化精神并非主观意向性设定,必须从一个历史诗学的渊源中考察,并实现其当代价值转化。本书的主要意义就在于将黎族文学的历史形态进行系统提炼之后,为当代海南文化精神传承发展提供可靠性的思想本源与转化路径,丰富其精神内涵。同时,也为南海区域民族文化提供具体的话语符号支撑体系,从当前海南发展实际出发,分析黎族文学的核心话语和知识谱系如何转化成南海区域的文化原生态范式和文化产业基因,这对当前海南生态文化旅游及海南自由贸易港建设具有一定的现实意义。

(三)为海南生态转型和民族文化品牌建设提供决策参考。海南的命脉在于生态,生态建设不仅仅包含自然生态,也包含文化生态。海南自然生态得天独厚,优势明显,但文化生态方面虽资源丰厚,但仍需进一步总结提炼、形成文化品牌,本书就梳理出了南海区域黎族文学的"生态意象"系列,探讨区域文化如何体现和彰显天人合一的哲学思想,也探讨区域文化中的生态元素,以及生态文化精神,探讨如何实现"金山银山,不如绿水青山"的生态发展理念。海南自由贸易港建设的重点是经济建设,关键是海南核心文化建设和生态文明建设,经济建设必须与生态建设两手抓两手硬两不误。因此,本书的研究意义在于坚持"民族的即世界的""历史的即当代的""差异的即共同的"辩证思维模式,从多元文化视角重新阐释黎族文学文本,保护民族文学的原生差异性,又保持文明互鉴的基本理念。我们相信,越是立足国际性,越是要将海南本土文学与文化的原生态范式及其思想魅力予以创新呈现。同时,将南海区域的黎族文学转化成促进生态文化旅游建设的常态性旅游资源和文化产业价值典范,为海南省生态文明建设与文化海南建设提供文学支撑和智力支持,为海南自由贸易港增添文化品牌和精神力量,也为文明互鉴提供具体的实践案例。

第一章
比较文学与黎族文学的学科交叉阐释

第一节 比较文学与黎族文学

一、民族互鉴：比较文学与黎族文学的阐释机制

党的二十大报告提出，以中国式现代化全面推进中华民族伟大复兴。在全面推进中国式现代化和实现中华民族伟大复兴的新征程中，我们要继续开辟马克思主义中国化时代化新境界，不断谱写马克思主义中国化时代化新篇章。对比较文学与黎族文学这个研究主题来说，马克思主义文艺理论思想是根本性的指导思想，因为"马克思主义文艺理论体现当代中国主流意识形态观念，反映党和人民对于文艺的基本要求，是中国文艺理论的主体力量、主导形态，只有不断推进中国化时代化的理论创新，才会始终保持蓬勃生机和旺盛活力，具有指导和引领中国特色社会主义文艺繁荣发展的精神力量"①。

本书的主要研究对象是黎族文学，主要研究方法是用马克思主义文艺

---

① 谭好哲：《以问题导向推进马克思主义文艺理论中国化时代化》，《文学评论》2023 年第 2 期。

理论思想和比较文学研究方法论来创新阐释黎族文学,主要目的是在中国式现代化的整体语境中,研究黎族文学的中国化和现代性阐释,进一步丰富和发展黎族文学研究模式,通过各民族之间的文学互鉴、民族互鉴、文明互鉴,进一步铸牢中华民族共同体意识,实现马克思主义文艺理论思想的中国化发展,为实现中华民族伟大复兴贡献民族文学力量。之所以要如此研究,是因为当前我们面临这样一些问题:在全球化与多元文化的背景下,我们应当如何弘扬中华优秀传统文化? 如何进一步丰富和阐释国际化视野中的民族文学? 如何从海南自由贸易港建设背景下审视南海区域的黎族文学? 如何从跨学科、跨文明视域阐释黎族文学的历史文本及其当代价值? 如何通过民族文学的创新阐释为中国式现代化提供精神文化力量? 这些都是需要我们思考的问题。

民族互鉴,主要是从文明互鉴、构建人类命运共同体和铸牢中华民族共同体意识的基本立场出发,以某一个民族文学文本为主要研究对象,既有纵向历时的原型挖掘和意象谱系梳理,又有横向共时的跨民族、跨文明的文学间距阐释。通过某一类文学意象谱系和符号体系在不同民族文学中的差异化或类同化呈现,继而推进民族文学之间的对话交流和思想观照,经由文学层面的互鉴互释,进一步铸牢中华民族共同体意识,进一步构建人类命运共同体,进一步增强文学文本的文化阐释及文学人类学阐释,形成一种多元共生、和而不同的文学阐释场域和文化精神境界。

本书的方法论基础是比较文学变异学和比较文学阐释学,具体地说,主要用民族互鉴和文明互鉴的跨民族、跨文明比较文学研究方式来阐释黎族文学。这种方式与之前的黎族文学阐释方式既有关联又有差异,20 世纪后期尤其是 21 世纪以来,学术界对民族文学的主要研究阐释方式之一是文学人类学,尤其是对民族神话和民间文学等文学样态的研究,文学人类学研究范式取得丰硕的实践成果。叶舒宪指出:"回顾 21 世纪以来文学人类学在中国的拓展情况,已经被学界所接受并形成广泛讨论的有文化文本的大、小传统理论、四重证据法方法论、文化的符号编码理论、神话历史概念等。"①叶舒宪提到的大传统、小传统以及四重证据法等方法论,都是民间文学、民族文学的重要研究方法,尤其是对于黎族文学等口传文学文本而言,更具有有效性。文学人类学通过对文学文本的文化挖掘和阐释,试图解开早期文学的符号编码及精神谱系,"一是关于文化文本的符号编码论——大传统的非文字符号解读,和小传统的文字文本解读的相关性、因果关系、神话历史等。希望通过这样的文化文本符号的历史分析视角,厘清口传文学与书面文学、民间文学与作家文学的母子关系,同时厘清文化文本与文学文本的母子关系"②。文学人类学为民族文学研究提供了一个更加宏大的社会学、历史学的文化阐释视角。民族互鉴也借鉴了文学人类学的基本方法,但是其重心不再将研究视野聚焦于黎族文学这一个民族文学的范围之内,而是拓展到其他少数民族和汉族文学的视域,通过民族文学之间关于意象阐释的差异对话,形成关于中华民族的总体概念认识,也通过民族文学之间的溯源和考证,增强对中华民族共同体意识的认同。同时,通过跨民族的文学阐释,也可以进一步提升民族文学的文化阐释深度,因为"文化文本是整体,文学文本是部分。文化文本是原生性和支配性的,文学文本则是派生性的和被支配的。前者为因,后者为果。是大象无形的文化文本,决定着有形的、具体的文学文本"③。因此,对黎族文学文本的文化阐释和民族互鉴阐释,对于我们从实现中华民族伟大复兴的文化精神角度来创新黎族文学研究具有重要价值,也具有一定启示意义。

二、文明互鉴: 比较文学与黎族文学的阐释场域

本书既站在黎族文学和其他民族文学的角度展开民族文学互鉴互释,

① 叶舒宪:《文学人类学的理论与方法》,上海交通大学学报(哲学社会科学版)2019 年第 1 期。
② 叶舒宪:《文学人类学的理论与方法》,上海交通大学学报(哲学社会科学版)2019 年第 1 期。
③ 叶舒宪:《文学人类学的理论与方法》,上海交通大学学报(哲学社会科学版)2019 年第 1 期。

又站在中华文明和世界文明的角度来展开文明互鉴互释,研究黎族文学对中华民族共同体意识和世界文明的重要意义。为什么我们要从比较文学、文明互鉴的角度来展开研究呢? 习近平总书记指出:"文明因交流而多彩,文明因互鉴而丰富。文明交流互鉴,是推动人类文明进步和世界和平发展的重要动力。"①我们对民族文学的研究,不能仅仅聚焦于文学文本,还应当从一个更宏大的视野来展开分析和阐释,因为任何一个民族文学文本的生成,都不是哪一个民族纵向发展生成的,它既有纵向的传承发展,还有横向的交流共生,"中国传统文化之所以具有巨大的生命再生能量,就因为它多元,它吸收了南来北往的因素,将不同民族文化各自的优长凝聚到一个整体中。过去都说是'夷夏东西'成就了这个文明,今天看来,从基因人类学的分析数据看,主要是南和北的问题,就是说依照基因标准划分中国的人口分布的话,可以大致分为以长江为分界的南方人和北方人。用大家熟悉的话说就是百越族群、加上两广和福建,以及其它的一些南方地区和包括黄河流域加上蒙古高原的北方地区。这样一南一北两个文化带的互动应该是构成中华文化人种基因上的最基本的主线"②。

文明互鉴是当今国际学术界的研究热点,因为长期以来,按照比较文学影响研究和平行研究的基本理念,东西方文明是没有可比性基础的。法国学派影响研究将同源性作为比较文学可比性,美国学派平行研究将类同性作为比较文学可比性,它们两者的共同特征就是"寻同",有同则有可比性,要么是文学源头上的"同",要么是文学阐释中的"同",总而言之就是求同存异。正因如此,美国学者韦斯坦因对东西方跨文明比较"迟疑不决"。但是,局限于西方文明圈之内的比较文学,不仅没有取得很好的发展态势,反

---

① 习近平:《习近平谈治国理政》,北京:外文出版社,2014 年,第 258 页。

② 叶舒宪:《文学人类学:探寻文化表述的多重视野》,《西南民族大学学报》(人文社会科学版)2011 年第 1 期。

而频频出现学科危机论和死亡论,尤其是 20 世纪末和 21 世纪以来,这种态势非常强烈。归根结底,这是因为东方国家的强势崛起和文化软实力的提升,全球进入一个多元文化时代,不再是某一种文明文学压制和强制阐释另一种文明文学的失衡格局,而是在不同民族文学之间形成一种椭圆形折射形态,尊重差异,倡导互补,多元对话,和谐共生,当今的文学阐释,逐渐将强制阐释变为本体阐释,将文明独大变为文明互鉴。

比较文学在研究视野和方法论上的这个重大转向,对于黎族文学研究也有重要方法论参考意义。因为长期以来,中国古代文学史以及现当代文学史教材中,对黎族文学的介绍并不多,主要以汉族文学为对象。但是实际上,汉族文学的生成发展,与黎族文学及其他少数民族文学也是密不可分的,黎族文学也是中国文学史的一个重要组成部分,中国文学史应当包含中国少数民族文学史,不应当集中书写汉族文学史,因为中华民族是一个整体概念,多民族协同发展理念是铸牢中华民族共同体意识的一个重要路径。

而且,黎族文学与其他少数民族也存在内在的逻辑关联,黎族属于古百越族的一个分支,黎族文学也是南方百越族文学的一个分支,因此,我们不能仅仅从黎族文学的立场来研究黎族文学,也要从中华民族共同体,从百越族的整体文化来阐释黎族文学,那么从这样内外两个向度的双向阐释,黎族文学就有其异质性和类同性的辩证维度,而这也是比较文学研究方法论运用于民族文学研究的重要载体,"倡导多元共生,恢复历史原貌,形成多民族文化互补互融,促进民族文学生态的正常化,进一步发挥多民族文学杂交优势,迎来中国文学之新生"[①]。所以,我们从这个角度来分析,黎族文学是中华文明的重要组成部分,本书将黎族文学与其他西方文明语境下的文学样态进行了分析对比,通过东西方不同文明文学的跨文明交叉阐释,更加清晰地认识黎族文学的原生差异及其对世界文明发展的重要价值,"在中国少数

---

① 曹顺庆主编:《比较文学概论》(第二版),北京:高等教育出版社,2018 年,第 253 页。

民族作家群中,黎族作家群的地域元素及特色较为鲜明。黎族聚居在海南岛,其族群与文化具相对严密的封闭性与自主性。文化与文学流变的线索,直接、清晰、源流有序。但因其封闭性,也造成文化骨力不足,在面对文化入侵时,其抵抗是乏力的,迅速被外来文化所改造。从这点看,黎族文化的自主性,有着开放的姿势。在新形势下,黎语的衰竭及汉语的普及,汉语取代黎语方言而迅速成为新一代人的母语现象,非常普遍,这在某种程度上,也将改变或转向黎族文化、文学的原始风格,这个性格鲜明的作家群,在努力保持丰富文化遗产的同时,亦自觉地、无意识地融合了汉语思维、汉语言及观念因素"①。

这段文字表明,正是因为黎族文学以往的封闭性比较强,因此在面对外来文化的时候,就显得抵抗力不足,这是早期黎族文学的主要特征。但是,随着黎族与汉族文学和语言的交流共融,黎族文学也自然而然发生变异,黎族文学和汉族文学也具有了一定程度的类同性特征。同样,随着中华民族文学和其他国家民族文学的交流,黎族文学也具有了"杂糅"特征,尤其黎族文学在东南亚地区以及其他国家的传播,形成了一种多元化的阐释变异现象,因此也具有了"新"世界文学的主要特征。而且,本书从文明互鉴的角度,跳出中华文明的框架,也规避西方文明的单一视角,将中华民族文学同盎格鲁-撒克逊人以及德意志、法兰西民族文学进行跨文明跨民族对话阐释,这样就可以更加形象地分析和彰显中华民族文学的基本特征和原生差异。因此,从民族互鉴拓展为文明互鉴,将文明互鉴落实为民族互鉴,在新时代新语境尤其是在海南自由贸易港背景下研究黎族文学与其他民族的文学交流对话以及在其他文明体系中的差异化阐释,有助于我们进一步拓展阐释场域,丰富民族文学的解读空间。

---

① 郭蕤:《论黎族作家群在新世纪的崛起》,《民族文学研究》2015 年第 2 期。

三、差异对话：黎族文学与中华民族共同体意识

什么是中华民族共同体意识？如何进一步铸牢中华民族共同体意识？比较文学与黎族文学可以在铸牢中华民族共同体意识中发挥什么作用？这也是当今黎族文学和民族文学研究应当重视的问题。首先，我们应当认识到，"中华民族共同体，是中国历史发展的产物。中华民族共同体意识，是国家统一之基、民族团结之本、精神力量之魂"①。也就是说，中华民族共同体意识不是凭空而来的一个概念，也不是指向某一个专门固定不变的内涵，而是在中华民族历史发展过程中形成的一种文化精神力量，它具有大众性、历史性、通约性等特征。所谓共同体，意味着中华民族具有一个强大的核心凝聚力和向心力，这个向心力的制约、引导力量，就是社会主义核心价值观。同时，它们又具有各民族自身的身份标示和话语特征，这是一种不同而和、和而不同、差异互补的民族文化形态，"中华民族和各民族的关系，是一个大家庭和家庭成员的关系，各民族的关系，是一个大家庭里不同成员的关系。各民族优秀传统文化都是中华文化的重要组成部分，都可以在社会主义核心价值观引领下，实现创造性转化、创新性发展和交融互鉴。各民族同胞都是骨肉兄弟，都可以在全面建成小康社会的进程中，更好享有现代化的生产生活方式，进一步增强作为新时代中华儿女的自信与自豪"②。

黎族文学是中华民族文学的重要组成部分，也对其他各民族文学具有重要参考价值。同样，黎族文学在生成发展过程中，也受到了其他各民族文学的影响，因此，在民族文学的发展历程中，总是既有传承又有创新，既有类同又有差异，"我国历史演进的这个特点，造就了我国各民族在分布上的交错杂居、文化上的兼收并蓄、经济上的相互依存、情感上的相互亲近，形成了

---

① 蔡舰：《铸牢中华民族共同体意识》，《光明日报》2019 年 4 月 9 日第 6 版。
② 蔡舰：《铸牢中华民族共同体意识》，《光明日报》2019 年 4 月 9 日第 6 版。

你中有我、我中有你,谁也离不开谁的多元一体格局"①。所以,从中华民族共同体意识角度来分析,黎族文学既有自己的话语身份,又有中华民族的标识,既有不变的因素,又有变异的因素,我们要辩证地分析阐释黎族文学的文本体系。《文心雕龙·通变》指出:"夫设文之体有常,变文之数无方,何以明其然耶?凡诗赋书记,名理相因,此有常之体也;文辞气力,通变则久,此无方之数也。名理有常,体必资于故实;通变无方,数必酌于新声;故能骋无穷之路,饮不竭之源。"②这段文字总结了文学纵向发展的理论规律,那就是"变则其久,通则不乏"。另外,王国维《人间词话》则更加强调"变"的一面:"四言敝而有《楚辞》,《楚辞》敝而有五言,五言敝而有七言,古诗敝而有律绝,律绝敝而有词。盖文体通行既久,染指遂多,自成习套。豪杰之士,亦难于其中自出新意,故遁而作他体,以自解脱。一切文体所以始盛终衰者,皆由于此。"③这就意味着,我们既要尊重民族文学的原生差异,又要注意到它在历史语境和国际语境中的变异现象。

除了黎族文学,黎族其他艺术形式也存在这个现象,也为黎族文学研究提供了重要借鉴参考。例如黎族民歌,也是在差异对话中形成独有的风格,也是值得黎族文学研究借鉴参考的一种共时态的共鸣性文本,"黎族民歌多用黎语演唱,但在此仪式中主要用海南话歌唱,这又是黎汉文化杂融的真实印迹。文化本身就是在一个多融环境中生存与发展的,没有纯粹的文化独存,文化共生且相互作用必然影响任何一种文化的发展与嬗变。之所以某种文化的特质风貌在漫长的文化综合作用中傲然显现及传承,说明这种文化的自主承袭意识坚定。文化在推进的环境中不断进行碰撞与交流,文化间自觉与不自觉地相互征服、接纳甚至融合,但只要文化的核心内容保持不

---

① 蔡靓:《铸牢中华民族共同体意识》,《光明日报》2019 年 4 月 9 日第 6 版。

② 杨明照:《增订文心雕龙校注》,北京:中华书局,2000 年,第 397 页。

③ 王国维:《人间词话》,长沙:岳麓书社,2015 年,第 80 页。

变,此种文化的特质就能得以保存且略带新意地延续"①。因此,黎族文学也和黎族民歌一样,既有原生差异性,也有交流变异性。既有中华民族共同体的核心内容,又有黎族文学自身的文化特质。

差异对话,是黎族文学与铸牢中华民族共同体意识的内在关联,也是一个重要的文学发展原则。首先,中华民族的各族文学都存在一个普遍形式,"中华优秀传统文化之所以能够代代相传,还有一个重要方面,即传统文化所具有的超越时空的特性,也就是马克思所说的传统的'普遍的形式',这是细读马克思经典著述时的一个发现"②。对中华民族而言,这种"普遍的形式"是一种文明根源性的东西,"中华优秀传统文化是中华民族的精神命脉,中华民族之所以能够生生不息,是与优秀传统文化的生命力和超越性分不开的。优秀传统文化的传承是中华民族伟大复兴的必然要求,这种传承和光大首先体现在中华民族的精神追求上"③。换言之,黎族文学与其他少数民族以及汉族文学,尽管内在的生成发展各有差异,但是仍然有一些共同的基础和可比性原则。例如,范仲淹的"先天下之忧而忧,后天下之乐而乐",陆游的"王师北定中原日,家祭无忘告乃翁",文天祥的"人生自古谁无死,留取丹心照汗青",林则徐的"苟利国家生死以,岂因祸福避趋之",等等,都体现了中华优秀传统知识分子深切的家国情怀。同样,黎族文学也是如此,本书分析了黎族文学的神话意象、人物意象和生态意象等意象谱系,这些意象虽然各有差异,但是大多也具有一些通约性的特征,在其他民族也多有体现,但是也有不同之处。这些意象谱系体现了黎族人民的集体无意识和民族品格特征,构成一种民族文化精神力量,这就是一种中华民族共同体意识的具体体现。

基于此,本书以差异对话为方法论,着力于研究黎族文学与铸牢中华民

---

① 张睿:《论人文地理学语境中的黎族"仪式化"民歌》,《文艺争鸣》2020 年第 9 期。
② 胡亚敏:《马克思主义文学批评的中国之路》,《文学评论》2023 年第 2 期。
③ 胡亚敏:《马克思主义文学批评的中国之路》,《文学评论》2023 年第 2 期。

族共同体意识的内在逻辑。具体地说:一是梳理黎族文学的历史形态及知识谱系。黎族文学主要是口头文学,本书通过对黎族民间神话、歌谣、传说等历史形态的实地考察和文本辨析,归纳出黎族文学的通约性、民族性和异质性特征。二是检视黎族文学的传播路径及话语变异。在口口相传和与其他民族交流碰撞过程中,受时空变化、意识形态及传播路径等因素制约,黎族文学话语质态在一定程度上发生变异。本书运用比较文学变异学和比较文学阐释学的研究策略,检视其变异进程中的文化规则。三是阐释黎族文学的价值转化及战略意义。在国家"一带一路"倡议与海南自由贸易港建设的背景下,生态建设尤其是本土文学与文化的精神原生态建设至关重要。本书主要阐释黎族文学原生态话语范式及其当代实践价值,从文化精神层面为海南生态转型发展提供思想资源。

从总体上说,本书通过文明互鉴、民族互鉴和差异对话,使得黎族文学在比较文学方法论视域下进一步向纵深展开,这为我们从跨学科、交叉学科角度分析民族文学提供了新的方法论,也为新时代新语境下的新文科建设和研究提供了参考案例。

第二节　黎族文学的特征

一、南海区域黎族文学的空间布局

通过导论的叙述,对这个课题的研究方向、研究对象、研究策略、创新路径和价值意义都有了一个基本的交代。在此基础上,这一章主要从宏观上分析南海区域黎族文学的历史生成、文化形态及其当代研究现状。本节重点分析中华民族和多民族视野下的黎族文学及其主要特征,并提出"中华黎族文学"的诗学概念。所谓"中华黎族文学",这个概念的提出具有一定创新意义,其主要创新点就是,我们不再将黎族文学作为一个单一的文学样本进行分析,而是从中华民族共同体意识出发,将黎族文学纳入中华民族的整体构架中进行分析和研究,从而让黎族文学具有"中华"语境,让"中华民族"有了实践路径。中华民族包含 56 个民族,黎族,就是中华民族的一个重要组成部分,也是这一朵绚丽的鲜花上的一片美丽的花瓣。

中华民族这个学术概念是梁启超最先提出的,1902 年,他在《论中国学术思想之变迁之大势》中指出:"齐,海国也。上古时代,我中华民族之有海思想者厥惟齐。故于其间产出两种观念焉:一曰国家观,二曰世界观。国家观衍为法家,世界观衍为阴阳家。"①在这一段表述中,梁启超重点分析了在战国时期,齐国的学术思想和历史贡献,由此而草创出"中华民族"这个概念。除此之外,他还从《史记》的文本中,分析了"九州""神州"等概念范畴。当然,梁启超所说的中华民族与我们今天所说的中华民族还是有一定的差异,梁启超的民族观对今天我们所强调的中华民族共同体意识虽然有一定贡献,但是也存在一些历史局限性。当今我们强调的中华民族共同体意识,主要是中华 56 个民族大团结大繁荣的整体概念,而且这个概念与梁启超时代最大的不同,就是坚持马克思主义和习近平新时代中国特色社会主义思想的核心引领作用,坚持社会主义核心价值观对民族文化精神的引领作用。

欲论中华黎族文学,则首先要对黎族有一个基本的了解。黎族自古以来是中华民族的一个重要组成部分,黎族主要分布在当今的海南省、贵州省、广东省、广西壮族自治区、江西省等区域。根据 2010 年全国第六次人口普查的统计数据,黎族现有总人口 127.74 万人,其中海南省有 1172181 人,占全国黎族总人口的 93.9%,列第一位;其次是贵州省,有 56082 人,占全国黎族总人口的 4.5%,列第二位;广东、广西、浙江和云南四省黎族人口超过千人,依次列第三至第六位。从黎族人口在全国的分布来看,海南省的黎族人口占据了绝大多数,海南也是黎族最重要的聚集区和原住地。从整个区

---

① 梁启超:《论中国学术思想变迁之大势》,上海:上海古籍出版社,2006 年,第 23 页。

域构成来看,黎族主要分布的海南省、贵州省、广东省、广西壮族自治区、江西省,都是在长江以南的区域,以海南为最核心的栖居地。或者说,黎族绝大多数居住在海南省,海南省的少数民族,最主要的也是黎族。如今汉族在海南具有最多的人口,但是从区域文化的历史性、结构性和传承性而言,黎族文化仍然具有重要地位。

早在新石器时代黎族就已经在这片土地上有生活痕迹了。季羡林先生从民间文学角度对南海有关概念作出一个学术上的理解和解释:"中国以南大洋中的许多国家,过去统称之为'海南'、'南海'或者'南洋'。此时这些名称很少用了,而把南亚和东南亚国家分为'东洋'和'西洋'。"① 黎族并不是黎人自己给自己取的称号和民族名称,"黎"原本是汉民族对黎族的称呼,在西汉时期,黎族被称为"骆越"族,东汉也有"里""蛮"等称呼。在隋唐时期,又被叫作"俚""僚"。大多数专家认为,"俚"就是"黎"的前称,两个字谐音,目前主要还是采用黎族这个称呼。现在,黎族分为侾黎、杞黎、润黎、美孚黎、赛黎等五个支系,其中侾黎人口最多。

就黎族在海南的人口分布而言,黎族人目前主要居住在海南岛的中南部,主要分布在实行民族区域自治的琼中、保亭、白沙、乐东、昌江、陵水6个自治县和三亚、东方等县市,其他还有少数散居于万宁、儋州、琼海、屯昌等县市区。相对而言,在海口、文昌等地较少。这些区域主要位于海南岛的中南部,为什么北部的海口、文昌区域黎族人口偏少呢? 曲明鑫指出:"由于所处的地域和历史原因,黎族经历了数次迁移,从海南岛的北部区域不断向岛南和岛中部迁徙。在明清时期,海南岛的民族分布格局就已经固定,汉族居民主要分布在海南岛的周边和北部,而黎族和其他族居民主要分布在海南岛的中部、南部以及环岛周边小部分地区,这种格局的分布,不仅对黎族的

---

① 季羡林:《比较文学与民间文学》,北京:北京大学出版社,1991 年,第 291 页。

社会经济产生了重大影响,也促进了黎族历史文化的繁荣与发展。"①事实上,从目前的考古资料和神话传说文献来看,黎族最初归属于我国南方沿海地区地区的"百越"族群,"百越"是对南方少数民族的一个统称。古越人主要分布在广东、广西、福建等区域,台湾的高山族,也是古代"百越"族的一支,高山族和黎族都是从大陆渡海迁徙,生活在岛屿高山之上的民族,他们同属于中华民族,属于古代"百越"族,所以有不少学者将两个民族进行族源文化上的比较:"民间口头文学是两个民族原生态的文化记录,其内容和形式都是百越文化特质的传承,这一切都充分地印证高山族和黎族的本源就是中国古代的古百越民族,他们都是古百越族的后裔,他们同根同源,无论过去还是现在,他们都是中华民族大家庭中的重要成员。"②

"百越"族中有一支叫作"骆越",主要分布在广东、广西及岭南地区,"骆越"一支因战乱,背井离乡,跨越了琼州海峡,登陆了海南岛,成为海南岛最初的住民。所以,古代的"骆越"就是当今的"黎族"的先祖,但是随着汉族文化对海南黎族的同化、管辖和征服,文明程度相对较低的黎族,只能离开区域位置较好并且离岭南区域较近的海口、文昌、儋州等地,和台湾的高山族一样,朝山上和偏远地区迁徙。海口是南渡江入海之口,是全省最重要的水道枢纽、海上枢纽,也是连接大陆的战略关口。这些黎族人民大多数从海口和沿海一带的县市区撤离,退守到中南部的热带雨林之中,这些区域山大人稀,立地条件差,生产生活状况也不太好,但是从军事上说,这些区域易守难攻。再说,在古代,热带雨林也并没有太多军事价值,所以有利于繁衍和安全栖息。实际上,这也是中国古代大多数少数民族的命运,它们都经历了这样一个从繁荣到战乱再到退隐的过程,例如羌族被称为"云朵上的民族",现在他们大多数都居住在高山之上,当年成吉思汗率领的蒙古大军和

---

① 曲明鑫:《从黎族文化到黎族文学的历史变迁》,《民族论坛》2015 年第 5 期。
② 邢植朝:《对高山族、黎族民间口头文学及人文价值的认识》,《民族文学研究》2011 年第 3 期。

羌族人发生过战争,所以他们从西北区域一路南下,迁到四川西北部的高山峻岭之中。

有人的地方才有文学,文学就是人学,文学是人创作出来的,反映人类生产生活的一种精神符号。早在 20 世纪后期,陈立浩就指出:"海南是多民族省份,同样有着丰富的民族文学,它所展示的情景,也是使人深感自豪和欢喜的。海南的民族文学,是宝岛的文化遗产和历史的画卷,对它给予应有的重视,加以认真的研究,这既是整理海南历史文化的任务,又是海南大特区促进民族经济文化发展的需要,其意义是重大和深远的。"①他认为,研究南海区域的民族文学,既是历史文化研究的任务,也是海南经济发展的需要。这个研究视野和思想站位,是值得借鉴和学习的。

因此,通过以上分析,我们就基本可以廓清本书研究对象的具体空间布局,也就是说,我们的研究对象大致分为两类:一类是文学文本,主要是我们能够收集到的黎族文学作品资料和黎族文学书面研究资料。另一类是非物质文学文本和文化文本,也就是前文所分析到的,海南岛中南部的白沙、琼中、陵水等区域,所能提供的不一定的文学文本,而是一些口头上的历史资料和文学素材。无论是书面的还是口传的,无论是历史的还是当下的,无论是国内的还是国外的,都是我们的研究范围。当然,本书研究过程中,也会不断牵涉到古代"百越"族、"骆越"族,以及贵州、广西等区域的黎族文化等,我们在这里廓清研究对象,明确研究内容,一步一步逐渐深入,有利于从族源问题上进行科学的考查和梳理。

二、南海区域黎族文学的特征

在介入黎族文学的意象谱系之前,我们有必要从宏观上分析黎族文学的特征和异质性元素。我们知道,每一个民族都有自身的特征,但是就整个

---

① 陈立浩:《海南民族文学试论》,《海南师院学报》1993 年第 1 期。

中华民族而言,这些少数民族之间,也同样有着一些通约性和契合性的要素。或者说,少数民族不是一个完全封闭自足的不可通约的文化体系,在民族斗争与民族发展过程中,也同样有很多的文化交流和互鉴,正如季羡林先生说:"中国境内各民族之间的文学关系十分密切,但头绪相当复杂,内容相当丰富,这在目前似乎还是一块没有被开垦的处女地,应该尽快在上面播种,让它生长出苗壮的禾苗。这样的研究好处很多,它能够丰富中国文学史的内容——过去所谓中国文学史实际上只是汉族文学史——,加强国内各民族之间的理解,提高对中华民族文学发展规律的认识,大大有助于全民族的团结,可以说是有百利而无一弊。"①季羡林先生这段表述,对于本书研究具有重要的指导意义,在他看来,汉族与少数民族文学以及各少数民族文学之间的互鉴,是铸牢中华民族共同体意识的重要渠道。中国文学史,应当是各民族文学的对话史、交流史、发展史,不应当只是书写汉族的文学与文化,所以我们挖掘黎族文学与文化的历史形态及其当代价值,有助于从更高更宽广的视野去阐释和理解中华民族文学艺术问题。因此,我们是从比较文学跨文明、跨国家、跨民族的角度来分析黎族文学的意象谱系及其文化诗学渊源,在方法论问题上具有一定的创新。

那么,我们如何才能对黎族文学的民族特征、文化特征、文学特征有一个比较全面的了解呢? 标准是什么呢? 应该从哪些方面入手呢? 黎族文学的研究专家韩伯泉就指出:"怎样才称得上对某一个民族的文学'大体上了解'呢? 依我之见,要做到'四个基本弄清',即对某一个民族文学的分布(包括文学跨地区、跨省份、跨国界的情况)要基本弄清;对某一个民族文学的过去与现状(这并非指它的历史发展各个时期的文学)要基本弄清;对某一个民族的各种文学样式(包括韵文与散文、口头文学与书面文学)要基本

---

① 季羡林:《比较文学与民间文学》,北京:北京大学出版社,1991 年,第 332 页。

弄清;对某一个民族的文学受别的民族文学影响情况要基本弄清。"①这一段表述中提到的"四个基本弄清",已经基本明确了我们的研究方向。简单地说,就是要弄清黎族文学的空间分布、历史形态、发展现状、文学体裁样式以及文学交流对话情况等诸方面的问题,才可能对民族文学发展和民族文学互鉴有全面的把握。

关于南海区域黎族文学的空间布局问题,前文已经做了较多的分析,对黎族文学的过去、现状以及各种文学样式的系统梳理,是下一部分的主要研究内容。当然,韩伯泉提到的第四个"基本弄清楚"也很重要,黎族与其他各民族的影响交流及其在海外的流传问题,将是本书研究的一个重要特色。那么,当前需要解决的问题是,南海区域黎族文学具有怎样的民族特征呢?

(一)口传文学及其变异性。在这里,需要首先指出的是,黎族文学主要有两种形态,一种是传统民间文学形态,另一种是当代的黎族作家文学形态。在这里,我们主要指的是黎族传统民间文学。黎族传统民间文学是口传文学,这种文学形态让黎族充满原始的神奇魅力,尽管这种口传文学形态貌似很难将某些思想观念原原本本地记录下来,传承发展、弘扬光大,但是从文化传承的角度讲,这种口传文学的变异性,恰恰给了我们更多的阐释空间、期待视野和召唤结构。这些意义阐释的"空白域",能够让南海区域黎族文学更具有多元化的阐释路径:"黎族文化依赖口口相传,长期没有文字,从传播学的角度看,这种状况对图腾演变也有关系。若有文字,可能会加强整合,图腾崇拜的抽象性会有所强化,如果还有集权和政治力量出现,整合的可能性就更大,多样性可能也因此减少。没有文字,仅靠口口相传,属于'文字传播'前的'语言传播',传播速度慢,抽象思维少而具象思维多。但从另一个方面看,又有利于保留来自远古的鲜活信息,各个部落乃至各个家族的一些鲜活记忆均有可能'躲避'文字传播的过滤、提升和整合,使多元图腾比

① 韩伯泉:《编写民族文学概况的几个问题》,《广东民族学院学报》1990年第2期。

较完整地保留下来。"①可见,正是黎族传统民间文学的口传特征,让这种文学样式具有了变异性和多元性的特征,也能够更加生动地保护远古的鲜活的文化信息,这种貌似不可靠的文学形态,反而更具有文学人类学意义上的思想可靠性,因为它能够躲避文字的删选和意识形态的过滤,能够规避某一种思想的同一性元素,最大程度保留了其原生话语异质性。

与黎族口传民间文学相比,汉族有非常丰富的"史官"文化和书面文学,一套"二十五史",就记录了整个汉族两千多年的历史文明。就文学而言,中国文学的源头《诗经》,相传为尹吉甫采集,后来由孔子所编订。在周朝,朝廷就设有采诗官,这个职务的工作职责就是每年春天到群众中搜集民间歌谣,这些歌谣大多反映了当时群众的喜怒哀乐和悲欢离合,以及他们对当时政府的一些诉求和舆论判断。采诗官将这些歌谣搜集起来之后,就交给太师(当时负责音乐的官员)进行谱曲,太师谱曲之后,就组织专门的演职人员演奏给当时的周天子听,周天子从这些民间歌谣的词曲演唱之中,可以捕捉到当时的民风民情民愿,这就是当时的文化生态和文学交流方式。例如,《国风》中有一首《硕鼠》,人人皆知:

硕鼠硕鼠,无食我黍!
三岁贯女,莫我肯顾。
逝将去女,适彼乐土。
乐土乐土,爰得我所。
硕鼠硕鼠,无食我麦!
三岁贯女,莫我肯德。
逝将去女,适彼乐国。

---

① 王海、江冰:《从远古走向现代——黎族文化与黎族文学》,广州:华南理工大学出版社,2004年,第59页。

乐国乐国,爱得我直。

硕鼠硕鼠,无食我苗!

三岁贯女,莫我肯劳。

逝将去女,适彼乐郊。

乐郊乐郊,谁之永号?

可以明显看出,这是反映人民群众向往乐土、反对阶级剥削的文学作品。这部作品与黎族口传文学中的神话、歌谣比较而言,显然艺术性更强,文学性也很强,无论是格式、韵律,还是遣词造句、内容形式,都具有文学艺术的基本特征,也具有文学审美艺术规律。但是,在这个文字传播的过程中,经历了双重的文化过滤和思想整合:采诗官在采诗之前,有三个思想语境:一是他个人的审美取向,也就是说,尽管他最大可能去追求客观性,但是根本没有绝对的客观,他无意识或潜意识地用自己的审美标准去进行采集,所以民间歌谣沾染上了个体的审美色彩;二是他身份地位的思想取向,一时代有一时代之文学,他的身份地位以及当时朝廷给他的任务,决定了他应该采集怎样的诗歌,所以他的采集是有针对性、有目的性和有方向性的,绝对不是随意地摘选,这就是第二重过滤;三是在歌谣进行谱曲和演奏的过程中,又有一个宫廷过滤和受众过滤的问题。宫廷的太师以及其他官员,对采诗官采集起来的民间歌谣,同样还有一个删选与过滤的过程,他们的谱曲,所采用的音乐曲调,都是符合当时朝廷要求的"雅乐",所以在词曲之间,还有一个适应性、调节性过程;最后,这些民间歌谣的对象主要是给周朝天子听的,所以受众有限。这样一来,《诗经》这些民间歌谣,就成了汉族的文学经典,虽然千秋万代、代代相传,但是根据福柯的话语理论,它们已经是意识形态化和权力化的语言符号体系。所以,对照黎族文学和汉族文学的文本样态,我们就可以分析黎族文学经典和汉族文学经典的不同,可以从意义生成方式和话语阐释机制上去进行民族互鉴,并且区分汉族书面文学与黎族口传文学的媒介差异导致的意义差异问题。相对而言,汉族文学因为有以上几种意识形态过滤机制,所以在变异性中也有其确定性。黎族口传文学,正是因为它的不确定性,所以在意义阐释方面具有了更多的变异空间,这种没有经过集中化、统一化、权力化的话语,更能显示出黎族文学的原生异质性元素,也能让我们捕捉到更多的民族内蕴元素。

（二）多元文学及其复合性。正如第一点所分析,南海区域黎族民间文学一开始就同汉族文学有了差异性,主要就是汉族文学以文学文本、语言文字的形式来记录和传承,这样就通过重重文化过滤机制和权力审查机制,最终形成一种统摄力强、普适性广、官方色彩浓厚的文学形态。黎族文学主要反映人民群众在生活中的各种事件、各种遭遇,没有经过那么多的过滤机制和审查机制,体现出更多的原汁原味的文学元素。如果说,文学是人学,那么黎族文学更像是活生生的人,看得见一个民族的历史、文化和精神风貌,听得见远古传来声音和意象符号。它在千百年的发展历程中,形成一种独有的、独立的文化样式和文本形态,"黎族先民在迁徙中也将古百越文化带入了海南岛,他们是第一批最大规模开发海南岛的群体,黎族先民的到来,为远古时期就与世隔绝的海南岛带来了繁华,他们披荆斩棘、开辟蛮荒,以古百越民族文化为依托,在新的环境下,黎族先民培育出了既具有地域特色又具有民族特色的文化——黎族文化"①。文学是文化的重要组成部分,黎族这个民族的迁徙与发展脉络,构成了其文学与文化的基本脉络。或者说,文化的多源性与多元性,促进了黎族文学的多元性及其复合性。那么,黎族文学的多元性和复合性体现在什么地方呢? 对这个问题,主要有两个方面的回应。

首先是中华民族大视野下的跨民族多元性特征。有学者指出:"黎族文化与海南原始文化和华南地区汉民族文化关系十分密切,自从西汉政权建

①　曲明鑫:《从黎族文化到黎族文学的历史变迁》,《民族论坛》2015 年第 5 期。

立后,海南原始文化就与中原地区的姐妹文化——壮侗语族原始文化失去了联系,此后中原地区同语种诸民族文化受到汉文化的侵袭和同化,又受到印度文化的猛烈攻击,比如壮族文化、傣族文化。黎族文化和兄弟姐妹文化断了联系,在海南岛这块地域中独自生存下来。经过千百年的历史演变,黎族文化继承百越文明、海南岛原始文明的基础上,与当地的自然条件、历史进程融汇为一体,渐渐形成了独具特色的历史文化。"[1]根据这段表述,我们可以看出,黎族文学与文化在历史上面临的主要冲击和碰撞,主要来源于汉族及其他少数民族文学与文化,尤其是两广地区的"百越"文化。从另一个方面来分析,文学发生学意义上的黎族文学,主要源头就是两广及华南地区的"百越"文化,从族源上来说,它与壮侗语族同属一个语系,同时又受到汉文化的冲击。这样一来,在不断的民族交流和文化冲突之后,黎族文学与文化既形成了自己的民族特色,又与汉族、壮侗语族及其他少数民族形成了共时态的呼应和共鸣性文本。

其次是南海区域跨国家、跨民族交流所形成的黎族文学与文化多元性特征。前文已经分析,黎族文学与文化的多元性和复合性既来源于中华民族内部,又来源于与中华民族外部,它不是一个封闭式的闭环发展,而是一个开放式的对话交流过程,我们应当从跨文化、跨国家、跨民族的视野来打量,也要从文明互鉴和民族互鉴的角度展开,具体地说:"海南岛地处华南和东南亚地区的中心,两种文明在此交汇,黎族文化不仅受到我国南方远古文化的洗礼,也不同程度沾染了东南亚远古文化的气息,黎族文化多样性由此而来。从纵向上来看,黎族文化历史悠久,深邃古老;横向上看,由于空间区域的宽广,体现出多元、丰富、融合的特点。"[2]可见,黎族文学的特征,既有中华民族内部的多民族交流中产生的多元性特征,又具有南海区域跨国家、跨

---

① 曲明鑫:《从黎族文化到黎族文学的历史变迁》,《民族论坛》2015 年第 5 期。

② 曲明鑫:《从黎族文化到黎族文学的历史变迁》,《民族论坛》2015 年第 5 期。

民族交流产生的多元性特征。

　　具体地说，海南自古以来就是海上丝绸之路的重要站点，尤其是海口，往西可以经北部湾、南海到达印度洋，往东经过琼州海峡、台湾海峡，可以到达广州、上海，再往北可以到达日本、韩国、朝鲜等东北亚地区。所以，海南岛与台湾岛、琉球群岛构成西太平洋的一个重要的岛链。在中国古代，海南岛属于流放贬谪的区域，苏东坡等名士都曾流放于此。但是在当今全球化和多元文化时代，海南岛却具有重要的文化交流价值、海运枢纽价值和军事价值。正是因为海南岛处于这样一个南来北往的海运枢纽地位，所以黎族文学与文化不仅具有中华民族尤其是南方少数民族的共同特征，同时也与周边国家尤其是东南亚国家有相似的文化。例如，在海口市至今还存留着骑楼老街，这种风格的建筑在广州、泉州、厦门、福州等东南沿海区域比较常见，东南亚建筑也有相似的文化风格。这是因为 20 世纪初期，海南及我国东南沿海流行"闯南洋"风潮，这些海南人在东南亚的异国他乡功成名就之后，就开始"叶落归根"，回到老家重建房屋，安老终生。他们常年在外，已经适应和吸收了东南亚的南洋文化，所以在建筑中就渗透着南洋风格，这些骑楼几家几户一小片，成百上千户一大片，就形成一种独特的风格，这种骑楼建筑形态就是南海区域文化交流的一个典型例证，这也是促进黎族文学与文化多元性、复合性的一个重要外部原因。

　　（三）民间文学及其道德性。黎族文学的第三个重要特征，就是它作为民间文学的伦理道德性。我们知道，其他少数民族文学的传统形态也大多属于民间文学，这一点上，没有太多差异，但是黎族文学特别注重内容上的道德性问题。首先，我们来分析它的民间文学特征。从文学人类学的角度来看，民族文化精神与民族文学之间是密不可分的："黎族是最早开发和建设海南岛的民族，广大黎族人民在漫长的历史长河中，口头创作了丰富多彩的民间文学,这是海南民族民间文学的主体部分。"①这并不是说,黎族文学就全部是民间文学,后文将要分析,毕竟在新中国成立以后,尤其是改革开放以后,还是出现了不少黎族作家文学。只是说,这些黎族作家文学作品,无论他们的作者身份是黎族,还是说他们的创作内容是关于黎族,总而言之,都是与黎族的传统文学与文化相关。所以,当代的黎族作家文学,他们的根源脉络,他们的主要创作素材,还是在黎族民间文学上面。然而,海南黎族民间文学的主体,就是这些丰富多彩的口头文学,这些口头文学不仅仅是民间歌谣,还有各种各样的文学样式:"黎族民间文学品种齐全,形式多样,神话、传说和故事,歌谣、史诗和民间叙事长诗等,都有较为丰富的资料。"②当然,这些文学样式在别的少数民族大多数也存在,在这些样式里面,黎族文学比较突出的是神话、叙事诗和歌谣,具有相当高的艺术性,不逊于其他民族文学,这在后面的论述中将会一一分析。那么,黎族民间文学如何贯穿道德文化属性呢?黎族文学又如何体现、传承和发展这种伦理道德属性呢?

黎族传统美德对黎族文学的影响主要体现在民间文学的题材、主题及表现形式等诸方面。在黎族传统社会中,一直推崇道德伦理的规训作用,虽然与汉族的儒家思想相比,没有那么多"伦理纲常""四书五经""三纲五常",但是每一个民族,每一种文化,都有它自己的话语体系和观念体系,以及他们自己的意义生成方式、话语生成机制和意义阐释传播机制。对黎族而言,由于没有文字,也没有其他更直接、更有效的社会管理机制和制度运行模式,所以黎族文学就不得不承担这样一个社会教育功能。

例如,在黎族的民间口头谚语中常常说:"天上雷公,地上舅爹公",这种说法在汉族及中华民族中的其他少数民族中并不多见,一般人还不能理解

---

① 　陈立浩:《海南民族文学试论》,《海南师院学报》1993 年第 1 期。
② 　陈立浩:《海南民族文学试论》,《海南师院学报》1993 年第 1 期。

这句话究竟是想表达什么意思。其实,谚语也是黎族口头文学中的一种,这句话主要是用民间文学的形式来传递一种道德观念,用这种道德观念来教化黎族群众,正如有学者所说,这句话"指天上雷公最大,地上舅爹公最大,这说明了黎族家庭的亲属关系"①。天上的雷公是至高无上的神灵,这来源于黎族文学中的雷公图腾。因为海南岛是一个岛屿,台风、雷电比较常见,所以雷公在其他民族中不一定有这样崇高的地位,即使有,也可能是负面的形象。但是,在南海区域,尤其是湛江、海南岛以及广东、广西沿海地区,都比较常见这种雷公图腾。所以,为了体现在黎族社会中舅爹公的家庭地位,维护黎族社会秩序的伦理逻辑,巩固黎族社会的纲常结构,就在黎族文学中将舅爹公与雷公相提并论,将之进行秩序逻辑层面的类比,这样就起到了伦理教化的作用。随风潜入夜,润物细无声,黎族文学就这样潜移默化地起到了社会道德作用。

黎族传统美德不仅仅体现在传统民间文学和口头文学之中,在当代的黎族作家文学中,也有非常明显的体现:"一方面,黎族民间文学为黎族作家的创作提供了灵感和素材,在很大程度上激发了黎族作家的创作兴趣;另一方面,黎族民间文学向创作主体展现了本民族悠久和厚重的传统文化,这一窗口有助于他们更好更快地走进自己的民族,大大增强了他们民族自觉性。"②可以看出,尽管当今已经涌现出很多黎族作家及作家文学,但是他们从根本上还是没有摆脱黎族文学的民族特征和文化身份,这也是他们能够在当今文坛能够立足的一个重要原因。所以说,他们一方面从黎族传统的民间文学、口头文学中寻找各种故事素材和创作灵感,另一方面又让他们从现代文化和国际化、全球化的视野重新打量黎族文学的方方面面,尤其是伦理道德精神和民族文化方面。正因为视野的不同,所以导致结论的创新。

---

① 海南省民族研究所编:《黎族民间谚语谜语提要》,海口:南方出版社,2013 年,第 82 页。
② 黄欣:《当代黎族文学研究论析》,广东技术师范学院 2014 年硕士学位论文,第 6 页。

我们以当代黎族最杰出的作家之一龙敏为例来说明这个问题,在黎族文学研究者曲明鑫看来:"黎族本土作家龙敏的小说创作,很多是以黎族优秀的美德、价值观为着眼点。在其小说《年头夜雨》中,黎族青年受到祖风'夜不闭户,路不拾遗'的影响,连掉在地上的水果也不碰一下,而且在他们身上还看到了'路见不平,见难相助'的美德。"①这部短篇小说发表于《五指山》1982年第4期,1983年获第二届全国少数民族文学创作奖。应该说,这部作品得到了比较高的认同和肯定。作品主要讲述一个黎族青年阿元,从小就在黎族的村寨中长大,黎族人民的淳朴、善良、大爱无疆等美德,都在他身上有着很鲜明的体现。例如,他在田里捉田鸡,并不是一网打尽、断子绝孙,而是说出"捉公留母""母的留做种哩!"等话语,这就表明阿元具有很强烈的生态保护意识和可持续发展意识,他爱这片生他养他的土地,也爱这里的人、山、水,甚至一草一木,他不仅仅是口头上热爱,更是行动上保护。他的这种语言和行为,与习近平总书记提出的"绿水青山就是金山银山"在本质上是一脉相承的,这就是黎族文学中体现的生态文明观。除了《年头夜雨》之外,龙敏还有《黎乡月》《同名》等作品,在这些作品中,直接通过人物形象反映了黎族文化社会的一些传统理念,将古代文化精神进行现代转化。

除了传统美德在当代文学作品中的传承与发展之外,还有黎族传统信仰的影响。也许有人会问,黎族传统信仰已经在现实生活中销声匿迹。诚然如此,但是生活中的淡化,并不意味着文学中的消失,有时候,这恰恰成为黎族作家的一种创作素材,能够让他们从黎族的民间信仰中找寻到与众不同的文学题材和内容,正如曲明鑫所说:"黎族本土作家对黎族风俗习惯熟稔于心,黎族民间信仰也成了他们文学作品中的重要主题。例如亚根《阿娜多姿》中就有很多关于民间信仰的描写,如禁母、雷公,占卜做法、驱鬼等都

---

① 曲明鑫:《从黎族文化到黎族文学的历史变迁》,《民族论坛》2015年第5期。

有很详细的描写。"①黎族著名作家亚根的《阿娜多姿》,由作家出版社2004年出版,文中的主人公名叫诺木,他是个具有英雄气质的黎族寨主,为了保护自己村寨,他和汉族游击队一起联合抗击敌人,显示出一个黎族汉子的正义、担当、勇敢和无畏。

在《阿娜多姿》这部作品中,的确有非常多的关于黎族民间文化的书写,亚根这样写的目的,一方面是源于他作为黎族作家,本身就对这些文化惯习比较熟悉,即便不是特别熟悉,由于天然的文化身份亲缘,也让他们对黎族文化比较容易接受和转化;另一方面,这也能够从黎族人民的各种行为举止中,去深入挖掘他们身上所拥有的民族文化精神,并且窥见中华民族共同体意识的具体体现,让读者对作品人物形象有一个更加立体的、深刻的、全方位的认识和了解,正如王海所说:"作为一个谙熟本民族生活的黎族作家,亚根在《阿娜多姿》中也有不少黎乡风光和黎族风情习俗的展现。譬如对黎族特有的处置'禁母'、道公作法驱鬼等,都有细致的描写。从这些描写中,也能够看出作者通过社会生活事象的铺展从而透现民族文化心理方面的努力。"②也就是说,无论是黎族作家还是黎族题材的作品,他们通过对这些道德伦理和民族信仰的书写,可以更加生动形象地传播民族文化精神,传承一个民族的精神信仰,延续中华民族的血脉。

三、南海区域黎族文学的话语谱系

前面两个部分,分别阐述了南海区域黎族文学的区域构成以及民族特征,或者说,我们弄清楚了黎族文学的基本对象,描述了它与其他民族不同的差异性元素。那么,我们应当如何从比较文学变异学和比较文学阐释学的角度来分析和思考南海区域的黎族文学文本呢? 概言之,我们试图用跨

---

① 曲明鑫:《从黎族文化到黎族文学的历史变迁》,《民族论坛》2015年第5期。
② 王海:《跨越与局限:黎族当代作家创作简论》,《广东社会科学》2005年第4期。

民族比较文学阐释学和民族互鉴、文明互鉴的方法来研究黎族文学文本。

本书我们用比较文学方法论转型来分析黎族文学阐释机制的转型。我们先来看比较文学方法论关于文明互鉴、民族互鉴的有关背景,然后分析比较文学与黎族文学之间的逻辑关联。对比较文学而言,大致说来,国际比较文学发展史上大概有四次重要转型:第一次发生在 19 世纪末 20 世纪初,法国学者针对克罗齐对比较文学学科合法性的诘难,提出实证性影响研究模式;第二次发生在 20 世纪 50 年代,"二战"以后的美国学者,基于意识形态的外部因素和影响研究存在的内部问题,以韦勒克发表《比较文学的危机》为标志,提出平行研究模式;第三次发生在 20 世纪 60 年代末,艾田伯针对法国学派和美国学派的矛盾而发表《比较不是理由:比较文学的危机》,对其矛盾进行调和,学派之争逐渐被种族研究、文化研究、性别研究等多元范式所取代;第四次发生在 20 世纪末至今,巴斯奈特和斯皮瓦克分别于 1993 年和 2003 年宣布比较文学已经"死亡"或处于"危机"状态,继而开启了新世纪的学科重生之路。

比较文学变异学和比较文学阐释学,正是在第四次转型的背景下生成发展起来的。从比较文学可比性角度分析,法国学派影响研究本质上是"寻同",美国学派平行研究核心思想是"拒异",两者都没能将东西方跨文明异质性作为比较文学的可比性论域,而比较文学阐释学和比较文学变异学一样,都是在影响研究、平行研究、阐发研究基础上的发展创新,它将异质性、变异性作为比较文学可比性,着力研究跨文明阐释中的变异状态,传承了同源性、类同性的可比性构架,同时又弥补了它们忽视异质性与变异性的理论缺憾,进一步推进了比较文学学科理论的包容式、创新性发展。

纵观比较文学史,每一次可比性疆域的变动,都决定着比较文学的"生死"。法国学派用实证性影响研究来梳理跨国文学之间的交流关系,这在韦勒克看来,他们将"'比较文学'局限于研究文学之间的'贸易交往',无疑是不恰当的"①。因此，美国学派提出跨文化、跨学科的平行研究，但是"却对把文学现象的平行研究扩大到两个不同的文明之间仍然迟疑不决"②。可见，他们仍然没有走出西方文化诗学的封闭圈，没有在根本意义上构建跨文明视域，用季羡林先生的话说："他们的所谓比较几乎只是限于同一文化体系内的比较，都是近亲，彼此彼此，比来比去，比不出什么名堂。在这一方面，两者又同有一失，失之闭塞。"③正因他们有此"病根"，才给我们提供了创新机遇。那么，什么是跨文明和文明互鉴？为什么比较文学变异学和比较文学阐释学理论要强调跨文明比较？跨文明在东西方文学与文化比较与阐释中具有怎样的意义？跨文明异质性如何成为比较文学可比性？

比较文学变异学和比较文学阐释学一个重要的理论特征，就是要强调跨文明比较视域的至关重要性，这个问题看似简单，其实是一个难啃的硬骨头。我们知道，影响研究的可比性基础是同源性，他们要在不同国家与文明文学之间找到某种相似性、传承性以及历史性根源，因此执着于对这些跨国文学关系进行实证性考察和论证，让比较文学成为历史科学的分支。例如"浮士德"形象，我们就可以研究它的生成、发展以及在各国文学中的流传演变，这些形象演变虽然形态各异，但都具有一个内在的贯通脉络，因为它们都基于欧洲文化的同源性整体发展结构，或者说它们是在同一文明圈中形成的。所以，歌德在 1827 年谈到世界文学时，认为应当有一个模范，但这个模范不可能是中国文学，也不可能是塞尔维亚文学，只能是古希腊文学，古希腊文学就是世界文学不可替代的标杆和典范："我们不能把这个荣耀给中国人，或者塞尔维亚人，或者卡尔德隆人，或者尼伯龙根人；但是如果我们真的想要一个典范，我们必须永远回到古希腊人那里，在他们的作品中，人类

---

① ［美］韦勒克：《比较文学的危机》，于永昌：《比较文学研究译文集》，上海：上海译文出版社，1985 年，第 123 页。

② ［美］韦斯坦因：《比较文学与文学理论》，刘象愚译，沈阳：辽宁人民出版社，1987 年，第 5 页。

③ 季羡林：《比较文学与民间文学》，北京：北京大学出版社，1991 年，第 194 页。

的美不断地被表现出来。"①正因为古希腊文学展现了人类最高的美,如同神一样的光辉,因此才能成为世界各类文明的同一性渊源,才让各国文学表现形态具有了基本的辨识度和可比性,所以说:"他将古希腊文学视为世界文学的至高模范,以此为基础来求同存异、促进交流。"②

因此,我们可以将影响研究的可比性视为"单源"文明背景,这种思路让比较文学靠上了历史学这棵大树,继而获取科学性、实证性特征。然而,随着时代的变迁,历史学这棵大树并不愿意让比较文学稳妥地依靠,两个著名历史学家——汤因比和雅斯贝尔斯,就否定了历史的"单源"文明特征,创新推出"多源"共生的文明体系。简单地说,古希腊文明不是世界文明的单一历史起源,与它同时发生的还有中国、印度、中东等其他文明体系,这就决定了比较文学和历史学一样,不能总是考证各个国家、各个民族文学同古希腊文学有什么深刻渊源,而是要跳出这个单一文明圈,思考不同文明体系作为独立生命体的生成、发展以及其文学的异质形态,这就是跨文明比较视域的核心思想,也是比较文学变异学和比较文学阐释学的重要基础。当今国际学术界关注的文明互鉴,正是在这个基础上展开的。

具体地说,雅斯贝尔斯在 1949 年出版的《历史的起源与目标》中认为,公元前 600—前 300 年间,就是人类文明的"轴心时代",但历史的起源并不是古希腊文明这一个"轴心"。尽管苏格拉底、柏拉图、亚里士多德等哲人构建了古希腊文明的基本范式,但是,与它构成共时态呼应的还有古印度文明以及以孔孟老庄为代表的中华文明,它们也构建了不同的文明传统和思想惯习,形成不同的轴心支点,并深刻影响后世的文明发展。更为重要的是,这些文明之间尽管空间上各自为阵,但是却具有很多内在的通约契合之处,不同的人类用理性的思维去面对和认识世界,提出了形态迥异但又切实有

---

① Johann Wolfgang Von Goethe and Johann Peter Eckermann, *Conversations of Goethe with Johann Peter Eckermann.*, Translated by John Oxenford, Da Capo Press, 1998, p. 148.

② 王超:《比较文学变异学与世界文学史新建构主义》,《西南民族大学学报》2020 年第 3 期。

效的世界观和方法论,要么是宗教,要么是道德,要么是类宗教范畴体系等。同样,汤因比在《历史研究》中也认为,西方人应当抛弃自身的文明优越感,走出自我中心主义,中华文明、亚非文明并不比西方文明低劣,它们与西方文明是并列的,甚至他还认为中国有可能自觉地把西方思想与传统文化熔为一炉,构成一种包容发展、动态变异、融汇中西的文明形态,为21世纪的人类文明发展提供一个全新的起点。后来,美国学者亨廷顿也传承了这个观点,他分析了儒家文明、基督教文明、伊斯兰文明的差异,并强调了异质文明对话互补的可能性和必要性。

由此可见,雅斯贝尔斯、汤因比、亨廷顿这些国际权威学者的研究,为比较文学构建跨文明视域提供了历史学可能,让比较文学影响研究和歌德传统世界文学坚守的同源性消解崩溃,让原本坚固的西方文明中心分裂为多元化的文明支点。除此之外,20世纪中后期,德里达、福柯等人掀起的解构主义思潮,从哲学上消解了西方文明的"单源"核心,提出走出西方自我中心主义,走向"异域""他者""异托邦",从他者世界来反观自身、重构自我。因此,20世纪中后期以来,西方学界从历史学、哲学视野为跨文明比较视野奠定了坚实的思想基础。

比较文学变异学和比较文学阐释学提出的跨文明视域,同影响研究的同源性划清了界限,它从历史学和解构主义思潮中获取话语资源,从"同源"文明转向"异源"文明,从"单源"文明转向"多源"文明,从"单一"文明体系内的文学实证,转向了"多元"文明之间的跨文明平行阐释。这种转向突破了一元论中心主义的思想局限,从不同的文明视角来重新阐释和打量传统的文学文本,以期发现新的意义、新的结论和新的共鸣,转向一个文明互鉴、杂语共生的多元对话比较文学新时代。

那么,比较文学方法论强调的文明互鉴和跨文明阐释对南海区域黎族文学研究有何方法论启示呢?

(一)从文明互鉴和跨文明视野研究南海区域黎族文学的异质性。前面已经陈述,比较文学的学术前沿就是强调文明互鉴和跨文明比较视野。之所以要提出这个策略,主要就是因为长期以来,我们聚焦于文学研究的"小经典",没有从一个多元文化语境和跨文明语境来检视民族文学的"大经典"。我们之前的很多比较,要么是以西释中的"强制阐释",要么是以中注西的"文论失语",这两种倾向都导致了文学研究的偏激与狭隘,归根结底是"因为双方不是在同一个层面上平等交流对话,要么是西方理论崇拜,要么是极端民族主义情绪在作祟。很难超越这种异质文明之间的鸿沟达到'共在之域'"①。本书在研究南海区域黎族文学的过程中,并没有局限于黎族文学文本之本身,也没有局限于小圈子、小经典,而是将黎族文学文本放在中华民族以及世界各民族文学之中来进行比较阐释,以此来突出黎族文学文本的异质性。例如,本书将黎族神话传说与古希腊《荷马史诗》进行比较分析,将《甘工鸟》与西方文学经典《美狄亚》进行比较阐释,将《鹿回头》与美国文学经典《老人与海》进行比较阐释。这样一些文本比较阐释,不仅将黎族文学置身于中华民族之中,同时也置身于世界民族之中,让我们更能从一个全球化的世界文学视野重新打量黎族文学。

（二）从民族互鉴和跨民族视野研究南海区域黎族文学的变异性。本书除了文明互鉴之外,还强调民族互鉴。在文学类同基础上,进一步分析不同民族文学在同一个主题上的阐释变异性和传播变异性。国际比较文学学会前主席佛克玛教授认为:"变异学理论是对先前'法国学派'片面强调影响研究的回应,同时也是对美国学派受新批评影响只关注审美阐释而忽略非欧洲语言文学研究的回应。我们的中国同行正确地意识到了之前比较文学研究的缺憾,并完全有权予以修改和完善。"②这个判断应该是国际比较文学界

---

① 曹顺庆、王超:《论中国古代文论的中国化道路》,《中州学刊》2008 年第 2 期。
② Cao shun qing, *variation theory of comparative literature*. New York：Springer-Verlag Berlin and Heidelberg GmbH&Co. k, 2013.

对中国比较文学多年来艰难垦拓的一种价值认同。当西方比较文学研究在危机论、死亡论中挣扎时,中国比较文学话语以一种积极的、开放开明的姿态呈现,并对学科理论产生重要作用,用季羡林的话说:"这世界无非是这样的,东方不亮西方亮。那么西方不行的话呢? 就看东方。所以要向东方学习。"①因此,这种比较文学研究方法论对我们研究民族文学具有重要启示,我们不仅要研究南海区域黎族文学是什么样的,还要研究它在历史发展进程中,尤其是在与汉族和其他少数民族交流对话中发生了怎样的话语变异。例如,本书研究《大力神》这个文本与汉族的盘古开天辟地神话之间的实证性渊源,同时又研究彼此的渗透和意象变异元素,这是一种民族互鉴和跨民族迂回阐释策略,正如法国当代比较文学家弗朗索瓦·朱利安所说:"我相信声称能一下子解决差异的突出类型只会导致差异的索然无味。因为意义的谋略只有从内部在与个体逻辑相结合的过程中才能被理解。这就产生了反思在此采取的巡回状态。"②这种反思,就是跳出黎族文学研究的固定封闭模式,从他者视域和跨民族视域来重新打量黎族文学的意象变异问题。所以,从这个意义上讲,我们并不是仅仅分析黎族文学与各民族文学之间的类同性、同源性,而是聚焦于黎族文学意象在跨民族对话交流中的差异性、变异性,聚焦于不同民族文学的对话交流、民族互鉴,正如曹顺庆教授指出的:"在'求同'思维下从事跨文化研究,是会面临诸多困难的,而变异才是现今的比较文学学科理论应该着重研究的内容。"③变异不仅是比较文学应当研究的重要内容,对民族文学和文学人类学研究来说,变异同样是一个重要内容。它可以更加生动地呈现出一种民族文学样态在时空变幻中呈现出的发展轨迹,也可以生动呈现民族文学之间交流碰撞的历史现象。

---

① 季羡林:《西方不亮,东方亮》,《中国文化研究》1995 年冬之卷(总第 10 期)。

② François Jullien, *Le détour et l'accès*, Paris: Bernard Grasset, 1995, p.10.

③ 曹顺庆:《变异学:比较文学学科理论的重大突破》,《中山大学学报》2008 年第 4 期。

第三节　黎族文学的历史形态

前文已经交代了中华黎族文学的区域构成与特征,并且从比较文学变异学和比较文学阐释学的角度研究南海区域黎族文学的方法和路径,这是从宏观上对黎族文学的总体语境进行描述。简单地说,黎族是中华民族的一个重要组成部分,黎族文化也是中华文化的一个有机结构要素。同样,黎族文学也是中国文学的一个重要分支,我们应当从这样一个宏观语境中进行全面系统的阐释。从中国古代南方少数民族"百越"中的"骆越"一支慢慢分化向南,经过琼州海峡,在海南岛形成了黎族的原住民聚居区。在这个区域,黎族经过与汉族、其他少数民族的文学与文化进行对话、交流与整合,形成了黎族文学的内部结构特征。经过与南海区域的越南、印度、马来西亚等国家文学的交流与整合,形成了黎族文学的外部结构特征。这样两个方面的要素聚集在一起,就构成传统黎族文学的知识谱系。对这些外部生成原因进行系统分析之后,本节主要对黎族文学的内部结构进行梳理,也就是分析黎族文学的历史形态和当代的发展演变,然后为下一章的意象谱系解读做好坚实的铺垫。

什么是黎族文学(也就是前面所提到的中华黎族文学的简称)? 黎族文学经历了怎样的发展历程呢? 首先,关于第一个问题,什么是黎族文学? 就学术界目前普遍的观点来看,主要有两种分类,一种认为黎族文学分为黎族民间文学和黎族作家文学两类:"一个民族的文学,一般都包括两大部分:一是人民口头创作的民间文学;一是作家创作的书面文学。"①另一种观点认为,我们可以单纯从文学类型上分类,可以将黎族文学分为散文和韵文,散文可以是神话、传说、故事等,韵文可以是歌谣、诗词等。笔者比较倾向于第

---

① 陈立浩:《海南民族文学试论》,《海南师院学报》1993 年第 1 期。

一种分类,因为这样更能显示出黎族文学的民族异质特征。

从时间跨度上说,主要指新中国成立之前,黎族人民创作或口传的民间文学。从内容上说,主要是指产生于黎族,反映黎族生产生活、精神风貌和价值观念的文学形态,由于黎族没有自己的文字,因此主要是口口相传,世代流传。民间文学是黎族文学的历史形态,它主要包含神话、传说、故事、歌谣、叙事长诗、谜语、谚语等体裁样式。对此,有研究者指出:"一般看来,对于某一民族的民间文学而言,不管搜集者和整理者属于哪个民族,也不管用哪种文字进行发表,只要文学作品保存了该民族民间文学的原始形态并忠于原作,那么就可以将其归为这一民族的民间文学。"①

从时间跨度上说,黎族作家文学主要是在新中国成立后,黎族作家创作的书面文学或非黎族作家创作的关于黎族文化的书面文学。当然,还包括21世纪以来的黎族网络文学。党的十一届三中全会以后,新生代黎族作家创作的书面文学非常丰富,也异军突起,从内容上说,黎族作家文学主要是指黎族作家用书面形式创作的文学形态,或者说非黎族作家创作的反映黎族族群生产生活、观念体系和思想模式的文学形态,包括诗歌、小说、散文、戏剧等。曾有研究者做过这样的梳理:"'黎族作家文学'的概念界定也同样如此,目前对其概念的界定有以下几个主要观点:1.黎族作家使用黎文创作并反映黎族生活的文学作品;2.无论是哪个民族的作家,无论使用什么语言文字,只要是反映黎族生活的文学作品;3.无论使用什么语言文字,黎族作家创作的反映黎族生活的文学作品;4.无论使用什么语言文字,无论反映哪个民族的生活,只要是黎族作家创作的文学作品。"②这四种界定应该说都有一定的合理性。从当今的时代语境和创作现状来看,仅仅限于黎族的民族身份已经不足以涵盖黎族作家文学了,而且这样的界限和疆界可能存在的

---

① 黄欣:《当代黎族文学研究论析》,广东技术师范学院2014年硕士学位论文,第13页。
② 黄欣:《当代黎族文学研究论析》,广东技术师范学院2014年硕士学位论文,第13页。

问题就是,它不利于文学的大繁荣大发展,这种作茧自缚的形式要求也不能
适应社会的发展需要,而且我们也没有权力去组织任何人介入或规避黎族
文学书写,也不能认定他们对黎族文学的书写具有不合理性。所以,黄欣关
于黎族作家文学的界定梳理出来的部分观点虽然有一定道理,但是也有一
些片面,我们认为可以简单地概括为:"无论使用什么文字进行创作,无论反
映的是哪个民族的生活,只要是黎族作家创作的文学作品,都属于黎族作家
文学。"①

在 21 世纪,随着网络媒介的大力推广,黎族网络文学也开始活跃起来,
"黎族网络文学作品是进入 21 世纪以后开始出现的。从网络调查的情况
看,黎族网络文学作品包括两种情况:一是作者本人或者他人将已经在传统
纸质刊物上正式发表过的作品上传到网络上;二是作者直接在网络上发表
自己的原创作品"②。现在信息化时代,黎族文学在新世纪也逐渐融入世界
大舞台,开始以网络文学的形式加速传播民族文学与文化,这既是一种大势
所趋,也是文学发展内在的必然性所致,"在 21 世纪的今天,网络已经成为
宣传和展现黎族文学创作成果的一个不可或缺的舞台,成为初习者学习成
长的一个重要园地。网络文学不仅推进了当代黎族文学的繁荣发展,同时
还参与了黎族当代文学新的历史建构"③。因为网络文学具有较大的自由
性,作者可以在不违反有关规定和法律的前提下发表自己的观点和态度,也
不必迎合大众群体的需要,可以按照自己的兴趣去自由创作,然后上传到网
络,这样就激发了更多的黎族文学创作群体,也让传统的黎族文学进入新的
历史建构阶段。目前关于黎族网络文学的研究资料还不太多,研究空间还
很大。

---

① 黄欣:《当代黎族文学研究论析》,广东技术师范学院 2014 年硕士学位论文,第 15 页。
② 王海:《黎族网络文学的发展及其特征》,《海南热带海洋学院学报》2022 年第 4 期。
③ 王海:《黎族网络文学的发展及其特征》,《海南热带海洋学院学报》2022 年第 4 期。

总体上看,从黎族文学的历史发展来说,有的提出两个阶段,即新中国成立之前和新中国成立之后这两个阶段,但是也有研究者认为:"黎族文学和世界其他民族文学发展的历程都有相似之处,都是在曲折中发展,其大致经历了萌芽、发展、扼杀、复苏四个过程。"①这样的划分也有一定的道理,限于篇幅,本书主要采用前者的观点,即从黎族民间文学的历史形态和黎族作家文学形态来进行勾勒和描述。基于此,本节重点描述黎族民间文学的历史形态。

一、传统黎族文学中的神话故事

神话,是世界各民族文学早期的共同形态,在人类无法为世界提供一种理性化、科学化的解释的时候,神话就成了原始人类的科学,而现在的科学也就是当代人的"神话",我们可以从这个角度来理解神话的诞生:"神话为人类发展的特定历史时期、特定心理状态下的产物。至此,人类已进化经历了千百万年的史前阶段,形成了人类自身极为丰富的集体无意识积淀,而自觉意识却显得相对薄弱。而当人类进入文明的门槛之前,由于语言表达能力的增强和逐渐形成的集体意识与无意识的相一致,恰恰有助于这种集体无意识的渲导与显现,因而诞生了神话。"②神话反映的不是某种现实生活,而是原始人类的"集体无意识","集体无意识"是西方心理学家荣格提出的一个术语,用以描述人类一种远古的集体精神状态和思想呼唤。

西方有各种神话体系,这些神话都是关乎人类和世界生成发展的重要文本,它们大多产生于原始社会,大多没有固定的文字,都是口口相传。各个民族借用这些神话来集中展示一个民族的意识形态和思想观念,具有比较浓烈的神秘色彩,而且很多神话都大同小异,在表现的主题、内容、形式各

---

① 曲明鑫:《从黎族文化到黎族文学的历史变迁》,《民族论坛》2015 年第 5 期。
② 王晓华:《神话与集体无意识显现》,《浙江大学学报》1995 年第 9 卷第 2 期。

方面都反映了早期人类的思想意识和世界观。例如古希腊神话，它生成了一个比较完善、逻辑清晰的神话体系，既有"旧神"体系，还有"新神"体系。"新神"体系就是众所皆知的十二主神，包括宙斯、赫拉、波塞东、雅典娜等，这些神话形象在《荷马史诗》中都有比较多的反映。还有巴比伦神话，在史诗《吉尔伽美什》中有很精彩的描述，其他再如北欧神话、斯拉夫神话、玛雅神话等。几乎每一个民族都产生过属于自己的民族神话，神话是文学的原初形态，尽管它大多数没有以文字形式出现，但是却反映了人类早期的一种特殊的叙事方式，这种方式对我们从文学人类学角度去思考当前的文学现象具有很重要的意义。具体地说，这种意义在于，这些神话文本具有丰富的艺术想象力和原生的鲜活力，"我们每每看到，神话中的一些情景，哪怕是一些片段，竟会具有惊人丰富的概括力和包孕性，具有一种直取人心的艺术震撼力和永不干枯的活性，几乎是后世的艺术创造所难以伦比的"①。

　　同样，中华民族也有自己的神话体系，关于中国神话的有关记录，我们可以在一些文献经典中予以发现，例如《山海经》《水经注》《尚书》《史记》《礼记》《楚辞》《吕氏春秋》《淮南子》等。在这些神话文献中，有我们都烂熟于心的神话故事，例如夸父追日、精卫填海、女娲补天、后羿射日、嫦娥奔月、大禹治水、刑天舞干戚、共工怒触不周山等。除了这些经典文献，现当代也有很多关于神话的研究论著，例如，袁珂的《中国古代神话》（商务印书馆1957 年）、《中国神话通论》（巴蜀书社1993 年）、王孝廉的《岭云关雪——民族神话学论集》（学苑出版社2002 年）等。而且，在这些神话研究的基础上，一些学者还吸收借鉴了当代西方一些神话研究文献和文学理论思想（例如弗雷泽《金枝》），继而发展出比较文学学科的一个新兴的研究领域，即文学人类学，以叶舒宪、徐新建、彭兆荣等学者为代表。

　　与中华民族的其他民族一样，黎族的最初文学形态也是神话，而且黎族

---

① 　王晓华：《神话与集体无意识显现》，《浙江大学学报》1995 年第 9 卷第 2 期。

的神话具有自己的民族特色:"黎族文学的萌芽阶段是以口口相传的文学产生为标志的。黎族社会经历了一个相当漫长的无阶级社会,没有统治者,人们之间没有利害冲突,唯一的敌人就是大自然。因此黎族文学的萌芽阶段就是反映人与自然斗争的内容。他们通过丰富的想象力和创造力,创作出一系列的远古神话和传说,在这些神奇的神话世界中,我们了解了黎族的起源和洪荒时代中那些理想化的英雄人物和他们的英雄事迹,如《洪水的传说》《大力神的故事》等,这就是黎族先民处于远古时期给我们带来的口头文学的折光。"[1]黎族经历了长期的无阶级社会,因此黎族生产生活的主要矛盾不是阶级敌人,而是大自然,在人与自然的斗争过程中,黎族人民开始创生出自己的民族想象,这主要体现在《大力神》《黎母山》《雷公根》这三部神话之中。这些神话反映了黎族社会和黎族文学中的"力崇拜",当然还有"水崇拜""玉崇拜"等,只是说,在黎族神话的描述中,相比其他民族而言,"玉崇拜""水崇拜"相对描述较少。黎族文学"力崇拜"的代表作,就是《大力神》。如今,在东方、琼中、白沙、昌江等海南岛中南部区域的黎族民居宅院门口,普遍都画着大力神的符号,这个神话符号一直传承至今。

《大力神》这部作品主要流传于五指山地区,它主要描述在远古时候,天上有七个太阳和七个月亮,把大地晒得滚烫。其实我们知道,后羿射日的汉族神话中,也说天上有十个太阳,所以他才射掉了其中的九个,保留一个太阳。在原始社会,人类不能建造属于自己的现代建筑,大多是茅草棚或土质建构,在避寒避暑方面功能不高,冬冷夏热,尤其是在海南,海南属于热带,夏天更加炎热。所以,当时的人类无法从科学上解释天气为什么热,也无法解释为什么天上只有一个太阳。正当大家处于水深火热之中时,大力神出现了,他开始拯救人类,他做了一把很大的弓,把七个太阳中的六个都射下来,晚上又把七个月亮中的六个也射下来了,然后又开始用他无比的神力去

---

[1]　曲明鑫:《从黎族文化到黎族文学的历史变迁》,《民族论坛》2015 年第 5 期。

开天辟地,创生出自然界的山川河流、动物植物等,最后把力量用完了,但他还怕天塌下来,于是用手撑住天,如今海南岛的著名风景区五指山,传说就是大力神撑天的手掌。

从这样一段叙述中,我们可以发现,这其实就是最典型的"力崇拜"。远古黎族先民,在面对大自然的时候,无法抗击大自然的神奇力量,大风大雨、大江大河、电闪雷鸣,这些自然现象都很有可能剥夺一个普通人的生命,所以就潜意识中就生成了各种大力神形象,这些形象具有超凡的力量,他们能够实现人类不能实现的梦想,也能够让人类的精神得到慰藉,帮助原始先民在与大自然斗争的过程中看到希望,也获取庞大的精神力量。

《黎母山》的神话传说也在黎族聚居区流传较广,它主要讲述黎族起源的问题。最初海南岛并没有人,然后雷公经过这里,觉得这里适合人类繁衍,便把一个蛇卵放在山中。后来,雷公在一个合适的机会,把这个蛇卵击破,于是从蛇卵中跳出一个女子,那就是黎母。黎母就开始在山里生活,后来遇到一个从陆地到海南岛采集沉香的男子,两人就结合在一起,生了一群孩子,除了采集野果之外,还开始在山上种植山兰,后来他们就把这座山叫做黎母山,把自己称作黎人。

在这个神话中,出现了黎族文学的一个核心形象,就是雷公。这个神话主要还是对人类起源进行想象式描述,原始先民面临的根本问题是:我是谁?我从哪里来?我要到哪里去?这就是黎族族源及文化身份的自我认同。从这里可以看出,黎族对雷公的崇拜,原因比较多。因为海南岛是热带岛屿,电闪雷鸣比较多,而且从考古学上来说,雷州半岛及海南岛区域都有相关的证据:"古越族遗址因雷雨将石斧冲刷露出地面,人们视为打雷以后雷公遗下的霹雳斧、雷斧,从而益加产生了对斧钺的神秘色彩。有人在雷州(海康县)西北四十五里雷公山拾到很多雷公石,当地人当作神石来祭祀。海南岛黎人也把斧头视为神秘,对仇人写其名字于纸上,以斧钉之,施以巫术,则其人必死。把斧钺视为神圣而尊严的礼器,源于越人对戈器的信仰和崇拜。他们都是百越种族的各个分支,或者是被融入百越族中的其他种族。"①百越族将雷公视为一个重要的神,并衍生出雷公石、雷公斧等符号,这些石斧因为和雷公产生了关联,所以具有了很多神奇的力量。所以在《黎母山》这个神话中,雷公就是黎族的造物主,而且在这个神话中,还有蛇的意象,我们知道,在汉族及内地的很多少数民族中,蛇并不是一个吉祥之物,但是在这里,蛇却成了黎族人的动物起源。也就是说,根据这个神话的描述,黎族具有蛇图腾,他们将蛇认为是自己的祖先,这也是比较有意思的地方。当然,后来文中还描述黎母与渡海而来的年轻人结合,其实也就是在表明黎族最初是一个母系氏族社会,女性在黎族享有比较重要的地位。

除了上面所说的"力崇拜""雷崇拜"之外,在黎族还有"水崇拜",我们知道"水崇拜"在很多民族都有相关的神话。例如,根据《圣经》的记载,为了躲避洪水灾难,诺亚根据神的指示,建立了诺亚方舟,然后天上的水闸便打开,一连发了40天的洪水,其他生物都基本灭绝了,只有诺亚一家得以幸存。在中国神话中,女娲补天也能说明这种现象,水神共工与火神祝融交战,共工战败后,特别生气,于是用头去撞西方支撑天的不周山,引发大洪水,最后是女娲炼五彩石以补天。另外,大禹治水也是如此,他没有采用鲧的"围堵"的办法,而是创新使用"疏顺导滞"的方法,这样解决了洪水泛滥的问题。可见,这些故事都反映的是人类同洪水斗争的过程。

关于这个问题,台湾高山族和海南黎族神话中有一些相似之处:"在高山族神话传说故事中,赛夏人、泰雅人、布农人、卑南人、曹人和雅美人等族群关于人类起源的传说故事里,均有许多关于洪水泛滥淹没天地的描述;黎族五个方言群的传说故事如《伟代造动物》《南瓜的故事》《螃蟹精》《洪水的故事》等,都非常简明地描写了人类曾经遭受过洪水浩劫的惨景。这些民间故事虽然一时还无法推断它们所产生的年代,但是它们与远古冰川洪水的

---

① 何光岳:《百越源流史》,南昌:江西教育出版社,1989年,第6页。

到来及自然环境的变化是大体吻合的。"①很多学者推测,在距今 8000 多年前,地球在冰河期末期,气候变暖,冰雪融化,继而形成全球性的大水灾,各个民族都遭受了这场劫难。所以在他们的神话中,都不约而同地反映了这段历史,在《南瓜的故事》《洪水的故事》等神话故事中,都非常生动地描述了洪水这个意象。尤其是在海南岛,相比大陆而言,每年的降雨量更多,台风数量也非常多,这种台风带来的雨水,经常导致各种洪涝灾害。所以,在黎族的神话文本中,很多都记载了对洪水的恐惧、斗争过程。

二、传统黎族文学中的民间传说

民间传说与神话故事虽然都是黎族民间文学的重要组成部分,但是两者仍然有很多差别。神话(myth)在原始社会往往被视为科学、真理,具有足够的可信度,因为当时的人无法用其他更好的方式解释世界,大多数靠人类的想象来进行阐释,但是我们不能证明这些神话是假的,人类的想象也是有一定的依据或合理性的,那就是他们当时的科学,也是他们认识世界的思维方式,而且传承者也往往都信以为真。例如,古希腊的《荷马史诗》就记载有很多神话故事,它里面提到奥林匹斯山上的十二主神,这些在西方社会都被信以为真,认为并不是凭空杜撰。在中国,我们自称"龙的传人",但是龙这种生物,今天我们是看不到的,但是不能否认它曾经存在过。

民间传说(legend)往往缺乏一种终极性的阐释起源,一般说来是后来演化的一些故事,它似真似假、真假难分,具有生活化的特征。它是远古流传下来且题材广泛的叙事文体,其中的人物形象往往有一定的原型,但又不是完全可信,而是在民间口头传颂,不断发展变异,不过总体上又保持一定的故事原型。例如《梁山伯与祝英台》《白蛇传》《孟姜女》《牛郎织女》,这些就是中国古代比较有名的民间传说,这些故事有明显的虚构特征,受众能够辨

---

① 邢植朝:《对高山族、黎族民间口头文学及人文价值的认识》,《民族文学研究》2011 年第 3 期。

识这种虚假性，但是也乐于欣赏和传播这种虚构的文学作品。例如，梁山伯与祝英台的汉族传说中，他们最后化作了两只蝴蝶，黎族民间传说中的《甘工鸟》，主人公的结局类似于他们，最后也化作了鸟。两个民族的民间传说，主人公既有民间的真实，又有想象的玄乎，最后天人合一，羽化升天了。可见，民间传说中没有那么体系化、结构化的神话形象体系，而是一些与人民生活相接近，发生在身边，但是又超越现实的一些事情，通过艺术的手段把他们展示出来，表达一定的理想信念，这就是民间故事。

对黎族文学而言，黎族的原始先民在建构一系列属于自己的神话的同时，也编织着自己的民间传说，这些民间传说具有黎族文学的基本特征，也符合黎族社会发展的必要要求，因为"社会始终在发展，随着生产力的进步，黎族社会进入了阶级社会，私有制产生的同时也伴随着阶级矛盾的产生，表现在口头文学，就是社会题材更加广泛，很多民间故事和神话中既有对坚贞爱情的颂扬，也有对人民辛勤智慧的褒赞，同时也有揭露统治阶级丑恶嘴脸和对悲惨生活的感叹，但是，口头文学中的民歌和民谣占据主流，在黎族的传统民歌中有着生活、劳作、爱情、祭祀婚姻仪式和摇篮曲等内容，各种题材的歌谣表现形式也不同，比如生活歌曲基调哀怨低沉，劳动歌曲曲调昂扬有激情。"①也就是说，在无阶级社会，黎族人民的主要敌人是大自然，因此主要的文学形态就是神话故事和民间传说。黎族民间传说和民间文学是黎族人民抗争自然界的一种思想形式或斗争形式。

但是，随着社会进一步发展，黎族开始进入了阶级社会，出现"峒首"，"峒"是黎族原始部族的土地划分形式，掌控这些"峒"的人就是"峒主"或"峒首"，相当于汉族的地主阶级一类。土地私有制的产生导致了压迫与被压迫、剥削与被剥削、占有与被占有的基本二元结构，因此，在阶级社会，黎族文学从内容和形式上都发生了巨大变化。从形式上说，这一时期的黎族

---

① 曲明鑫：《从黎族文化到黎族文学的历史变迁》，《民族论坛》2015年第5期。

文学开始从神话故事转向民间传说,从借助"神灵"的力量来对抗大自然,转变为借助"英雄"的力量来对抗阶级敌人。从内容上说,主要是从描写虚构的神灵转向了具体的人物形象,尤其是反映在阶级斗争中的英雄、好汉、豪杰、小人、坏蛋等形象。在这些作品中,往往都有比较明显的二元对立价值取向和运思机制,例如"好人/坏蛋""英雄/小人""帮手/帮凶"等,这些形象都是比较单一化、片面化的形象,不是一个矛盾综合体,因为对这些形象的塑造,蕴含着传唱者的价值标准。同时,这些民间传说也能够迎合绝大多数人的心理期望,因为他们在现实中处于被统治阶级,他们与统治阶级之间的关系是不可调和的,只要阶级存在,矛盾就存在。所以,在民间传说文学作品中,往往比较倾向于刻画让人印象深刻的人物形象,好到极致,或者坏到极致,比较少见现当代文学作品中的那些好坏兼有的复合式人物形象,扁平化形象多于立体化形象,这也是黎族民间传说中的一个特点。

具体地说,黎族文学中的民间传说分为以下几类。

(一)人物传说。就是关于英雄人物的民间传说,主要反映黎族人民在生活生产过程中遇到了各种困难,既有同大自然作斗争的情景,也有与峒主恶霸及其他坏蛋做斗争的情景。正是因为大多数老百姓是弱势群体,所以他们才通过文学想象来实现自己在现实中不能实现的梦想,用弗洛伊德的精神分析理论来说,这就是一种"替代性满足"。弗洛伊德认为作家的创作就是"白日做梦",通过各种虚拟的形象来自我安慰、自我调节、宣泄不满。黎族文学中的人物传说也往往有这方面的特征。这些英雄人物形象正是符合这种受众心理,所以广为流传,在流传过程中被不断经典化、形象化。例如,《台风的传说》主要是描述两个兄弟——打菲和打维,他们一起和"台风精"进行抗争的英勇事迹。台风这个意象在黎族神话故事和民间传说中都比较常见,毕竟这是黎族人民生活中最常见的一种自然现象,同时也是让黎族原始先民比较害怕和恐惧的意象,在汉族民间传说相对就较少。在黎族各种民间传说中,充满了人们对台风的抗争事迹,正是因为台风让大家害怕和恐惧,所以台风往往是以"台风精"的形式出来,这是一个妖精、妖怪的反面形象,它来到人间,然后作威作福,祸害黎族人民。于是,在各种民间传说中,就涌现出各种和台风意象抗争的人物形象。《台风的传说》就是书写两个兄弟不畏艰难、不怕牺牲,勇敢地为了黎族人民的利益而同台风做斗争的过程。这就是黎族民间传说的基本特征,也是中华民族大多数少数民族民间文学的基本主题。除此之外,还有民间故事《五指山大仙》,以及记载黎族聚居区历史人物的传说《英雄花》《黄道婆的故事》《李德裕的传说》等,这些民间故事都是写民间流传的一些英雄人物和英勇事迹,他们的初衷大多是正义的,斗争过程是艰辛的,而结局也几乎都是圆满的,看起来醋畅淋漓、快意恩仇。在这种叙事套路下,黎族文学建构了自己的价值观念体系。

(二)民俗传说。黎族及其他很多少数民族都有自己的节庆日,并举办相关的节庆活动,这些活动具有很强的仪式感。但是,在具体现实中,为了让这些民俗活动可持续流传和发展,往往需要很强的渊源性或可解释性,这样就显得比较可靠,有充分的依据。事实上,有的民俗有具体的渊源,有的却没有,不管如何,它们的传承总是需要有一个合法性理由,否则无法解释当今的很多行为实践,这些具有渊源解释性的文字,就构成了民俗传说,这是关于某一个民族风俗习惯和生活习惯、建筑习惯、交往习惯的传说文本。

一般说来,每一个民俗节日的背后,都有着许多美丽的传说。例如,汉族在端午节吃粽子、赛龙舟、抓鸭子等,就有着关于屈原的传说。民间传说是一个民族历史的记载,也是一种多层次的民族文化积淀,它不是某一作家的单独创作,而是一个民族的集体想象和集体认同,在这些集体想象背后,也存在着普遍的集体无意识,渗透着一个民族最基本的价值观念和思想体系。

与民俗传说密切关联的则是很多民俗活动,这些活动与民俗传说相辅相成,一个是理论,一个是实践;一个是历史,一个是当下;一个是内在,一个是外在。两相结合,才让民俗活动和民俗传说形成无缝对接,具有持久的艺术生命力和文化贯彻力。民俗传说与人物传说在文学基本结构上大体相同，只是书写的对象不一样，人物传说主要聚焦于人，而民俗传说主要聚焦于事。当然，这也不是决然分开的，民俗传说和人物传说，往往有人又有事，只是侧重点不同而已。例如黎族民间传说——《三月三的传说》，三月三是黎族一个重要的民俗节日，实际上，壮族也有这一民俗活动。在这一天，黎族有各种习俗，尤其是美孚黎这个黎族分支，人们精心打扮，隆重着装，聚集在一起，喝山兰酒，跳打柴舞，吹起鼻箫，青年男女之间唱起动人的情歌，一片欢乐祥和的气氛。

那么，为什么黎族如此重视三月三呢？为什么汉族不那么重视呢？为什么汉族又把二月二称为"龙抬头"呢？从今天的时空语境出发，这些是解释不清楚的，或者说，用科学的语言、逻辑、思维是无法解释这些民俗现象的。没有一个民族会从顶层设计上去规定某年某月某日举行什么活动，它都是一个自下而上、自上而下的循环运转过程。先有人民群众的认同，然后才有制度上的设计，只有先在人民群众中展开，才可能取得深入的持久的生命力。除此之外，世界上有些事情显然是当时科学解释不清楚的，在理性的背后，也有着感性的世界。所以，民俗传说就成为弥补科学解释的另一种非理性、非逻辑的解释方式，成为我们分析世界、认识世界的另一种亚文本。

就黎族关于三月三的民俗活动，流传这样一种民俗传说，在黎族早期，洪水泛滥成灾，前文已经说过，洪水意象在黎族神话和传说中都非常普遍。洪水淹没了山河天地，也让很多生物都销声匿迹，只剩下天妃和观音。他们是兄妹关系，在滔滔洪水中，他们抱住一个葫芦瓢，得以生存下来，然后随着洪水不断漂泊，最后漂到了昌化江畔的燕窝岭。等洪水消退以后，他们得以幸存，但是他们发现周围就只剩下他们俩了，其他亲人都被洪水冲走了，于是就决定分别去寻找他们的亲人。分开的时候，约定每年三月三回到燕窝岭重聚。他们最后始终没有找到自己的亲人，眼看着他们逐渐衰老，但是又无法繁衍后代。为了解决这个问题，妹妹在相聚之前，就在脸上刺上一些花纹,哥哥没有认出妹妹,于是在那一年的三月三,他们就结为夫妻,繁衍后代,成为黎族的原初先民。

对这样一个民俗传说,我们可以发现,它具备几个关键的叙述环节:一是洪水叙述。这是早期黎族神话和民间传说都很常见的一个话语符号。二是兄妹起源。这在少数民族民间传说中是比较常见的母题,可以视为他们对族源问题的一种解释,这种现象从生物遗传学的角度上是不太合理的,但是从人类社会发展的角度却是一种权宜之策。三是节庆叙述。每年的三月三,这个时间点具有约定俗成的意味。这样三个叙述符号,就从时间、地点、内容方面解决了关于三月三这个重要民俗节日的生成习惯问题,也解释了黎族妇女为什么有文脸的民俗习惯。因为洪水,他们逃离,因为有葫芦瓢,所以能够漂流,因为没有亲人,所以他们要去寻找亲人,因为无法繁衍,所以要寻找伴侣,因为兄妹亲缘关系,所以妹妹要文脸,导致哥哥不能识别,所以两人结合,繁衍后代。尽管从科学常识来说,其中有很多漏洞瑕疵,但是从民间生活的思维逻辑和叙述逻辑来说,这都是顺理成章的,能够让我们理所当然地明白,为什么黎族人民群众要在三月三举行各种庆祝活动,为什么黎族妇女要文脸,黎族从何而来等现象。

(三)动植物传说。顾名思义,这就是关于动植物形象的一些民间传说。例如《牛为什么犁地》《山兰稻种》《雷公根》等,这些民间传说主要目的是解释一些动物、植物的用途来源或名称来源。因为黎族人民在日常生活中经常用到或遭遇到一些动植物,但是又不知道为什么它们会有这样的功能。例如,关于《雷公根》,我们知道,雷公根在当今是一种常见的草本植物,也是一种民间常用的中药材,它有很多功能,"解暑止泻"就是其中之一,它能治疗中暑引起的系列不适症状,也能比较有效地缓解腹泻,还能一定程度消除肿痛。因为黎族人民生活的南海区域是热带,气温常年较高,基本没有冬天,所以中暑、腹泻是比较常见的疾病。在抗生素没有得到广泛使用之前,雷公根这样的中药草本植物,往往在民间得到普遍认同和采用,大家都可以用它制造出千奇百怪的"偏方"。但是,为什么雷公根要叫雷公根?民间并无定论,谁也无法用可靠的证据来论证究竟雷公根与天上的雷公之间有什么直接的联系。所以,为了满足大家对这种植物名称的探究,人民群众就"众筹"出一种或多种阐释模式,对这种关联进行解读。我们今天看到的《雷公根》这个文本,里面的雷公有时凶神恶煞,有时又调皮可爱,它到朋友打占家里做客,看见打占的宝贝,就想去偷,没想到被打占穷追不舍,最后雷公被打得落荒而逃,它的一只脚被打占剁烂,丢进田里变成野菜,这就是雷公根。这样一来,就说清了雷公根就是天上的雷公的化身。同时,这个传说也展现了黎族先民坚信"人定胜天"的信念。所以,很多动植物民间传说在描述动植物来源的过程中,往往也有人的痕迹,只是假借了动物的意象,实际上是在集中描述人类的一些美德。

(四)风物传说。这一类是关于黎族风情、风景、名胜的民间传说。名山一般有名文,为什么"好山多僧占"?既是因为名山大川风景秀丽,又是因为它们被赋予了历史文化、宗教文化和民间文化等元素,相辅相成,相得益彰。例如《五指山传说》《七仙岭》《鹿回头》《落笔洞》《吊罗山》,这些都是海南比较有名的风景名胜,在千百年的历史发展过程中,故事口口相传,让风景名胜具有神秘的文化历史感。

这些传说虽然风貌各异,但是都有一定的神话原型,例如:"有关五指山的传说。不同的异文故事,虽然讲述的内容有别,但它们都揭示了相同的主题:五指山凝聚着黎族儿女的血汗,世世代代的黎族人民是开发、建设五指山的主人。《五指山的传说》中的阿立一家,惨死于坏人之手,血染五指山;《五指山传说》中的翠花姑娘,为民除害,壮丽献身五指山。这类故事也许无史记载,但它们千百年来却一直讲述在黎族人民的嘴边,广泛流传于民间。这些传说内容,形象地展示出黎族人民在历史长河中极为艰难的行程,他们是以顽强的生存意志和斗争精神,征服自然,降伏妖魔,为后人创建了美好的家园。"①

总而言之,关于五指山,民间有各种各样的传说,这与当代的黎族作家文学不一样,黎族作家文学是以文学文本的形式出现,它是比较固定的文本形态,包括汉族的《诗经》及其他经典,都是相对固定的文本。但是,黎族这些民间传说是不断变异的,它有各种各样的变异体。但是,值得注意的是,这些文本变异体大同小异,在基本的故事情节上还是具有相似性,前面所说到的五指山的传说,无论是阿立一家,还是翠花姑娘,他们都把自己的生命献给了五指山,这是一种勇敢、正义、积极、向善、向上的一种民族精神力量。今天我们看到五指山之挺拔威严,实际上正是反映了黎族人民的这种积极向上的民族文化精神。这也是自然景观与民间传说的一种彼此应和、交相辉映、相得益彰。

三、传统黎族文学中的民间故事

当代黎族作家高照清说:"每个民族都有自己的民间故事,都是很丰富多彩的。我们黎族有民歌,很多都是五言,也有七言、九言的。另外,黎族也是有族谱的,我们的族谱就是民间故事。"②民间故事和民间传说既有区别又有联系,两者都是民间文学的具体形式,都是产生、流传、变异于民间的叙述模式,他们大多数都是以口头文学为基础,都有一定的历史客观元素和主观想象元素。

就两者的区别来说,民间传说相对而言具有更多的事实基础,它是从某一个人物、某一个习俗、某一个风物中延伸或孕育出来的艺术符号,例如,我们前面提到的《五指山的传说》,五指山是客观可见的对象,而且在五指山的

①　陈立浩:《海南民族文学试论》,《海南师院学报》1993 年第 1 期。
②　杨春等:《"离开黎族,我就不是一个作家"——黎族当代作家访谈》,《文艺报》2013 年 4 月 3 日第 5 版。

确发生过一些历史事件,只是说,这些民间传说对这些事件进行了想象性变异,也在流传过程中发生了不少的阐释变异。另一方面,民间故事更加侧重于虚拟幻想,幻想是民间故事的生命,传说大多是有渊源、有来头、有原因的,而故事大多数是想象的、虚拟的、空想的。一般来说,民间故事分为幻想故事、生活故事、民间寓言和民间笑话等类型。具体地说,黎族民间文学中的民间故事一般有幻想故事、生活故事、寓言故事等几类。

(一)幻想故事。这一类故事大多是反映黎族人民群众在生活中的各种超越现实的幻想,和阿拉伯文学《天方夜谭》一样,富有浪漫主义想象色彩,例如《啼母鸟的故事》《阿坚治黎头》《一个瞎子、一个跛子和一个驼子》《兄弟俩》《槟榔的故事》《椰子壳》《老树和乌鸦》等。这些黎族民间故事涉及的内容都是黎族日常生活中比较常见的素材对象,例如"槟榔""黎头""椰子壳"等,然后虚拟出很多关于这些黎族民间生活的各种幻想故事:"黎族人民集体创作的散文形式的口头文学作品,除神话、传说以外,还有许多富有幻想色彩或现实性较强的民间故事。在幻想色彩浓烈的故事中,不少的优秀作品集中展示了黎族人民的社会理想和道德观念,反映了他们恋爱、婚姻生活。"①这些民间故事的虚构并不是无中生有、凭空捏造,而是凝聚了他们的社会理想和道德观念,尤其是彰显了他们对现实生活、爱情、亲人、阶级敌人的主观态度,例如《椰子壳》《勇敢的帕托》《星娘》等民间故事,就是集中呈现了这种价值观念:"'椰子壳'的内在美,既是黎族人民美好心灵的写照,又是他们'外朴中美'的传统审美意识的形象体现。"②因此,我们可以理解,这些幻想故事都是从群众中来,到群众中去,都是反映黎族人民的身边人、身边事,同时又赋予一种生活理想和道德观念以及审美价值体系。

(二)生活故事。这一类民间故事主要是描述一些富有现实色彩的作

---

① 陈立浩:《海南民族文学试论》,《海南师院学报》1993 年第 1 期。

② 陈立浩:《海南民族文学试论》,《海南师院学报》1993 年第 1 期。

品。如果说幻想故事侧重浪漫主义想象,那么生活故事则侧重现实主义反映。换言之,这些民间故事比较接地气,集中反映黎族人民在同阶级敌人做斗争的过程中所展现的英勇无畏、勤劳朴实、机智勇敢等特征,现实批判功能比较强,社会反思意识也比较浓厚,能够振奋人心,鼓舞斗志,让人民群众在故事中获得生活的勇气和力量,"在黎族民间故事中,那些现实性较强的作品,一般都是内容单一,情节简单,篇幅也较为短小。它们多是表现广大劳动人民与权贵者的斗争生活,从正面赞扬黎族儿女勤劳朴实,机智勇敢的高尚品德,揭露和鞭挞黎头、峒主和财主的愚蠢暴戾,损人利己、贪得无厌的反动本质。"[1]这类作品比较多,例如《长工捞龙》中的地主形象,还有《聪明的亚坚》中的亚坚形象,以及《砍刀的故事》《老树和乌鸦》《水族舞会》等故事,也集中反映了这一类母题,这些故事浅显易懂,又贴近人心,让黎族人民群众从中看到生活的希望。

(三)寓言故事。这是黎族人民通过一些故事来进行自我教育和民族教育的一种形式,类似于西方的《伊索寓言》《安徒生童话》等,寓言相对而言艺术性、隐喻性更强,具有旁敲侧击、举一反三的艺术功能,"黎族儿女也以民间故事进行自我教育,如《砍刀的故事》《老树和乌鸦》《水族舞会》等,它们讲述娓娓动听的故事,或用具体的事实,或用生动形象的比喻,讲明某一生活哲理和训诫意义,启发人们的智慧和思考,劝导人们以传统的美德和道德标准,来规范自身的言行。从这个意义讲,民间故事又是黎族儿女的良友"[2]。这一类故事与前面两类故事的不同之处在于,它既不是偏重浪漫主义的想象,也不是偏重现实主义的反映,而是通过一些小故事来阐明一些生活中的道理和做人做事的一些准则。这也是黎族文化精神的一个重要的层面,通过这种艺术形式,来取代汉族儒家文化中的"四书五经""伦理纲常"

---

① 陈立浩:《海南民族文学试论》,《海南师院学报》1993 年第 1 期。

② 陈立浩:《海南民族文学试论》,《海南师院学报》1993 年第 1 期。

"道德教化"和"理论训诫",例如《甘工鸟》《尔蔚》等,都有这样一些寓言讽喻功能。这样一些故事,虽然一度没有书面化为代代相传的文学经典,但是它以故事的形式,口口相传,深入人心,没有枯燥的伦理说教,潜在的伦理教化作用是非常明显的。例如,在封建社会,汉族女性受儒家文化的影响,家庭地位和社会地位不高,但是黎族长期以来却是倡导男女平等,甚至在黎族社会发展初期,女性地位比男性还高,这些道理,往往在很多黎族民间故事中可以发现。

四、传统黎族文学中的民间歌谣

黎族民间歌谣是黎族民间文学的重要组成部分,也是黎族文学最有特色的文学形态之一,黎族人民能歌善舞,尤其是黎族情歌,在青年男女中广为流传。当然,其他还有婚礼歌、劳动歌、节庆歌等。黎族不仅擅长编写具有民族特色的民间格言,而且还有自己的曲调,例如在琼中、保亭等区域就有"啰呢调",琼中县的"水满调",以及其他一些曲调。"久久不见久久见,久久不见还想见!"这一句经典的歌词,就被习近平总书记在博鳌亚洲论坛2018年年会开幕式的主旨演讲中提到,这句歌词来源于经典的海南民歌《久久不见久久见》,这样一首海南民歌,从古至今,流传甚广,具有浓郁的地方特色,我们看看这首民歌的歌词全文:

久久不见久久见

久久相见才有趣 阿妹喂

久久不见心想见 阿妹喂

见到阿妹心欢喜 阿妹喂

久久不见久久见

久久相见才有趣

隔久不见又想见

见着面来眼眯眯

见着面来心甜滋

见着面来笑嘻嘻

久久不见久久见

久久相见才有趣

隔久不见又想见

见面久久又没趣

经常见面欲相气

见得久久又分离

哦……哦……

久久不见久久见

久久相见才有趣阿妹哎……

久久不见心想见　　阿妹喂

见到阿妹心欢喜　　阿妹喂

可以看出,这是一首典型的黎族情歌,表达了青年男女之间难舍难分浓浓的情谊,习近平总书记在讲话中的引用,用来表达一种拓展性的友好相逢的喜悦。除了情歌,其他还有很多种类型,有研究者分析:"黎乡素有歌海之称,丰富的歌谣是黎族民间文学的重要组成部分。早在渔猎生活的时代,黎族已有体现原始劳动号子意味的短歌,以及吟唱鸟兽虫鱼习性特征的《禽兽谣》。在数千年的历史长河中,黎族人民感于哀乐,缘事而发,引吭高歌,创作了内容极为广博的民歌,诸如生活歌、劳动歌、儿歌、革命歌谣等,无所不有。"[1]这些歌谣,也是黎族传统文学的一个重要组成部分,它们反映了黎族人民生活的各种场景,以及他们的生活体悟。

---

[1]　陈立浩:《海南民族文学试论》,《海南师院学报》1993 年第 1 期。

应该说,除了情歌之外,最重要的民歌形式就是劳动歌,因为黎族主要居住在海南岛的中南部区域,这些地方大多数是热带雨林,山高路远,生活艰难,尤其是五指山地区,直到新中国成立的时候,部分黎族人民还依然还过着靠山吃山靠水吃水的生活,砍山、烧山、种山兰是其主要的劳动方式,因此便产生了古朴粗犷的《砍山歌》:

山呀、树呀,
我挥刀出力砍,
砍得响隆隆!
砍完一片山,
烧净播下种,
再来守山栏!
嗬依呀——赛!

这一首砍山歌是关于黎族人民砍山和种山兰的习俗,在黎族传说《丹雅公主》中就有比较生动的描述。这首砍山歌,就详细反映了黎族人民砍树、开荒、种地、种粮的生产生活场景,从声音、动作、语言、情感等方面生动形象地反映了这个劳作过程。除了砍山歌,其他还有很多种类,例如还有黎族故事长歌,这是黎族音乐与文学相结合的一种民间艺术样本,例如保亭就流传着故事长歌《甘工鸟》,张睿指出:"故事长歌在每个民族的民歌中都有,它是文学与音乐的'共生物',它是民歌中艺术水平的最高形式,是民歌艺术发展到一定水平的体现。首先,故事长歌具有一定的故事情节,类似于小说或是剧本;其次,它的篇幅较长,少则上百句,多则几万句;另外它对于歌者的演唱水平和人文素养有较高的要求,因此故事长歌并不是所有的歌者都能驾驭的。黎族的故事长歌亦如此,它所描述的内容丰富且具有故事情节,按照题材可以分为两类:历史故事长歌和真实故事长歌。"①黎族故事长歌在黎族民歌中的比例比较小,但是反映的题材比较丰富,具有较高的史料价值和艺术价值。

这些民间歌谣中,一种类型是坚持黎族独有的节奏韵律,另一种是与汉族和其他少数民族交流融汇后形成的新韵律。无论是哪种韵律,这些民歌歌词,都是黎族民间文学的重要研究内容。所以,从总体上说:"黎族歌谣在唱法和音调韵律上分为两大类:第一类是用黎语咏唱的黎族歌谣,歌调古朴粗犷的传统黎歌,该类型歌谣句子结构无一定格式,句式长短不一,不分段节,不强求押韵,其韵律非常独特;第二类为汉化黎歌,即用海南方言咏唱的黎调歌谣,多为七言四句为一节或一首,韵律同海南方言歌,是黎汉文化交融的产物。"②无论是黎族原始民族歌谣,还是黎族跨民族复合歌谣,都是黎族民间文学的重要话语资源。

五、传统黎族文学中的创世史诗

史诗可以分为两大类,即英雄史诗和创世史诗。英雄史诗主要描写人类的英雄人物,例如《荷马史诗》中的《伊利亚特》描写了阿基琉斯、赫克托耳等一系列英雄人物的传奇故事,《奥德赛》描写了奥德修斯的智慧、勇敢、坚毅品质。《吉尔伽美什》中的吉尔伽美什,同恩奇都作斗争,为人类谋福利。全世界的民族文学中,类似的英雄史诗非常多。中国也有英雄史诗,《格萨尔王传》是藏族人民集体创作的一部伟大的英雄史诗,结构宏伟,卷帙浩繁,同西方文学一样,展现了中华民族文学中的英雄形象和英雄情结。

创世史诗主要是反映本民族族源及人类起源的文学形态,在南方少数民族,例如苗族、瑶族、侗族、土家族、壮族等民族中,都有自己的创世史诗。

---

① 　张睿:《海南黎族民歌文化研究》,海口:海南出版社,2017 年,第 160 页。
② 　黄欣:《当代黎族文学研究论析》,广东技术师范学院 2014 年硕士学位论文,第 5 页。

由于在民族特征、历史发展、自然环境、宗教信仰、民族心理等方面存在的差异,各个民族的创世史诗不尽相同,体现了自身的民族文化特质。值得注意的是,以前学界认为汉族没有创世史诗,其实根据近年来的一些文献搜集发现,也整理出汉族的史诗《黑暗传》,由胡崇峻搜集整理,长江文艺出版社出版,主要流传于湖北神农架区域,被视为汉族的创世史诗。关于这个文本,目前研究力度和深度还不够,尚未得到权威论证。但是就流传的广度和深度而言,汉族以外的其他少数民族的创世史诗更加普遍和深远。从形式上来说,主要有叙事长诗和抒情长诗两大类。从内容上来说,有反映人类起源的创世史诗,如《姐弟俩》;有反映阶级压迫的史诗,如《龙蓬》;有歌颂美好爱情的史诗,如《甘工鸟》《猎歌与仙妹》《五指山传》《婚歌》;还有叙事诗,如《巴定》。这些叙事文学作品,尤其是叙事长诗,具有比较重要的文学价值,因为"这些叙事长诗,从爱情、婚姻的角度,反映了黎族古代社会广阔的生活画面,展示了特有的风情婚俗,塑造了一个个敢于抗争、坚贞不屈的黎族青年形象,它们是黎族民间文学宝库中闪光的珠玉"①。

黎族文学的创世史诗最有代表性的就是《五指山传》,我们来看看其中一些比较典型的创世史诗话语叙述:

初古的时代,
天地不分开,
日月昏蒙蒙,
山岭阴霾霾。

苍天连大海,
白云伴尘埃,

---

① 陈立浩:《海南民族文学试论》,《海南师院学报》1993 年第 1 期。

世间本无物，
全从天上来。

天宫有气派，
排场盛未衰，
彩绣铺地毯，
香云漫天台。

天帝是主宰，
天人多华彩，
天女会歌舞，
天狗传令牌。①

　　其实，从这短短几句，就可以看出黎族创世史诗的基本特征。他们一般都认为，最初的时候，世上没有人，全都是天上来的，天上有什么呢？天上是超越凡间的另一个世界，那里有天帝、天宫、天人、天女、天狗……这构成一个独立的话语符号体系。那么，黎族是怎么来的呢？在没有科学的考古依据和历史文本依据之前，他们只能依靠想象性阐释。根据《五指山传》这个文本，他们认为黎族是天狗和婺女星结合繁衍而来的，天狗和婺女繁衍后生出一对兄妹，这对兄妹来到人间，后来，哥哥杀父娶母，又与妹妹结婚，兄妹结婚繁衍了黎族的子孙后代。其实我们知道，在古希腊索福克勒斯创作的悲剧《俄狄浦斯王》中，也有杀父娶母的"母题"，只不过《俄狄浦斯王》并不是创世史诗，而是以悲剧的形式呈现。《五指山传》则从天上讲到凡间，从凡间的兄妹讲到黎族的繁衍，叙述了一个民族从无到有、从小到大的发展历

---

① 孙有康、李和弟：《五指山传》，广州：暨南大学出版社，1990年，第2-3页。

程,这就是黎族的创世史诗。

六、传统黎族文学中的革命文学

为什么将革命文学也纳入传统黎族文学之中呢？这是因为,这一时期的黎族文学,仍然主要是民间口传文学,虽然书写内容和对象已经发生了变化,但是在表现形式上仍然一脉相承。

具体地说,19世纪末至20世纪上半叶,全世界大规模战争频繁,黎族主要居住的南海区域也没有逃离战争带来的各种灾难。"文变染乎世情,兴废系乎时序",一时代有一时代之文学,文学也是与时俱进、不断发展创新的。在这段战争时期,黎族文学也发生了转型,从描写民族民俗、民间传说,转向了对革命斗争以及相关内容的书写,所以战争主题成为传统黎族文学的一个重要内容。

传统黎族文学中的革命文学,主要有两个时期。

第一是清末民初到中华人民共和国成立前这段时间的黎族文学。这个时期黎族文学的主题主要是反映抗日战争以及国民党与共产党的战争。有研究者指出:"黎族的历史跨越比较大,到了1926年前后,一些口头文学随着时代的变迁已经上升到文学自觉性的高度,这一时期出现了很多控诉战争和反对压迫的曲子,如《穷人叹》《国贼来了民遭殃》,也有反映黎族人民保家卫国的爱国主义情怀的作品,如《鬼子不灭不收枪》《伤员住在你茅屋》。这些歌谣,赋予了黎族文学时代特色,是黎族口头文学中浓墨重彩的一笔,但是遗憾的是,这些口头文学,极大部分没有被整理和抄录,所以只能说是一种低层次的文学,和其他民族文学相比,仍然是处于萌芽阶段。"①其实,仅仅从标题就可以看出这些文学文本的政治色彩以及主旋律特征,《国贼来了民遭殃》反映了国民党统治下的黎族人民生活场景是如何的凄惨悲

---

① 曲明鑫:《从黎族文化到黎族文学的历史变迁》,《民族论坛》2015年第5期。

怆；《伤员住在你茅屋》反映了黎族人民同中国共产党人的军民一家亲、军民鱼水情；《鬼子不灭不收枪》反映了黎族人民誓死同日本鬼子作斗争的决心；《逼侬上山拿起枪》激励黎族人民同仇敌忾、英勇抗敌；《我们都是兵》《解放侬家乡》《来了侬的兵》等文学作品，也反映出黎族人民渴望和平、众志成城、万众一心、消灭敌人的高涨情绪。这些作品都将战争主题纳入了文学创作。

第二是新中国成立至改革开放的这个时期。黎族文学开始涌现出歌颂祖国、歌颂人民的文学形式："新中国成立后，党和政府高度重视黎族文化和文学的发展，在 20 世纪 50—60 年代，一些口头文学被整理在案，随着生活发展，一些新的民间歌谣又不断涌出，例如歌颂共产党和毛主席的歌谣《翻身全靠共产党》《毛主席来过五指山》，歌颂民族团结的歌曲《黎汉一家亲》，歌颂妇女的民歌《风吹书声门过门》等。"①这些黎族文学作品主要集中在新中国成立以后，黎族人民翻身做主人，心怀感恩之心，所以就涌现出很多积极向上的文学作品，这些作品要么感恩祖国、感恩中国共产党，要么感恩各民族的大团结大繁荣，具有革命浪漫主义和革命现实主义的元素，也和黎族文学传统一脉相承，都体现了一个时代的黎族文学发展特征。

改革开放初期，还没有大量出现真正意义上的黎族作家文学，主要还是挖掘整理黎族的民间文学。黎族文学逐渐复兴，开始走向黎族文学的一个自觉时期和崛起时期。改革开放初期的黎族文学，从历史中寻找话语资源，这也呼应了当时中国当代文学的"伤痕文学""寻根文学"思潮，黎族文学研究界在这一阶段梳理总结出较多的历史文献："挖掘和整理出黎族文学第一部长篇叙事诗歌《甘工鸟》，但这也是口头文学的产物。这一时期的黎族文学还未出现真正意义上的作家文学，因此黎族文学的形式是较为单一的，除了歌曲民谣外，文学的很多领域如（小说、戏剧、散文）等仍然是空白的。因

---

① 曲明鑫：《从黎族文化到黎族文学的历史变迁》，《民族论坛》2015 年第 5 期。

此横向比较,黎族文学发展仍然是缓慢的,层次较低的。"①尽管如此,这一时期的黎族文学,为当代黎族文学作了非常好的铺垫。

第四节　黎族文学的现状分析

前面主要分析了南海区域黎族文学的历史形态,这是黎族文学最根本的脉络体系,它潜在影响和制约着现当代黎族文学的基本形态,也是我们把握黎族文学意向谱系的一个重要前提。在本节,将沿着这条叙述脉络,重点分析南海区域黎族作家文学的当代现状。或者说,前面主要分析传统黎族文学,尤其是口传文学、民间文学的历史形态,这一节主要分析当代黎族作家文学,尤其是书面文学的当代形态。

南海区域黎族文学的当代形态主要是指黎族身份作家的文学创作,或非黎族作家创作的与黎族文化社会、生活观念、思想意识、历史背景相关的文学文本,在创作者之中,有的是黎族人,有的不是黎族人,但都是与黎族生产生活有关的文学创作。大致说来,当代黎族文学具有几个特征。

第一,题材大多与黎族有关。在前文中实际上已经分析了,黎族文学不仅仅是黎族身份作家的文学创作,这种观点过于狭隘。并且,黎族身份作家创作的也不一定全是关于黎族主题的作品,我们要实事求是,以文学文本为依据,而不是提前设定某种边界,"在当代黎族文学创作中,由于成长环境和个人阅历不同,只有少数几个如龙敏、亚根、高照清、黄照良等是深深根植于黎族本土而凸显出自己的创作特色的;而许多黎族作者的创作取材往往与自己民族的传统生活相去甚远,包括黎族文学史上目前仅有的 10 部长篇小说中,就有 5 部是非黎族生活题材的创作"②。因此,只要在创作对象上与黎

① 曲明鑫:《从黎族文化到黎族文学的历史变迁》,《民族论坛》2015 年第 5 期。
② 王海:《沉淀的记忆与真情的发掘》,《琼州学院学报》2012 年第 3 期。

族有关,那么就可以界定为黎族文学,这是一个基本的内涵界定。

第二,有意识的主体文学创作。需要注意的是,当代黎族文学与传统黎族文学最大的不同,就在于它是一种有意识、有方向、有目标、有意图的主体思考和实践行为。传统黎族文学大多是一种集体创作,不是某一个人的想法,这些口口相传的文学形态是一个族群对某一个问题的集体思考和阐释变异,具有更多的普适性、流传性和通俗性。在流传方式上,也主要是民间口传,是一种文化惯习和文学原生态反映。相反,由于当地黎族文学是一种有意识的个体创作,因此文学文本就具有了每一个创作者主体的主观能动性,赋予了创作者的世界观、价值观和人生观,更具有个性化色彩和理性意识元素。

第三,民族社会文化意识。在当代黎族文学中,一个非常重要的特征就是黎族民族社会文化意识和民族文化身份,因为这些作家在创作中想突出自己的创作题材、创作标识和创作特征,就只能就近挖掘,从黎族的民族历史中去探寻,通过对历史的回顾来体现对未来的展望,也是对全球化、多元化语境下的民族文学书写回应:"黎族在历史的发展过程中积淀了深厚的文化,也创造了丰富的民间口头文学,然而黎族作家文学则在 20 世纪 70 年代末期才起步。整体看来,只有三十余年发展历史的黎族作家文学,其作品数量不多,质量参差不齐,可以说黎族作家的文学创作本能地挖掘民族的特色,具有自觉恪守民族文化血脉的意识,并努力在复杂且强烈的文化冲击中来构建民族文化身份。"①在关于黎族主题的文学创作中,黎族作家试图彰显自己的民族文化特征和民族艺术身份,建构一种内在的民族血脉关联。这几个特征,都或多或少体现在黎族文学之中。

以上是从内容上对当代黎族作家文学进行总体描述。那么从历时维度来看,有学者认为当代黎族作家文学可以从以下几个阶段展开描述:"我们

---

① 吴海超、杜益文:《传统与现代的承接与背离》,《安徽文学》2016 年第 11 期。

可以把黎族作家文学的发展分成不同的阶段。依据黎族作家文学研究者王海的观点,黎族作家文学的发展主要可以分为'20世纪70年代至80年代''20世纪90年代'和'新世纪以来'三个阶段。如果按照发展状态来划分时代,我们姑且可以将黎族作家文学的发展脉络命名为萌芽发轫期、沉潜期,到多元显现期。"①这样的分段观点目前比较普遍,大多数学者都比较认同,我们在这里也采用这种分段模式,这样便于论述。

一、20世纪80年代的黎族作家文学(1978—1988年)

党的十一届三中全会以后,南海区域黎族文学进入第一个黄金十年,这一个时期,不仅仅是黎族文学全面复兴时期,同时也是整个中国文学的全面复兴时期。所以,在中国文学史上,这也被称为新时期文学。任何一种区域文学的发生发展,都离不开几个基本要素:首先就是创作群体,即一批有着相同志趣、志同道合的人士;其次是创作阵地,即有一个或一批交流平台、对话平台和传播平台;再次是有一批受众期待去消费、接受这些文学作品。前者是要求有人写,其次是有地方传播,后者是要求有人看。简单地说,应当有"创作者—媒介者—接受者"的文学生产机制、文学传播渠道和文学接受机制。所以,从文学传播学的角度上来讲,我们关注南海区域的黎族文学,就必须去把握它的发生、发展、传播、壮大整个过程。

在新时期黎族文学发展过程中,五指山创办的《五指山文艺》(后改名为《五指山》)发挥了重要作用。可以说,这本刊物见证了当代黎族文学的发生缘起和发展壮大,对黎族文学发展具有至关重要的历史意义。

《五指山文艺》1972年开始在通什(现五指山)黎族苗族自治州试刊,在当时的历史语境下和文化语境下,这种摸索是需要胆识,也是需要勇气的。之后不定期刊发一些文章作品。由于通什属于民族地区,《五指山文艺》从

---

① 汪荣:《一曲独特的南方弦歌——黎族作家文学的回顾与前瞻》,《文艺报》2020年5月15日。

试刊起,便比较注重刊发具有少数民族特色的相关作品。但是,当时在刊物上发表作品的作者大多还是汉族的身份,本土黎族作家比较少。而且,刊物是不定期出刊,这也使得当时的文学创作平台并不稳定可靠。所以,当时的《五指山文艺》只能算作是当代黎族文学的萌芽,并不是一个真正开始。

新时期黎族文学真正复兴崛起还是在 1978 年党的十一届三中全会以后。在 1979 年,《五指山文艺》正式确定为季刊,在出刊的频率上做了明确调整,1980 年又改名为《五指山》。自此以后,最初是通什地区的文学爱好者陆续在上面发表作品。后来,在这个新兴的作家群中,不仅有居住在海南的汉族作家,也有一些本土的黎族作家开始尝试在《五指山》上发表文艺作品,当然还有海南岛之外的作家发表作品。自此以后,当代黎族文学开始了复兴崛起之路。

在复兴第一阶段,就是辉煌的 20 世纪 80 年代。在这一个阶段,文学创作还并不多,主要是因为刚刚开始改革开放,大家对生活上的关注比精神上的关注更多,但是精神上的文化诉求也逐渐走向主体自觉,开始有意识地进行文学写作。相对而言,当时对黎族文学的关注,更多的是关于黎族历史口传文学的书面整理。因为前文已经分析过,黎族文学传统形态主要是口传文学,所以,第一步就是对这些历史口传文学进行有组织有目的有规模的系统整理:"不但色彩斑斓的民间文学复苏了,而且党和政府高度重视黎族文化的保护工作,先后组织各种形式的调查队、采风队深入黎族地区进行民间文学的搜集整理工作。1983 年《黎族民间故事选》出版;1984 年《五指山风》出版;1990 年《黎族民间文学概说》出版。"①当时的海南还属于广东省,当时的广东民族学院中文系具有历史担当和先锋意识,率先编著《黎族民间故事选》,由上海文艺出版社 1983 年 3 月出版。这部著作的重要意义体现在,它组织专门的研究班子,通过田野考察、走访调研、座谈访谈等形式,深入到海

---

① 曲明鑫:《从黎族文化到黎族文学的历史变迁》,《民族论坛》2015 年第 5 期。

南黎族聚集区的各个村落,边看边听,边写边记,全面搜集整理黎族口传文学素材,并整理成书面的文字材料。这些文字材料一般来说都比较简短,因为它就是一些小故事、小传说,一两千字就能说明问题,比较原生态地保护了黎族文学的最初面貌。

1983 年出版的《黎族民间故事选》,在黎族文学史上具有重要的价值,它是黎族文学历史形态进入当代形态的一个非常重要的过渡。因为黎族文学的发展不是决然断裂和分化的,它呈现出一种内在的贯通与外在的变异两个方面。《黎族民间故事选》就是这样一个很好的贯通,因为它用书面文字的形式记录在黎族聚集区进行采风、科学考察、记录编写得到的第一手资料,这些都让黎族文学的口传形式能够进入当代视野,可以说是传统黎族民间文学的文本化、现代化、学术化,同时又传承和保留了传统民间文学的基本特征和主要内容。另一方面,它又对 20 世纪 80 年代以后的黎族文学有了非常重要的承前启后作用,因为这些鲜活的民间故事、传说故事、叙事史诗,都成为当代黎族作家创作的文化资源和思想依据,后来的黎族文学创作和文学研究,很多都以这些文献为素材来展开挖掘。

正是在这样一些文献整理和文学创作基础上,当代黎族文学进入了第一个黄金发展阶段,这一个阶段的代表人物是龙敏和王海,"黎族文学作品的丰富得益于以龙敏和王海为代表的黎族本土作家群体的出现。他们创作了一批既有地域特色,又有时代气息的艺术作品,开创了黎族作家文学,真正意义上结束了黎族文学发展单一化的局面,实现了历史性的跨越,黎族文学走上了繁荣阶段"①。这个论断是有道理的。毫无疑问,龙敏和王海,至今仍然是黎族文学在当代最杰出的代表。他们在 20 世纪 80 年代创作的一系列黎族文学作品,既传承了黎族地域文化的风格元素,又吸纳了改革开放以后的时代元素和艺术元素,从而结束了黎族文学的内部循环状态,走向了一

---

① 曲明鑫:《从黎族文化到黎族文学的历史变迁》,《民族论坛》2015 年第 5 期。

种更加开放包容、自信从容的创作局面，"黎族作家创作文学的兴起，是黎族文学新发展的重要标志。在改革开放的80年代，涌现出了以龙敏、王海为代表的黎族作家，形成了文学创作的新局面"①。

首先，关于龙敏的创作。1986年，龙敏的中篇小说《黎乡月》由云南人民出版社出版，这是黎族当代作家文学第一部中篇小说，这部作品具有鲜明的时代特征，对改革开放时代背景下的黎族农业农村进行了生动的描述。黎族人民从原始社会走向社会主义社会，在这个社会历史的剧变中，黎族人民的心理特征也在发生巨大的变革。这部作品从浓郁的生活气息和细节描写中，反映了当代黎族人民对社会主义的共鸣。除了这部作品，龙敏还有一系列新作品问世，例如《老蟹公》《卖芒果》《年头夜雨》等，"在小说《老蟹公》里，我们看到在新时期新思想的影响下，青年一代受到黎族人民善良、勤劳、朴实等优秀品质的感染，自觉地改颜换面追求新的生活"②。这些作品主要还是以黎族生活为原型背景，对新时期黎族文化生活及文化观念都有比较深刻的反映，洋溢着鲜活的时代精神和文化活力。值得注意的是，龙敏还创作有短篇小说《年头夜雨》，获1983年度广东作协新人新作奖和第二届全国少数民族文学作品二等奖。这也是对龙敏这一时期黎族文学创作的肯定和激励。

其次，与龙敏并驾齐驱的还有王海。龙敏是地道的黎族人，王海作为黎族人的后裔，虽然在黎族聚集区生活时间不是特别长，但是他也坚守着一种民族文化传承的历史责任和使命担当，王海自己说道："作为一个黎族知识分子，我对黎族文化和黎族文学所采取的态度，不仅仅是出于单纯的兴趣或者专业研究的需要和选择，而更多的是出于一种责任的驱使。"③这种责任，

---

① 陈立浩：《海南民族文学试论》，《海南师院学报》1993年第1期。
② 吴海超、杜益文：《传统与现代的承接与背离》，《安徽文学》2016年第11期。
③ 王海：《别样的情怀》，《文艺评论》2005年第4期。

不是基于功利性的金钱、权力和名誉的目的,而是基于每一个黎族人保护和发展黎族文学与文化遗产的责任,这种责任是超功利的"初心"所在。另一方面,从侧面来分析,江冰也指出:"王海是黎族的后代,他的父亲参加过著名的黎族起义,祖辈与家族的记忆为他的创作提供了难得的文化资源。倘若说今天的王海具有评论家和小说家双重身份的话,我更看重的是后者。我甚至多次十分郑重地对王海说,你不写小说,是你的损失,也是黎族的损失。"①作为文学领域的合作者,江冰是比较了解王海的,王海的身份标识中,也具有浓重的黎族色彩。虽然他既有学者气息,也有作家风格,但是大家更注重的却是他的创作能力。黎族评论家相对较多,黎族原创作家并不多,没有那种深入骨髓的文化认同和身份体认,也难以写出经典的黎族文学作品。例如,王海的《采访》就是黎族文学史上的第一篇小说,虽然影响力不及龙敏的《黎乡月》,但是在题材的把握上却开了先河。王海另外还创作有散文《酒到醉时歌更多》《爸爸和酒》,这些作品在题材上主要反映了新时期作家视野中的黎族人民的新观念、新思想,与龙敏的创作一样,都对这个新的时代有着敏锐的感知能力和艺术反映能力。王海另外还创作有《五指山上有颗红荔枝》《我家门前有条河》《失落在深山坦》。明显可以看出,王海的创作题材比龙敏更加多元化,也更具鲜活的时代性。

第三,符玉珍的散文创作。改革开放以后,除了龙敏和王海的小说创作之外,符玉珍的散文也别具一格,产生了较大的影响。例如她的散文作品《年饭》,发表于《五指山》1981 年总第 10 期,当年即获得首届全国少数民族文学创作奖。这个奖励对黎族作家群体来说,也是一个极大的激励,它激励着更多的黎族年轻人参与到黎族文学的创作大潮之中,"文章寥寥千把字,通过'我'两次回乡吃年饭的对比,揭示了极左路线对黎族人民造成的危害,赞颂了新经济政策使黎族人民过上富裕的生活,主题鲜明,构思巧妙,语言

① 江冰:《对现代化与全球化的一种回应》,《广东技术师范学院学报》2006 年第 5 期。

简洁,感情真挚。"①这篇散文字数不多,但是政治敏锐性很高,以年饭为事件的结合点,通过对比来反映新时代新生活,构思相当精密。在这之后,她又写出了散文《没有想到的荣誉》,小说《拜妮》和《大表姐》等一系列作品,体现了黎族生活风貌,也反映了黎族人民在中国特色社会主义时代的精神气象。龙敏、王海、符玉珍这三位作家是20世纪80年代的黎族作家文学的典型代表。

在民间文学的研究方面,这一阶段也有不少成果。广东民族学院民族研究所的韩伯泉和郭小东1984年编写的《黎族民间文学概说》,是最早研究黎族民间文学的著作,这为后来的黎族文学研究奠定了坚实的基础。例如,王海、江冰2004年出版的《从远古走向现代》,2008年陈立浩、范高庆、苏鹏程出版的《黎族文学概览》,都对黎族文学有了更加深入的研究。除此之外,还有陈立浩、陈敬东的《海南民族文学作品选析》,华子奇、陈立浩的《五指山风韵——海南少数民族文学作品探析》,毕光明的《海南当代文学史》,张浩文的《新时期海南小说创作述略》,单正平的《海南当代散文概观》等。这些著作与前面的文学创作形成一种呼应,因为文学创作与理论批评是相辅相成的,文学离不开批评,文学批评也离不开文学创作。正是在各种文学理论批评研究中,才能推进黎族作家的文学创作更加自觉、更加理性、更加深刻。除了这些作品外,还有《五指山传说》(广东人民出版社,1980年)、《黎族民间故事选》(广东群众艺术馆,1981年)、《黎族情歌选》(花城出版社,1982年)、《黎族民间故事集》(花城出版社,1982年)、《黎族民间故事选》(上海文艺出版社,1983年)。这些研究著作和搜集整理著作,都反映了20世纪80年代黎族文学创作和文学理论批评研究的繁荣昌盛。

总体来说,第一阶段当代黎族作家文学主要有以下三个特征。

第一,从创作内容来说,主要以黎族人民在新时期的新生活为基本出发

---

① 吉家豪:《一朵山茶花——访黎族青年女作家符玉珍》,《五指山》1986年夏季号(总第25期)。

点,反映新时期黎族人的新生活、新事件、新思想、新风尚,"这批黎族作家,具有强烈的时代感和民族责任感,他们站在时代的高峰透视本民族的历史,观察黎族的现实,描绘了独特的人物形象、劳动场景、生活画面、风土民俗以及黎族儿女在新时期的历史进程中,民族意识和民族精神的流向。"[1]这在黎族文学史上是一个重大的转向,例如,龙敏的《年头夜雨》《老蟹公》,都能充分论证这种时代感和民族责任感。另外,王海的作品《弯弯的月光路》,主题思想就是倡导科学、反对愚昧,还有他的小说《桥》《帕格与那鲁》,符玉珍的《年饭》等,在创作内容上和创作形式上都是大胆创新、开疆拓土。

第二,从思想理念来说,作家以新的思想观念去考察社会,思考问题,解释矛盾,反映生活。改革开放以后,海南人民的生活观念、思想观念、生产方式都发生了巨大改变。陈立浩指出:"从黎族作家创作文学看,创作者的可贵之处,就是他们的主体认识也发生同步变化,作家们生动地描述黎族人民通过对历史的审视,特别是对本民族传统的道德观念和风俗习惯,自觉地以现代意识和现代文明加以参照,对数千年的优秀民族文化既继承和发扬,又不断地注入新的血液,新的内容,使其更进一步地自我完美。"[2]龙敏的小说《同名》就具有代表性,其中的主人公亚因,本身勤劳善良,通过各种情节设置,让他对旧观念加以否定,开始拥抱新时代新生活。另外,黎族文学作品《后母煮谷种》,主要讲述后母如何用煮过的谷种去陷害前娘的儿女,揭露了"十个后母九个恶"的现象,同时又呼唤人与人之间的真诚与关爱,期盼一种新的社会价值观。

第三,从艺术手法来说,这一时期的黎族文学开始尝试运用当代文学,其他各民族文学,甚至是外国文学的艺术手法来进行创作,出现了 20 世纪 80 年的文化繁荣与文艺复兴。我们知道,在这一时期,中国翻译和介绍了很

---

[1] 陈立浩:《海南民族文学试论》,《海南师院学报》1993 年第 1 期。
[2] 陈立浩:《海南民族文学试论》,《海南师院学报》1993 年第 1 期。

多西方当代文学批评理论,20世纪在西方被称为"批评的世纪",各种批评理论层出不穷、风起云涌。由于特殊的原因,在党的十一届三中全会之前,我们没有及时形成共时态的呼应和对话,因此改革开放以后,这些西方批评理论一窝蜂地被翻译传播进来,此起彼伏、不绝于耳。精神分析、新批评、西方马克思主义、符号学、现象学、哲学阐释学都在学术界如雷贯耳、热火朝天。所以,在龙敏、王海等作家的一些创作中,有意识地采用了这些艺术手法和文学批评理论,用新的文学理论指导新时期的文学创作,用新的文学创作来推进西方理论中国化以及中国文学理论的当代建构。

二、20世纪90年代的黎族作家文学（1988—1998年）

当代黎族文学发展的第二阶段,大致可以划归在1988—1998年这个时间段。这一阶段的黎族文学发展的一个重大历史背景,就是海南建省办特区。海南是全国面积最大的经济特区,如果说1978—1988年这十年的发展意味着黎族文学的全面复兴,那么1988—1998年这十年则意味着黎族文学的全面崛起。这一时期的黎族文学呈现出诸多不一样的历史特征。

这一时期,首先是黎族文学的重要阵地——《五指山》刊物发生了一系列改革。《五指山》最初是在通什镇,通什镇属于少数民族聚居区,主要的创作者和阅读受众相对有限。从内容上说,《五指山》最初是纯文学性的,这与当时全国的文化热潮是密切相关的,当时流行的"美学热",让思想解放的创作者对美学、文学、纯艺术等领域产生了极大的热情,像李泽厚这样的学者,在当时的青年思想界影响很大。所以《五指山》上发表的作品,也大多体现了海南地区新时代新青年对文学艺术的挚爱精神。但是随着改革开放的逐渐深入和经济社会的不断进步,《五指山》上面的文章内容也不再那么聚焦于纯文学性,社会主义市场经济蓬勃发展,尤其是改革开放的春风,让当时的中国经济结构发生了深刻变动,根据马克思主义的观点,经济基础决定上层建筑,经济结构的变动带来了人口结构的变动,人口结构的变动带来了思想文化、意识形态、审美取向的一系列变动。这一时期,打工潮开始盛行,很多黎族人民走出聚集区,开始到大城市谋生,农业经济被打工经济所取代,20 世纪 80 年代反映农业农村生活主题的文学创作,开始有了悄然的改变,因为部分黎族人已经迁移到了海口、三亚等城市,面对新鲜的生活、时尚的风气和加快的节奏,他们也在不断调整自我。于是,龙敏、王海等首批代表作家纷纷转型,他们的文学创作逐渐沉寂下来,王海也由文学创作转向文学评论。可以说,他们出现了一段时间的消沉期,这种消沉不是他们本身某一个方面的因素,而是内在和外在原因相互交织、综合反映的结果。

正当第一代黎族作家开始转型的时候,一些更年轻的黎族作家出现了,他们开始崭露头角,用新的活力书写新的生活。例如亚根、高照清、黄学魁、黄照良等。在整个 20 世纪 90 年代,以亚根等作家为代表的黎族当代作家群迅速崛起,显示出他们独有的创作风格和艺术特征。他们的主要创作形式不再局限于小说,而是逐渐向诗歌和散文拓展。例如亚根的《大山月色》《七仙岭神泉韵》《都市乡村人》,黄学魁的《东方夏威夷》等,这些作品不再像 20世纪 80 年代那样聚焦于农业农村,而是面向城市,面向现代生活和现代人的精神世界与精神风貌。

其中,亚根是比较多产的一位作家,先后在《人民日报》等刊物发表多篇文学作品,题材涉及散文、诗歌、小说,另外还有几篇报告文学作品,在文学创作和文学研究各个领域都有涉及,这在当代黎族作家群体之中是比较少见的。他的创作数量最多的还是散文,有 200 多篇,产生了较大的影响,其中散文《七仙岭泉韵》荣获 2002 年度全国报纸副刊作品年赛二等奖,文学评论《滞后的民族文学批评》荣获 2003 第五届全国当代少数民族文学研究创作新秀奖,散文集《都市乡村人》荣获 2009 年中国散文学会和中国纪实文学学会联合举办的"中华之魂"优秀文学作品征文比赛一等奖,等等。这些奖项的获得,进一步激励了黎族作家群体,也让黎族文学逐渐走出海南,走出黎族聚集区域,走向全国,也走向世界。

　　关于自己的创作风格,亚根说道:"从上世纪 80 年代末开始,主要是写散文,新世纪以来主要是写小说。我在创作上还是比较注意文学潮流的变化。新的生活气息我们要多关注,不能只是一味回到古老的时候,而是要跟着时代脚步走,反映现实生活。"①他自己认为,在 20 世纪 80 年代,他的创作主要还是散文,在创作过程中,他具有自己独特的风格,他认为黎族文学的传统形态,也就是民间文学中的各种神话、传说等,虽然这些是当代黎族作家的重要资源,但是不能一味地"守正",而且还要"出新",如何"出新"呢?那就是要紧跟时代的角度,一定要反映当下的现实生活,这是他最基本的创作理念。亚根指出:"我离不开黎族,离开黎族我就不是一位黎族作家,就没有前进的明确方向。站在黎族的土地上,站在黎族的生活的基础上,我才能展现出自己作为黎族作家应有的风格和特色。在创作中,不要与别的少数民族或汉族作家作品雷同,要有自己的一条路。"②所以,亚根坚守的是一种复合式的创作风格,既有历史意识的传承,又有当代文化意识的参与,两相结合,从而形成一条属于黎族作家自己的创作道路和创作风格。

　　进一步说,亚根最重要的创作特征,就是从民间文学中汲取丰富的创作素材,然后结合现实生活,在现实生活的书写中来映射或间接反映黎族文学的某些内容、思想或价值观念。所以亚根说:"黎族古代文学,主要就是民间文学,如民间故事、神话传说和歌谣等。民间文学对我的创作有很大影响。我的每一部长篇小说里面都有民歌,还有民间故事。民间文学就是我的母乳,培育我,给我精神食粮,我才能走到今天这个地步。我觉得很多优秀的民间故事都可以改编为长篇小说或者史诗,比如《鹿回头》等。当然也可以

---

① 杨春等:《"离开黎族,我就不是一个作家"——黎族当代作家访谈》,《文艺报》2013 年 4 月 3 日第 5 版。
② 杨春等:《"离开黎族,我就不是一个作家"——黎族当代作家访谈》,《文艺报》2013 年 4 月 3 日第 5 版。

用一些比较新的方式,比如现在有动漫公司把《鹿回头》的故事做成了动画片。"①这种观念,就是黎族传统文学的现代转换,这种思路是理论上可行,在实践上也是可以操作落实的。

为什么黎族作家文学离不开黎族传统民间文学?从根本上说,文学创作离不开现实生活,现实生活不简单是一个此刻的存在,而是过去、现在、未来三位一体的立体动态存在,黎族作家文学离开了传统民间文学,就成了无源之水,无根之木。也许在形式和内容上会有所创新,但是却可能丢失立身之本,丢失最具有异质性、民族性和差异性的文化元素和文学遗产。因此,尽管在文学形式上有所不同,但是绝大多数黎族作家还是坚守黎族传统文学的基本要素,这是一种潜意识的认同,也是一种有意识的借鉴,"黎族作家文学虽然诞生和发展的时间不长,但是黎族本身却有着非常漫长的口传文化和民间文化,这些历史积淀和文化土壤构成了黎族作家文学的背景。当然,不同的黎族作家所使用的民族性和符号性的东西比重不同:有的作家热衷民族历史和民族符号的展演,有的作家却对民族特质和身份进行淡化处理,但是不可回避的是,黎族作家的文字背后的确隐藏着一个民族文化的背景,这些民族根性的东西构成作家创作的潜意识"②。这种潜意识就是作家的民族良知和民族文化身份认同。

具体来说,当代黎族作家的这种民族文化精神传承和借鉴主要有两种方式:一种是形式上的现代转化,正如刚才提到的,亚根认为《鹿回头》这个民间传说,就可以通过形式上的切换,把这个古老的文本叙事题材改编为动漫作品,这也是黎族传统民间文学的当代价值转化;第二种就是内容上的现代转化。这就是在具体的文学作品中贯穿黎族传统的价值观念,但是这些观念不是一味地坚守,而是做出了一些创造性转化和创新性发展,例如"在

---

① 杨春等:《"离开黎族,我就不是一个作家"——黎族当代作家访谈》,《文艺报》2013 年 4 月 3 日第 5 版。

② 汪荣:《一曲独特的南方弦歌——黎族作家文学的回顾与前瞻》,《文艺报》2020 年 5 月 15 日。

黎族作家的文学作品中,还提及黎族人宣扬人人平等的观念。比如孩子们结伴捅蜂窝烧蜂吃,每个人平均分配,谁都不能多拿,即使身为奥雅之子的那改也不能例外。黎族人也宣扬了平等婚恋的观念,比如黎族舞蹈'打柴舞',男女青年参加舞蹈时自由寻找心上人,互相合心意后自由交往,甚至最后结成姻缘也是自作主张,家人很少干涉"①。这些都是黎族传统文学与当代文学的深度融合和价值贯通。

在汉族,儒家思想占据主导地位,所以在封建社会,讲究纲常伦理、天高地卑、男尊女卑。在封建社会,女性长期是弱势群体,以夫为纲,相夫教子。但是在黎族社会中,女性却有着与男性平等的地位。所以,在黎族作家文学中,这种歌颂生活、歌颂爱情、歌颂男女平等的价值观念和思想题材就不断呈现在作品之中,这也成为一种重要的民族文化资源和文本书写模式,作家王蕾说道:"我的很多作品都是来源于民间文学。这些故事都是非常优美的,以后可能会往小说这方面写,根据民间故事传说来创作。我想写的小说应该会以爱情为主,黎族文化中有很多凄美的爱情故事。"②亚根本人也意识到对黎族传统文学创作性转化的实践路径问题,他试图通过不断的形象变异、意象变异、阐释变异等形式创新来创作出新的文本范式:"黎族的原生态文化随着时代的开放,被其他文化逐步同化,这是不可避免的,也是比较悲哀的事情,但没办法回避。我们只能采取一种抢救的态度。其中一个方法就是,用艺术的手法把它整理下来。同时,我们也要有一种开放的心态,民俗的东西可以被异化被趋同,但是我们可以另外创造一些新的东西。"③

20 世纪 80 年代的黎族代表作家龙敏,也认同亚根的这种新型创作理

---

① 吴海超、杜益文:《传统与现代的承接与背离》,《安徽文学》2016 年第 11 期。
② 杨春等:《"离开黎族,我就不是一个作家"——黎族当代作家访谈》,《文艺报》2013 年 4 月 3 日第 5 版。
③ 杨春等:《"离开黎族,我就不是一个作家"——黎族当代作家访谈》,《文艺报》2013 年 4 月 3 日第 5 版。

念,试图在黎族传统文学中挖掘资源,同时又面对现实生活,他说:"所以我的初衷,就是把黎族的风俗习惯、风土人情,以及其他各方面表现出来,让大家知道黎族是怎么一回事。所以,我现在想把创作放一放,先整理黎族历史和黎族民歌。"①龙敏的步骤,就是先整理黎族文学作品和黎族民歌,通过这些整理,更加深入了解黎族民间文学的历史形态,以及在民族发展过程中的各种变异形态。在他看来,只有把握了这些原生态的话语资源,才可能把握黎族文学创作的精髓,也才可能有更加丰富的创作源泉。当然,在此基础上才可能创作出与众不同的艺术作品。所以,龙敏指出:"在我看来,民间文学包括3个方面:民间故事、民间谚语和民间歌谣。如果没有本民族的这些东西散落在我的作品中(再加上一些方言),我的作品跟其他民族作家的作品就没有太大区别。每个民族的文学都有自己的'根',作家的创作只有立足于这个'根',才可能写出特色,才能得到大家的认可。"②龙敏不仅整理了很多素材,而且还执着地实现自己的梦想,从传统中走出来,同时又勇敢地走向未来。同时,与龙敏一样,还有很多学者也一边创作,一边整理,例如暨南大学出版社1990年出版了孙有康、李和弟的《黎族创世史诗——五指山传》,也为黎族文学创作提供了很好的素材。

不过,这一时期受到市场经济和商品经济的影响,在黎族作家群体也一定程度出现了不愿意从事文学创作的倾向,一切向钱看齐,一切向利益看齐,所以黎族作家群体也在不断调整,正如龙敏指出:"可以这么说,现在黎族的创作感觉在走下坡路。没有人搞,谁都不想搞这个东西,好像是'最笨的人'才搞。我们现在黎族的作家有七八个,可能大家认为我们都是'傻瓜'。在现在这个经济社会,大多数人都想在经济条件、生活利益等方面有

① 杨春等:《"离开黎族,我就不是一个作家"——黎族当代作家访谈》,《文艺报》2013 年 4 月 3 日第 5 版。

② 杨春等:《"离开黎族,我就不是一个作家"——黎族当代作家访谈》,《文艺报》2013 年 4 月 3 日第 5 版。

利可获。但对'傻瓜'来说,他们就是沿着自己的道路走,行不行得通,那是另外一回事。"①在海南建省办特区的第一个十年,龙敏、亚根这些新老作家并没有在经济浪潮中迷失自我,坚持做他们自认为的"傻瓜",坚持为黎族文学的继承和发展作出自己应有的贡献,这是难能可贵的。

三、21 世纪以来的黎族作家文学（1998 年至今）

1998 年以后至今,当代黎族文学进入第三阶段,这一阶段的黎族文学呈现出一些新特点。在这一时期,随着电脑、手机、网络等信息手段的不断普及,黎族文学进入了一个新的时代。一方面是黎族作家的数量在变多;二是创作的形式在发生深刻改变,电脑文学、数字文学、手机文学、网络文学等形式也悄悄进入黎族社会和黎族作家群体。而且,经过前两个十年的不断积累,黎族文学也出现了一些经典之作、集大成之作,也产生了更加深远的影响,"我们可以看出整个黎族作家文学发展的基本轮廓,这个过程其实是与当代中国改革开放的历史进程同步的。在 20 世纪 80 年代的文学黄金时代,黎族作家文学领域诞生了大量的作家作品,这无疑与当时鼓励启蒙、推崇文学的时代风气有关。到了 90 年代,黎族作家文学相对沉寂,这与当时文学生态中市场化的生存环境有关。在新世纪以后,当社会的环境和生活的困境得以缓解时,黎族作家文学又逐渐复苏,走向了文学自觉和众声喧哗的新局面"②。

在这一阶段,黎族文学成就最大的依然是持之以恒、坚持创作的第一代黎族作家龙敏,他历时 8 年,于 2002 年完成了黎族文学史上第一部长篇小说《黎山魂》,这部作品被誉为最杰出的黎族作家文学作品。龙敏说:"我的创

---

① 杨春等:《"离开黎族,我就不是一个作家"——黎族当代作家访谈》,《文艺报》2013 年 4 月 3 日第 5 版。

② 汪荣:《一曲独特的南方弦歌——黎族作家文学的回顾与前瞻》,《文艺报》2020 年 5 月 15 日。

作可以说比较'杂',很多文体都涉及。我目前较为满意的作品是长篇小说《黎山魂》。这部小说我写了8年才写完,注入了自己很多的心血。"①可以看出,龙敏也是用心用情在书写这部作品,是对他前期创作积淀的一个回应和展示,也是目前当代黎族文学界公认度最高、影响力最大的一部作品。从总体上说,这部作品展示了黎族人民为改变自己的命运和官府进行对抗的奋斗过程,"在《黎山魂》里,主人公那改勇敢承担起拯救民族的重任,而黎族人民群情激昂地与官府进行对抗,身为女子的阿茵面对强权也毫无畏惧,支持丈夫那改带领同胞奋起抗争,最后她也自绝而亡。黎族人民热爱生活,强烈的进取精神和顽强的意志、敢于牺牲和坚韧不拔的民族性格,在小说中得到了很好的体现"②。

《黎山魂》既是文学作品,又是海南黎族命运的历史,它的经典意义在于书写了一个少数民族为了自身民族的命运而不断奋战、誓死不屈的坚强品性。这里的"魂",其实就是一种深入骨髓的民族文化精神,也是中华民族共同体意识的一个重要组成部分。从艺术手法上说,龙敏的这部作品充分运用了当代艺术手法,而且对外国文学中的艺术手法进行了借鉴,吴海超认为:"在《黎山魂》中,作家龙敏详细描写了阿练为情人阿真报仇的过程。阿练既细致观察仇人帕当的动向,又在内心追忆爱人的同时,谋划复仇如何开展,人物的思维、情绪、愿想,错综交织,流动地自由联想和意识迁移,这与西方文学中开掘深层的意识来展露隐蔽的灵魂和内心世界,具有动态性、无逻辑性、非理性的意识流创作手法类似。作家的尝试使得其创作在黎族文学中多了新的色彩。"③可见,在《黎山魂》这部作品中,对阿练等人物形象的塑造,作者充分运用了意识流、心理分析等非理性主义手段来进行叙述。这些

---

① 杨春等:《"离开黎族,我就不是一个作家"——黎族当代作家访谈》,《文艺报》2013年4月3日第5版。
② 吴海超、杜益文:《传统与现代的承接与背离》,《安徽文学》2016年第11期。
③ 吴海超、杜益文:《传统与现代的承接与背离》,《安徽文学》2016年第11期。

手法在传统的黎族文学作品中是几乎没有的。

　　我们知道,传统黎族民间文学的叙事结构比较简单,人物形象比较单一,也没有什么心理描写和矛盾冲突,主要就是把事情交代清楚,把来龙去脉分析清楚。因为集体创作文学在叙述主体上的复合性,就决定了它在叙述态度上的暧昧性。但是,龙敏却主动在人物形象和叙述结构问题上大做文章,这种倾向不仅仅是他一个人具有,整个当代黎族作家身上都有这种明显的主体意识,"黎族作家的文学创作不仅在思想上受到其他潮流的影响,在创作手法上,他们也尝试着运用新时期我国乃至国外的创作方法,进行汲取和融合,使得其创作呈现出独特的审美意味"[1]。所以说,当代黎族文学能够出现《黎山魂》这样的作品,不仅仅是文学内部发生了传承与发展,而且主要来源于文化的冲突、碰撞与交流中的文学结构变异和文化结构变异,这种结构变异让文学创作方式发生了根本改变,所以能够产生出与众不同的文学作品,"黎族文学的创作,如果过于追求民族性将造成文化走向封闭与对立,而在创作中对新的理论和方法的借鉴能极大地拓展文学创作的空间,但是如果不能很好地融合,也将是一种生硬的技巧的借鉴,并有可能矫枉过正,迷失了民族个性和自我认同,失去了立身的根本所在"[2]。从根本上说,黎族文学经典的生成,不仅仅是源于黎族文学纵向的历史传承和开拓创新,还源于黎族文学同其他民族文学以及当代西方文学理论的互鉴互释。所以,这也就论证了本书所强调的文明互鉴、民族互鉴与黎族文学的内在关系。正是这种互鉴互释,才推进了黎族文学的创新发展。

　　因此,从总体上说,《黎山魂》在以下几个方面取得了突出成就。

　　一是在小说题材上牢牢把握黎族的民族文化特性。这一点是几乎所有黎族作家安身立命的地方,正是因为他们依靠黎族的文化生活和传统文化

---

[1]　吴海超、杜益文:《传统与现代的承接与背离》,《安徽文学》2016 年第 11 期。
[2]　吴海超、杜益文:《传统与现代的承接与背离》,《安徽文学》2016 年第 11 期。

资源,所以才能具有源源不断的创作灵感和创作资源,这是其他民族不具有的文化异质性和文学差异性,龙敏一如既往地传承这种民间文学元素,同时又作出独有的艺术创新,"作品以主人公那改一生的活动作为主线,由巴由、波蛮两大部落的情仇恩怨,贯穿起方圆36峒的黎族社会生活的全景式描写,生动地表现了特定时期黎族人民的生存状态"①。龙敏紧紧围绕黎族部落的斗争,用生动的艺术手法,描述特定时期黎族人民的生活状态和精神趋向以及价值观念,所以呈现出与众不同的神秘感、民族感和绚丽感,正如黎族当代作家高照清所说:"所以说我创作的根还是在黎乡、黎族村寨,也就是本民族的生活。我喜欢自己的民族和文化,这个事物有什么样的意蕴,这句山歌表达了什么深层的意思,我都能够体会到,并试图通过文字表达出来。"②

二是人物形象的鲜活性。人物形象是文学经典的核心之处,能否塑造出经典的人物形象,是一部叙事文学作品高低优劣的重要标准。当代黎族作家文学特别注重对典型人物的塑造,这与传统民间文学显示出明显的不同,因为传统黎族民间文学在口口相传的过程中,力图让人物形象简洁明了、便于记忆、便于做出价值判断和价值取。所以,一般很少用比较复杂的艺术手法去创作,没有多少审美延迟力和艺术韵味。但是当代黎族作家则不一样,"在人物形象方面,龙敏成功地塑造了那改这一具有典型意义的人物形象。作品从那改的出生写起,充分地以其在成长过程中逐渐显露并趋于成熟的英雄性格描写为依据,准确反映了黎族同胞的思想情绪和心理素质,为海南的文学创作乃至我国少数民族文学创作的人物画廊里增添了光彩夺目的人物形象"③。这部作品中的人物形象不是干瘪单一的,而是复合

---

① 王海:《跨越与局限——黎族当代作家创作简论》,《广东社会科学》2005年第4期。

② 杨春等:《"离开黎族,我就不是一个作家"——黎族当代作家访谈》,《文艺报》2013年4月3日第5版。

③ 王海:《跨越与局限——黎族当代作家创作简论》,《广东社会科学》2005年第4期。

式、多元化的形象,那改、阿练、阿茵,每个人物都有自己的独特品质和心理感受,但是他们又具有自己的民族性格共性,那就是善良、担当、勇敢、无畏、爱憎分明、敢爱敢恨。这些民族性格共性背后,又各自在打造自己独有的性格特征,比如阿茵的坚贞不屈,阿练的谨言慎行,那改的勇往直前,等等,这种创作手法与人物形象的塑造方式也是建构民族文学经典的重要途径。

三是充分将民族精神与当地生活相融合。历史必须融入当下,才能显示其存在的延续性,当下必须映射历史,方能显示其存在的绵延感,“龙敏在黎族作家中的最大优势,是深深地根植于本土而又有意识地在对本民族的认识和理解上不断地努力超越本土。根植于本土,使他具备着对自己民族的丰厚的知识准备和感情投入;对本土的努力超越,又使他能够用现代意识对本民族文化、传统道德观念、风俗习惯等作出深入的思考。他深谙自己的民族心理,擅长描绘黎乡风光。作品里既有政治历史事件的描写;也有在漫长历史过程中,黎族人民与自然美好和谐的生存述说;还有日常民风民俗的反映。作品艺术地将黎族地区特定时期的政治经济、社会结构、部落斗争、族系关系、饮食方式、服饰工艺、婚葬习俗、爱情情趣、传说神话、歌谣谚语等融为一体”①。在这部作品中,龙敏不是专门写黎族社会的民族生活,并不是全部要回归到那种环境的梦幻之中,而是处处面对现实,处处书写现实。因为黎族人民的命运曲折,长期处于一种矛盾斗争之中,他们需要不断地前进,也需要找到前进的方向和动力,如果总是沉浸在过去,那么就无法面对现实、走向未来,也无法在各民族文化交流之中重新找回民族认同。所以,“在现代社会,汉族文化作为一种强势文化对黎族文化产生着支配性的影响,使黎族社会生活发生了许多趋同性的变化,这是一种我们不能不承认的很无奈的事实”②。铸牢中华民族共同体意识,并不是消除民族差异性,并不

---

① 王海:《跨越与局限——黎族当代作家创作简论》,《广东社会科学》2005 年第 4 期。
② 王海:《别样的情怀》,《文艺评论》2005 年第 4 期。

是整体趋同，而是在保留差异性的基础上，借异识同、对话互补，要寻找一种凝聚力和向心力，这个凝聚力就是一种和而不同的共同体意识而不是无差别的统一体意识。毫无疑问，黎族文化民族性时刻面临被同化的危险，所以他们也不甘于落后，也要在各民族融合之中找到自己的方向，这部作品就具有鲜明的时代感，通过书写黎族之"魂"，来书写中华民族之"魂"，通过民族文化书写来铸牢中华民族共同体意识。除了龙敏，20 世纪后期以来的黎族作家，普遍具有这种民族认同感和民族复兴意识，"黎族作家文学始于 20 世纪 70 年代末，此时其民族的社会结构、体制、文化等在汉族主流社会的发展进程中，一起进入到国家的现代性进程，黎族作家也不可避免会受到汉族主流意识形态的影响，在文学创作中重视整个国家的共同历史处境和历史任务，并自觉不自觉地把这种创作风格当成文学创作的主要任务"①。他们时时刻刻在保留和传承这种艺术创作风格，弘扬中华优秀传统文化，弘扬中华民族的传统精神，正是延续黎族文学和中华民族文学的一个重要路径。

新世纪以来，除了龙敏的《黎山魂》最具代表性之外，其他文学创作领域也有一些新亮点，可以简单概述如下。

一是小说、诗歌、散文等创作形态的更加繁荣。例如，龙敏的短篇小说集《青山情》，王海的中短篇小说集《吞挑峒首》，亚根的长篇小说《阿娜多姿》和散文集《都市乡村人》，都是这些黎族代表作家在新时期的新作品。当然除了这些老人手之外，还有一些新面孔，例如黄仁珂的长篇小说《张氏姐妹》《大学那些事》，黄明海的长篇小说《你爱过吗？》《色相无相》《书给狗读了吗》，符永进的中短篇小说集《一叶归根》，黄照良的散文诗集《山海行踪》，黄学魁的诗集《热带的恋曲》，董元培的散文集《旅路足音》，郑文秀的诗集《水鸟的天空》，谢来龙的诗集《乡野抒怀》，胡天曙的散文集《溶溶黎山月》、诗词集《翠轩流韵》，叶传雄的诗词集《黎山放歌》，唐崛的散文集《南渡

---

① 吴海超、杜益文：《传统与现代的承接与背离》，《安徽文学》2016 年第 11 期。

江源》，邢曙光的散文集《春雨》，符凤莲的诗文集《真实的瞬间》，高照清的散文《黎山是家》，胡天曙的散文《溶溶黎山月》等。这些诗集、散文集，无论是数量还是质量上，较之以前都有明显提升。当代黎族作家群体对黎族文学的书写，虽然没有第一代龙敏、王海等人那种浓烈的民族责任意识，但是他们却更倾向于在个体情绪的抒发中，在现代社会的语境下，寄托一种淡淡的民族文化情结和历史感悟，所以这些作品形式更加多元化，内容也更加丰富，情绪更加细腻。既有民族文化意识，又有比较强烈的主体思想观念。当然，在 21 世纪以来，随着网络的普及，也出现了一些黎族网络写手，这些网络写手创作出的作品更加注重艺术虚构性，与其他民族文学相比，异质性特征不是特别明显，所以影响力不是特别大。

二是传统黎族民间文学的深度整理。这一时期除了创作方法的多元化之外，对传统黎族民间文学系统整理之路也没有断绝，这是一个长期持续的文化传承工作。例如，符桂花《黎族民间故事大集》（海南出版社，2010 年），《黎族传统民歌三千首》（海南出版社，2008 年），《穿芭蕉叶的新娘》（海南出版社，2010 年），《黎族民间故事集》（南海出版公司，2002 年），《五指山：地方传说》（中国社会科学出版社，2010 年），《三亚黎族民歌》（上海学林出版社，2011 年）。另外还有王文华搜集的民间叙事长诗《甘工鸟》，张跃虎搜集的传统黎族歌谣集《五指山风》，王月胜《黎族创世歌》，卓其德《美满的歌》《浪花》等。这些作品都是黎族民间文学的搜集整理，但是这一时期与 20 世纪后期的整理不同，因为这些整理涵盖的内容更加丰富，区域更加广泛，素材更加丰厚，手段也更加多元。

三是黎族文学理论批评研究的新高潮。20 世纪 80 年代以后，除了黎族文学创作和黎族文学批评，一些系统的文学研究工作也在逐步展开。例如，比较重要的就有王学萍编著的《黎族藏书》英文卷（海南出版社，2009 年），王献军《黎族的历史与文化》（暨南大学出版社，2010 年），亚根《黎族》（中国人口出版社，2014 年），孙绍先《黎族研究大系》（1—4 卷）（上海大学出版社,2012 年),文明英《黎族民间文学概论》(中央民族学院民语系语言所编印,1987 年),付策超等《黎族民族文学》(中国文史出版社,2014 年)等。这些研究比具体的文学批评更有深度,也更有学术价值,它们都是一些专家学者的研究成果。例如孙绍先,他就是海南大学教授、博士生导师、原文学院院长。王献军,是海南师范大学教授,原文学院副院长,王献军教授近年来在黎族的文身方面还有不少研究成果。

除了专家学者的研究,还有一些论文也涉及黎族文学,例如王挺《黎族的文化适应:特征、影响因素及理论模式》(博士论文),马蛟《清末至民国时期外国学者对黎族的考察和研究》(硕士论文),赵红、陈秀云《黎族古籍文献流散轨迹与再生性回归策略研究》(论文),向丽《百年来国内外黎族研究述评》(论文),曲明鑫《论黎族作家文学对黎族神话传说的继承》(论文)。值得注意的是,还有一些研究黎族文学与其他民族文学关系的研究也值得注意,例如陈智慧《黎族与高山族创世神话比较研究》《浅析黎族神话与中原神话之异同》《对高山族/黎族民间口头文学及人文价值的认识》等。

总体说来,以上对南海区域黎族文学的历史形态和当代作家文学的系统梳理,让我们可以对黎族文学的过去与现状有一个很清醒很全面的认识,因为研究南海区域黎族文学的意象谱系,必须要从文本中出发,必须根植于整个黎族文学语境之中来进行考察。所以,从比较文学的角度,从文明互鉴和民族互鉴的立场研究南海区域黎族文学及其意象谱系,在当下具有重要价值,第一是我们可以从更延展的时间维度来分析黎族文学,也可以从更广阔的跨民族、跨文明空间视野来阐释黎族文学。第二是因为黎族传统民间口传文学的意象谱系为当代黎族作家文学提供了丰富的创作素材,我们可以探寻其中的内在关联,也可以聚焦其中具体的抓手载体。第三是海南岛独特的地理空间,为这里的文学形态和文学创作提供了空间上的特殊性,我们可以从区域文学和民族文学的角度理解当今的世界文学新建构主义思潮,因为:

　　岛屿有着与大陆不同的生存环境和政治经济生态。虽然地理决定论并不周延，但是我们也不得不承认，地理因素确实对作家的文学表达和情感结构产生了巨大的影响。海南岛独特的地理空间是黎族作家文学发生和发展的前提，黎族作家用自己的笔记录下自己生命的斑驳光影，也为海南岛书写着故事与传奇。自上世纪 70 年代以来，不同代际的黎族作家追寻着创作上的多样性，也探索自我的民族身份的特殊性，同时还在不断地与海南岛这个地理空间进行对话。黎族作家文学，是黎族作家以文学之名，为自己、地方和民族所吟唱的南方弦歌。黎族作家坚韧的追寻、探索和书写，为中国少数民族文学增添了一道别样的热带风景。①

　　尽管黎族文学已经取得了一些成绩，但是仍然面临一些问题。如果我们把黎族文学放在中国少数民族文学、中国当代文学甚至是世界少数族裔文学的角度来看，还有很多不足：一是系统的黎族文学批评的缺失，文学批评对文学发展具有重要的作用，优秀的文学批评不仅有助于读者对文学作品的整体解读，也能对整个作家群体的创作倾向有一种实践批评指引，但是黎族文学批评数量少，并没有形成足够的批评话语体系，这对黎族文学创作来说，理论指导性不够。二是很多黎族作家对黎族的民俗风情和小说的艺术表达方式倾注了很多笔墨，但是比较缺乏创新挖掘和深入评析作品蕴含的深层文化价值和运思机制。对人文风俗的笔墨太多，缺乏深度的哲理思考。在这个方面可以参考其他民族的研究，例如彝族学者阿库乌雾的有关研究成果。三是创作队伍比较零散。当代黎族作家普遍具有一种无力感，他们难以团结成一个有凝聚力的作家群，正如王海所分析："黎族当代文学创作中最大的缺憾，是创作者们在对本民族生活的认识和反映上，还普遍未

---

① 汪荣：《一曲独特的南方弦歌——黎族作家文学的回顾与前瞻》，《文艺报》2020 年 5 月 15 日。

能摆脱某种现成的规范。这种情形至今仍然是许多黎族作者亟需注意并加以改进的问题。在这些问题中,一个突出的表现是创作上受主流意识形态的影响痕迹较浓,当触及本民族传统文化时,每每采取回避的态度。这种状况的形成,从外部看,不仅是黎族文学,通常情况下,少数民族文学作品每每都会被当作文坛风景线上的一抹点缀,或文坛画幅上的一道花边。为了适应这种社会功利的需要,少数民族作者常常只能是无奈地按照流行的'规格'去裁制自己的作品。"①所以,在坚守民族性和适应现实性的协调道路上,仍然任重道远,仍然需要不断探索新的路径、新的方法。

---

① 王海:《跨越与局限——黎族当代作家创作简论》,《广东社会科学》2005 年第 4 期。

第二章

比较文学与黎族文学的神灵意象阐释

在第一章中,重点介绍了黎族文学的历史渊源与当代形态,重点分析了传统黎族民间文学中的神话、传说、故事、史诗、民歌等文学样式,同时也分析了新中国成立以后,当代黎族作家创作的黎族文学,例如诗歌、散文、小说等。无论是传统黎族文学还是当代黎族文学,他们都对黎族的民族文化身份有着深刻的认同和体察,都在以各种形式传承和发展黎族文化精神。这样的一个梳理,就能让我们更好地进入本章的研究内容,从本章开始,将陆续研究和思考南海区域黎族文学中的意象谱系,也就是说,我们要运用比较文学方法论,用文明互鉴和民族互鉴的方法,对这些传统黎族文学形态和当代黎族文学形态进行文本细读,从这些文本之中发掘出南海区域黎族文学的异质性特征,通过对这些异质性特征的把握,从而更加全面深入地思考黎族文学的思想实质和话语模式。

这些意象谱系我们可以大致分为神灵意象谱系、人物意象谱系和生态意象谱系三大序列。每个意象谱系都有他们独特的艺术特征和文化风格。首先分析黎族文学的神灵意象谱系,神灵意象谱系主要是超越于人的一种想象式存在,既有人的基本特征,又有神的某些元素,这种模式在世界各个民族神话中都有所呈现。例如,古希腊神话中的《荷马史诗》,无论是《伊利亚特》中的阿基琉斯,还是《奥德赛》中的奥德修斯,都是半人半神的经典形象,文本中甚至直接书写了赫拉、阿芙洛狄特、雅典娜等神话人物形象,这就是神灵意象在古希腊神话中的体现。当然还有《摩诃婆罗多》中的恒河女神、极裕仙人、天誓等形象,也都是如此,还有《罗摩衍那》中的摩罗、悉多、神猴哈奴曼等形象,都呈现出超人特征。古巴比伦文学中的《吉尔伽美什》中的吉尔伽美什、恩奇都,也是神灵意象。

可以说,在世界文学的初期,世界各个民族都出现了自己的神灵意象,这些神灵意象既有共性特征,又有个性特征。他们的共性特征就是神通广大、无所不能,同时又具有某些致命的缺点,例如阿基琉斯之踵,还有其他神话传说中的艺术形象,他们的优点很多,但是缺点也不少,这些缺点最终都导致了他们的灭亡。

黎族文学也一样,黎族文学最经典的意象谱系,其实就体现在这些神灵意象之中,这些意象显示出一个民族的与众不同之处。黎族文学的神灵意象主要体现在黎族的神话传说文本中,黎族神话主要包含开天神话、创世神话、图腾神话、自然神四类,每一种神话都有自己独有的意象谱系。在《大力神》等开天神话文本中,黎族人民塑造了大力神这一核心意象,它与汉族盘古开天神话、后羿射日神话及瑶族雅拉射月神话存在交叉叠合及流传变异元素。在《黎母山传说》等创世神话文本中,以黎母山为基本母题,分化成蛇生说、犬生说、鸟生说和兄妹起源说等衍生话语。在《雷公根》等图腾神话文本中,雷公并非单一固定的静态意象,它被刻画成"可敬、可恨、可爱"三维一体的动态复合意象,具有黎族神话的异质性特征及区域性审美质素。在《台风的传说》中,又虚构出台风精这样一个威力无比、作恶多端的反面神灵意象。另外还有反映人类早期洪水灾害的神话,诸如《南瓜的故事》《螃蟹精》《洪水的故事》《三月三传说》等,还有反映繁衍的神话,例如《天狗》《黎母山传说》《纳加西拉》等。可见,每一个民族文学的意象谱系都有着自己的文化属性。

神话是早期人类对不可知世界的想象性阐释,尽管这些阐释是客观世界在主体精神中的文化变异,然而正是通过这些文化变异,我们能够逆向解读一个民族最原初的精神符码及其历史演变。例如古希腊神话是西方文学与文化的源头,其"俄狄浦斯情结""狄俄尼索斯"等神话原型分别在莎士比亚《哈姆雷特》和尼采《悲剧的诞生》中被创造性转化和创新性阐释。同样,作为中华民族的重要组成部分,黎族也创生出自己的神话范型,这些范型既与其他少数民族神话具有异质同构元素,又具有其主体异质性特征,并对当代文学产生影响。

更进一步说,相对其他民族而言,黎族没有形成独立的文字符号系统,直到1957年,基于对文化传承与保护的需要,国家层面才设计出拉丁字母形式的《黎文方案》。因此,千百年来的黎族神话主要依靠口头传播,相对于文字文本而言,口传文本具有更丰富的变异性、鲜活性和元叙事特征,因为"口传文学是集体智慧和个人生命体验的结晶,以口耳相传的方式代际传承,是一种活的传统,一种与生活情景同在、与生命相依的动态的文学"①。那么,黎族神话主要由哪些经典文本构成? 这些文本构建了怎样的意象谱系和精神图示? 它们又如何在跨民族对话中发生流传变异与阐释变异? 本章围绕以上问题从三个方面展开分析。

第一节　"大力神"意象与黎族文学的开天神话

一、"大力神"意象的艺术特征与话语谱系

在第一章,笔者用大量篇幅介绍了神话传说,黎族文学中的神灵意象,正是体现在这些神话传说文本之中。马克思在《〈政治经济学批判〉导言》中说:"任何神话都是用想象和借助想象以征服自然力,支配自然力,把自然

---

① 黄晓娟:《论口传文学的精神生态与审美语境》,《文学评论》2011 年第 2 期。

力加以形象化。"①这个论断意味着:神话的产生是为了征服和支配自然,而神话产生的过程则是借助主观想象,但显然这种想象并不是随心所欲的,正如鲁迅所指出:"昔者初民,见天地万物,变异无常,其诸现象,又出于人力所能以上,则自造众说以解释之:凡所解释,今谓之神话。"②可见,在鲁迅看来,最初的原始先民,他们看见万事万物风云变幻,但是又无法解释,同样也无法控制,都在人的能力范围之上,所以他们就制造出各种形象来进行阐释,这些阐释就构成了神话,这些形象就是神话中的神灵意象。说到底,神话是一种独特的符号解释系统,或者说是原始先民的"社会集体想象物"。对黎族文学而言,尽管包含神话、传说、故事、歌谣、叙事长诗、谜语和谚语等多种体裁,然而"神话故事在黎族民间文学中占有重要的地位"③,因为神话是黎族先民最原生态的示意符号,这种口口相传、延续至今的文学形态构成了黎族文学话语的集体无意识及意象原型,甚至在当代很多黎族文学作品中都能探寻到这些意象原型(如龙敏《黎山魂》)。那么,黎族神话如何构成黎族文学的意象原型呢?

具体来说,黎族神话包含开天辟地、人类起源、图腾崇拜、祖先崇拜等多种类型,在《大力神》《黎母山的传说》《雷公根》《葫芦瓜》《南瓜的故事》《纳加西拉鸟》《洪水传说》等文本中,均有形象化表述,也都构建了黎族先民的文化想象和神灵意象,而这些神话又"以《大力神》《黎母山的传说》和《雷公根》等最具有代表性"④。之所以这三个文本占据核心地位,是因为它们分别对应了少数民族神话书写的三种基本范式:开天神话、创世神话和图腾神话。开天神话阐释日月天地自然世界之生成;创世神话阐释人类之起源;图腾神话阐释人神斗争中的信仰支撑。我们以这三个神话文本为主要切入

① 马克思、恩格斯:《马克思恩格斯选集》第二卷,北京:人民出版社,1972 年,第 113 页。
② 鲁迅:《中国小说史略》,见《鲁迅全集》第九卷,北京:人民文学出版社,2005 年,第 19 页。
③ 苑中树:《黎族民间文学摭谈》,《中央民族大学学报》1995 年第 6 期。
④ 陈立浩、范高庆、苏鹏程:《黎族文学概览》,海口:海南出版社,2008 年,第 3 页。

点,小题大做,抽丝剥茧,分析黎族先民对三个问题的神话阐释及其在跨民族对话中的流传变异。

首先,黎族开天神话主要体现在《大力神》这个文本中,它想象性描述世界的原初面貌是:"远古时候,天地相距只有几丈远。天上有七个太阳和七个月亮,把大地烧得热烫,像个大热锅。白天,生灵都躲到深洞里去避暑;夜间,人们也不敢出来,只有在日月交替的黎明和黄昏,才争先恐后地走出洞口,去找一些吃的。"①在古希腊神话中,最初的神灵是混沌大帝,在他们看来,人类并非一开始就有光明和黑暗,也并非一开始就有一草一木。生命万物,世界的原初形态都是混沌黑暗的,在湖北神农架林区出现的《黑暗传》,是胡崇峻整理出来的,被誉为汉族的神话史诗,也描述了黑暗混沌的创世场景。但是在黎族神话《大力神》中,已经没有再对黑暗进行叙述,而是对太阳、月亮进行神话叙述。文中说天上有七个太阳和七个月亮,人类的生活异常艰难,这种逻辑就是在表明,当初世界不是这样只有一个太阳一个月亮,人类也不是一开始就是幸福生活的,世界的存在不是本然如此,而是有人为的参与和努力,不断地改造和奋斗,才出现如今的样子。所以,正当人类难以生存之际,出现一个大力神,他为了改变人类的现实困境,做出一系列壮举,我们可以将之分解为以下叙述行为。

(一)开天。根据这一篇神话的描述,大力神"在一夜之间使出了自己的全部本领:把身躯伸高一万丈,把天空拱高一万丈"②。人和动物的区别是人可以使用工具改造世界,但是大力神没有别的工具,只有用自己的身躯和力量来改变世界。首先就是开天,他开天的方式是采用身体来"拱",其实,我们也可以看出,在人类社会早期,制造和使用工具的能力并不是特别强,大力神只能依靠自己的身躯。显然,大力神是人类的变异体和神话虚拟存在

① 《大力神》,广东民族学院中文系编《黎族民间故事选》,上海:上海文艺出版社,1983年,第1页。

② 《大力神》,广东民族学院中文系编《黎族民间故事选》,上海:上海文艺出版社,1983年,第1页。

物,他用身躯将混沌的天地分开,于是人类的生存空间得以拓展,这是对天地生成的神话阐释。

(二)射日。虽然"天空被拱高了,但天上还有七个太阳和七个月亮热烘烘的,仍然威胁着人们的生存。于是,大力神做了一把很大的硬弓和许多支利箭。白天,他冒着猛烈的阳光去射太阳,一箭一个把六个太阳射落下来,当他射第七个太阳的时候,人们纷纷说:'留下这最后一个吧!世间万物生长离不开太阳呢!'大力神答应了人们的请求,留下了一个太阳"①。这个文本叙述片段主要解释为什么有且只有一个太阳。大力神开天使用的方式是"拱",而对这么多太阳和月亮,他采用的方式是"射",把多余的太阳一个一个射下来,但是也不可能全部射下来,否则又会陷入黑暗。可见,大力神在感性的同时,也持有一种理性的智慧,知其可为而为之,知其不可为而不为。大家一致同意留一个太阳,于是大力神就顺从民意,放下弓箭,留下一个。这也就是当今只有一个太阳这种自然现象的文学阐释和神话阐释。值得注意的是,在《淮南子》"后羿射日"的神话中,原本天上有十个太阳,为什么黎族神话却是七个呢?我们知道,汉族文化中常说"十全十美","十"这个数字意味着大团圆、大圆满,意味着数量之多。不可否认的是,在中国少数民族神话中,"七"的确是一个极为神秘的数字母题②,正如叶舒宪所说:"以'七'为数字模式的创世神话的原始文化心理根源是由原始先民借助神话思维所获得的全方位空间意识的具体数字化,即一二三四五六七分别代表东西南北上下中七个方位。"③我们知道,在空间地理中,东西南北中是五个方位,但是这五个方位是一个二维平面的构图,叶舒宪的解释是,除此之外,还有上下两个方位,这样一来,这种二维平面就变为一个立体空间了。我们也

① 《大力神》,广东民族学院中文系编《黎族民间故事选》,上海:上海文艺出版社,1983年,第1页。
② 参见马丽娜:《试析中国神话中的数字"七"》,中国海洋大学2011年硕士论文。
③ 叶舒宪:《中国神话哲学》,北京:中国社会科学出版社,1992年,第245页。

可以认为,天上地下,这是太极中的阴阳乾坤两极,东西南北中,就构成了人类早期的空间哲学。在新近整理出的另一部黎族开天创世神话《苍蝇吃日月》中,天神"番焦塔"挑着的七只金箩筐和七只银箩筐,分别变成了七个金太阳和七个银月亮,这个黎族神话也印证了黎族先民对"七"这个数字的符号关注。

传说以前没有陆地、高山,更没有人类,有的只是水和生活在水中的鱼虾。

后来,出了一个名叫"番焦塔"的天神。他身高腿长,力大无穷,肩上的扁担一头挂着七个金箩筐,另一头挂着七个银箩筐,来回奔走挑土填水。也不知跑了多少回,挑了多少担,用了多少年,他不停息地工作着。慢慢地,沙土堆积成陆地,石片垒成高山。他长年累月鼻子呼出来的气变成了风,口里喷出来的泡沫变成了云。一天,眼看大功告成,心里高兴,把最后那银箩筐的沙土尽力抛出,谁知沙土飞扬,竟飞到天上变成了星星。他留下来的扁担,挂在天边变成了彩虹,七个金箩筐变成了七个金太阳,七个银箩筐变成了七个银月亮。

陆地填盖了一部分水,可惨了水中的鱼虾。它们鳞碰鳞,尾撞尾,挤挤攘攘,叫苦连天,纷纷向鱼王诉苦。鱼王为了整个鱼虾家族的命运,下定决心,甘冒风险,毅然安排一部分鱼类跃上陆地寻求新生活。天长日久,这些鱼类居然变成了人。

当时,天离地很低,七个金太阳烤得大地热腾腾,河流干涸,万物不长。人们住在洞穴里以求生存,早晨趁七个太阳没有露面,便赶快出洞,采集天上的云充饥。待到太阳一出,阳光普照,云被烤热变硬,便不能吃了。天神"番焦塔"看见人们的生活过得很苦,再一次大显神通,伸开双手,把天高高地撑起,再派苍蝇去把六个太阳、六个月亮吃掉。众苍蝇接到天神的命令,计议妥当,高飞上天,趁着太阳、月亮们睡觉的时候,附在它们身上,屙出蝇卵。不久蝇卵变成无数蛹虫，一夜之间把六个太阳、六个月亮通通吃掉。从此，天地间，日丽月明，风调雨顺，人们搬上地面，种植作物，生儿育女，过着幸福的生活。

当年，苍蝇吃日、月，为人类立下大功。天神"番焦塔"嘉奖苍蝇："吃饭时，苍蝇先吃，人后吃。"所以，直到现在，不管是平民百姓，小官大官，家里一端上饭菜，苍蝇便不请自来，先吃为快了。①

从这段文字中可以看出，"番焦塔"的作用类似于大力神，在总体叙述模式上也相似，只是具体细节不同而已，例如《苍蝇吃日月》中尤其突出了苍蝇的作用，比《大力神》的形象更多。值得我们关注的是，在这里也是体现的七个太阳、七个月亮，在数字文化符号特征上具有族群一致性，也与汉族文化符号特征具有相对差异性。

（三）射月。在射日之后，"夜晚，大力神又冒着刺眼的强光去射月亮，他张弓搭箭，射落了六个月亮，射第七个月亮的时候，因为射向偏了，只射缺了一小片，当他准备重射时，人们又纷纷说：'饶了它吧！让它把黑暗的夜间照亮。'大力神又答应了人们的请求。这样，月亮后来便有时候圆，有时候缺"②。这就解释了为什么月有阴晴圆缺的现象。在天文学知识积累之前，人类无法解释为什么月亮会阴晴圆缺，为什么又会不断变化，为什么会在夜间出现。这些解释虽然看起来牵强，但是也反映了人类思维的一种潜在模式。其实在《淮南子》《山海经》等汉族古籍中，也有后羿射日之说，但是并无射月，而在瑶族神话中，却有"亚拉射月"一说，即最初月亮有九棱八角，且异常灼热，亚拉和妻子妮娥射下其棱角，月亮才变得如此圆。

那么，从民族互鉴的角度来分析，黎族神话《大力神》中的大力神射月与

---

① 参见孙如强、山泉主编：《昌化江流风》（上册），北京：中国文联出版社，2011年。
② 《大力神》，广东民族学院中文系编《黎族民间故事选》，上海：上海文艺出版社，1983年，第1-2页。

瑶族神话中的《亚拉射月》能否进行对比阐释呢？能否用作品阐释作品呢？能否从一个跨民族比较文学视野来进行对照合读？本书在第一章就已经表明了研究路径的创新，也就是说，我们不能仅仅从黎族文学语境来谈黎族文学，而是要从一个跨民族、多民族文学视野来进行创造性阐释。按照这个思路，我们可以看一下《亚拉射月》的具体描述和文本细节：

从前，月亮比太阳还毒。乍出的时候，月亮有九个角八条棱，晒得人面皮泛红，庄稼苗焦掉，老百姓自然就没法过日子了。有对猎人夫妻，女的叫妮娥，男的叫亚拉。夫妻俩替百姓担忧，妮娥说："你说这个月亮九角八棱的，晒得庄稼都死了！你是好射手，就不能把它射下来？"亚拉说："天太高射不着。"妮娥说："你早上站在大山顶上射呀！"

这天早晨，亚拉对准月亮，把箭就射出去了。射了一早晨，就是射不着月亮。亚拉正在犯愁，背后一座大山突然裂开了，走出来一个长胡子老爷爷，对亚拉说："想射着月亮，逮住北山的猛虎和南山的大鹿，以鹿角做箭，以虎尾做弦，才能射得月亮团团转。"说完以后，大山的裂缝又合上了，也不知长胡子老爷爷哪里去了。

亚拉回到家，把事情原原本本地跟妮娥说了："我射了一早晨，白搭功。有一个长胡子老爷爷点化我，说谁想射月亮，得逮着北山的猛虎、南山的野鹿，以鹿角做箭、虎尾做弦，才能射得月亮团团转。"妮娥说："你是好射手，就把南山的大鹿、北山的猛虎射死不行吗？""你哪知道，那些动物日久年深，皮子厚了，射不动了。""那怎么办？""要想擒北山的猛虎和南山的鹿，就得结一个大网，堵住它们的去路，才能逮着。""使什么结网呢？"亚拉说："我正犯愁。"妮娥说："那就使我的头发吧！"

夫妻俩一起结网，把妮娥的头发扯了一把又一把，一个月的工夫结成了一张大网。拉开大网，北山擒猛虎，南山擒野鹿。亚拉又用鹿角刻成箭，用虎尾做成弦，对准月亮射出一箭。这个箭就跟刀似的，一气儿就把月亮的九角八棱给射得滴溜圆,成了一个圆月亮。可月光还是把人晒得不轻。妮娥说:"这怎么办呢?"亚拉说:"要是有一块大锦,绑在箭上射上去,把月亮蒙住,它就没有这么毒的亮光了。"妮娥说:"我正好织了一匹丝锦,还在织布机上呢,上边织了一棵梭罗树,一只白兔,还有一群白羊,你拿去用吧!"

亚拉在织布机上割下大锦,绑在箭上,"唰"的一声,射到月亮上,就把月亮给蒙住了。从此,月亮上就有了棵梭罗树,树下有了白兔和白羊。谁知,月亮升上天空的时候,妮娥朝月亮里一望,自己竟飘飘摇摇地飞到月亮上去了。亚拉急了,从东山跑到西山,望着月亮也上不去,急得他"哇哇"直哭。这一哭呢,妮娥就听见了,她把头发解开,朝下一扔,头发就牵拉到地上,亚拉抓住头发爬了上去。

后来呢,妮娥就在月亮上织锦,亚拉放白羊、养白兔。夫妻俩在月亮上过着美满幸福的生活,地上的人也觉得月光比以前柔和多了。

这个瑶族神话比起黎族《大力神》而言,情节更加丰富,语言也更加精彩,想象力也更加奇特。它既讲述了为什么只有一个月亮,还描述了两个生动而感人的艺术形象。其实,我们从这个文本也可以看出汉族神话"嫦娥奔月""吴刚折桂"的神话传说。由此,我们可以推断,黎族神话与汉族、瑶族及其他少数民族在神话原型上存在通约性、杂糅性和变异性,很多形象描述和情节叙述都有交叉重叠之处。另外,值得注意的是,"射日""射月"两个环节,都有大力神与人类之间的对话,这种对话使得大力神向前推进的行为得到理性化制约。

(四)造山成河。在开创天地日月之后,大力神还开辟山川河流,就仿佛是《圣经》中的上帝一样,上帝用七天时间创造世界万物,大力神虽然没有具体的时间限制,但是也完成了他"应该"完成的使命。于是"他从天上取下彩虹当作扁担,拿来地上的道路当作绳索,从海边挑来沙土造山垒岭"。"大力神拼尽力气,用脚尖踢划群山,凿通了大小无数的沟谷,他的汗水流淌在这些沟谷里,便形成了奔腾的江河。这中间最大的一条,就是从五指山一直流入南海的昌化江!"①彩虹当扁担,道路当绳索,挑沙造岭,这完全是浪漫主义的想象,也决然不是生活中可以有的场景。在西方文学中,拉伯雷《巨人传》,也讲述了几代巨人的丰功伟绩,他们勤奋好学,撒尿就可以把敌军击败,这也是文艺复兴时期对人文主义的向往。其实前面引用的《苍蝇吃日月》,也有与《大力神》相似的叙述片段。在完成以上壮举之后,大力神精疲力尽。临死前,还怕天再塌下来,于是撑开手把天擎住,这个手掌就是如今的五指山。这一切叙述都显得自然流畅,也符合基本的逻辑推理。五指山与手上的五个指头,形象、数量都完全对应,并且具有了生动的故事情节,与黎族人民的命运息息相关,这就是南海区域黎族文学中的神话想象,也是黎族独有的文学意象,它解释了黎族人民生活中常见但是当时又无法科学证实的种种要素。

二、"大力神"意象的文学阐释与文化解码

关于大力神的这些叙述内容,很容易让我们想到盘古开天神话,因为"在每一个民族的神话里,似乎都有着一些最基本的类型,比如各族创世神话和英雄神话的惊人相似性,就是最典型的例子"②。所以,我们应当从跨民族和民族互鉴的角度分析,从比较文学变异学和比较文学阐释学的角度进行阐释,对《大力神》这个文本做出文学阐释、文本解读和文化解码。盘古开天神话最早见于三国徐整的《三五历纪》,如今在《艺文类聚》中有如下表述:

天地浑沌如鸡子,盘古生其中。万八千岁,天地开辟。阳清为天,阴浊

---

① 《大力神》,广东民族学院中文系编:《黎族民间故事选》,上海:上海文艺出版社,1983 年,第 2 页。

② 王晓华:《神话与集体无意识显现》,《浙江大学学报》1995 年第 2 期。

为地,盘古在其中,一日九变,神于天,圣于地。天日高一丈,地日厚一丈,盘古日长一丈。如此万八千岁,天数极高,地数极深,盘古极长。后乃有三皇。数起于一,立于三,成于五,盛于七,成于九,故天去地九万里。(《艺文类聚》卷一·天部上)

对比两个文本,我们会发现在情节上既有叠合性又有变异性。从发生学角度上追问,两个文本的生成是否有事实关联?如果有,那么谁在前、谁在后,是否有影响、交流、改造和变异的传播变异过程?这对我们从跨民族比较文学的角度理解黎族神话有何意义?沿着这个思路,首先分析这两个神话文本的交叉元素和变异元素。

(一)均有"高大威猛、超凡脱俗"之巨神形象。无论是大力神还是盘古,再或者是番焦塔,都是介乎人与神之间的巨人英雄,他们都用自己的身躯开天辟地。那么为何在神话中会反复出现大力神这种巨大无比的神灵意象形象呢?实际上:"在人类蒙昧时期,由于对难以抗拒的自然力和深奥的自然生成,无法用科学的方法作解释,他们在万物有灵论的观念支配下,通过天真奇幻的想象,把一切的自然力都人格化了,希望世界上有一个非凡的英雄,赢得自然力量的巨人,按照人们的理想,驱除灾害,创造一个适合人类的自然环境。"①因为人在自然面前,实在太渺小了,所以只能白日做梦、胡思乱想,把自己想成多么高大威猛。只有现实中的适度无能,才能在理想中塑造无所不能。其实在其他民族神话中,巨神形象也普遍存在,例如,古希腊神话中的天神乌拉诺斯和地神盖亚,共生有六男六女十二个泰坦巨神,这些神灵个个呼天唤地、上天入地、无所不能。直至拉伯雷《巨人传》,还有庞大固埃、高康大等巨人形象,仍然延续着古希腊神话中的巨神意象脉络,这能充分说明文艺复兴时期的思想症候。因此,回过头来,我们可以明白,这些

---

① 郭小东、韩伯泉:《黎族民间文学概说》,广州:广东民族学院民族研究所,1984 年,第 15 页。

神话中的神灵意象,存在可通约之处和相当高的思想契合性,有学者指出:"《大力神》和《盘古》这类开天辟地神话,在我国各民族中都有相似的作品。它们的记述,在内容上有许多相同之处,大概是说宇宙开辟之前,天地或相连一起,或相距很近,或为混沌一片,是诸如'大力神'和'盘古'这类富有神力的巨人,将天地开辟,成就了宇宙生成之大业。"[①]

(二)均有"鞠躬尽瘁、死而后已"的牺牲精神。大力神和盘古用身躯化作山川大地,在这一点上,可以看到古希腊神话形象普罗米修斯的影子,这些神灵都为了造福人类,具有"我不下地狱谁下地狱"的勇敢无畏精神。但是普罗米修斯盗火给人类带来光明,却受到宙斯的惩罚,被绑在高加索山上,说明这种神灵意象蕴含的价值观是否定这种实践行为的,西方神话中的诸神不会为人类利益而牺牲自我,甚至在《荷马史诗》中,女神们也有关于金苹果的争斗。而中国开天神话中的诸神,却大多具有自我牺牲精神,一致用自我的牺牲来换取人类和自然世界的新生。因此,从本质上说:"这种故事,与宗教创世说是有着根本的区别的。因为故事所塑造的英雄,不是降福人间的上帝、救世主,而是敢与天决战、并符合人民利益与愿望的、鞠躬尽瘁、死而后已的英雄人物。'大力神'这个形象,闪耀着劳动创造世界的思想光辉,是黎族人民勇敢与智慧的化身,它给人们的艺术美感与力量,可以毫不愧言地说与后羿、女娲相媲美。"[②]从这段分析可以看出,西方的上帝是救世主,他是高高在上的,主宰人类一切的,他降福于人间,可以说,西方开天神往往凌驾于人之上,而中国开天神却为人类而献身,它不是高高在上的,而是与人民群众一起并肩战斗、克服困难、造福人类的。而且,他们往往都为了人类而牺牲了自我,这是难能可贵的一种神灵意象品质。这种品质成为黎族神话及百越地区民族神话的一个突出特征:"黎族与南方百越后裔诸民

---

①　陈立浩、邓琼飞、邢孔史:《黎族民族文学》,北京:中国文史出版社,2014 年,第 12 页。

②　郭小东、韩伯泉:《黎族民间文学概说》,广州:广东民族学院民族研究所,1984 年,第 15 页。

族创世神话中的'巨人',其创业的开创精神、献身精神,以及与雷神相争的斗争精神。是这一族群的民族精神,它是一种永存的精神。"①所以说,黎族神话《大力神》中的大力神,作为黎族最根本最重要的开天神话之神灵意象,其实就是体现了黎族这个族群先民的开创精神、献身精神、斗争精神,这些精神不是某一个民族赖以生存的物质食粮,却是这一个民族永续发展的精神动力和精神食粮,也是中华民族共同体意识的重要组成部分。

除了以上交叉性和重叠性要素,两个神话文本又存在跨民族交流中的话语流传变异和阐释变异元素。

首先,《大力神》中既有开天辟地,又有射日射月,而在盘古神话中,只有前者没有后者。同时,射日神话体现在"后羿射日"神话之中,射月神话又体现在瑶族"亚拉射月"神话之中,《大力神》这个文本中呈现出多元化的民族神灵意象,既有汉族,又有瑶族,甚至还有其他少数民族的神灵意象。可见,黎族神话在口口相传的历史积淀过程中,应当不是某一个民族单独地发展,而是在民族交流与民族对话之中,创新整合其他民族神话元素,并不断发生流传变异,各种叙述情节相互交叉重叠,又相互变异发展,从而形成了一个独有的话语形象体系和意义符号体系,也传达了不同的民族精神内涵。

其次,《大力神》中的大力神并不完全按照其意志展开行动,在某些关键环节,人类都与大力神有着理性对话,在盘古开天神话中没有这样的情节,说明黎族神话在口头传播中更加凸显了人类主体的意念控制。换言之,我们可以明显注意到,大力神射太阳射月亮的时候,不是一味莽撞、乱射一气,在射太阳射到第六个的时候,及时听进大家的意见,没有把最后第七个太阳也一起射掉,留下一个,也给人类留下了光明。在射月亮的时候,射到最后一个,一不小心又射偏了,这就造成月亮的阴晴圆缺。大力神在造福人类的

---

① 陈立浩:《根脉相承精神相通——黎族与南方百越后裔诸民族的创世神话评析》,《琼州学院学报》2009 年第 3 期。

过程中,没有高高在上,而是和人类展开各种理性对话,只要有利于人类生存的,就大胆实践,只要不利于人类生存的,就小心谨慎,这就让黎族的神灵意象具有了神话性和人类性的双重特征,也有了感性想象与理性制约的双重特征。

最后,盘古开天神话中存在明显的汉文化尤其是道家文化精神。例如,其中提到了"阴阳"说、"元气"说等,阳清为天,阴浊为地。显然,这是《周易》的核心思想。《周易》中的最高范畴是太极中和,天为阳,所以天行健,君子以自强不息;地为阴,所以地势坤,君子以厚德载物。在天地之间,还有人,所以天、地、人构成《周易》中所谓的"三才",这种符号结构是汉民族的文化特征。由阴阳说衍生而来的五行说,也是如此,金、木、水、火、土,各个元素之间相生相克、相互依存,这也是汉族文化的意象符号。另外,在盘古开天辟地的神话叙述中,还提到了"三皇五帝",这也能说明中华民族、炎黄子孙的民族意识和文化贯通,也是一种中华民族共同体意识的体现。

三、"大力神"意象的民族渊源与阐释变异

通过以上的跨民族文学比较阐释,我们能够发现黎族《大力神》与汉族开天神话之间的差异性和通约性,在某些情节叙述上,《大力神》的内容比盘古开天辟地的内容要丰富。反之亦然,盘古开天不仅涉及日月天地山川河流,还涉及风雨雷电等更加丰富的自然世界,显然,无论是内容上还是形式上都比黎族《大力神》更加充实。两者互相交叉、互相指涉、互相补充、深入对话,形成神话层面的共鸣性文本或互文本,也是民族互鉴的一个重要学案。

接下来的问题是:既然《大力神》与盘古开天神话在文本层面存在交叉性与变异性,那么导致这些现象发生的深层诱因是什么? 或者说,黎族与汉族及其他少数民族之间是否有文化交流? 这种文化交流是否使得各自的神话文本发生了流传变异、传播变异或阐释变异? 可以从以下几个层面来"振

叶以寻根,观澜而索源"。

(一)黎族与"骆越"之渊源流传。在第一章中我们就已经分析过,南海区域的黎族发源于古百越之骆越一族,主要居住在珠江流域的岭南、两广地区,那么黎族与骆越、百越存在何种关联呢? 我们应当如何进行文化解码呢?

1. 从历史角度分析:"居住在海南岛上的黎族虽然现在不属珠江流域,但黎族与古代'百越'族中的'骆越'有密切的关系,是从骆越发展而来的,其远古祖先大约在新石器时代中期从两广大陆沿海地区陆续迁入海南岛,最初居住在沿海和全岛各地,过着原始母系氏族公社生活。后来由于历代封建王朝的羁縻征剿和国民党反动政府军队的屠杀,大部分黎族人民被迫退居五指山及周围地区。"①这一段表述可以看出,从目前的地理结构来看,南海区域的黎族虽然在表面上不属于珠江流域,但是黎族的祖先是在新石器时代从两广地区迁来的,他们从族群上归于骆越一族,在到达海南岛之后,他们最初遍布全岛,并过着母系氏族生活。但是后来由于不断的民族斗争,他们不得不退居到崇山峻岭之中。这就是南海区域黎族与骆越族之间的历史勾连。我们知道,中国少数民族大多居住在高山、峡谷、岛屿等边缘地区,例如羌族就自称为"云朵上的民族",蒙古族被称为"马背上的民族",这都是源于长期的民族交流和斗争历史。虽然黎族从岭南迁至海南岛,但是黎族与百越地区其他少数民族具有相对稳定的文化精神及神话意象,这种传承是在长期历史积淀中生成和发展起来的。

2. 从语言学角度来看:"黎族的语言属于汉藏语系壮侗语族黎语支。壮侗语族源于古代的'百越'('越'通'粤')族。因而,我国古代南方的'越'人是黎族的先民。"②壮侗语族属于汉藏语系壮泰语支,主要分布在中国南方

---

① 覃乃昌:《追问盘古——盘古神话来源问题研究之一》,《广西民族研究》2006 年第 4 期。
② 邢关英:《黎族》,北京:民族出版社,1990 年,第 9 页。

部分省区。黎语同壮族、侗族、水族、高山族等百越地区少数民族的语言在语法、结构、语音等多方面都有通约性要素。所以说,我们通过语言学分析,也能够发现黎族同中国南方其他少数民族,尤其是壮侗语族的直接关联,壮侗语族是从古代"百越"族发展而来的,与黎族一脉相承。因此,从语言学层面来讲,黎族同骆越族、百越族整个族群都有着深刻的联系。

3. 从文化精神上看:"考古学、历史学、民族学、体质人类学等多学科的资料还表明,包括壮族、布依族、傣族、侗族、水族、仡佬族、毛南族、黎族等在内的居住在珠江流域的原住民族的起源和发展,具有相对稳定性的特征。"[①]从考古学、历史学、民族学等学科的文献依据来看,黎族与其他民族在文化精神上具有同源性。这八个民族在文化精神方面的稳定性,主要体现在神话意象谱系上的趋同性方面。例如,黎族神话中的大力神,在其他七个民族神话中都有类似表述,甚至可以说:"黎族与南方百越后裔诸民族的'巨人神话'所描绘的'巨人',其形象之伟大,业绩之光辉,以及'巨人神话'所反映的这一族群原始先民对人神的理解,对宇宙自然的看法,都有惊人的相似,使人们清晰地看到这一族群文化上的血缘关系,当然这也是百越后裔诸民族的历史渊源关系,是烙下的百越文化印迹。"[②]也就是说,在南方少数民族的神话传说中,都有比较多的大力神巨人形象,这些形象既有共性特征,又有变异特征。尤其是南方百越族,在这些后裔之中,也广泛流传巨人意象,这种神灵意象是一种共有的图腾文化,也体现出他们对"力量崇拜"的共有文化特性。

(二)盘古与"百越"之渊源流传。上面论证了《大力神》与骆越、百越的民族渊源和神话中的神灵意象类似关系,那么盘古神话又从何而来? 它是

---

① 覃乃昌:《追问盘古——盘古神话来源问题研究之一》,《广西民族研究》2006 年第 4 期。
② 陈立浩:《根脉相承精神相通——黎族与南方百越后裔诸民族的创世神话评析》,《琼州学院学报》2009 年第 3 期。

否与百越族神话存在实证关联呢？盘古来源有很多说法,例如"南方说""中原说""苗蛮说""外来说"等,其中还有一个观点就是"岭南"说。茅盾在《神话研究》中就坚持这个观点,他认为盘古神话是从两广地区产生的,后来逐渐北传,其依据是南朝任昉《述异记》中:"南海有盘古氏墓。"还有学者也指出,盘古神话的发生地就在珠江流域:"搜集整理盘古神话的徐整是吴国人,他记录整理盘古神话的三国时代的吴国包括了岭南地区。也就是说,今广东、广西地区在三国时代属吴国的管辖范围。从盘古神话三种创世类型的具体内容和表现形式可以看出,当时盘古神话主要流传在岭南两粤地区。但是,徐整对这些神话并不是做简单的记录,而是融入了汉族文化、特别是道教文化的内容,其中最突出的是道家的元气说、阴阳学说和术数理论,使之富于哲理性,更加令人可信。"①这就是说,百越地区的民族神话是徐整盘古神话的重要话语资源,只是还加入了很多汉族和道教文化内容。以上观点也表明,盘古开天辟地神话之所以与黎族神话《大力神》在情节叙述上有相似之处,关键是两者具有地缘上的结构性相似,我们今天看到的盘古神话,是吴国人徐整搜集整理出来的,吴国中的大部分,就在如今的岭南地区,任何文本都不是绝对客观的,因为每个叙事主体都有自己的思想背景和意识观念。徐整在整理这些神话传说的时候,就不可避免地就地取材,他不可能在当时的条件下,从南方跑到北方、东北去搜集整理,语言的差异、文化的差异、民族的差异,都不利于他展开神话整理。所以,据此推断,盘古神话应当流传于吴国地区,也就是两广、湖南、江西等区域。在进行整理的过程中,他加入了许多汉族文化思想,尤其是道家思想。正因如此,盘古开天辟地神话中也就具有这些文化思想的痕迹。黎族开天神话《大力神》与盘古开天辟地神话,在地缘上就具有了这种渊源性和传承性。

(三)大力神与盘古之渊源关联。在盘古神话生成之前,汉族也有相关

---

① 覃乃昌:《追问盘古——盘古神话来源问题研究之一》,《广西民族研究》2006 年第 4 期。

开天神话,例如《庄子》:"南海之帝为儵,北海之帝为忽,中央之帝为浑沌。儵与忽时相与遇于浑沌之地,浑沌待之甚善。儵与忽谋报浑沌之德,曰:'人皆有七窍以视听食息。此独无有,尝试凿之。'日凿一窍,七日而浑沌死。"①在这里,庄子塑造了儵、忽、混沌这几个神话形象。儵是南海之帝,忽是北海之帝,混沌是中央之帝,这里的帝,就是主宰、主管的意思。一个管南海,一个管北海,一个管中央,南北相遇于中央,中央的混沌对他们特别好,极尽地主之谊,但是客人们却恩将仇报、机关算尽、过河拆桥,他们忽悠混沌,说人有七窍,混沌也就傻傻地被忽悠,每天凿一窍,七日就凿了七窍,然后就死去了。庄子这个神话,让我们觉得荒唐可笑,但是可笑之中也有其必然性和逻辑合理性。

另外,在《山海经》第二卷《西山经》中有一个怪兽,名叫帝江,汉初《淮南子》中还有阴神、阳神,他们都是开天神话的神灵意象原型。到三国时期,徐整整合了瑶族、苗族、黎族神话,形成了《三五历记》,在这个发展变异的过程中,徐整关于盘古神话的跨民族整合起着承上启下的关键作用,因为它并不是单纯从汉族神话中产生的,而是充分吸收了黎族《大力神》等民族神话的基本元素:"所谓盘古神话,实际上就是汉族文人记录整理少数民族相关神话并加入汉族文化的理念而形成的有关开天辟地创世、化身创世和洪水兄妹结婚再造人类的神话,它是少数民族文化与汉族文化融合的典范。"②可见,不仅是南海区域的黎族神话吸取了汉族神话的某些元素,另一方面,汉族神话也在创造性转化黎族神话的某些元素,通过不断交叉重叠的民族文化与文学互鉴,黎族与百越地区的开天神话被徐整创造性转化,加入了道家学说及其他理论,继而流传广泛。

但是,黎族神话中的大力神与汉族神话中盘古又有所不同,因为:"大力

---

① 庄子:《庄子·应帝王》,曹础基:《庄子浅注》,北京:中华书局,2000 年,第 117 页。

② 覃乃昌:《追问盘古——盘古神话来源问题研究之一》,《广西民族研究》2006 年第 4 期。

神完成开创世界大业之后,便溘然长逝。诚然,这个故事的母体是'后羿射日',可是,《大力神》有着比之更为复杂的故事情节。黎族人民,凭着自己对自然界的直感与愿望。对世界的生成作了浪漫的解说,而这种解说,又涂上了厚厚的民族色彩,读来并不感到类同,而且自成一体('盘古开天辟地'这类神话原流行于我国南方苗、黎、瑶等少数民族中,三国时徐整《三五历记》,把它吸收入汉族神话里)。"①从这段表述可以发现,盘古开天辟地不是某一个民族的神话文本,而是多民族文化融合的有力见证。在多民族文化交流过程中,各民族之间的文化精神不断发展、不断吸收、不断变异,从而形成了一种复合型文本或共鸣性文本,也形成了独有的神灵意象体系。刘介民也从比较文学与民间文学的角度对开天辟地神话进行了描述:"开天辟地神话,见出人类童年的某些设想。天地分开之后,需要有星辰日月、山林树木、江河湖泊,人类才能生存。这自然万物又是怎样产生的呢? 古人在盘古开天地的基础上进行了大胆的想象。把开天辟地神话与创造人类神话糅合在一起。传说天地分开,盘古死去,临死他把自己身躯化成了世间万物。盘古为一个美好世界的诞生,无私地奉献了自己的一切。被认为是人类的老祖宗。"②

　　大力神意象后来在黎族社会变异成一个类宗教式的形象符号——"袍隆扣"。在五指山市水满乡黎峒文化园黎祖大殿内,还举行过盛大的大力神(袍隆扣)塑像开光大典,众多游客参拜纪念。正是因为大力神开天辟地拯救了人类,所以黎族才把他视为一种超越人类的精神信仰符号,如今在海南黎族聚集区的很多黎族宅院,门口都有大力神的符号,一直传承至今。这也充分体现了黎族人民对这种神话意象的传承与认同。

　　综上所述,从族源上分析,黎族源于骆越,骆越属于百越,而整理盘古神

① 　郭小东、韩伯泉:《黎族民间文学概说》,广州:广东民族学院民族研究所,1984 年,第 14-15 页。
② 　刘介民:《从民间文学到比较文学》,广州:暨南大学出版社,1998 年,第 11 页。

话的徐整是吴国人,吴国又包括了百越、岭南、两广地区,这是族源谱系上源远流长的谱系。从神话学分析,《大力神》与百越之巨人神话属于同一个民族神话谱系,而徐整盘古开天神话又吸纳了黎族大力神开天神话,而黎族开天神话也从汉族盘古神话、后羿射日神话和瑶族雅拉射月神话中汲取话语资源,正是这种双向的文本渗透与跨民族文学意象流传变异、传播变异和阐释变异,构成当今的黎族开天神话文本,也构成了"大力神"这个黎族文学神灵意象谱系的文化渊源和变异模式。所以,我们应当从文明互鉴、民族互鉴和跨民族比较文学研究的角度,对南海区域黎族文学文本进行创造性阐释。中华民族各民族文学意象之间的这种通约性和差异性,体现了不同的民族文化意识和特征,也体现了中华民族大融合大发展的基本理念。

第二节　"黎母山"意象与黎族文学的创世神话

如果说,开天神话主要是阐释天地日月之起源,那么,创世神话则主要是阐释人类之起源,这是两种不同的神话类型,也形成了两种不同的神灵意象。例如女娲抟土造人,就是汉族创世神话文本,创世神话主要阐释每一个民族的起源,这也是一个民族最根本的信仰体系和意象渊源。那黎族神话又是如何阐释黎族和人类起源的呢?其阐释模式与其他少数民族及汉族的创世神话文本又是否有同源性、异质性及变异性呢?总体上讲,黎族文学主要围绕"黎母山"这个意象原型,阐述了以下几种创世神话范型。

一、"黎母山"意象与"蛇生说"创世神话

每一个民族的神话文本,在最初的时候,都有许多自然意象,在这些自然意象中,动物意象又占据着非常重要的地位,"黎族的图腾崇拜,以动植物

图腾为主,在动植物图腾中,又以动物图腾为多"①。虽然黎族神话文本涉及的动物很多,但关于起源的神话意象主要是蛇、狗、鸟三大类,正如王海教授所说:"早在20世纪30年代,刘咸撰写的《海南黎人纹身之研究》就记载了黎族有关狗族的神话。这一神话,在黎族地区有多种异文流传。此外,黎族中还有蛇祖、鸟祖等神话流传。"②在这些黎族文学创世神话之中,最重要的就是"黎母山"意象,在这个意象符号之中,诞生了黎族与蛇之间的文化渊源和关联。下面,我们逐一展开分析。

黎族最经典的创世神话文本《黎母山传说》写道:

在海南岛思河的峒上,有一座高山,经常云雾缭绕,看不见它的真面目。传说,古老的时候,这里没有人类。有一天,雷公经过这里,觉得这是繁殖人种的好地方,便带来一颗蛇卵,放在这座山中。过了一些时候,雷公把蛇卵轰破,就从卵壳里跳出一个女孩子来。雷公便给她起了个名字,叫黎母。黎母就在山里生活下来,她白天采摘野果充饥,夜晚就睡在树上。后来,有一个从大陆渡海来到这座大山里采沉香的年轻人,遇到了黎母姑娘,两人就在一起劳动、生活,后来就结了婚,生了许多子孙后代。这时候,靠采摘野果已经不能维持他们的生活了。他们便开始捕捉鸟兽,后来又砍山种山兰。子孙们为了纪念自己的祖先,便把这座高山叫做黎母山。她的后代就称为黎人。③

这个文本说明黎族族源的发生顺序是:蛇卵——黎母——婚配——黎人,这是典型的卵生说,他们认为人类的起源来源于蛇。为什么黎族神话认

① 牛志平等:《海南文化史》,海口:海南出版社,2008年,第87页。
② 王海:《黎族神话类型略论》,《广东技术师范学院学报》2009年第5期。
③ 《黎母山传说》,陈立浩、陈敬东、徐志章:《海南民族文学作品选析》,海口:南海出版公司,1992年,第24-25页。

为黎族人起源于蛇卵呢？一般认为，这是因为黎族先民信奉蛇图腾："'卵生说'观念，可能与原始先民直观飞禽及其他生物生殖情况有关。具体到《黎母山传说》，黎母由蛇卵而成，这表明黎族先民曾有过信奉蛇的图腾观念。"①

如今，在我们看来，蛇这种冷血动物让人害怕，因为它不仅是形象上阴冷可怕，而且还会咬人，让人敬畏。海南属于热带，在热带丛林中，生存着各种各样的蛇类，前文已经分析，黎族原始先民就大多居住在海南岛的中部和南部区域，这些区域蛇类都很多，黎族原始先民被蛇咬的现象也屡见不鲜。正是因为在生活中不断被蛇袭击，才让黎族原始先民对蛇在产生恐惧感的同时，也有了一种敬畏感。这是与内地汉族和其他少数民族有所不同的地方。

蛇卵被雷公击破以后，产生的是"黎母"这个意象，由此可以判断，虽然《黎母山》表面是在分析蛇生说，实际上还暗含着母系氏族文化的符号印记，它表明了黎族先民的基本繁衍模式，"这类有关女始祖的神话传说，较有代表性的还有《黎母山传说》。故事讲述远古的时候，雷公以雷电将一藏于山中的蛇卵击破，蛇卵中跳出一个女孩，雷公为之起名黎母。黎母后与一从大陆渡海进山采集沉香的青年男子幸福结合，繁衍了许多子孙后代。子孙们为了纪念自己的始祖，便将这座山叫做'黎母山'，他们则自称'黎人'。这个神话虽然也有对偶婚的描述，但仍然明显保留有母系氏族社会生活的痕迹"②。这种母系氏族文化不仅在黎族原始先民中有所体现，而且在后来的奴隶社会、封建社会，黎族女性的地位也一般高于男性，她们得到应有的尊重，没有那么多伦理纲常和文化教条的约束。所以，由"黎母"而衍生出的母系氏族文化与黎族女性在家庭中的地位是密切相连的，"黎族女性在日常生

---

① 陈立浩、陈敬东、徐志章:《海南民族文学作品选析》，海口：南海出版公司，1992年，第20页。
② 王海:《古远而丰厚的沉淀——试论几组黎族神话和神奇故事的文化意蕴》，《民俗研究》2005年第2期。

活中所得到的尊重和所拥有的自由,尤其是婚前自由,表明了她们没有像汉族女性那样受到儒家学说约束,以及宋代盛行一时的程朱理学的桎梏。传统黎族女性的地位,实则是母系氏族公社时期残留的以女子为中心的生活模式的传承"①。

根据文学人类学的研究成果,当面对一种共同的敌人,无法战胜、无法攻克对方的时候,就习惯于形成对这种动物的图腾,将之神灵化、意象化,以期望从这种神灵意象之中,获取战胜自然界的精神力量,将蛇视为本民族的起源,将自己视为蛇的后裔,获取图腾的精神保护。另外也有学者认为,蛇不仅仅是黎族神话文本中的神灵意象,也是百越区域少数民族神话的普遍共性意象:"黎族女始祖黎母,由蛇卵而来,这种'卵生说'是人类起源神话中的一种类型。这类神话在我国少数民族中多有流传和保存。"②"卵生说"不仅存在于黎族神话中,在其他民族也有相关神话传说,例如纳西族创世纪、苗族古歌、彝族梅葛、侗族龟婆孵蛋、土家族卵玉传说等,都有这类神话描述。当然,黎族从蛇卵而来,从民族互鉴的角度上分析,这里的卵生不仅仅是蛇卵,还有其他动物意象符号,例如龟卵,等等。

另外,中华民族普遍秉持龙生说,自称龙的传人,龙在中华民族中是一个至高无上的动物神灵意象,汉族尤其推崇。封建社会对此运用尤其广泛,尤其是关于封建帝王,衍生出龙子、龙体、龙袍、龙宫、龙椅等系列意象符号。可见龙的神灵意象在汉族文化中的重要地位。

表面上看,汉族"龙"的神灵意象很高大威猛,而黎族"蛇"的神灵意象恐怖阴暗,实际上,黎族及百越地区的蛇生说与汉族的龙生说,有学者认为仍然具有意象符号上的深层关联。他们认为蛇就是龙的一种变体,蛇生说

① 王海:《古远而丰厚的沉淀——试论几组黎族神话和神奇故事的文化意蕴》,《民俗研究》2005 年第 2 期。
② 陈立浩、范高庆、苏鹏程:《黎族文学概览》,海口:海南出版社,2008 年,第 14 页。

也是龙生说的一种变异体,它们是异质同构的两种示意符号,因为:"黄帝族信仰龙图腾,蛇与龙在原始社会归纳为同类,合称为龙蛇,夏禹便以蛇为图腾。夏之裔于越及与夏关系密切或系同族的百越自然亦以蛇为图腾了。"①可见,百越族普遍认同蛇图腾,而黄帝族信仰龙图腾,龙蛇其实是一家。农村有的也把蛇叫"地龙",把天上飞的龙叫"天龙"或"飞龙",《周易》里面的"乾卦",就有诸如"飞龙在天""潜龙勿用"等表述,以此而形成一个彼此呼应的意象谱系。

至今,在海南乐东县还有《蚺蛇公》的民间传说,而且在 1942 年,抗日战争时期,日本学者在海南田野调查后,认为蛇在当时的黎族社会中仍然具有重要意义:"Tin-nún 是蛇神,平常待在旱田或水田里,如果有人到那里开荒种地,它便会跑到村里来使村民们患病。据说腹部及脸部的肿块,便是因它而生。"②当然,在黎族社会中,也非常流行蚺蛇这类动物意象,"在黎族人中间,自古以来就流传着蛇为自己祖先的传说,说的是蛇卵生出一女,与一采香青年结婚生子,繁衍为黎族。有些地区的黎族保留着禁吃蛇肉的习俗,把蛇看成是自己的保护神。有一支操美孚方言的黎族,被称为'蚺蛇美孚',是因其妇女文身花纹貌若蚺蛇,显然蚺蛇在这里成为了氏族的标志符号"③。由此可见,蛇生说在黎族文学创世神话中具有重要地位。在这个神话符号生成过程中,黎母从蛇卵中而来,"黎母山"这个意象符号具有重要的民族孵化功能和文化衍生功能,"黎母"成为黎族先民母系氏族社会的一种生殖意象和繁衍意象,对黎族的延续起到了至关重要的作用。

二、"吞德剖"意象与"犬生说"创世神话

《吞德剖》这个文本是黎族的口头历史长诗,"吞"是黎族语言,表示

① 何光岳:《百越源流史》,南昌:江西教育出版社,1989 年,第 13 页。
② [日本]冈田谦、尾高邦雄:《黎族三峒调查》,金山等译,北京:民族出版社,2009 年,第 73 页。
③ 牛志平等:《海南文化史》,海口:海南出版社,2008 年,第 88 页。

"歌"的意思,"德剖"也是黎族语言,表示"祖先"的意思,合在一起,就表示是关于黎族祖先的诗歌。后来,由于种种原因,《吞德剖》这个文本被修改成《五指山传》,从现代文化的角度规避"犬生说"这种阐释形态。实际上,"吞德剖"这个意象主要表明,黎族祖先是天狗和婺女星结合之后,降生于凡间的一对兄妹,然后生成了黎族。由此而产生了对天狗这种意象的图腾崇拜和民族符号标识。

狗自古是人类的朋友,对黎族先民来说,狗这种动物意象显得尤其重要,黎族还有一个神话传说文本《天狗》,其中如此写道:"一个国王染痼疾,难医治,贴布告求医,并诺治愈者可娶公主。无人应征。某日,狗把布告撕下,便被带到国王面前,狗用舌头在伤口上舔了三天,国王疾病痊愈,于是如约将公主嫁给了狗。狗和公主乘船出海,在一个孤岛上登陆生活,生下一子一女,兄妹长大后相配为夫妻,后代就是黎族。"[①]根据这个神话文本,我们可以看出,狗已经被神灵化了、人格化了。在今天看来,虽然有的狗的确比较聪明,但是狗不可能读懂布告,也不可能用舌头治好国王的病,更不可能和公主结婚,生儿育女,繁衍了黎族,这都是神话传说中才可能有的情节。这种观点认为黎族起源于人犬相配,渡海繁衍,定居海南,从而生成了黎族。在其他民族神话中,这类神话并不多见。

除此之外,其他文本史料也有所记载,《黎岐纪闻》记载有:"有女航海南来,入山中与狗为配,生长子孙,名曰狗尾王,遂为黎祖。"[②]这个文本与前面一个有所不同,前面那个文本是说公主和狗结婚,然后一起渡海南下,生儿育女,繁衍黎族。后一个文本主要写一个女子渡海南下,与山中的狗交配,然后繁衍子孙,这就是黎族的始祖。当然,还有另外的神话文本,认为是陆

---

① 王海、江冰:《从远古走向现代——黎族文化与黎族文学》,广州:华南理工大学出版社,2004 年,第 57 页。

② 转自王海、江冰:《从远古走向现代——黎族文化与黎族文学》,广州:华南理工大学出版社,2004 年,第 57 页。

地的男子渡海南下,与海南岛上的黎族女子结婚,当然这里没有涉及狗的问题。前两者都涉及狗,具体细节不同,结果大体都相似,就是都认为黎族是人与狗繁衍的后代。

当然,除了《天狗》之外,在《关于符姓的传说》《杀皇帝》《五指山传》等黎族口传文本中,也不乏有对狗的精神崇仰。当然,值得注意的是,黎族文学中的狗往往不是生物学意义上的狗,而是一种具有神灵意象属性和超凡能力的"天狗"符号表征。例如,《五指山传》第一章《天狗下凡》写道:

> 天狗多豪迈,
> 天庭任钦差,
> 天帝极信赖,
> 大权任他排。
> 天帝多宠爱,
> 天人也吹拍,
> 天女更恭敬,
> 天狗是英才。
> 天人与天将,
> 天狗最威严。[①]

从这一段表述中,就可以明显看出天狗在黎族先民心中的神圣地位。其中用了很多神灵化的词语。天狗,就是生活在天上的神仙,它不是一种动物意象,而是一种神灵意象。它的前面加上一个前缀"天",就显得与众不同,"天"在中国古代是一个极限范畴,《周易》中"天行健,君子以自强不息",天就是君子效仿的自然意象。天道、地道、人道,构成三位一体的文化

---

① 孙有康、李和弟搜集整理:《五指山传:黎族创世史诗》,广州:暨南大学出版社,1990 年,第3-5 页。

符号结构,其中天道就是最高之道。而且,我们从这里看出,它不仅仅是在说天狗,还衍生出一个神灵意象体系:天帝、天庭、天人、天女、天将、天狗。把这些意象串联起来,我们就能看出一个非常生动的神话符号表述体系和意义链条。天帝是至高无上的主宰,他生活在天庭之中,天狗是他的钦差大臣,天帝非常信任它,它拿着尚方宝剑,掌握生死大权,它的地位甚至超越了天人和天女、天将,或者说,天狗的地位比人的地位更加高级。它是英才,异常威严,也超越了天兵天将。天狗下凡,与黎族就保持着一种神圣的渊源,它也成为黎族文学文本中一个非常重要的神灵意象符号,它的地位超越了人类,也主宰着人类。

从神话学角度讲:"天狗与婺女异类通婚的叙事,其思维本质是'生命一体化'的交感思维,也是人与其周围动植物间关系的反映。……总之,天狗图腾崇拜的诞生,既是黎族先民荒古时代图腾崇拜的遗迹,也是他们现世生活意绪的流露。它顽强地影响着黎族的性格和审美心理,对黎族后世影响甚远,至今仍然可以在现实生活中找到蛛丝马迹。"①所谓交感思维,源于英国著名人类学研究者弗雷泽在《金枝》中提出的交感巫术思维观点。在弗雷泽看来,原始人类的巫术有两种,一种是坚持"相似律",在这个基础上,就形成一种顺势而为的"模仿巫术"。通过对神灵意象的模仿,可以超越人的力量,实现某种目标。另一种坚持"接触律",在这个基础上,就形成一种交叉感应的"接触巫术",这一类巫术,就是通过接触过的媒介物而对人类产生影响。两者都认为,通过某种中间媒介的感应关联,能够将人类与自然世界结合起来,形成一种内在的能量纽带,这个纽带可以超越时间、超越空间、超越民族、超越物质形态。天狗与人类的交配繁衍,就属于第二种交感巫术思维,即接触巫术,人通过与天狗的交合,继而获得某种超自然的能量,这既是

① 黄桂玲、周琳琳、胡冬智:《民族审美心理的稳定性与变异性:黎族狗图腾崇拜的嬗变》,《洛阳师范学院学报》2010 年第 3 期。

一种图腾文化,又是一种人类交感思维模式。

这种观点当今也能有所印证,那就是在黎族地区仍然有着对狗的精神图腾,例如:"狗在黎族人生活中占有重要位置,几乎家家养狗,养狗比养猪更重要,许多地区禁食狗肉,侾黎还把祭神时杀的狗的牙齿和下颚骨作为护身符,挂在胸前。"①在黎族神话中,天狗是具有神性之物,人狗交配而繁衍,是天人合一的神话演绎。正如前文所分析,这是文学人类学中的接触巫术思维。通过把狗的物质符号戴在身上,继而获得一种保护的力量。所以黎族人习惯将狗骨制作成护身符:"黎族人有使用护身符以消除各种神灵带来的不好影响,或是躲避恶鬼的习俗。例如,他们脖子上佩戴的用绳子串着的狗的下颌骨或是带孔的大钱等,便是一种护身符。"②

不仅仅天狗的物质符号接触可以给人类带来福佑,同样,如果发生了灾难,也可以用之来辟邪去难,消除黎族先民所遭受的各种灾难,让他们从不可预知的世界中解脱出来,获得平安吉祥:"人们相信黑狗血(护符)可以镇恶鬼治妖怪,凡被雷击、枪击、坠落、溺水、上吊等非正常死亡的人,丧家要请'道公'(鬼公)在村路口杀一只黑狗(护符)祭鬼。祭毕,可割下一小块狗耳(护符),拿红布缝成三角符交给小孩带在身上辟邪。"③这些非正常死亡不可解释,也不好解释,为了避免这种情况的再次发生,黎族人就寄希望于狗这种神灵意象,请黎族民间的道公在村路口杀一只黑狗,然后割下狗耳来辟邪。这些民俗行为在黎族比较常见,也能充分说明天狗作为一个神灵意象在黎族文学文本中的重要作用。只是后来狗在许多民族的文化交流和文化变异中,逐渐演变为一个贬义词,它不再是一个天狗神灵意象了,而是一个比较贬义性质的符号,与此相关的很多词语,都成了骂人的词语。以至于,

---

① 王海、江冰:《从远古走向现代——黎族文化与黎族文学》,广州:华南理工大学出版社,2004 年,第 57 页。

② [日本]冈田谦、尾高邦雄:《黎族三峒调查》,金山等译,北京:民族出版社,2009 年,第 78 页。

③ 潘先椤:《黎族苗族调查文集》,香港:中国国际出版社,2009 年,第 158 页。

当今黎族人对"犬生说"的态度也发生了变异。古代黎族人把天狗神灵化，甚至后来有人提议将"犬生说"的某些历史文化资源申报非物质文化遗产。在这个神灵意象发生民族交流变异之后，当代黎族人并不同意这种做法，他们认为在当今再把狗视为族源，是不合时宜的，在某一个阶段还发生过比较大的社会论辩。当然，这也显示出天狗这个神灵意象的不断变异特征和历史发展特征。

对黎族先民而言，狗的作用和价值比猪更大，黎族的每个支系都是如此，他们既不杀狗，也不吃狗，而是将之看作祭祀鬼神的一种神灵意象和精神符号，即使意外死亡的狗，也不能吃，而是要举行隆重的埋葬仪式，很生动地体现了对这种动物的神灵化图腾崇拜，这也能解释很多黎族的文化生活习惯和生活习性方式，正如邢植朝在《黎族文化溯源》一书中所说："当然对于狗，黎族各个支系都是爱好的，他们养狗从不吝啬食粮，把养狗看得比养猪还重要，住在丘陵平原地带的黎族，每户都要养两三只狗；而住在山区的黎家，每家几乎都养有狗群。据史料记载，过去，黎族是不随便杀狗的，也不吃狗肉，即使杀狗祭鬼神，也不许在房屋里煮。平时，对意外死亡的狗，他们还要举行隆重的埋葬仪式。特别是侾黎，他们常常取下狗的牙齿（祭祀时杀的狗）用绳子绑住挂在胸前做护身符。尽管如此，我们仍然不能断论狗就是黎族唯一崇拜的图腾。"[1]

尽管当今黎族文学与文化对"犬生说"这种观点已经慢慢淡化或在有意识规避，但是我们从文学人类学的角度来进行跨民族阐释的时候，仍然必须面对这种历史事实。我们不能用今天的思想观点来衡量历史的真相，而是应当从这些历史话语形态之中捕捉到一个民族最本源性的精神符号，也需要从跨民族文化交流的立场，对这种神灵意象符号的发展变异进行阐释和梳理，并从考古学的立场进行辨析。关于这个问题，郭小东、韩伯泉两位专

---

[1] 邢植朝：《黎族文化溯源》，广州：中山大学出版社，1993 年，第 5 页。

家有着比较清醒的认识："这种以动物为始祖的神话传说,反映了原始文学中简单朴素的进化观念:人不是由天帝创造而来,而是由动物变化而来的;并且从文学角度佐证了:黎族的始祖是从祖国大陆迁徙渡海而来的。这自然也反映了黎族原始文学与祖先崇拜的关系。这类神话故事经过长期流传,始为汉人用汉字文记载下来,在漫长的流传过程中,口传笔录,不可避免地发生变异,有些甚至渗进了后人的思想意识,夹杂着人类社会早期所不可能有的某些事物,这就需要通过考古资料和科学分析进行分辨,进一步认识其原貌及本意。"[1]可见,这些都是值得我们去参考和推进落实的。

三、"纳加西拉"意象与"鸟生说"创世神话

关于族源神话,除了前面提到的蛇生说、犬生说之外,黎族还有一个神话文本——《纳加西拉鸟》,由"纳加西拉"这个神灵意象而产生了黎族创世神话中的"鸟生说"。其文本大致是这样叙述的:"黎人祖先有个女儿,出生不久,母亲去世,'纳加西拉'鸟便含着谷类把女婴养大。为了纪念养育之恩,黎族妇女在身上刺上鸟的形状,这就是文身起因的一种说法。'本地黎'在服饰上绣有鸟的花纹图案,发簪上也有图案化的鸟,这些图腾痕迹表明鸟被认为是黎人祖先的保护神。"[2]在黎族看来,没有鸟类就没有黎族人类,黎族对鸟类的崇仰体现在三个方面。

一是黎族女性文身。黎族女性有文身的习俗,清代文献《岭南丛述》《峒谷纤志》中也有记载,她们文身的一个重要符号,就是鸟形图。关于这个问题,说法不一,《纳加西拉鸟》的神话文本将鸟作为一个神灵意象来展开论述,认为是纳加西拉鸟将黎族女婴抚养成人,这与卵生说(蛇生说)还不一

[1] 郭小东、韩伯泉:《黎族民间文学概说》,广州:广东民族学院民族研究所,1984年,第11页。
[2] 王海、江冰:《从远古走向现代——黎族文化与黎族文学》,广州:华南理工大学出版社,2004年,第57页。

样,卵生说只是指出了黎族是由蛇卵产生的,并没有说是蛇这种动物把黎族的原始先民抚养成人。在这里,鸟含着稻谷,把黎族女婴养大,这就是鸟生说。所以,后来的黎族人的文身就多有鸟的图案,这样来报答鸟对黎族人民的养育之恩。这也说明,鸟是黎族神话文本中的一个重要的神灵意象。当然,关于文身,也有另一个说法,就是黎族遭遇洪水,只剩下两兄妹,但是他们限于伦理关系又无法结合,所以女子就纹面,故意让兄长不能识别,然后两人结为夫妻,繁衍了黎族。这两种说法都是对黎族纹面、文身的神话叙述和渊源阐释。

二是以鸡骨进行占卜。鸡是鸟的驯化物,两者都有密切关联,鸡也是一种图腾意识,因此"在侾黎和美孚黎中,有在狩猎或出征前先用鸡骨占卜的习俗。如果占卜的结果是吉则村民勇敢地出发,如果是凶则停止行动。据说本地黎除了狩猎和战斗外,人们在生病以及进行交易时,也会用鸡骨占卜,但详情不得而知"①。可见,鸡也是一种神话文本中的神灵意象,他们在出征或狩猎之前用鸡骨来占卜,正如汉族《周易》一样,最初是用龟骨、鸡骨来占卜演绎,这种选择不是随心所欲的,鸡在本质上还是一种鸟的符号,这与当今我们把鸡当作禽类的思维方式不一样。在黎族古代社会,鸡和鸟都是一种神灵化的意象符号,两者不仅形态相似、功能相似,而且都具有神灵意义。除了用于预测打仗、狩猎等活动成效之外,还可以在治病、交易中使用,可见其用途之广泛。

三是甘工鸟传说。1920 年,杜桐教授在海南保亭七仙岭下,搜集整理黎族民间长篇叙事诗《甘工鸟》,讲述黎族姑娘阿甘和劳海的凄美爱情故事,这也印证了黎族人民同鸟这种神灵意象的深刻勾连。故事主要描述阿甘心灵手巧,劳海英勇善战,本来两人立下了山盟海誓,但是他们恋爱的故事被峒主知道了,峒主就要抢劫阿甘为自己的儿媳妇,送来了聘礼,阿甘当然不同

---

① [日本]冈田谦、尾高邦雄:《黎族三峒调查》,金山等译,北京:民族出版社,2009 年,第 79 页。

意。后来峒主派人抢亲,劳海誓死保卫自己的爱人,结果寡不敌众,被打成重伤。后来,阿甘就变成了一只鸟,劳海在明白阿甘的忠贞之后,也化作了一只鸟,最后他们都化作了鸟儿,比翼双飞,消失在人间,只留下"甘工""甘工"的鸟叫声不绝于耳。从这个文本中,我们可以看出甘工鸟意象在黎族文学文本中的重要作用,也彰显出黎族人民不畏强暴、追求真善美的民族精神。我们知道,在汉族的民间传说中,有梁山伯与祝英台化蝶的爱情故事,在黎族,有阿甘与劳海化作鸟的爱情故事,两个民族关于这个传说故事的文学母题有异曲同工之妙,都彰显了正义善良的人们同黑恶势力斗争的艰难过程,彰显了中华民族黎民百姓的心灵之美和人性之善,也显示出这种神灵意象的特色文化内涵。

四、"南瓜"意象与"兄妹说"创世神话

这一神话类型认为黎族起源于兄妹交配繁衍,需要注意的是,兄妹不是一个自然人的意象,而是一种神灵意象,在黎族繁衍生息的过程中,扮演着十分重要的角色。例如《南瓜的故事》开篇就说:"盘古开天造人世,人类分排男与女。老当老定两兄弟,南瓜开花育男女。天灾地祸毁万类,南瓜肚内存后裔。老先荷发造人纪,传下三族创天地。"①这里它首先讲到了盘古开天辟地,其实前文已经分析了,汉族和黎族在开天神话中,本身就因为百越、骆越的关系而具有了一定的历史渊源和文本意象交叉。在这里,更是印证了这一点,在黎族的神话传说中,已经在引用盘古开天的情节。老当与老定是两兄弟,虽然他们的妻子怀孕已经有三年,但是却始终没有把孩子生下来。按照我们今天的说法,怀胎十月,就应该分娩,但是三年不分娩,肯定是有什么问题。结果一个白发老人指点他们种南瓜,南瓜慢慢长大,等南瓜开花结果的时候,果然他们的妻子就生下了荷发和老先。但是他们的出生却面临

---

① 《南瓜的故事》,广东民族学院中文系编《黎族民间故事选》,上海:上海文艺出版社,1983 年,第 6 页。

很多不幸,天灾开始出现,下起了大雨,而且这个雨一下就是十年都不停息,甚为夸张。兄妹没有食物,就只能躲进南瓜,靠吃南瓜生存下来,但是等他们长大成人后,天灾已经让世界生灵涂炭,他们为了繁衍,不得不借助外在的力量。南风把老先的阳气吹进了荷发的体内,这样一来,阴阳结合,乾坤合体,荷发就怀孕了。不过她生出来的不是一个孩子,而是一个肉团,丈夫老先就把这个肉团分为三份,也就是三个生命体,这三个生命体开始长大,分别就是汉、苗、黎三个民族的祖先了。

这里面有些叙述环节是值得深思的,那就是他们在对待黎族起源的问题上,有着比较另类的意象谱系。首先,老当老定两兄弟都始终没有后代,这是一个比较奇怪的叙述情节,繁衍后代,天经地义,也是动物的本能。另一方面,老先荷发也无法生育,即使在外力的帮助下,生育出的也不是一个正常的后代,而是一个肉团。最后这个肉团一分为三,成为多民族的族源。这个神话文本给我们一些提示,或者说,我们可以从跨民族比较文学的角度做出如下阐释。

第一,近亲繁衍。在黎族先民的思想意识之中,繁衍是头等大事,也是一个最艰难的问题。人口数量是首先面临的问题,没有繁衍,就不可能存续。但是从这个文本中可以发现,黎族先民的繁衍并不容易,他们要么不能生,要么生出来的是肉团,要么是近亲结婚,要么是难产难育,而且出现了各种天灾,他们只能在自然界的帮助下,才能勉强活下去。这说明黎族最初的生存条件是极差的,食物的短缺,自然环境的恶劣,都使他们的人口无法正常繁衍,所以就想了很多办法,例如兄妹婚配。

第二,多族同源。他们认为汉族、苗族、黎族都是同一个祖先,这也说明各个民族在交流对话过程中,也在不断寻找民族认同和文化认同,以及民族之外的他者身份认同。这种母题在《洪水的故事》《葫芦瓜》《姐弟俩》《螃蟹精》等神话中都有所体现。那么,为什么黎族神话会有兄妹婚配繁衍?其现实基础及合法性基础又是什么?《南瓜的故事》叙述道:"世界上只有他们两个人了,他们感到孤单和忧愁,不禁哭了起来。恰好天上的雷公从这里经过,听见哭声,就下来问他们:'你们为什么哭呢? 有什么悲伤的事吗?'他们说:'我们没有父母兄弟姐妹,现在世界上都没有其他人了,只有我们兄妹两人。到处是荒草杂树,今后怎样过日子呢? 怎样活下去呢?'雷公说:'不要怕,不要愁,我帮助你们。这样好了,你们就结成夫妻吧! 等到生了孩子后,我会来帮助你们的。'哥哥听他这么说,急起来,忙说道:'不行,我们是兄妹,不能结为夫妻的,雷公会劈死的。'雷公说:'你们不要怕,我就是雷公,不会劈你们的。'"①

在这个文学文本中,有几个关键信息:一是世上除兄妹已无他人。表面上说的是大雨下了十年,让人类都无法生存,实际上还可能有别的原因。二是生命繁衍必须婚配。每一个民族,只有人丁兴旺,才可能发展壮大,没有人,一切都是空话。三是兄妹意识到彼此不能婚配。这就是最初的黎族伦理意识的体现,兄妹本是同根生,两者无法进行男女结合,这不是生理的必然要求,而是人类伦理的客观制约。四是雷公作为裁定者授权。雷公是黎族文学文本中的一个重要的神灵意象,这将在后文中详细论述,在这里,我们知道黎族先民的命运与雷公密切相关,他授权兄妹结婚,也帮助兄妹,为他们面临的困境出主意,兄妹担心被雷公劈,雷公善解人意,理解他们的苦衷,支持并鼓励他们为了繁衍发展大局而结婚。所以,雷公也在这里具有了人格化的神灵意象特征。五是兄妹合法繁衍人类。兄妹繁衍在少数民族的神话文本中,本来不是一个稀罕的内容,这能够表明,在现代科学中的遗传学、生物学知识被接受以前,早期人类并不会意识到兄妹结合会导致怎样严重的问题,我们从神话文本中出现的各种"肉团"表述中,可以看出近亲结婚带来的负面遗传变异效应,只是说他们当时无法解释这些现象,也无法用科学思维来处理这些难题。只能说,他们也有此类的伦理意识,也意识到兄妹

---

① 《人类的起源》,李永喜主编:《甘工鸟的故乡》,海口:海南出版社,2007年,第10页。

结婚的不可行,但无法从科学上解释为什么不可近亲结婚。所以,他们最终从雷公那里找到了依据,经过雷公的授权和同意,他们才可以为了繁衍后代而结合在一起。

类似的情节在黎族神话中还不少,然而"这些传说故事明显的一个特点,即是围绕一个中心,通过一个共同的情节:正当人类濒临灭绝之际,顺从'天意',兄妹相配,繁殖人类。此种故事内容,尽管各地流传不一,但是这一主题和基本情节是不变的"①。学界一般认为,女娲抟土造人神话流传于北方,而伏羲女娲兄妹婚配造人神话流传于西南,是西南少数民族盘古兄妹结婚神话变异发展而来,这说明在黎族发展初期,存在近亲血缘婚配的普遍现象,或者说"在黎族中间,还广泛流传着洪水泛滥兄妹婚配的神话传说。传说中的两代人,都是兄妹相互通婚,与血缘婚配时期的通婚原则是相一致的"②。兄妹起源说比前面说到的动物起源说从历史发展上更进一步,动物起源说产生的时间更早,因为那时人类还屈服于自然,受到自然条件的影响和制约。

当黎族先民具有了社会伦理意识,那么他们就开始对男女婚配问题作出自己的阐释,因为"这说明黎族人民当时已经朦胧地意识到近亲血缘通婚是一种为'天'不容的、不科学的恶行,开始形成非血缘婚的观念"③。其实在《南瓜的故事》里面也有这样的情节,他们都意识到血缘婚姻存在的主要问题,所以尽力克服或回避这个问题,即使不能回避,也要寻找一个合法性基础和充足的逻辑依据,有的是归于雷公的认同,有的是归于其他某一个神灵的首肯,除了《南瓜的故事》,在其他很多黎族文学文本中,都有关于这种"奉命行事""奉天承运"的神话要素,"如《洪水的故事》《葫芦瓜》《姐弟俩》

① 郭小东、韩伯泉:《黎族民间文学概说》,广州:广东民族学院民族研究所,1984 年,第 12 页。
② 马建钊:《黎族原始婚姻习俗初探》,海南民族研究所编:《海南民族研究论集》第一集,广州:中山大学出版社,1992 年,第 177 页。
③ 苑中树:《黎族民间文学摭谈》,《中央民族大学学报》1995 年第 6 期。

《螃蟹精》《三月三的传说》等'造人'故事,在情节上与许多兄弟民族的神话故事一样,几乎都围绕着一个中心,即正当人类濒临灭绝之际,他们顺从'天意',兄妹相配,繁衍人类。故事的内容尽管流传不已,但是主题和基本情节是不变的,它们不仅说明在人类社会出现之前,有过'盘古开天辟地'的时期,而且在人类发展史上也有过群婚制的阶段,而这些传说故事的本身正好是黎族脱离群婚制进入人类文明时期而逐渐形成的非血缘婚配观念的产物"[1]。因此,基本可以认为,黎族神话经历了"动物卵生起源→兄妹血缘婚配起源→非血缘婚配起源"的繁衍阐释过程。这个过程和黎族社会的演变是密切相关的,"随着原始群的被淘汰,血缘家族公社从产生到兴盛,后母系氏族社会勃然崛起,婚姻形态就从血缘婚过渡到普那路亚群婚再到对偶婚。于是同胞婚配的神话就应运而生,后来逐步融合和取代了早期的图腾神话,渗透、掺和、派生出'洪水造人故事'即同胞兄妹配偶繁衍后代。黎族的许多神话传说故事都直接反映了这一问题"[2]。

除了在黎族文学文本中有这种兄妹交合起源说之外,从跨民族比较文学角度来分析,在汉族和其他少数民族文学文本之中,其实也有这种兄妹起源说的相关论据,"在汉族和其他兄弟民族的神话传说中,关于人类起源于动物的传奇交合和兄妹通婚的故事是很多的,在某种意义上说,它也和物种进化史和人类婚姻史的某一阶段相吻合。在汉族神话中,伏羲和女娲既为兄妹又是夫妻,他们繁育了人类子孙"[3]。伏羲和女娲,既是兄妹又是夫妻,他们繁衍了人类,这与黎族文学《南瓜的故事》中核心要素是基本相同的。从文学人类学的角度来进行分析,"这样的描述无疑是原始先民借幻想人与动物共渡难关的产物,同时,也是人兽同体同源、异体同源的蒙昧观念的反

---

① 邢植朝:《黎族文化溯源》,广州:中山大学出版社,1993 年,第 24-25 页。
② 邢植朝:《黎族文化溯源》,广州:中山大学出版社,1993 年,第 24 页。
③ 邢植朝:《黎族文化溯源》,广州:中山大学出版社,1993 年,第 23 页。

映。这说明简单的洪水神话传说的产生要比图腾神话稍晚些"①。

那么,他们结婚后又是如何繁衍的呢?是像我们现在的人类一样,一个一个、一代一代生育繁衍吗?显然不是,神话文本超越了自然生育发展规律,通过想象性阐释赋予超文本内涵:"在'天神'——或则是玉帝,或则是雷公(天之威力的化身)的准许下,兄妹、姐弟便'合法'地结合,为繁衍人类立下第一大功。这种结合导致的一种奇怪现象,往往生下的是一个肉团,或者是一个怪胎。于是人们又遵循天神的意旨,把它剁成碎片,散播开去,始成为人类的后代。"②

从遗传学上分析,兄妹近亲繁衍极有可能生育怪胎,但原始先民无法解释这种现象,所以在神话中给予荒诞性阐释:"故事为什么要编造这类怪胎?其现实基础无疑是黎族的先民们已经形成一种朦胧的认识,近血缘通婚的不良后果,从而演化出这种荒诞却又合理的故事情节。这是黎族人民通过神话的形式,对人类发展的一种原始而又天真的探索。它与汉族神话中关于伏羲女娲为兄妹,又为夫妻,生育后代的故事是相一致的。"③从生物遗传学的角度来讲,近亲结婚生育怪胎的可能性很大,少数民族文学文本中关于肉团的描述,就是一种印证。他们在神话文本中频频出现这样的表述,其实就是在隐射这一种现象的普遍性,但是又不能对这种现象做出科学的阐释和分析。后来,黎族先民意识到近亲结婚的不良后果,才开始有意识地规避这个问题。

由此可见,从民族互鉴和跨民族文学阐释学的角度出发,兄妹起源说不仅在黎族文学文本中有体现,在汉族以及中华民族各个民族文学之间,都有相关的神话文献,据中国社会科学院王宪昭统计:"目前搜集到含兄妹婚母

---

① 邢植朝:《黎族文化溯源》,广州:中山大学出版社,1993 年,第 22 页。
② 郭小东、韩伯泉:《黎族民间文学概说》,广州:广东民族学院民族研究所,1984 年,第 12 页。
③ 郭小东、韩伯泉:《黎族民间文学概说》,广州:广东民族学院民族研究所,1984 年,第 12 页。

题的神话 455 篇"①,这些母题主要集中在南方民族神话,其中最多的是西南地区民族(163 篇),其次是中东南地区和华南地区。因此,无论是汉族神话中的伏羲女娲还是黎族的老先荷发,都阐释了中华民族兄妹婚配起源的神话母题,这种文学母题与蛇生说、鸟生说、犬生说一同构成黎族创世神话的基本范式。这对于我们从民族互鉴角度认识和铸牢中华民族共同体意识具有重要作用。

第三节　"雷公神"意象与黎族文学的图腾神话

　　本章第一节的开天神话叙述天地之起源,以此为基础,分析了黎族开天神话中的神灵意象;第二节创世神话叙述族群之起源,以此为基础,分析了黎族创世神话中的神灵意象。在这之后,就进入第三个阶段,即:人类主体意识已经逐步形成,在与自然界抗衡的过程中寻找精神信仰力量,这就进入图腾神话阶段:"在早期神话中,人在神的面前往往是软弱无力的,而在人神相争的神话中,这时的人已经具有了与神相争抗衡的力量。这类神话已表明人类的觉醒,产生了人类征服自然的强烈愿望。黎族的神话《雷公根》,对人类欲成为主宰一切的愿望作了生动的描述。"②图腾主要意指一个民族获取精神力量的终极符号,例如汉族之龙、羌族之羊、蒙古族之马等。在黎族神话中,图腾意象非常丰富,但与其他民族相比,南海区域的黎族更倾向于一种区域性神话意象,即雷公。雷公显然是对自然之雷电的虚拟化、人格化呈现。在内陆地区,打雷下雨不如南海区域频率高,台风、雷电与黎族生活息息相关,甚至湛江所在区域一直被称为雷州半岛。从"雷"这个词根出发,还衍生出雷公、雷公斧、雷公根等系列意象,尤其是雷公,它不是一个单一固

---

① 王宪昭:《中国多民族兄妹婚神话母题探析》,《理论学刊》2010 年第 9 期。
② 陈立浩、邓琼飞、邢孔史:《黎族民族文学》,北京:中国文史出版社,2014 年,第 14 页。

定的神话意象,它丰满生动、复杂变异,具有多元化的审美艺术特征,是黎族神话的特殊意象符号,由此我们来分析这个神灵意象符号的文化内涵和民族异质性特征。

一、"雷公神"意象与"可敬的行善者"符号阐释

虽然在现实生活中,轰鸣的雷声让人毛骨悚然,但是"雷公在黎族民间故事里出现甚多,但多半是作为令人敬畏的正面形象,力的象征"①。在黎族文学文本之中,作为一个重要的神灵意象,雷公意味着力量与权威,每当人类遇到困难,雷公就会给予帮助,尤其是对于黎族先民。例如《螃蟹精》中的螃蟹精,它就是长期祸害人们的一个神灵意象,"人们活不下去了,就去请求雷公搭救。雷公立即派了五名天兵去捉拿螃蟹精,谁知螃蟹精非常凶猛,五个天兵围打了三天三夜,都被它咬伤了。天兵没有办法,只得回到天上报告雷公。雷公听了,怒气冲天,霍地站起来,亲自出马去擒拿螃蟹精"②。可见,雷公为了保护人类,与各种妖精妖怪英勇斗争,这与大力神的担当奉献精神是一脉相承的。螃蟹精作为一个神灵意象,它是反面的、对抗的、消极的力量,与此相对应,雷公是正面的、积极的、英勇的力量。螃蟹精长期祸害黎族百姓,没有人主持公道,所以这个时候,雷公站了出来,体现出一种舍我其谁的担当。他在天庭是天神,随即派出天兵去迎战,但是天兵又不是对手,他没有善罢甘休,而是主动迎战,大义凛然,敢于担当,浑身解数去捉拿螃蟹精。雷公怒气冲天,一心为民,这就是令人敬畏的道义者的化身。

另外,除了黎族先民在受到妖怪迫害时有雷公的相助,在兄妹为人类繁衍而犹豫困惑的时候,雷公也是出现在应该出现的时间和场合,"天上的雷公知道人间经过这场大灾难之后,人们都死光了,他心里非常难过,便化装

---

① 郭小东、韩伯泉:《黎族民间文学概说》,广州:广东民族学院民族研究所,1984 年,第 13 页。
② 《螃蟹精》,李永喜主编:《甘工鸟的故乡》,海口:海南出版社,2007 年,第 17 页。

成一个白发苍苍的老公公,下到海南岛来相劝兄妹两人结成夫妻。兄妹俩说:'我们是兄妹,怎能成亲?''兄妹结成夫妻会遭雷公劈死的。'白发老人说:'好孩子,不用怕,我就是雷公,你们成了亲,人间才不会灭绝人种,我是不会劈你们的。'"①从这样一个文本描述中,我们可以看出雷公意象的文化内蕴。人类经过了灾难之后,只剩下兄妹两人,两人最为难的事就是无法繁衍,雷公是无所不知、无所不能的神灵,或许是考虑到自己身份的特殊性,所以他不便于直接和黎族人相接触,便化身为一个白发老者,他劝说两兄妹结成夫妻。但是有趣的是,这两兄妹提出了兄妹不能成亲的质疑。

其实,前文已经分析,这就是黎族先民"非血缘亲"伦理意识的觉醒,这反过来也能证明,黎族社会在早期也有血缘亲的某些行为实践。但是,在此时,雷公化作道义之神,深明大义、顾全大局,授权兄妹婚配繁衍。但是兄妹显然不相信,因为在他们心中,他们最大的担忧就是雷公,而不是某个白发苍苍的老人,雷公也是他们内心深处高高在上的神灵符号,只有它具有黎族人民言语行动的终极解释权。此时,雷公迫于无奈,才显示出自己的真实身份,鼓励他们为了人类的繁衍,大胆地成亲,雷公承诺是不会劈他们的。所以,雷公在这个神话文本中,就呈现出公道正义的神灵意象内涵。

另一个文本中也有相似描述:"荷发怀孕的事传到天神耳里,天神以为是兄妹通奸,就派乌鸦向天帝报案。天帝听了很生气。立即派雷公下凡来调查。雷公到了人间,看见荷发挺着大肚子,又查实了兄妹同睡一间房,只是上下两层架床之分,不由大怒,说老先和荷发兄妹通婚乱了天规,要用雷电劈死。幸亏地神说情,说海南岛大地没有人烟,保了老先和荷发做人种。雷公听后才免去了兄妹俩的死刑。"②在这里,雷公又不是至高无上的终极解释者了,在他之上还有一个天帝,天帝在这里是反对兄妹成婚的,这种行为

---

① 《螃蟹精》,李永喜主编:《甘工鸟的故乡》,海口:海南出版社,2007年,第18页。
② 《三个民族同一源》,李永喜主编:《甘工鸟的故乡》,海口:海南出版社,2007年,第14页。

违反了天规。所以在《南瓜的故事》这一个文本中，天帝听到荷发怀孕的消息后相当生气，就派雷公下凡，雷公在这里就是一个帮凶者的神灵意象。在帮凶出现的同时，帮手形象也出现了，那就是地神，天神反对，地神赞成，人类的命运，总是被掌控在诸神的手上。

雷公到了人间进行核查，发现荷发确实怀孕了，这个不假。而且，兄妹确实同睡一间房，但是并没有同床，而是分为上下两层，貌似我们今天说的高低床。看到这种亲密的场景，雷公显然不能接受。前面分析了，在《南瓜的故事》中，雷公是支持兄妹结婚的，但是这里的天帝和雷公，在他们的价值观念中，他们又反对这种行为，所以就准备用雷电劈死他们。可见，民族文学的各类文本之间，还是会有差异化的论述。

但是，就在此时，情节出现了反转，另一个保护者又出现了，那就是地神。地神就认为，海南岛上没有人烟，如果兄妹不结合，人类就不存在了，那么地神也就没有存在的意义了。所以地神向雷公和天帝求情，放过这对兄妹，结果雷公当机立断，作为审判者，免了老先和荷发的死刑，从而实现了角色的转换。又从帮凶者变为了保护者，但是他们的基本原则还是有的，那就是坚持基本的社会伦理道德。

综上所述，这些神话文本，都阐明雷公在大是大非面前，承担着行善者、保护者、权威者的地位作用。因此可以说，黎族文化精神中的雷公意象，作为一种可敬的图腾崇拜符号，体现在黎族文学的方方面面："黎族崇拜雷公和蛇的观念，不但在民间文学作品中有较多的反映，在其他传统艺术及习俗上也有所表现。比如，黎族妇女编织的服饰图案及文身的云雷纹就是例证。"①通过这段表述可以发现，黎族妇女的服饰图案、文身图案，都有云雷纹，云雷纹大多都是连续的回旋状线条，一般称圆形的为云纹，方形的为雷纹，这就是因为黎族对雷公的崇拜，将雷公的意象符号化，继而生成了云雷

---

① 韩伯泉:《论黎族神话里的雷公》,《学术论坛》1985 年第 8 期。

纹的符号表象,这种表象就是黎族对雷公意象的具象化、精神化和外在化。

二、"雷公神"意象与"可怕的凶恶者"符号阐释

作为黎族神话文本的重要神灵意象,雷公意象除了助人为乐"善"的一面,也有"恶"的一面。1942 年 11 月 26 日至 12 月 20 日,当时还处于抗日战争时期,日本人冈田谦和尾高邦雄,用 25 天时间对海南 3 个峒 27 个村的黎族社会组织和经济组织进行了田野考察,尤其是对其中的重合老村(美孚黎原住民)和义通村(侾黎原住民)作了重点考察,其中就包含黎族口传文化中的民间精神信仰问题,他们有记录:"Tin-nyúm 是雷神,它住在天上,手里总是拿一把斧头,专劈坏人。雷(Om)和闪电(Jep),便是雷神发怒的标志。如果村里有人被雷击中,村民们便杀猪祭拜,求雷神息怒。据一位细黎村民讲,曾有一位年轻人被雷击中而死,当时在他旁边的村民看到从天上掉下一个类似牛一样的东西。细黎人讲,雷神全身长毛,有着巨大的牙齿。"①

根据上述描述,雷公的形象在黎族原住民中根深蒂固,他们普遍认为,雷公也就是雷神,它是住在天上的,电闪雷鸣是其话语特征,雷公本身就是在天上的一个神话意象,所以神话文本中也与此有所映射。紧接着,他手里拿着一把斧头,很是威猛,盛气凌人。从考古学的材料来看,雷州半岛和海南岛,有很多被当地人称为"雷公斧"之物,从外形上,这是被风吹雨打后的石块,但是却被当地人赋予了雷公的关联属性,他们认为这是石头被雷公所劈成的形状,也有一种说法是雷公所使用的斧头,所以叫"雷公斧"。这个意象原型在神话文本中也有体现,前面的引文就说道,雷公手上拿的是雷公斧。雷公虽然拿着雷公斧,但是并不滥杀无辜,而是专劈坏人。雷公发怒的时候,就是电闪雷鸣。所以,这些自然现象都被人格化了,这就是少数民族文学文本的一个重要特征,他们将很多自然现象都用自己的思维方式和话

---

① ［日本］冈田谦、尾高邦雄:《黎族三峒调查》,金山等译,北京:民族出版社,2009 年,第73-74 页。

语模式来进行阐释,这些阐释也许牵强,也许没有科学性、逻辑性,但是它们很鲜活、很生动,都是用身边人说身边事,很亲切,也符合现实生活的特点,所以大家很容易接受。

在黎族文化中,如果黎族人被雷神所击中,那么这就是不祥之兆,他就要杀猪杀鸡来祭拜,采取各种祭祀活动来求得雷公神灵的饶恕。甚至,根据冈田谦和尾高邦雄的调查,雷公意象并不是那么虚幻,而是非常生动,当地人描述出了他的具体形象特征,他全身长毛,有着巨大的牙齿。当然,这里可能省略了一些描述,有可能当地黎族人没有说,也可能说了,但是在整理的时候删掉了,就从这样两个特征来看,它是一个有血有肉的动物,而且全身长毛,这是原始人类未进化完整时的基本特征。当然,这种形象也比较可怕,也可能是原始黎族人对异形之物的基本描述。另一方面,他又长着巨大的牙齿,人类的牙齿是较小的,食肉动物的牙齿比较大,例如恐龙中的霸王龙。从进化论的角度说,这是大型食肉动物咀嚼肉类的需要。很显然,这里的雷公意象发生了变异,它不再是一个助人为乐的行善者意象,而是有着长毛、巨牙、手持斧头,专门劈坏人、惩罚坏人的凶神恶煞之鬼怪形象。

实际上,在黎族的逻辑思维中,鬼并不是一个实有概念,而是一个空概念:"黎族把概念分为九类。比如:(1)空概念:dings(鬼)、hweuu(灵魂)、dang(龙)……"①与行善者形象相比,雷公由"神"变成"鬼",并且是非常重要的鬼,他虽然不干好事,但是他可以对付坏蛋,可以帮助人类去面对那些难以解释的事情,也帮助人类去惩处那些生活中的恶人和坏人。惩戒坏人就必然要狠,所以雷公从神变成了鬼,这种意象的转变也具有比较深刻的文化内蕴,因为"原始农业靠天吃饭,风调雨顺十分重要。翘首望天,日月星辰、云雾雷电、狂风骤雨无不称鬼。天鬼是一个笼统的称呼,又有大鬼、小鬼之分。雷公鬼、风鬼、雨鬼、太阳鬼为大鬼,其中雷公鬼为最大鬼,其威力仅

---

① 马姿燕:《试析黎族的逻辑思维与普通逻辑的异同》,《中央民族大学学报》1999 年第 2 期。

次于祖先鬼"①。可以看出,"鬼"在黎族是一个比较泛化、比较常用的一个概念。当然,在汉族以及其他少数民族中,也存在这样一种现象,他们将鬼分成各种类型,天上的各种现象,都有对应的鬼怪,他们统称为天鬼,甚至在汉族民间,为了阻止小孩私自下河游泳,还虚拟流传出水鬼,溺水而亡的人,其灵魂仍然在水中,变成水鬼,这样小孩子就不能私自下水游泳了,久而久之就成为一种民间神灵意象。当然,天鬼又分为各种类型的分支,其中最大的就是雷公鬼,根据王海和江冰两位学者的调查分析,雷公鬼仅次于祖先鬼,威力非常大。

与雷公这个神灵意象相对应的,就是电母意象。他们不一定是行善者,也可能是帮凶者。例如,黎族有关于"双女石"的传说,王母娘娘的两个仙女心地善良,看到凡间的渔民生活艰难,便悄悄离开南天门,去帮助渔民捕鱼,但却耽误了向王母娘娘请安的时间,于是王母娘娘很生气,就派雷公和电母去抓捕他们,于是"雷公与电母一到南海,喷电炸雷,兴风作浪,搅得天昏地暗。两位仙女急忙护送走渔人,还未来得及舒口气,雷公就大吼道:'你们身为天庭仙女,却违抗天规,私自下凡,该受何罪!'"②两个仙女一心向善,最终没有回去,变作了双女石。

可见,这里的主角是两个仙女,她们助人为乐、心地善良,渔民在海上打鱼,经常面临各种风险,所以两位仙女要帮助他们。为了帮助他们,仙女居然忘记了向王母娘娘请安的时间。所以雷公和电母,一唱一和,兴风作浪,他们要惩罚两个仙女。按理说,雷公和电母也没有错,毕竟是两个仙女首先违反了天庭的规则,理应受到惩罚。但是此时的雷公,作为中间者,没有宽容,没有求情,也没有对人类的理解和包容。他不再乐于助人、大公无私,而是助纣为虐、可憎可恶,其神灵意象的内在意蕴又发生了变异。

---

① 王海、江冰:《从远古走向现代——黎族文化与黎族文学》,广州:华南理工大学出版社,2004 年,第 50 页。

② 《双女石》,广东民族学院中文系编:《黎族民间故事选》,上海:上海文艺出版社,1983 年,第 202 页。

另外,《阿德哥和七仙妹》中也有对雷公意象的叙述。天女七仙妹,爱上了黎母山下的阿德哥,下凡未归,本是情投意合,但是又面临棒打鸳鸯的结局。玉皇大帝不但不成人之美,还大发雷霆,天上人间,水火不容,所以他指派雷公把天庭通向人间的五指山中指主峰拦腰砍断。从此以后,七仙妹就再也无法回到天上了。在这里,雷公又成为冷血无情、残忍至极的帮凶,成了天帝的狗腿子,指哪儿打哪儿,没有自己的是非价值观念,没有对人类真挚感情的怜悯、同情和支持。

无论是威严正义的雷公神,还是凶猛可怕、长毛巨牙的雷公鬼,都让黎族人产生巨大的恐惧心理:"'怕雷公'这种心理,排在了黎族思想观念中的'三怕'(即:天上怕雷公,人间怕'禁公',地下怕祖宗)之首。"①天上、地下、人间,简称天地人"三才",都有其最高的主宰者。天上的雷公,就是人类最惧怕的上天神灵,雷公用长毛巨牙的形象、电闪雷鸣的手段,惩恶扬善、主持正义,这个神灵意象是道义和正义的化身。

所以,至今民间日常交流时,人们发誓赌咒的内容之一,就是"如果怎样怎样,遭到天打雷劈"。这就是一种敬畏神灵的心理。同样,人间的"禁公",也是超凡的神灵在黎族社会中的显现,这些人虽然看起来是普通的人,但是他们有自己的道具、法器、法术,而且还有一套专门的辟邪程序,他们也是黎族先民在人间的敬畏者,是介于天人之间的神灵意象,半人半神,时人时神。而且,在地下,黎族人还怕祖宗,祖宗在黎族民间被称为"祖先公",也是一种独特的神灵意象,黎族先民敬畏先辈、敬畏祖宗,建立宗祠,长期供奉先人。既有比较浓重的社会伦理意识,又有一种迷信的类宗教思想。无论是天上的雷公、人间的道公,还是地下的祖先公,都是黎族先民在精神信仰领域的终极力量,他们掌管的这三个领域,涵盖了黎族人的生死。这也是他们在人

① 王海:《古远而丰厚的沉淀——试论几组黎族神话和神奇故事的文化意蕴》,《民俗研究》2005 年第 2 期。

间所能获取的判断力源泉,也是化解人间苦难和人类矛盾的终极力量。

为了克服对雷公的这种恐惧心理,黎族先民在神话及口传文化中,将雷公这类不可抗拒的他者力量转化为生活中的图腾符号,有关考古学成果显示:"1954 年,为了解黎族先民的文化发展状况,中南民族学院与广东省各级有关部门曾组织队伍在海南岛进行调查研究工作,先后收集了 87 件新时期石器。这些石器,当地群众称之为'雷公斧'、'雷公凿'。"[1]无论是雷公斧、雷公凿,还是雷公根、雷楔,都与雷公意象有关,都是雷公意象的衍生符号,黎族人通过这些符号,借用雷公的神秘力量,用来辟邪、诅咒仇人等。可以看出,雷公的这种形象一直传承下来,具有了黎族文化的原生差异性。

三、"雷公神"意象与"可爱的鲁莽者"符号阐释

雷公神灵意象除了以上两种描述之外,还有第三种阐释内蕴,那就是可爱的鲁莽者形象。我们知道,第一种主要是威严的神明形象,第二种主要是可怕的鬼怪形象。但是,随着人类改造自然能力的逐步提升,雷公的神性、鬼性因素逐渐淡化。或者说,雷公逐渐走下神坛,具有了更多的人格化特征,从之前的可敬、可怕而变异为可爱的神话意象,比如鲁莽、草率、顽皮、偷窃等。这样的一种形象变异,在其他民族神话文本中不多见,当然也不是没有,例如侗族就有一个神话《捉雷公》,也是把雷公意象演化成一个可爱调皮的神灵意象来进行描述。一般说来,其他民族一方面对雷公这个意象的书写不是很多,即使有,也不是主导地位,毕竟从客观现实上来说,内地的电闪雷鸣现象并没有海岛的多,意象出现频率没有那么高。另一方面,有的少数民族有雷公意象,但是往往比较单一化,要么是威严的神明,要么是可怕的鬼怪,很少从可爱、顽皮、搞笑、无厘头的角度进行描述。所以,雷公意象在黎族神话文本中,具有了多元性、变异性和复合性特征。我们根据以下文本

---

[1]　吴永章:《黎族史》,广州:广东人民出版社,1997 年,第 13 页。

来勾勒描述其粗心鲁莽、凶恶偷窃的可爱形象。

（一）雷公在《螃蟹精》里的可爱形象。在这个文本中，螃蟹精就是一个反面形象，它恶贯满盈，而且武艺高强。雷公派去的天兵打不过，他只能亲自上阵。可见，雷公已经不再是无所不能、至高无上的神灵意象了，他也有很多弱点和缺憾，也有自己打不过的对象和敌人。雷公和螃蟹精斗智斗勇，但是一不小心，在天庭审判的时候，雷公被螃蟹精用大蟹钳住了脚，痛得"哎哟"直叫，雷公用大铁锤砸死了螃蟹精，"雷公勇猛、坦直、可爱而又粗心鲁莽，螃蟹精凶残、狡诈以及死后还要祸害人间的可恨行为，刻画得极其形象生动"①。所以，雷公不是单一化的性格特征，而是一个多样化的活泼可爱的神灵意象，且看其文本是如何叙述的：

相传在远古的时候，有一个螃蟹精，非常凶恶，好吃人肉，经常兴风作浪，抢劫民间姑娘和小孩，弄得人心惶惶，鸡犬不宁。每当螃蟹精出洞的时候，就要刮起很大的台风，把庄稼糟蹋精光，因此，人民的生命财产安全受到严重的威胁。

人们活不下去了，就去请求雷公搭救。雷公立即派了五名天兵去捉拿螃蟹精，谁知螃蟹精非常凶猛，五个天兵围打了三天三夜，都被它咬伤了。天兵没有办法，只得回到天上报告雷公。雷公听了，怒气冲天，霍地站起来，亲自出马去擒拿螃蟹精。雷公与螃蟹精奋战了七个昼夜，弄得螃蟹精精疲力竭，逃到海底躲了起来。雷公哪肯罢手，最后用尽平生之力，劈开海水，把螃蟹精抓了起来，拿上天庭去审问。雷公怒视着螃蟹精，警告它说："你这个妖精真该死，以后再伤害黎民百姓，莫怪我用雷火烧死你。"但是螃蟹精并不服气，它眯缝着眼睛，乘雷公不提防，用大螯狠狠钳住了雷公的脚，痛得雷公"哎哟哎哟"直叫。这一来，激得雷公大发雷霆，顺手拿起一根大铁锤，把螃

---

① 郭小东、韩伯泉：《黎族民间文学概说》，广州：广东民族学院民族研究所，1984年，第13页。

蟹精砸死了。这一下又生事了,螃蟹精一肚子黄水,足足流了七天七夜,它泻向人间,便变成了倾盆大雨,造成了人间一次大水灾。

洪水翻滚,把所有的山川、河流、田庄、房屋都淹没了,大地上一片水,只露出几个高山尖。洪水把天下所有的人几乎都淹死了,只有一对兄妹因为钻进一个空心的大葫芦瓜里,浮在水上。他们随着滔天洪水,天苍苍、水茫茫地到处漂流。后来经过昆仑山,流到了海南岛这个地方,大葫芦瓜被五指山峰阻挡住了,于是两兄妹就留在五指山上。洪水退后,大地一片荒凉,天下就只剩下他们兄妹两人。

他们为了生存,繁衍后代,走遍天涯海角,始终见不到人的影子。而他们又是同胞兄妹,是不能结婚的,这可使他们为难了。

有一天,他们在山上遇见一只大山龟,就问大山龟:"龟呀!天下还有人吗?"大山龟说:"天下再没有人了,就只剩下你兄妹俩,你们就成亲吧!"兄妹俩听了生起气来,搬起一块大石头,把大山龟压扁了,还把龟壳压成碎片。兄妹俩气愤地对大山龟说:"要我们结为夫妻,除非你能把碎片合回原状!"说完,他们又到别处去了。

又有一天,他们看见一棵青竹,就问青竹说:"青竹呀!天下还有人吗?"青竹说:"天下再没有人了,就只剩下你兄妹俩,你们就成亲吧!"兄妹俩又生起气来,把青竹折成一节节的,乱丢在地上,还恶狠狠地对青竹说:"要我们结为夫妻,除非你能把一节一节的竹接回原状!"后来,龟壳碎片果然接合起来,折断了的竹子也一节一节地连接起来了。可是,兄妹俩怕雷打电烧,还是不敢结为夫妻。

再说,天上的雷公知道人间经过这场大灾难之后,人们都死光了,他心里非常难过,便化装成一个白发苍苍的老公公,下到海南岛来相劝兄妹两人结成夫妻。兄妹俩说:"我们是兄妹怎能成亲?兄妹结成夫妻会遭雷公劈死的。"白发老人说:"好孩子,不用怕,我就是雷公,你们成了亲人间才不会灭绝人种,我是不会劈你们的。"兄妹俩不相信,还是不敢答应结婚。雷公说:

"如果你们不相信,待我劈开前面那棵大树给你们看。"说着,雷公大叫一声,向大树吹了熊熊大火。最后,兄妹俩终于相信了,在雷公的指点下结为夫妻。

结婚十个月,妹妹生下一个怪物,没有手脚,也没有眼鼻,只是圆圆的一个肉团,兄妹两人都非常害怕。哥哥用刀把肉团砍成肉块,兄妹两人把它们抛到山下去。有一群乌鸦飞来,把一些肉块衔上山来,但更多的肉块就顺着河水流到山下的平原去了。后来,在山上的肉块变成了黎族、苗族,在山下平原的肉块变成了汉人。[①]

从这段叙述可以看出,雷公不再是一个威严正义的神灵意象,也不再是一个恐怖可怕的神灵意象,而是变成一个可爱可敬的神灵意象了。它勇敢地帮助人类去处置螃蟹精,而且在这个文本之中,也有很多和《黎母山的传说》中相重合的叙述情节。这也表明,黎族民间文学在口口相传的过程中,多多少少会发生重合、交叉以及矛盾、变异之处。研究这些文本,有助于我们从一个更全面、更深入的角度分析黎族文学的跨文本、跨民族特征,正如黎族文学研究专家王海指出:"任何古老的民间口传作品,都会顺应时代发展中人们社会心理的变化而产生变异。"[②]的确,一时代有一时代之文学,民间文学要为一定时期的社会意识形态服务。从这里可以看出,雷公的神灵意象已经失去了神性的光辉,变成了一个通俗可爱、生动活泼的神灵意象。在这个文本中,他这个意象不像是一个高高在上、无所不能的神灵,而是有着很多缺点和毛病,也有着人性的特征。但是,我们又不能将之纯粹归纳于人,毕竟从本质上说他还是具有神性特征,只是因为时代发展、空间迁徙、文

---

① 广东民族学院中文系:《黎族民间故事选》,上海:上海文艺出版社,1983 年,第3-5 页。

② 王海:《古远而丰厚的沉淀——试论几组黎族神话和神奇故事的文化意蕴》,《民俗研究》2005 年第 2 期。

化交流和民族互鉴,让这些意象发生了结构性重组和变异。这就是南海区域黎族文学中的神灵意象复合性和变异性特征。

(二)雷公在《雷公根》中的狡黠形象。在《雷公根》这个文本中,雷公与七仙岭下的打占成了朋友,本来雷公只有雷声,没有闪电,威力不够,不能形成如今电闪雷鸣的态势。雷公去打占家做客时,打占用红白藤条和豹尾巴在地面打出耀眼的火星,雷公心里非常害怕这对宝贝,也觉得这个宝贝非常厉害。所以,自私自利的雷公想据为己有,于是就乘其不意将其偷走。被打占发现后,一直追到天庭,砍下了雷公的左脚拿回家剁,"他每剁一下,雷公在天上就忍着一阵剧痛,擂打一阵大鼓,抽打一阵藤条和豹尾巴。于是天上便发出阵阵的电闪和雷鸣"①。雷公腿上的肉,被打占吃了倒掉,在田里长出一种叶子圆圆的植物,就是如今黎族人民常说的雷公根,天上的电闪雷鸣,就是雷公用藤条和豹尾巴发出的击打声。所以,从这个文本中,我们也能发现一些神灵意象的变异过程。

第一,雷公和人交朋友。神与人本来就是两个世界的存在,《双女石》中体现得非常明显,两个仙女为了帮助黎族渔民,忘记了回到天庭向王母娘娘请安,所以后来斩断了她们回到天庭的梯子。也就是说,在最初的黎族文本中,雷公和人类是差异化的意象序列。雷公在上,不可侵犯,人类在下,接受雷公的帮助和指引。但是现在雷公并没有高高在上了,他开始从天上到地下,消解了神性特征,和人类交朋友,还到人类家里去吃饭。这就可以充分说明,雷公的人格化倾向越来越明显,神灵化倾向越来越淡化,也说明人类认识世界改造世界的能力在不断增强。

第二,雷公意象从正面权威变成了偷窃小人。本来雷公受到朋友的宴请,应当高兴,应当感激感恩人类的一番好意。但是雷公不但没有感恩,反而偷走主人打占的宝贝,他见钱眼开、见财心动,见了宝贝就要偷,这也从侧

① 《雷公根》,李永喜:《甘工鸟的故乡》,海口:海南出版社,2007年,第21页。

面说明黎族社会发展到一定程度,神灵也具有了非道德化元素。偷窃行为是违法行为,当经济社会发展到一定阶段,民风也会发生改变,夜不闭户的状态也就较少,小偷小摸的行为、不劳而获的行为也就随之增多。所以,从雷公意象身上,我们也可以看到当时的社会变迁发展。

第三,这个神话解释了雷电、雷鸣、雷公根等黎族生活现象。这个文本比以前的文本更加丰富,以前的文本大多只是说明了电闪雷鸣的现象,还没有阐释出如此生动形象的文字。在这里,我们看到了雷电雷鸣现象的文化渊源和人类学阐释。而且,还从天上到了地上,对雷公根这种植物药物进行关联性阐释,这也是南海区域黎族文学文本中的神灵意象发展变异的一个重要特征。

(三)雷公在《三兄妹》中的猥琐者形象。《三兄妹》这个文本和《雷公根》在主要情节上有所相似。这个文本中,雷公意象产生出另一种解释。雷公本来也没有闪电,而三兄妹中的弟弟有锋利的小刀,寒光闪闪,锋芒毕露,于是天上的雷公知道了弟弟藏有这把锋利的小刀,便想了许多办法把刀偷走,自从雷公得了这把小刀之后,天上才开始有闪电的出现,因为电闪就是小刀的锋芒射出来的①。在这里,闪电又被阐释为雷公偷得小刀所发出的光芒。与上面的神话传说文本类似,雷公也不再是一个崇高伟岸的形象,他本身就不是完美的,要么没有闪电,要么没有雷鸣,总之不是我们现在所看到的样子。所以,在这些文本中,人的地位高于雷公的地位,雷公缺啥就偷啥,知道三兄妹中的弟弟有这么一把小刀,就想方设法偷走。正是因为有了这把小刀,雷公才有了闪电的光芒,从外形上来说,闪电正如这刀锋的光芒一样尖锐、寒光毕露。所以,雷公在这里也是一个偷鸡摸狗的猥琐者形象。

(四)雷公在《雷公为什么在天上叫》中的作恶者形象。在这个文本中,主要解释为什么有电闪雷鸣的现象,雷公的神灵意象也一样发生了变异,它

---

① 《三兄妹》,王越:《五指山传说》,广州:广东人民出版社,1980 年,第 15 页。

不再是最初的行善惩恶的公道者,而是一个专门坑人、害人、整人的作恶者形象,它的出现不是为了保护人类,而是为了伤害人类。且看如下文本:

古时候,在尖峰岭脚下的一间茅屋里,住着一位老农妇。老农妇生了三个儿子,三个都长得很漂亮,而且各有各的特长。老大生着一副油润润的脸孔,脸上总是充满喜色,他的耳朵很好,无论多远的声音都能听到,所以大家称他顺风耳。老二浓眉大眼,眉毛边有一颗大黑痣,他的眼睛很好,不论多远的东西都能看见,因此大家称他千里眼。老三腰身粗大,精神饱满,力气能移山倒海,不管多大的树木,他能像拔小草一样拔起来,因此大家都称他大力士。老农妇有这么三个能干的儿子,真是快乐极了。他们一家终年劳动,过着丰衣足食的生活。

一天,老母亲正在和儿子吃早饭,老大突然听到雷公在天上说,他要下来降祸人间,破坏他家的幸福。老大连忙告诉老二,老二立即跑到屋外去看。刚一跨出门,就看见雷公从天上飞下来了。雷公当时也发现老二在看他,便张开嘴巴大声喊道:

脸孔发亮的家伙,

为什么要看着我?

我要使你们活不了,

要使你们受折磨。

老二不理睬他,急忙走进屋里叫老三,老三马上拿起一把斧,和老大、老二一起跑出去。他们作好了准备,雷公一到地面,便被大力士老三捉住了。他们把雷公缚在屋前的一棵大树下,老二就对他说:

雷公你啊好狠心,

打定主意折磨人;

把你缚在大树下,

看你怎样去害人。

雷公气得眼睛冒火,鼻孔生烟,张牙舞爪,但怎么也挣扎不脱。

当天晚上,有一个盗贼来偷农妇的羊。他从前门走进庭院,到了大树下,摸到了雷公的角,以为是羊角,便把缚在雷公身上的绳子解开。

说也凑巧,盗贼解开雷公的绳子的时候,老大还没有睡着,他隐约听到了解绳子的声音,又听到了"扑扑扑"的声音,仿佛鸟儿拍着翅膀从树上飞上天似的。他知道,这定是雷公逃跑了,便立即告诉老二、老三。老二、老三从梦中醒过来。老三拿起一把斧,三兄弟又一齐往外冲去。

雷公一挣脱绳子,就拔腿往外跑,跑到庭院外,跑到大森林里。老二看到雷公的去向,便叫老三飞奔前去捉他。因为是黑夜,老三看不见,只能按老二所说的方向高举斧头,狠狠地砍过去。结果,只砍伤了雷公的一只脚,雷公跑掉了。

雷公忍着痛,带着重伤,回到天上。他的伤一直没有痊愈,每当下雨的时候,雨水浸到他的伤口,便感到剧烈的疼痛,有时忍耐不住了,便发出巨大的呻吟,轰轰地叫喊。这叫声便是现在下雨时的雷声了。[1]

从这个文本中可以看出,尖峰岭下的老农妇女有三个儿子,老大顺风耳,老二千里眼,老三大力士。三者各有分工,各有特长,雷公对这种人间的幸福羡慕嫉妒恨,所以就产生了降祸人间的反面心理。从最初帮助人类的神灵,变成了折磨人类的坏蛋。三兄弟便齐心协力地进行抗争,而且,雷公并不能战胜人类,而是人类的正义战胜了雷公的邪恶。雷公从天上飞下来,要使三兄弟一家活不了,要使他们受折磨。于是三兄弟便与之搏斗,结果只砍伤了雷公的一只脚,雷公跑掉了:"雷公忍着痛,带着重伤,回到天上。他的伤一直没有痊愈,每当下雨的时候,雨水浸到他的伤口,便感到剧痛,有时

---

[1] 《雷公为什么在天上叫》,广东民族学院中文系编:《黎族民间故事选》,上海:上海文艺出版社,1983年,第241-243页。

忍耐不住了,便发出巨大的呻吟,轰轰地叫喊。这叫声便是现在下雨时的雷声了。"①这就解释了雷声的由来,电击和雷鸣是因为和人类搏斗过程中失败的产物,也是他罪有应得。因为他本身动机不纯,总是想伤害人类,随着人类社会的不断发展和进步,人类越来越会使用工具,也更具有生存的智慧,所以他们利用优势、分工协作、相互帮助,这样战胜雷公,让雷公乘兴而来败兴而归,并落得狼狈不堪的下场,这些神话都使得雷公形象异常有趣可爱。

当然,这个故事不仅仅流传于南海区域的黎族区域,在雷州半岛的湛江区域,也有相关的流传。我们可以看出,雷公这个意象和《雷公根》中的表述有些相似,那就是人类和雷公作斗争,并且最终战胜雷公。但是,具体细节上又有所不同,例如,《雷公根》只是描写了打占这个人类英雄,在这段民间传说中,有老大、老二、老三总共三个人类英雄形象,他们各怀绝技,他们为了孝顺自己的母亲,勇敢地和雷公作斗争。这两个神话传说都反映了一些黎族的文化传统,也体现了一些社会伦理道德。

综上所述,雷公在黎族神话文本中的这些意象呈现,并非意指雷公本身,而是在映射图腾神话在人类发展过程中的流传变异过程。最初的雷公是人类不可抗拒的、不可战胜的,它高高在上、指点江山、主宰一切,但是它并没有胡作非为,而是惩恶扬善、帮助人类,在人类面临繁衍困难、伦理选择困难的时候,勇于担当、敢于作为,出现在人类面前,帮助人类化解各种困难。

但是,后来随着人类文明的不断发展以及人类改变世界的能力逐步增强,雷公意象悄悄走下神坛,人类不再听从雷公的指挥和安排,而是利用自己的智慧同雷公作斗争,开始尝试改变自然。因此,雷公从行善者、惩罚者,演变为行恶者、偷盗者,虽然其能力都超越人类,但是其神性也不断淡化。

① 《雷公为什么在天上叫》,广东民族学院中文系编:《黎族民间故事选》,上海:上海文艺出版社,1983年,第243页。

可见,随着人类改造能力增强,雷公意象就并不是那么威武高大,甚至和人类是朋友,神人之间的距离开始逐渐消解,两者开始互相渗透。例如,黎族神话中雷公与打占是朋友,水族神话《四兄弟争天下》中,人和雷公、金龙、老虎是兄弟。这些都与《雷公根》中的神灵形象很相似。南方少数民族在这一时期的神话传说,都显示出人类的聪明智慧,《雷公根》中的打占,用智慧与雷公相斗,以"一阵阵耀眼的火星",叫雷公感到厉害恐惧,结果以"火"斗取胜,显示了人的本领,具有雷公不可与之抗衡的力量。①这是表明人类比雷公会用火,火是人类战胜自然的法宝。因为人类发展过程中,越来越会使用工具,因此越能用一些比较科学合理的方式去解释自然现象。所以,人类最初对雷公是敬畏的、害怕的,但是后来人类对雷公是压制性的胜利。再如,《雷公根》中的雷公,貌似凶神恶煞,威风无比,但竟被耿直顽强的打占斗败,并将雷公的一只脚剁烂抠进田里变成野菜,供人们吃用。这是对心地偏狭、傲慢骄横的人惩罚,是人能胜天意志的表现。②在这个文本中,雷公显得异常狼狈,看似威风凛凛,实际上是不堪一击,被砍得七零八落,甚至被人食用,可见其落魄的形象。这种人定胜天的理念,也侧面体现了对人性光辉、智慧、正义的颂扬。所以说,"我们透过《雷公根》清楚看到随着生产的发展,人类文化的进步,原始人获得了自我认识,他们学会和掌握火的使用,迈出了人类划时代的第一步,显示了人的自身力量,它是标志人类征服和控制大自然的起点。从此,人类便从一般的动物界分离了出来。"③

第四节　"台风精"意象与黎族文学的自然神话

在南海区域黎族文学的神灵意象谱系之中,除了前面分析的大力神(袍

①　陈立浩、范高庆、苏鹏程:《黎族文学概览》,海口:海南出版社,2008 年,第 17 页。

②　郭小东、韩伯泉:《黎族民间文学概说》,广州:广东民族学院民族研究所,1984 年,第 15 页。

③　陈立浩、陈敬东、徐志章:《海南民族文学作品选析》,海口:南海出版公司,1992 年,第 22 页。

龙扣)、黎母山、雷公神三个神灵意象之外,还有一个重要的黎族民间文学意象,这就是台风精。我们知道,在内地的少数民族,他们可以常常见到雷鸣闪电,但是台风却不多见,只有东南沿海地区比较常见。对海南岛来说,由于地处太平洋西侧,南海的北侧,因此每年都会从西太平洋生成几十号台风,往菲律宾海域,我国台湾、海南及南海区域移动,喜马拉雅山脉、岭南山区、武陵山区等山体形成一道天然的屏障,台风才不能进入内陆肆虐。

海南处于南海区域,地处热带,又是一个较大的岛屿,四面环海,台风比较常见,各种热带风暴也是家常便饭。黎族的生活主要是农耕生活,农耕生活的主要特征就是看天吃饭。风调雨顺,则可能五谷丰收;暴风骤雨,则可能粮食减产减收。没有粮食吃,生活自然难以为继。在自然世界之中,对农业生产影响最大的当然就是台风。因为热带地区一般不会产生较大的旱情,热带季风气候降雨量比较充沛。不像内陆,经常有“十年九旱”的说法,旱灾也会导致各种农业灾害,所以在古代中国的各种文学文本和宗教文献之中,我们经常可以看到各种“祈雨”的仪式或描述。当然,雨多了又会产生洪涝灾害,这是相辅相成的。

因此,中华民族祖祖辈辈都在同自然世界做斗争。对黎族人民而言,旱情较少,因为热带地区虽然常年高温,但是它比较容易生成水汽,也比较容易生成云层。因此,气温达到一定高度,那么天空很快就会生成积水云,很快就会下暴雨,所以说旱情是不太多的。从这个角度来分析,对黎族人民危害最大的自然灾害,就是台风。台风由于数量较多,破坏力较大,因此对南海区域黎族人民的农业生产和日常生活都产生了较大的影响。

台风在漫长的历史进程中,也成为黎族人民一种永远的痛楚记忆,铭刻在黎族人民的脑海之中。然而,无论是过去还是现在,人们都没有能力去制止台风的产生,也没有任何科技手段能够让台风减少、改变方向或者减少破坏力。人在自然面前是渺小的,对台风、地震、海啸这样的自然灾害,显得有些无能为力。尽管不能消除和改变台风,但是也必须克服台风带来的各种灾害,所以人们同台风进行了各种抗争,正是因为在同台风抗争的历史过程中,产生了"台风精"这样一个神灵意象。

"台风精"这个意象与前面所分析的几个神灵意象不同,大力神是开天神话,他开天辟地,创造人类,是比较伟岸的艺术形象;黎母山的创世神话中,黎母繁衍创造了人类,也是一个伟大的形象;雷公是一个比较复杂的形象,它既有威严正义的一面,又有邪恶帮凶的一面,还有狼狈可爱的一面,但是总体上雷公还是比较威严正义的。在这里描述的"台风精",则是一个相对而言比较负面的神灵意象,因为台风对人类没有太多积极的帮助,这种自然现象更多的是带来各种灾难,让人类遭受痛苦,但是它又很重要,因为日常生活它经常出现。所以台风精是一个"精"而不是"神",虽然它们都是神灵意象,但是还是略有差异的。台风是妖怪、妖精,而雷公、大力神、黎母山都是"神",是需要人类敬奉的。那么,台风精具有怎样的民族文化特征呢?

一、"台风精"意象的历史生成与自然神话阐释

为什么会生成台风呢?台风为什么每年都要来危害人民群众呢?对这些自然现象,黎族先民并不能从科学上有效解释。我们知道,正是因为早期人类无法有效解释神奇变化的自然世界,所以才生成各种各样的神话传说,这些神话传说虽然在今天的我们看来,显得天真可笑,甚至荒诞不稽,但是这就是原始人类的思维方式和阐释方式,正是因为有了这些解释,他们才不会恐惧自然界,才能通过自身的努力,来想方设法面对自然界,以及改造或应对自然界。

台风精意象的生成,来源于保亭、三亚地区的民间传说。根据现存史料文献的记载,在海南岛的南部保亭县,有一个吊罗山,这条山脉群峰重叠,蜿蜒不绝,由于海拔较高,所以常年白云环绕,但是每年当台风到来之前,山上就会发出一阵轰轰隆隆的闷响,方圆几十里都听得到,每当山脚下及附近的村民听到山上传来的轰隆声,就知道要刮台风了,所以就提前做好各种准

备,比如把牛羊关好,把粮食收好,把房屋门窗关好,等等。这山顶的轰鸣声,正如预警器一样,提示着人们为防止台风灾害做好准备。那么,为什么台风精这个意向会跟山顶的轰鸣声联系起来呢?

相传古时候,这里原是一片肥沃的大盆地,没有台风,也没有暴雨,一年四季风调雨顺。人们勤劳耕作,家家五谷丰登,户户六畜兴旺。可是不知什么时候,也不知从什么地方飞来了一只台风精,落在这群峰之顶。台风精飞得像一只凶恶的鹫鹰,两只大翅膀像两堵高大的石崖,有万钧之力,一扇就要刮起翻天覆地的大风。台风精饿了,专吃天上的白云;渴了,就扇动双翅,唤来漫天的狂风暴雨。然后,用它的两只大翅膀装着雨水解渴。喝饱了,把剩下的一倒,就成了汹涌的山洪。这山洪活像一头头发了疯的猛兽,从山上咆哮着冲下来。把田园淹没了,把村庄冲垮了,把人畜卷走了。原来一块好端端的大盆地给冲了个七零八落。天长日久,变成了许多深谷溪流,高低山梁。人们只好在山上砍园种山兰稻,在沼泽地里撒种子。台风精年年呼风唤雨,百姓收成不保,日子越过越艰难。日复日,年复年,这里的人死的死,逃的逃,剩下的也没有多少人家了。①

从这一段文本来看,"台风精"不是一个抽象的、虚无的艺术符号,而是一个具体的可感知的艺术意象。从这个意象身上,我们能够看到早期黎族先民对台风的想象性阐释:

(一)"台风精"打破海南岛的生态平衡。可以明显看出,黎族人民认为,台风并不是本来就有的,也不是一直就如此给南海区域的黎民百姓带来各种灾害。因为在台风精出现以前,这里不是高山峻岭,而是肥沃的大盆地,没有台风和暴雨,而是一片风调雨顺,家家户户凭借着勤劳的双手,五谷

---

① 符震、苏海鸥:《黎族民间故事集》,广州:花城出版社,1982 年,第23-24 页。

丰登,人畜兴旺。可以说,生活一片祥和,人民安居乐业。但是台风精的到来打破了这种平衡的生态结构。当然,我们知道,从事实上来说,显然台风是一种自然现象,长期以来都存在这种现象。所以,从叙述学的角度,为了制造出一种潜在的不平衡,首先就要假设一种原有的平衡,在这种平衡状态下,人与自然和谐相处。但是台风精打破了这种结构,让原本平和的事态朝着失衡的方向发展,因为它破坏农田,淹没村庄,干了许多坏事。为了让这样的状态重新恢复,就必然会有相应的角色出场,调和这种失衡的结构。那么,台风精是怎样一个形象呢? 这个神灵意象是如何伤害人类的呢?

(二)"台风精"意象的外在特征。苏珊·朗格认为:"任何一件艺术品都是直接作用于知觉的个别形式,这是一种极其特殊的形式,因为它不仅仅是一种视觉形象——它看上去似乎还具有某种生命的活力,或者说,它似乎具有人类的情感。"①在本书中,我们谈论的意象,其实就是一种形式,这种形式不仅仅是一种视觉上的形式,更是一种情感上的形式。它不仅让我们可观、可感,更让我们从中赋予人类的情感倾向。每一种意象都有其外在特征和内在特征,就台风精的外在特征来看,它仿佛是一只"凶恶的鸶鹰",为什么台风精会有这样的形象特征呢? 我们知道,台风的外在形态来分析,它主要指海面上的热带气旋,这种气旋主要形成于热带或亚热带广阔地区,一般在26℃以上才可能生成。所以,这些气旋和云团,就是台风的外在形象。对海南岛来说,一般在5月以后,海面温度上升,大量海水蒸发成水汽,在空中就形成一个低气压中心。这样就与周围的气压形成压差,这些压差导致气流的变动,空气跟随这些气流不断旋转,就形成的空气漩涡,这就是热带气旋,最后就形成了台风。所以,台风就是一种热带气旋,变幻多端。黎族先民就将之比喻成空中飞翔的一只大鸟,两扇翅膀力量无穷,极其凶恶。这种比喻,主要还是源于台风作为空中气旋的外在特征,根据民间文学文本的表

---

① [美]苏珊·朗格:《艺术问题》,滕守尧,朱疆源译,北京:中国社会科学出版社,1983 年,第 124 页。

述,它饿了就吞云吐雾,席卷各种云朵,就像吃饭一样。渴了就卷起狂风暴雨,用翅膀装着水来喝,喝不完就倒往人间,带来强大的山洪和风暴。从这里可以看出,台风精就是台风的人格化描述,黎族先民将这种自然意象进行人格化想象,类比了它的外在形象,也把它想象成一个要吃要喝的人,并且描述了它如何吃、如何喝,这是自然意象的人类投射,也是人类精神的自然投射。可以看出,台风精这个意象的主要特征就是狂暴、力大无穷、祸害人类。那么它是如何祸害人类的呢?

(三)"台风精"意象的邪恶属性。台风精的可恶之处,一方面,把喝不完的水用来倾倒向人类,形成洪水。正如前文所分析,这里本来是一片盆地和平原,正是因为有了台风制造的洪水的猛烈冲刷,所以才有了高低不平的山川河流、崇山峻岭。黎族先民大多居住在海南岛的南部和中部,在中部主要是山区,霸王岭、鹦哥岭、七仙岭、尖峰岭、俄贤岭,各种山岭在这里聚集,这里立地条件差,不能像内地农民一样种植水田,只能在山上种山兰。我们在《丹雅公主》这个文本中,也提到丹雅公主在山上通过"刀耕火种"的方式来种山兰。可见,这些神话文本解释了黎族生活方式,也提供了黎族的话语阐释方式。另一方面,台风精的可恶,就是用暴雨让百姓的收成不保,暴风骤雨破坏农田,淹没房屋,给人民带来无穷的灾难,使得民不聊生,痛苦不堪。

所以,这三个方面的描述,就让我们知道了台风精这个神灵意象的基本特征,也能够把握这个意象是如何生成、如何发展、如何对人类造成各种伤害的。这些描述为下文做好了铺垫。也就是说,我们只有了解了台风精的基本特征,才可能对症下药,找到治理台风精的基本方法。这里之所以用"治理",主要是因为在这一阶段,正如对"雷公神"意象的描述一样,黎族文学中的神话传说已经开始更多凸显人类的主体能动作用。他们相信人定胜天,相信自然界是可以通过不同的形式进行认识和改造的。

二、"台风精"意象的天人对抗与文化精神阐释

台风精给人类带来暴风雨,也带来洪水,给人类带来这么多灾难,大家又无法抗拒台风。三十六计走为上计,百般无奈,最初黎族人民只能背井离乡。那么,逃避终究不是办法,还是必须面对现实。那么,人类如何同台风精作斗争呢?所以,在设置台风精这个意象的同时,又设置出与之相对应的人类英雄意象,"那时候,山下有个草伦村,村里只剩下一对兄弟了。哥哥叫打菲,弟弟叫打维。两人都生得虎身彪形,腰圆膀阔,力大无比。更令人钦佩的是,他俩都有一手好箭法,要射山猪的眼睛,决不会射山猪的鼻尖上。他俩眼看台风精这般为非作歹,异常愤恨,决心要除掉这个害人精"①。在这里,打菲和打维两兄弟,就成了对抗台风精的两个英雄意象,可见,在黎族文学发展过程中,我们在各种大力神、雷公神之后,终于出现了英雄形象。正如《荷马史诗》一样,阿基琉斯和赫克托尔,这样的英雄史诗,是人类文学早期形态的基本主题。当黎族村寨的其他村民都走了之后,就只剩下这两个青壮年,两个青年都是身强力壮、力大无比,而且他们都掌握黎族男性青年的基本技能——射箭,并且他们的箭法都相当好。这在后面的很多章节中,都有呼应叙述。这两个英雄意象,具备了对抗台风精的身体条件和技术条件。那么,他们如何对抗台风精呢?

有一天,他们打听到了台风精就住在一个山峰的大岩洞里。据说它经常在山洞外晒翅膀。兄弟俩商定,一定要找到台风精,趁着它晒翅膀的时机,把它射死。他们跑了一个月,爬了三十座大山,找到了一种叫"黑铁托"的硬树,弯了一对世上最强的大弓,又跑了一个月,走了三十条大溪,找到了一种叫"喏玛"的硬竹,削成了三十支大利箭,又花了一个月的时间,走遍了

---

① 符震、苏海鸥:《黎族民间故事集》,广州:花城出版社,1982 年,第 24 页。

周围的百里大山，找到了一个叫"佣获"的毒水潭，把箭在毒潭里浸了三个月。大年初，兄弟俩把一切准备停当，便背上强弓和利箭，爬上了险峻的高山，去寻找害人的台风精。①

　　在以前，人类是无法抗拒台风精的，只能任由它折腾。但是打菲和打维，承担了这个意象的对抗符号功能，他们技艺高强、身体强壮，试图为了人类的幸福而同台风抗争。在很多黎族文学文本中，都有这样一些英雄人物意象，我们在后面的章节中，将专门列出一章来讲这些英雄人物意象。他们为了同台风精作斗争，首先就得找到它的住处，他们打听到台风精住在山洞之中，就准备趁其晒翅膀的时候射死它，台风精与一般的猎物不同，不是普通的弓箭能够捕杀的，台风精是一种妖怪神灵，非常之物必须用非常之器。他们翻山越岭，找到最硬的树，做出最强的弓，又找到最硬的竹，做出最尖锐的箭，并且浸入最毒的水。这些装备的准备，都是为了消灭台风精，这从另一方面也能证明台风精的凶狠、残暴。

　　正如绝大多数神话传说文本一样，除了正面人物意象和反面人物意象之外，还有帮凶者和帮助者两个辅助的意象序列。正如《西游记》一样，师徒四人总是遇到九九八十一难，大多数他们都无法完全战胜对手。或者说，直接战胜对手，或无法战胜对手，两种情况都让叙述元素显得文学性不够。如果直接战胜对手，那么两个对抗元素之间则显得过于单薄、直接，缺乏吸引力。如果无法战胜对手，那么则让叙述不可终结，没有基本的价值判断，也缺乏吸引力。所以，为了克服这两种现象，帮助者和帮凶者两个辅助意象序列便自然而然出现。每当师徒四人遇到不可战胜的对手的时候，就求助于观音菩萨和如来佛祖，他们总是会给师徒四人指点迷津，让他们渡过难关。在《台风的传说》这个文本之中，我们也能看到，台风精并不是那么容易被找

---

① 符震、苏海鸥：《黎族民间故事集》，广州：花城出版社，1982年，第24页。

到,也不是那么容易被猎杀的,如果真的那么容易,那么台风精早就不存在了。所以,文本在这里就设计了另一个帮助者意象:

兄弟俩在山上走了七天七夜,翻过了七七四十九座山峰,还是找不到台风精藏身的那个岩洞。第八天,他俩来到了一个叫作"红脸峰"的山脚下,累极了,就在一块大石壁下宿了下来。半夜梦酣,忽然看见石壁裂成了两扇大门。一个头发苍白,胡须拖地的老公公从石门里走了出来。只见老人手里拿着一支箭,指着山峰说:"起来吧,勇敢的后生。台风精就在山顶上,我送你们一支神箭,让它帮助你们。可是得记住,一定要等你们的箭射完了,才能最后用上它。只有不怕死的人才能取得最后的成功。"说罢,忽地刮来一阵大风,老人在风中消失了。①

可见,兄弟俩翻山越岭找寻台风精,但是仍然找不到台风精藏身的山洞。正在他们痛苦万分的时候,又进入了梦乡。在很多黎族文学文本中,都有各种神灵通过"托梦"的形式来帮助遇到困难时的主人公,例如《尔蔚》《亚坚》等,这些文本中的主人公,要么是土地公公帮助,要么是哪个神仙姐姐帮助。当然,这些帮助并不是在主人公正常状态下,而是在他们寻找对象或实现目标的过程中,筋疲力尽熟睡时出现的。他们出现的形式就是"托梦",以梦的形式告诉主人公应该怎么做,然后主人公清醒过来之后,沿着梦境中的告示,去实现故事的转折,找寻到新的办法、新的路径和新的策略,正所谓"山重水复疑无路,柳暗花明又一村"。根据弗洛伊德的精神分析理论,人的意识分为意识、无意识和潜意识,梦境就是属于潜意识活动。我们所说的日有所思,夜有所梦,就是指人在正常情况下,理性思维形成一道过滤网,把人类关于性欲本能的各种欲念压制住,让它们处于潜在状态。但是,一旦

---

① 符震、苏海鸥:《黎族民间故事集》,广州:花城出版社,1982 年,第 24 页。

进入梦境,这种理性过滤机制就放松了警惕,各种本能欲望就悄悄跑出来作祟,当然,它们的作祟并非直接性的,而是以一种迂回的变形的方式来实现,或者说这种策略是隐喻的,所以弗洛伊德说作家的创作就是白日做梦。

同样,在这个文本之中,打菲和打维两兄弟翻过了很多山峰,终于到了"红脸峰"的山脚下,正当他们酣睡的时候,一个老公公走进了他们的梦乡。这个老公公就是一个典型的帮助者形象,他知道两兄弟需要什么样的帮助,首先就鼓励两个为人类造福的年轻后生,这为他们的正义之举增添了信心和砝码。其次就告诉他们,台风精就在山顶上。这样,就避免了他们再做更多的无用功,指明了前进的方向。再次就是给予战斗的策略援助,送给他们一支神箭,要求他们射完他们自己准备的箭,然后再用这支神箭,并进一步鼓励他们要勇敢。

所以,在这里,打菲和打维就承担起对抗台风精的正面形象,土地公公就承担了对抗台风精的辅助者形象,两者之间是相依相成、密不可分的。这种正面形象的设置,在黎族文学作品中比较普遍,它渗透了黎族人民对这些英雄无畏的文学形象的期待和赞誉,这种表现形式所传达的,不仅仅是一种勇敢的意义,而是一种民族文化精神意味,这在少数民族神话故事中非常普遍,正如美国艺术理论家苏珊·朗格所分析神话故事:"一件艺术品总好像浸透着情感、心境或供它表现的其他具有生命力的经验,这就是我把它称为'表现性形式'的原因。对于它所表现的东西,我们不是称它为'意义',而是称为'意味'。意味是某种内在于作品之中并能够让我们知觉到的东西。它是由作品清晰地呈现出来的,因此在把握它时便不须再经过抽象的步骤,正如一个神话故事或某种真实的比喻离开它们那富有想象的表现就不存在一样。"①

①[美]苏珊·朗格:《艺术问题》,滕守尧,朱疆源译,北京:中国社会科学出版社,1983 年,第 129 页。

三、"台风精"意象的转化变异与民族互鉴阐释

因此,根据这个老公公的"托梦",兄弟俩不仅在精神上获得了巨大的鼓励和支持,还在战斗策略上获得了巨大的援助。这样,就为他们最后的战斗做好充足的准备,这就是神话传说文本的一般叙事策略。那么,兄弟俩是如何同台风精作斗争的呢? 首先,兄弟俩如梦初醒,一切照旧,只是发生了一点点细微的改变,那就是他们从梦中获得的启示变成了真相,石壁下竖着一支黄光闪闪的利箭,而且他们所在的位置就是"红脸峰",所以兄弟俩又惊又喜,拿起利箭,就向高高的"红脸峰"爬上去。因为梦中的老公公告诉了他们"红脸峰"正是台风精居住的地方,踏破铁鞋无觅处,得来全不费功夫。

他俩爬呀爬呀,爬到天亮,终于登上了险峻的峰顶。太阳出来了,天空格外晴朗,山峰上果然有一个大洞口,青石光亮。台风精正仰面朝天,张晒着两面巨大的翅膀,得意地吞吃着山峰上的流云。兄弟俩一见,怒从心起,拉满强弓,搭上毒箭就射。一支支浸过毒泉的利箭射得那台风精遍体鳞伤,污血飞溅,染红了山峰上的石头、草木。直到现在,这座峰上的树木和石头还是浅红色的,故名叫"红脸峰"。①

老公公"托梦"告诉他们的情况,兄弟俩在如梦初醒之后,证明都是真话。这也是神话传说中的惯用策略。那时,他们看见台风精正在张开翅膀吃流云,对他们来说,这正是一个绝好的猎杀机会。所以,兄弟俩就开始用准备好的毒箭去射,台风精的血液立即就染红了山上的石头和草丛,所以山上的树木和石头现在也还是红色的,因此叫"红脸峰"。这就是黎族民间传说的一般规律,通过文学文本的虚拟和口口相传,解释了海南自然景观名称

---

① 符震、苏海鸥:《黎族民间故事集》,广州:花城出版社,1982 年,第 25 页。

和现象的由来。

但是,台风精这个意象毕竟具有神灵特征,它并不是如此容易就被兄弟俩给折服了,神灵意象之所以是神灵意象,就是因为他们具有神灵一样的超凡属性。而且,人在神灵意象面前,总会犯各种各样的错误。在兄弟俩射箭过程中,台风精极其顽劣,反复挣扎,用尽最大的力气,猛地扑打起它那巨大的翅膀,招来了大风和暴雨。这些狂风暴雨搅得天昏地暗,地动山摇,尤其是带来的暴雨,倾盆泻下,这些雨像一支支利箭,射得人睁不开眼,兄弟俩在悬崖上,危在旦夕,这也进入台风精意象和人类英雄意象的殊死抗争阶段。

兄弟俩摇摇晃晃,脚跟难稳,眼看就要丧身悬崖。哥哥一急,忘了老公公的嘱咐,一下子拔出神箭,使尽全身力气,朝台风精射了过去。只听“崩”的一声巨响,台风精的右翼被射断落地,大风顿时减了一半。台风精正要逃命,弟弟拔出最后一支箭狠狠地射去,正中那精的肚子上,穿了一个大窟窿,里面掉出一个带血的大石蛋来。至今,红脸峰上还有一块红色的蛋形的大石头,足有三间房子那样大。台风精忍着伤,拖着左翼飞走了。兄弟俩赶上前去,扛起那只断翼,欢天喜地走下山来。半路上又遇见了那位老人。老人责怪他们没有在最后才射出那支神箭,以致没有把台风精射死,留下了后患。老人又嘱咐兄弟俩回来后,用台风精的翅膀扫平那些山梁,造出原先的盆地来。但由于只有一只翅膀,两兄弟只在山的南边扫出了几个小盆地,和几处丘陵地带,那翼就坏了。至今七号地区有几个盆地,其他地方的大片山梁还是屹立不动,再也不像先前那样的肥沃大盆地了。

再说,台风精断了一只翅膀后,浑身是血,带着重伤,一颠一扑,拼命地飞到远远的南海上,在一个荒岛上躲了起来。海上缺少风云,台风精常常吃不饱,常常多次地扇起风云,维持它的生命。因此,每年的台风次数也就增多了。不过,因为缺了一只翅膀,刮起的台风比以前小得多了。而且千里迢迢,到了这里也就没有多少风力了。台风精恨透了“红脸峰”,每当要扇起台风的时候,总要对准它猛扇几下。大风吹进山洞便发出隆隆的声响,于是在台风未来之前,人们听到这座山响,就知道要刮台风了。①

　　任何一个艺术形象,都既有现实的元素,也有想象的元素,离开了想象的翅膀,任何文学都显得死气沉沉,脱离了现实的元素,想象也就变成天马行空。苏珊·朗格认为:"一件艺术品的意义只能包含在它提供给某一感官或全部感官的形式之中,而人对它的把握又必须借助于想象。而要做到这一点,一件艺术品就必须是作为媒介的具体材料中抽象出来的'有意味的形式'。"②从这段文本可以看出,哥哥为了挽救两人的性命,忘记了老公公的嘱托,在还没有把他们自己准备好的箭射完的时候,就开始用老公公送给他们的毒箭去射台风精。这支神箭威力巨大,射断了台风精的右翼,台风精只能拖着左翼飞走了。然而,这样一来,就留下了隐患。毕竟台风精没有彻底被杀死,因此必然会卷土重来。实际上,我们也知道,直到如今,台风也依然年年到来,从来没有灭绝。如果文本阐释为台风精绝然被杀死了,那么台风就必然灭绝,如今也不可能再有台风。可见,神话传说在不合理之中,也在有意识地构筑一定的合理性。台风精因为受伤了,所以经常挥动翅膀,因此台风不仅没有比以前减少,反而增多了,不过因为它只有一只翅膀,所以风力不是很大,破坏力也不是很强了,对人民群众的生命安全所造成的威胁也进一步减小了。所以,台风精非常仇恨红脸峰,每次在它即将登陆之时,就猛吹红脸峰,这也就能够说明,为什么如今在台风来临之前,当地的人民群众就可以听见从红脸峰传来的轰隆隆的声音,这样也就照应了文本开头的叙述。

　　综上所述,黎族神话由大力神、黎母山、雷公神、台风精四个核心意象构

---

① 　符震、苏海鸥:《黎族民间故事集》,广州:花城出版社,1982 年,第 25-26 页。
② 　[美]苏珊·朗格:《艺术问题》,滕守尧,朱疆源译,北京:中国社会科学出版社,1983 年,第 168 页。

成,并相应衍生出开天神话、创世神话、图腾神话、自然神话四个意象谱系,这四个意象谱系生成发展过程中,神与人的地位不断调和,通过神灵的人格化以及人类的神灵化变异,彰显了黎族先民对自然世界宇宙空间的原生态想象性阐释。并且,黎族神话谱系的生成,与汉族及百越地区的侗族、壮族、水族等少数民族神话存在交叉影响、互相建构、流传变异及阐释变异等多种现象,通过对神话意象的民族异质性与流传变异性的梳理,能够基本把握黎族文化精神的核心符号体系及与中华民族其他分支的结构关系,正如季羡林先生说:"加强国内各民族之间的理解,提高对中华民族文学发展规律的认识,大大有助于全民族的团结,可以说是有百利而无一弊。"①因此,通过民族互鉴,以及对黎族文学中的神话意象谱系的跨民族变异阐释,既能够让我们更全面更深入地把握黎族文学神灵意象谱系的总体结构及其文化渊源,也能够促进对民族融合交流的文本认知,还能够进一步把握各民族之间的文学交流、文学差异和文学类同,进一步铸牢中华民族共同体意识。

---

① 季羡林:《比较文学与民间文学》,北京:北京大学出版社,1991年,第332页。

第三章

比较文学与黎族文学的人物意象阐释

 在本书第一章中,主要分析了南海区域黎族文学的历史形态以及当代黎族作家文学的发展现状。在第二章中,主要分析了黎族文学的神灵意象谱系,重点对"大力神""黎母山""雷公神""台风精"等神灵意象进行详细阐述。在本章,我们开始从神灵走向人类,从远古走向现代,主要用比较文学方法论分析黎族文学的人物意象谱系。这三个层次的文学意象体系和文本叙述结构是不断递进、不断发展、不断深入的。

 我们知道,随着人类社会的不断进步,文明意识也逐渐增强。因此,在黎族文学中,意象谱系结构也在不断发生变异。在黎族原始的神灵意象,是黎族早期思想意识的生动反映,在进入文明社会以后,人类的主体意识逐渐彰显,因此,神灵意象谱系逐渐淡化、消退,逐渐形成黎族文学的第二个意象序列,即人物意象。虽然这些人物意象序列之中也有一些反面的小人物意象,但是还是以英雄意象为主,正如西方古希腊文学《荷马史诗》中的阿基琉斯、赫克托尔一样,黎族文学也涌现出其原生性的民族英雄,这些民族英雄成为这一时期黎族文学的核心意象。他们共同的特征就是,当黎族从原始社会开始进入阶级社会之后,社会的主要矛盾就不再是人与自然之间的矛盾,而是阶级与阶级之间的矛盾。这些矛盾斗争过程中,尽管或多或少还有一些神灵化的元素,但主要还是活生生的人,这些人又不是普通的人,而是介于神灵和凡人之间的存在,他们不像神那样无所不能、呼风唤雨。但是,他们又超越了常人的身体局限和才能局限,继而拥有了超人英雄一样的形象素质,他们劫富济贫、助人为乐、侠肝义胆、英勇无畏,满足了这一时期黎族人民的社会集体想象。那么,在这一个时期的黎族文学,具体有哪些民族英雄形象,这些英雄形象有什么样的主体意识? 他们反映了黎族文化精神和黎族人民的哪些异质性特征呢?

第一节　"丹雅"意象与黎族人民的开拓精神

"丹雅"在这里主要指丹雅公主,她是黎族文学进入文明社会的一个极其重要的人物意象。她身上虽然也具有一些神灵要素,但是主要还是集中于她的人性光辉。在第二章,我们已经详细分析了黎族原始的开天神话、创世神话、图腾神话、自然神话等各种神话文本。尤其是在创世神话一部分,分别阐述了"兄妹起源说""蛇生说""鸟生说""犬生说"等各种关于黎族先民的创世神话传说。在这些起源之中,大多数都与神灵意象密切相关,尽管出现了一些动物意象,但是他们都是神性的存在,神通广大、无所不能、上天入地,是超越人类的存在。

但是,在这一章,我们的叙述重点要从"神"转向"人",从神灵意象转向人物意象,文本叙述的侧重点也发生了改变。正如前面所分析,随着社会的发展和人类的进步,黎族先民越来越会使用工具和改造自然,也更加充分认识到人类的伟大。所以,在这个部分,他们不再从"神灵"的角度来阐释黎族先民的起源、发生和发展,而是从"人物"的角度来阐释黎族文化的各种现象,这就使得黎族文学中出现各种各样的英雄人物意象和传说人物意象。这些人物意象有的还没有完全摆脱神性的特征,有的完全摆脱了神性特征,正是在这些意象之中,我们能够发现黎族文化的精神特征,以及黎族社会进入文明时代的人性光辉亮点。

首先,我们从人物意象的角度重新分析和阐释黎族的现实起源,其中最重要的一个人物意象,就是丹雅公主。丹雅公主在黎族文学中占据非常重要的地位,因为她具有创世的元素,这里的创世是具有现实主义色彩的创世,而不是之前描述的浪漫主义想象式创世。而且,丹雅公主的生存样态、生活习惯、生存方式都有非常生动的文学人类学解释,正是从这个意象之中,我们看到现代黎族人的形象,这正是其重要性所在。

一、"丹雅"意象与黎族人民的迁移传统

我们知道,黎族人民主要居住在海南。海南主要是一个岛屿,海南岛周边还有一些小岛屿。那么,岛屿上面的人从哪里来? 他们为什么会在这里? 他们是原本就在这里,还是从外部迁徙而来? 这就成了一个最根本的黎族族源问题。在第一章和第二章,大多数的族源解释都认为,海南岛上的黎族人是从动物、植物或岛上的兄妹繁衍而来,当然,也有观点认为是大陆来采集沉香的男子和海南岛本土的女子结合而繁衍了黎族后代。不管怎么说,前面的叙述基本都认为南海区域的黎族人自始至终就生于此、长于此。

但是,在《丹雅公主》这个文本中,却开辟了另一种族源解释。之前已经提到过,为了解释南海区域黎族族源的问题,很多黎族文学文本都有比较生动的描述,他们坚信黎族就是原始居民,但是《丹雅公主》却认为黎族是从陆地迁徙过来的,这就是对黎族族源的另一种说法。那么,黎族是如何迁徙过来的呢? 首先我们来看一下文本的基本样态:

据上了年纪的人说,古时候海南岛上是没有人烟的。到了大禹王爷坐天下的时候,南海有一个俚国,国王有个女儿叫丹雅公主。她一连嫁了三个丈夫,丈夫都相继死去了,因此那些观天象的、算命看相的都说丹雅公主是天上的扫帚星下凡,在家家必破,在国国定亡。一时弄得满城风雨,人心惶惶,纷纷请求处死丹雅公主。当时丹雅已身怀六甲,国王不忍下手,就在一

个北风呼啸的清晨，在海边备了一只无舵无桨的小船，为丹雅公主备了一些酒食，送给她一把山刀和三斤谷种，把丹雅公主放在船上。丹雅公主养的那条小黄狗也跟着丹雅公主上船。岸上的人砍断缆绳，小船就顺风漂在茫茫的大海中。①

从这段表述中可以知道这么几个基本事实：

丹雅公主与族群"迁徙繁衍"的关系。根据这个文本来看，在最初的时候，海南岛上并没有人。也就是说，海南岛上的黎族居民并不是黎族原始居民，并不是本土生存发展而来的，而是从其他区域迁移而来的。这个论断就与第二章神灵意象谱系研究中的"兄妹起源说""蛇生说""鸟生说"有所区别。在第二章的神灵意象谱系中，我们分析了"大力神""黎母山""雷公神""台风精"等神话文本中的神灵意象，这些文本就告诉我们，黎族就是海南岛的原始居民，产生于此、发展于此、繁衍于此。

但是，随着人类社会的不断发展，叙述者的视野逐渐超越了原始的想象，开始从文学地理学、文化地理学、文学人类学的角度来分析黎族的族源问题。正如前文所提到，从考古学、历史学的角度来分析，南海区域的黎族与两广地区的百越族中的骆越族有着历史文化关联，很多考古资料表明，黎族是从大陆尤其是两广地区迁徙过来的，"在战国时代，越族在越王勾践时期曾以浙江为根据地而发展至长江以北，但不久就为楚所吞并，而楚的势力也不及于福建广东广西等地方。当时在中国的中南部，原住有种种的蛮族，总称为百越，其中称为南越的蛮族扩占着广东广西直至越南地方"②。可见，百越就是海南黎族的一个主要族源之一，另外，根据苏英博等人主编《中国黎族大辞典》中的考察，也得出大致相似的结论和观点，"在很早以前，甚至

---

① 符震、苏海鸥：《黎族民间故事集》，广州：花城出版社，1982年，第4页。
② 中国科学院广东民族研究所编印：《海南岛史》，1964年，第1页。

越国灭亡以前的远古时代,古代越族人民就陆续从海道进入海南岛,而成为黎族的远古祖先"①。

但是究竟为什么要迁徙到海南岛? 是如何迁徙的? 迁徙之后又是如何繁衍的? 这些问题历史学、考古学没有相关的史料来论证,事实上也不可能有充足的证据来论证这个漫长的历史过程,毕竟少数民族的迁徙并不是当时封建王朝关注的核心事件。所以,为了弥补历史学、考古学研究的缺憾,文学就开始承担了想象性阐释功能,黎族文学在这些研究文献的基础上,又结合自身的特征,就想象性阐释了很多当今黎族社会存在的现象及其渊源,这就是研究南海区域黎族文学的重要价值所在。

沿着文本进行阐释,可以发现许多有趣的问题。丹雅公主故事发生的时间是大禹治水时期,地点是在古代中国的俚国,这是丹雅公主意象生成的基本背景。从时间上来说,大禹大概出生于公元前 2314 年,卒于公元前2198 年,大禹治水是中国古代神话中一个经典意象,大禹之子启,建构了华夏民族封建王朝的第一朝代——夏朝。因此,根据文本的叙述,从时间上说,丹雅公主的故事发生于大禹治水时期。从地点上来说,这个故事主要发生在南海区域的俚国。

俚这个字,左边是"人",右边是"里","里"的意思是乡里,这个词在今天就是指民间的、乡下的、通俗的。我们今天看到的俚语、俚歌、俚曲等词语,都能表示这个意思。就本文的语境来看,俚国主要是指曾经存在于现今广东、广西、越南北部的一个古国,即后来我们所称的百越、骆越地区。我们知道,中华民族的源头是黄河流域、中原地区,这个区域产生了华夏文明,后来长江流域也拥有了自己的文明体系。但是,广东、广西以及越南北部,与行政中央距离较远,文明程度较低,因此大多数是少数民族聚集区。从当今的布局来看,云南、贵州、广西、四川等地,也是中国少数民族聚集区。

① 苏英博等主编:《中国黎族大辞典》,广州:中山大学出版社,1994 年,第 413 页。

　　因此,俚人就是古代对南方某些少数民族的泛称。《后汉书·南蛮西南夷传》有云:"九真徼外蛮里张游",唐李贤注曰:"里,蛮之别号,今呼为俚人。"①另据《隋书》载:"俚人率直,尚信(守信义),勇敢自立,重贿轻死(为了生存,不怕牺牲),巢居崖处(住在深山僻壤),尽力农事(勤耕作)。"②在广东、广西至越南北部的广大地区,其原住民自东汉以至南北朝,皆称为俚人或俚子。这一地区,西汉以前为骆越地带,不是因居民迁徙变化,而是因为东汉以后已由骆越改称俚的缘故,"最早将黎族先民命名为'骆越'者,乃汉人贾捐之。他直呼珠崖居民为'骆越之人'。历史上的'骆越''骆民''瓯骆'都属于古百越民族的一支"③。

　　可以看出,俚国、俚人,在古代都是野蛮落后的象征符号。他们勇敢勤劳,普遍以"鸟""蛇"为自己的民族图腾符号。前面所提到的"鸟生说""蛇生说"等族源阐述,都能有力地证明这个问题。当然,除了黎族,还有壮族、侗族等南方少数民族也大多有这种倾向。另有一种说法是,"俚"就是"黎"的古称,或者说我们今天所说的"黎"族,其实就是古代的"俚"族。从时间和空间上说,这个叙述是基本站得住脚的。

　　丹雅公主是俚国国王的女儿,按理说出身高贵,但是连续嫁了三个丈夫,丈夫都死去了,这是极其不正常的现象。但是对这种现象,从古至今,也没有什么科学的逻辑解释,只能从非科学的迷信的角度去解释。正是因为对命运、对未来等不可知因素的探索欲,让这些看人相的、看天相的,在古代都很有市场。他们一致认为丹雅公主是扫帚星下凡。从天文学的角度来看,扫帚星在今天主要是指彗星,它们拖着长长的尾巴在天空中飞过,因为彗星的特殊性和无规律性,扫帚星不是一个吉祥如意的象征,在中国古代主

---

① 吕思勉:《中国的历史》,北京:新世界出版社,2017 年,第 4 页
② 李庆福等:《广东乳源大布峒瑶族历史文化研究》,北京:民族出版社,2021 年,第 267 页。
③ 符红莉:《东方黎族文化简史》,海口:南方出版社,2018 年,第 1 页。

要用于描述晦气的人，也就是文中所说的扫帚星下凡。

既然丹雅公主被民间算命先生一致认为是不祥之兆，那么国王也左右为难、不好处理，一边是自己的女儿，另一边是自己的子民，如果保护自己的女儿，那么有可能就有亡国亡家的凶兆，如果保护自己的子民，那么就必须忍痛割爱失去女儿。国民都要求处死丹雅公主，但是作为父亲的国王不忍心，更何况，她已经身怀六甲。所以国王就选择了一个折中的办法，流放自己的女儿，让丹雅公主渡海南下，消失在俚国的疆域。流放的地点，根据史料的考证，应当是在如今广东广西的沿海区域，这个区域面朝南海，也面朝海南岛，从空间区域上来说，如果一直南下，就可以抵达海南岛。

国王对自己女儿的流放，毕竟还是留有余地。虽然这艘小船无船桨，也没有船舵，但是他为丹雅公主准备了谷种、酒水、山刀等生存必备之物，可以让她在海上漂泊一些时日。当然，还有一个伏笔，就是她的小黄狗也一起陪伴丹雅公主上了船，开始漂泊在茫茫的大海之中。

通过以上的叙述，我们就基本可以认为，丹雅公主这个人物意象，从文学角度阐述了海南岛上的黎族人民同陆地的各民族人民之间的历史渊源，这也能够证明，海南岛自始至终是中华民族不可分割的一个部分，海南岛上的黎族原始居民，就是从中国陆地的百越地区、骆越地区迁徙而来的，并不是从其他国家、其他民族迁徙而来的。文学也是一种历史叙事，它从另一个角度呈现人类的集体无意识和社会集体想象。《丹雅公主》中关于"丹雅"意象的描述，就能让我们比较生动全面地认识这种迁徙的变化过程和历史传承，通过这个意象，我们可以认识黎族的迁移传统，通过这种描述，我们能够进一步铸牢中华民族共同体意识，中华民族各民族之间的文化纽带也很好地建立起来。

二、"丹雅"意象与黎族人民的建筑文化传统

"丹雅"这个意象不仅解释了黎族的迁徙之源，而且还解释了黎族文化

生活各个方面的传统习俗。其中最重要的传统之一,就是解释了黎族人民长久栖居的建筑文化传统。每一个民族都有自己的建筑文化和审美取向,凝聚了他们自身的历史内蕴与文化传统。对黎族而言,最典型的建筑传统就是船型屋。船型屋的屋顶及整个造型,就像是一艘倒扣过来的船,所以就叫船型屋,这是黎族最古老的民居,但是这种民居没有窗户。因为黎族人认为,船型屋的窗户可能会导致"恶鬼"进入,所以,黎族民居中的船型屋一概都不留窗户,显得十分阴暗。那么,为什么黎族原始先民要建造这种船型屋?为什么他们如此惧怕"恶鬼"从窗户进入?就目前的史料依据来看,还没有一个比较可靠的证明。正是因为缺乏科学依据,所以黎族民间文学又及时承担这种想象性解释功能,这在《丹雅公主》中也有明显体现。

丹雅公主和小黄狗离开大陆以后,开始了漂泊之旅,在船上饿了就吃谷种,渴了就喝水,孤独的时候就彼此陪伴。历经千辛万苦、九九八十一难,她们终于到达一个荒岛岸边,这个荒岛就是如今的海南岛。根据文本的描述,海南岛上当时还没有人烟,丹雅公主在这座岛上,看到了远处的崇山峻岭,也看到了成群的猴子,这些猴子在雨林中间来回穿梭。山川、树木、河流、动物,都让丹雅公主看到了生命的存在。原有的忧郁和恐惧在鲜活的生命体验中消失。

我们也可以看出,丹雅公主的人物意象开启了一个重要的族源论断,这就是"域外迁徙"说。对丹雅公主来说,来到一个新的地方,她首先要解决吃、住的问题。她在岛上临时吃了一些鸟蛋之后,就开始解决住的地方。毕竟在荒岛上,各种鸟兽极具危险性。丹雅公主为了躲避风雨,也为防御各种野兽的侵袭,就开始在海滩附近用山刀砍了一些树,支撑起来,这就是房屋的大梁,形成基本的构架,然后她把渡海过来的小船倒扣在木桩上,这就当作房子的屋顶。为了防风,她又从附近割来一些茅草,铺在小屋的四周。这样一来,她就有了自己的"窝",既可以遮风避雨,又可以防御野兽。有了这个"窝"之后,她白天就可以带着小黄狗去山上采集野果充饥,时不时可以打到一些小野兽。晚上就可以在这个船形的小屋子过夜。据说这就是后来黎族人所居住的船形屋的雏形。

当今，在琼中、白沙、东方等黎族聚集区，仍然还有不少船型的房屋，《丹雅公主》就是这种建筑传统最初的渊源解释依据。船型屋是丹雅公主初登海南岛时就地取材，把渡海用过的船扣过来用作屋顶，身边的其他材料作为辅助材料，这样形成的一种简单实用而又造型独特的建筑类型。虽然后来在材质上做了改变和创新，但是基本框架还是类同。另外，在黎族聚集区，女孩到了 15 岁，家人就会为她搭建一间"人"形的船屋，这是黎族男女成年之后谈情说爱的场所。在摩梭人的走婚习俗中，也有这样的一些与之相适应的建筑文化习惯。后来，随着民族互鉴和民族文化的交流日益频繁，汉族的建筑文化也逐渐同化了黎族的船型房屋建筑传统。不过，通过这些文本的解释，我们仍然能够从丹雅公主这个人物意象，想象出原始黎族先民从内陆渡海而来，开山拓地、勤劳勇敢的民族文化精神。

三、"丹雅"意象与黎族人民的饮食文化传统

吃和住，是人类的两个最基本的需求。除了迁徙文化、建筑文化，丹雅公主开启了另一种文化传统，那就是饮食文化传统。对黎族人民来说，饮食方面的特色是种植山兰稻，喝山兰米酒。但是，对于黎族为什么种山兰稻、喝山兰米酒，长期都没有一个固定的科学的解释。"丹雅"这个黎族文学意象，也能够从文化想象的角度解释这种现象，这样的解释也许显得奇怪，甚至有些荒诞，但是我们不能忽视文学想象与社会文献之间的密切联系。或者说，两者不是割裂的存在体，一定程度上，文学也是另一种社会文献，也是对当时社会现实的一种思考方式，正如美国文学理论家韦勒克和沃伦在经典的《文学理论》中所陈述的："处理文学与社会的关系的最常见的办法是把文学作品当作社会文献，当作社会现实的写照来研究。某些社会画面可以

从文学中抽取出来,这是毋庸置疑的。"①

　　具体从《丹雅公主》这个文本来看,丹雅公主通过采集野果,捕获小野物的方式来生存,这毕竟还是属于原始的生活方式,为了可持续性生活,必须发展农业生产。所以,在解决了基本住宿问题之后,丹雅公主就开始思考粮食生产问题。"有心栽树树不成,无心插柳柳成荫",神话传说总是会在恰当的时候设计一些恰当的事件,这样既满足受众的心理期待视野,同时又会适当超出这种期待视野。在合理与不合理之间,体现一种叙事技巧和文本策略。当丹雅公主到达海南岛之后,翻转船身来构建船型屋顶的时候,一不小心把夹在船板缝中的两粒谷种打落到地上,这谷种是她的国王父亲给她的,其实在她在海上漂泊时就已经吃完了,这两粒谷种是漏网之鱼,丹雅公主也没有想到会用它来做出什么,但正是这两粒不起眼的谷种,却带来很多的生命契机和发展希望。

　　这两粒谷种洒落在地上,雨季一来,谷种就生根发芽,到了秋天,就结出一点点谷穗。然而,丹雅公主并没有吃掉这些谷穗,而是小心翼翼收藏起来,她知道,这是生命的种子。于是她砍伐了一片树林,用火把这些树枝烧成灰,从而在山林中有了一片成规模的土地。烧掉的树枝就是最原生态的肥料。这就是最初的刀耕火种模式,有了小片土地,也有了基本的树叶焚烧肥料,然后放上几粒种子,静静等待它的生长,"这种用'刀耕火种'的方法种出来的旱稻叫做'山兰'。这种米煮成的饭很香,酿出的酒很甜。所以至今村村寨寨仍种山兰稻。"②

　　丹雅公主所种植的,就是与如今黎族人民生活息息相关的农作物——山兰,这是一种黎族聚集区域种植的旱稻,它与汉族地区的水稻不同,它主要生长在高山区域,不需要那么多雨水,对土地条件也不是那么苛刻。因为

---

① ［美］韦勒克、沃伦:《文学理论》,刘象愚等译,北京:生活·读书·新知三联书店,1984 年,第 102 页。
② 符震、苏海鸥:《黎族民间故事集》,广州:花城出版社,1982 年,第 5 页。

热带雨林地区没有内地那么多良田，所以因地制宜，形成了黎族先民独有的生产生活方式。另外，黎族先民还用山兰米来酿酒，这就是如今的山兰酒，当地人称之为"biang"酒，用来招待最好的客人。《崖州志》中说到海南的稻谷有粳糯二种，"山稻，其甚多，最美者，名九里香，宜山林燔材积灰而播种，不加灌溉，自然秀实，黎人种之"。山兰用草木之灰做肥料，不用精细化灌溉，就这样在山林之中成长，这种山兰种植法，一直在黎族聚集区流传，这是典型的"刀耕火种"方式。他们先烧山培土，然后撒谷种，秋天就可以有收成。这一方面说明海南的土地肥沃，另一方面说明这里的雨水充沛，不需要那么多水利设施，也不怕干旱。

由此可见，"丹雅"意象对黎族的饮食文化传统具有文化解码功能。她利用船缝中残留的两粒谷种，刀耕火种、精心劳作，用发展的眼光、长远的眼光来对待粮食生产和农业产业问题，为后来的黎族人民创造了独有的生产生活方式。一个民族的繁衍，除其他必需之物外，重中之重则是要有规模化、集中化的粮食生产。古语道"饥寒起盗心"，粮食安全关系到民族安全、国家安全，只有足够的土地和粮食，一个民族才可能生存和发展。所谓饥寒起盗心，这意味着只要不能吃饱喝足，那么为了生存，任何无法无天的事情都可以干得出来。所以，在《丹雅公主》这个神话传说中，丹雅公主依靠上天的恩赐，也依靠自身的勤劳和智慧，建构了黎族的粮、酒饮食文化和农业生产模式，延续了发展，这就是"丹雅"意象在黎族文化阐释中的独有意义。并且，丹雅公主作为一个女性，为黎族人民的饮食文化传统做出了杰出贡献，说明女性英雄主义精神在黎族文学中的重要地位，也说明女性在黎族文化传统中的重要地位。

四、"丹雅"意象与黎族人民的服饰文化传统

在吃和住的问题得到根本性解决以后，丹雅公主就开始思考如何繁衍后代的问题了。在第一章和第二章中，有很多关于繁衍的神话传说，无论是

"兄妹起源说",还是"蛇生说""鸟生说""犬生说",大多数与图腾神话联系在一起,就算是兄妹起源,也牵涉到雷公等神灵意象。在这一章之中,丹雅公主这个意象基本就已经是比较纯粹的人物意象了,更加贴近人类现实,也更加符合人类的繁衍规律。所以,丹雅公主在海南岛的繁衍,就几乎没有和神灵意象产生太大联系,而是通过人类自身的结合来繁衍,并且在繁衍过程中形成了黎族的服饰文化传统。

实际上,这个文本的构思巧妙之处还在于,丹雅公主在漂到海南岛之前,她就已经怀孕了,这就埋下了一个伏笔。之前在第二章的黎族神话叙述中我们已经提到,很多黎族人类意象都是苦苦找寻不到合适的配偶,要么是兄妹结婚,要么是有动植物神灵的协助,而且生下来的大多数是一些肉团,这也说明繁衍的困难。总而言之,早期黎族社会大多都不是正常的婚姻形式,也不是正常的繁衍形式。所以,从黎族文学的思想发展史来看,丹雅公主在繁衍形式方面迈出了重大的一步。

来海南岛不久后,她就生下来一个男孩,取名叫伯打,这是个聪明健康的孩子。这个孩子在丹雅公主的抚养下,慢慢长大了,那只小黄狗也慢慢成了老黄狗。十几岁的伯打,经常带着老黄狗上山套山猪、打猎物,为母亲分担一些家务活。后来,老黄狗死了,没有了陪伴,这让丹雅公主开始思考婚姻大事,生命终究有尽头,谁都无法永远陪着谁。丹雅公主也意识到,他们母子两人,无法实现繁衍。在之前的黎族神话传说中,兄妹、母子婚配结合是比较常见的,这是因为当时的社会发展还没有太多的社会伦理道德约束。但是,在这一章的人物意象系列中,这种现象几乎没有了,他们从血缘婚姻走向了非血缘婚姻。

正在丹雅公主一筹莫展的时候,有一天,儿子伯打告诉丹雅公主,说他听见了远处一个姑娘美妙的歌声,其中有歌词是这样的:"三月里来百花开,花开引得彩蝶来哎格罗。"这歌声让伯打着迷,伯打听完之后为母亲学唱,唱完之后,就打算明天去找那个姑娘。丹雅公主心里高兴,临走时,把一匹刚织好的黑布交给伯打,伯打没地方放,就戴在头上,然后就去山歌传来的方向寻找,"伯打一口气翻过了九九八十一个山头,越过了七七四十九条河流。只见一堵十丈高的厚墙挡住了他的去路。歌声正是从高墙里传出来的"①。歌声好听不好寻,伯打翻山越岭,历经磨难,终于走到歌声附近,但是面前却有高高的墙。里面的姑娘听见伯打的声音,分外开心。于是,两人就开始对歌,彼此情投意合、情真意切,但是只能用歌传情,无法见面。

从这里,我们可以看出这个意象符号陈述与黎族文化的内在关联。对黎族以及其他少数民族来说,音乐是传情说爱的重要方式。之前的黎族繁衍主要依靠神灵的帮助,也有很多近亲结婚的现象。但是在这里,已经是民间化、世俗化的生活形态了。那个遥远的姑娘,通过歌声传递求偶的信号,伯打也开始寻找歌声来争取爱情的光临。"情爱永远是人民心中永恒不变的主题。在黎族人民的生活中,爱情歌曲在任何一个时代都是大放光彩的。这一题材的内容丰富多彩,从朝思暮想到结婚嫁娶,从爱恨情仇到失恋绝望,从爱情盟誓到逃婚私奔等,都是黎族人民情爱生活的真实写照。"②例如黎族情歌《哥有心来妹有意》《请妹说句良心话》《今天我们来插箭》等,都释放了黎族人民对情爱主题的天性热爱。

后来,伯打想了一个办法,他砍掉了一棵参天大树,把大树斜靠在墙上,然后往上爬,但是爬上去之后却不好下来,他就借助他妈妈给他的黑布,悬挂在树上,从高墙上滑到了地面。姑娘把他迎接到自己房间里,两人促膝长谈。姑娘告诉他,她叫山花神女,是五指山上鬼王的女儿。因向往人间生活,被父亲关在这里,但是在这里却异常孤独,只能唱山歌排解心中的寂寞,希望能够找到心仪的伴侣,通过交流,伯打正是让她心动的人。可见,在这里也出现了"五指山鬼王"这个神灵意象,不过与前面的神灵意象相比,已经

① 符震、苏海鸥:《黎族民间故事集》,广州:花城出版社,1982年,第6页。
② 张睿:《海南黎族民歌文化研究》,海口:海南出版社,2017年,第145-146页。

淡化了很多,已经不是主角了,只是作为一种男欢女爱的陪衬角色。

因此,他们情定以后相约去见丹雅公主,但是山花苦于找不到逃离高墙的办法,此时,正是伯打头上的黑头巾帮助了伯打和山花如愿以偿见到丹雅公主,"第二天,他们又借着头巾的帮助爬上树身、越过高墙,手拉着手来见丹雅公主。由于这条头巾成全了他们的美事,以后伯打出门就把它缠在头上,据说这就是黎族男子缠头巾的开始"①。他们两个年轻人的相见以及姻缘,依靠了丹雅公主为儿子伯打编织的黑头巾。所以,为了纪念这种情物,黎族男子就长久地佩戴,现在我们看到黎族男子普遍缠头巾的习俗,其实就是从丹雅公主这个人物意象之中衍生出来的。这也是对黎族服饰文化传统的文学阐释。

当然,山花的鬼父鬼母显然不会让自己的女儿跟着一个人间小伙子跑了。有一天,丹雅公主在山上种山兰,伯打依然去山上打猎,山花就在丹雅家里学习织布。突然,山花的鬼母冲上门来,要把她带回去。但是无论如何山花都不同意,于是山花的鬼母恼羞成怒,捡起棍子就开始毒打,把山花脸上打得红一道、紫一道的血迹,但是山花仍然不愿意回去。正在山上干活的丹雅公主回来看到了这种场景,得知了原委,就开始给鬼母说好话,希望山花做自己的儿媳妇,又是端茶,又是递水,说尽了好话。但是仍然不起作用,丹雅公主见软的不行,就来硬的。她就夺过了山花鬼母的棍子,说棍子是丹雅家的,一把把鬼母推出门,鬼母自知理亏,只好骂骂咧咧走了。

不过没走多远,鬼母就又跑回来,说山花头上戴的,身上穿的都是她的,都得还回去。山花只得将这些衣物首饰都还给她的母亲,但是丹雅公主也不忍心看着山花那么不雅,于是,"丹雅公主织了布还没有做成衣服,每人都只有身上穿的那一套。面对老鬼婆咄咄逼人的神气,丹雅公主拿剪刀剪出一副五尺来长的布,对折起来缝住口,变成一条筒形的裙子,叫山花穿上;又

———————————

① 符震、苏海鸥:《黎族民间故事集》,广州:花城出版社1982年版,第7页。

剪下一副披到山花身上,在胸前打个结,见山花胸前头发散就用一块布把头发裹起来。这就是黎族妇女布巾裹头和下穿筒裙,上着开胸无扣对襟衣的起源"①。可以看出,从这里,丹雅公主的意象又与黎族的服饰文化传统产生了渊源。她的布本来没有做成完整的衣服,但是为了应急,就对折缝起来,先是缝成一条裙子,然后又剪裁成头巾和衣服,披在山花身上,又用布把头发裹起来。这一系列操作简单明了,但是却形成了黎族的服饰文化传统,山花身上的这些装扮,就形成了当今黎族女子的主要民族特色装饰。这就是民族服饰传统的文学阐释和文化解码,通过古今对比,民族文化精神同服饰文化传统结合在一起,形成一种传承发展的精神力量。

不过,山花的鬼母和鬼父并不会善罢甘休,山花知道他们一定会回来报仇找麻烦,"第二天,丹雅把伯打和山花藏到山洞里。然后找出染布用的紫蓝色料水,在身上脸上横一笔、竖一划地按照山花受伤的样子画上线条——这就是黎族妇女纹面纹身风俗的来历"②。丹雅公主为了保护自己的儿子和儿媳妇,开始担当起一个母亲应有的责任,山花上次被打得很厉害,于是,丹雅公主将计就计,把自己装扮成山花来对付鬼母,将染布用的紫蓝色料水横一条竖一条地抹上,打扮成山花受伤的样子,然后把他们藏在山洞里。鬼王先是派一个水鬼来对付丹雅,被丹雅成功应对,然后又派了一个大力神沙鬼来,仍然没有战胜丹雅。最后,鬼王亲自带"风、石、草、树"四个恶鬼来抓山花,都没有战胜智慧的丹雅,只是丹雅在搏斗过程中,脖子上多了几个铁圈。"丹雅公主胜利了,她脖子上的铁圈和铁链是她胜利的象征。听说,从此以后,恶鬼一见到脖子戴着铁环铁链的黎族妇女,立刻退避三舍。因此,妇女们出门都要戴着项圈和链条,既当装饰品,也可以吓鬼辟邪。"③文本中这段

---

① 符震、苏海鸥:《黎族民间故事集》,广州:花城出版社,1982年,第7-8页。
② 符震、苏海鸥:《黎族民间故事集》,广州:花城出版社,1982年,第8页。
③ 符震、苏海鸥:《黎族民间故事集》,广州:花城出版社,1982年,第9页。

叙述,也就可以解释为什么黎族妇女要戴着项圈和链条。当今黎族男性的头巾,黎族女性的纹面和文身,以及穿着打扮和民族服饰,都在丹雅公主这个人物意象中被解码了。

总而言之,丹雅公主是南海区域黎族文学中的一个非常重要的人物意象,她也论证了黎族文化中女性地位的不同,"黎文化与汉文化最大的不同,就是女性在婚姻中的角色。与汉族女性在婚姻中以夫为中心的被动角色不同,黎族女性则享有相当大的性自由和择偶权利"①。她与黎族的族源、房屋建筑、农业生产、繁衍以及男女服饰等民族传统都有直接性的历史渊源。可以说,这个人物意象,从文学的角度解释了黎族为什么能够在海南岛上存在、生存和发展等一系列问题,也解释了为什么黎族男性包裹黑头巾,黎族妇女的服饰特色等,尤其是彰显了黎族先民在极其恶劣的生存条件和生活环境下,如何发扬勇敢开拓精神的民族文化特性。他们渡海南下,刀耕火种,战天斗地,克服了种种磨难,从吃、穿、住及繁衍等各方面开创了民族文化惯习,成为这个民族特征最初的建构者。

"丹雅"这个文学意象,彰显了南海区域黎族文学的开拓精神,如今黎族人民生产生活中的各种重要的文化传统,都可以在这个意象中找到原型,都可以从这些文学文本中得到很好的文化阐释。同时,我们也从跨民族比较文学的角度,对这个意象进行了全方位的立体式的观照和检视,这有利于我们从一个更全面、更深入的角度去分析和思考这些文学意象同黎族人民生活之间的深刻勾连。这也能让我们对黎族文学文本有一个文学人类学意义上的全面阐释。当然,最重要的一点是,这个意象凝聚了一个民族的开拓担当精神,从无到有,从有到大,一步一步,克服困难,战胜敌人,战胜妖魔鬼怪,让这个民族永续发展。

---

① 黄淑瑶:《神圣的消解与自我的迷失——从黎族文身诸说看文身女性角色演变》,《海南师范大学学报》2015 年第 5 期。

第二节　"打拖"意象与黎族人民的坚毅精神

第一节我们分析了丹雅公主的人物意象与黎族文化精神的种种渊源，从这些分析可以看出，每一个民族都有自己的意象谱系和知识话语。如果说，丹雅公主造就了黎族文学中的开拓精神，那么，"打拖"意象则造就了黎族文学中的坚毅精神和忠诚品格。从这个文学意象的生成构造和发生发展来看，它也可以从民族互鉴和跨民族文学阐释学的角度进行深刻剖析，从中挖掘了黎族文学与文化中的民族精神。同时，也可以全面思考这个意象的变异流程。我们且来看这个文本的基本事实，可以根据这个事实进行如下的分析。

一、"抗争"的打拖意象与黎族人民的正义品格

根据《勇敢的打拖》文本的描述，首先出场的是一个反面意象，即老鹰精："从前有一只老鹰精，法术很大，但非常残暴。从人间到海国，只要生得貌美的女子，它就要抢去做老婆，甚至国王和龙王的宝贝公主也不能幸免。弄得人间和海底，到处人心惶惶，水族不安，父母担忧着女儿，丈夫担忧着妻子，大家都唉声叹气，愁苦极了。"①我们知道，在黎族民间文学中，经常都有各种"精"的神话传说意象，例如台风精、螃蟹精、南瓜精等。无法用科学的知识去解释这些自然现象中的种种形态，于是就通过人类的主观想象，对这些现象进行了主体解释，认为他们是各种超越于人的精灵。既有"物"的属性，又有"神"的属性，还有"人"的特征，各种元素杂糅在一起。当然，大多数情况，这些"精"都是负面的意象，"神"是正面的意象，一正一反，既有关联又有差异，都显示出早期少数民族人民的价值判断体系。

① 符震、苏海鸥:《黎族民间故事集》,广州:花城出版社,1982 年,第 93 页。

在中国文学传统中，"精"这个词一般和"妖"合用，即"妖精"。我们在《西游记》中，就看到各种蜘蛛精、白骨精等。这些"精"，也是黎族民间口传文学中非常常见的一些意象体系。老鹰精这个意象，在黎族文学中，尤其是在这个文本中，具有的是一种反面功能。它的主要特征就作恶，如何作恶呢？它有法术，但是法术并没有像早期的雷公意象一样用于帮助人类，而是非常残暴，用于残害百姓，尤其是喜欢抢美貌的女子做老婆，从人间到海国，都不能幸免。

从这里，我们又可以看出黎族文学文中经常出现的海洋意象。其实，在内陆地区的少数民族，大多是高山大川的意象体系。在黎族文学中，由于海南岛是一个海岛，创作者和流传者耳濡目染的都是大海的自然场景，所以在神话和民间文学中，也有各种海洋意象。老鹰精法力无边，人类的国王和海洋中的龙王，都不能逃脱他的魔爪，他们都担心自己美貌的妻子被老鹰精抓去做老婆。可见，在这一时期的黎族文学，已经具有明显"二元对立"的意象叙述风格，"好人—坏人""正面—反面"等，都在文学叙述中有着明显的价值取向。为什么要有这样的类型化、脸谱化的形象区分呢？最重要的原因就是，这一时期的黎族人民已经有了社会伦理价值体系标准，这些都是黎族先民在社会生活中总结出来的评判体系。正是在这个评判体系之中，黎族人民精神中的"正义"品格展现出来。

"正"的对立面是"反"，正义品格，就是一个民族开始集体具有了对真善美的选择冲动，同时具有了对于假恶丑的规避冲动。由此，在文学作品或其他艺术形式中有意识地形成"二元对立"的形象建构意识，在这种意识结构体系中，让正义的品格得到彰显，也用这种品格激励自己的民族向着这样的精神品格而不断实践、不断奋斗、不断努力。换言之，为了凸显正面形象的种种艺术特征，叙述者在文本中往往要虚拟出各种反面的艺术形象进行烘托和映衬，正如维戈茨基所说："在艺术作品中总是包含着材料和形式之间的某种矛盾和内在的不一致，作者好像故意挑选费劲的、对抗的材料，这一材料以它的种种特性对抗着作者想要说出他想说的东西的一切努力。材料本身越是不易克服,越是顽强,越是敌对,对于作者仿佛也就越是适用。"①叙述者总是通过材料上的对抗性来体现内容上的主观意图。

在本书第一章和第二章中,那些神灵意象大多数是比较客观的陈述,叙述者把一些基本的神话元素叙述清楚就可以了。但是在本章中,这些人物已经不简单是出现和罗列了,他们不仅具有自己的身份符号,还具有叙述者的价值符号和意义符号,他们体现了黎族人民集体性的价值取向。第一节《丹雅公主》这个文本中,由丹雅公主、伯打、山花构成一个正面意象体系,并且彰显了向上向善的价值取向。山花的鬼母、鬼王父亲以及各种风鬼、雨鬼、沙鬼等,构成一个负面意象体系,彰显了作恶多端的负面价值取向。这样一种意象谱系的价值对立,让我们能够明显看出此时的黎族文学已经进入了阶级社会,具有明显的阶级斗争意识,也在积极弘扬英雄正义的精神力量。当然,在这些文本中,这些反面的意象谱系最终还是具有自然和动物元素的意象,他们是黎族人民迈向全面的阶级意识和阶级斗争过程的一个过渡体系,是"完全的"神灵谱系和"完全的"人物谱系之间的中间环节和过渡形象。当然,我们也可以认为,这些反面的意象谱系是黎族人民对某些不敢言说的对象的迂回阐释。

关于这个问题,季羡林先生在分析《比较文学与民间文学》的时候也指出:"有一类民间故事的内容是:故事中的英雄被迫离家;坏蛋(反面人物)出现,动了坏心眼;坏蛋下手了,受害受骗者成了他的俘虏;英雄得到了一个助手,往往有神通法术;故事的线索拖长;英雄与坏蛋对面搏斗,英雄胜利,坏蛋失败。这在世界民间文学中成了一个固定模式。"②可见,这种"二元对立"的意象结构体系,不仅仅是黎族文学的基本特征,也是世界民间文学的

---

① [俄]维戈茨基:《艺术心理学》,周新译,天津:百花文艺出版社,2010年,第224页。
② 季羡林:《比较文学与民间文学》,北京:北京大学出版社,1991年,第241页。

一个固定模式。这种模式往往承载着比较浓烈的人类价值理念,英雄与坏蛋的斗争,正义与邪恶的分设,呈现势不两立、不可调和的矛盾,中间也穿插着各种迂回曲折,也有不少的帮助者和帮凶者形象,最终还是英雄胜利,坏蛋失败。所以,我们要从这种"二元对立"的结构模式之中,把握黎族人民的基本价值取向以及在这种话语斗争中呈现的民族文化精神。

二、"勇敢"的打拖意象与黎族人民的坚毅品格

时势造英雄。正是因为老鹰精这个反面意象的作恶多端、胡作非为,所以才需要正义的英雄形象及时出现。这就是"二元对立"意象谱系时代的典型范式。这一个阶段的普通人物意象,总是面临各种压迫、各种阶级敌人、各种生活困难,他们在生活中无法抗拒,也无法战胜。之前是人类面对自然时的脆弱,所以各种神灵意象来帮助黎民百姓,后来阶级的出现,人类面对阶级敌人的脆弱,所有各种正义的英雄意象来帮助黎民百姓。所以,就在文学作品中虚构出这样一些对立化的意象谱系,赋予这些英雄形象一些超人化、理想化的性格特征,这样就在文本中得到虚有的文化想象和心理满足。正如《荷马史诗》中的阿基琉斯一样,也是一个半人半神的英雄,他的母亲是神,给了他各种装备援助和精神援助,让他所向无敌,同时他也有自身的缺憾——阿基琉斯之踵。"打拖",就是在这样一种文化语境下产生的,他承担起这样一种历史任务和民族希望,他不仅需要具有正义的品格和本质,还需要在面对困难时的坚毅和不屈不挠精神。

有一个青年,名叫打拖,他和同村一个年轻美丽的女子有了爱情,并且准备择定吉日举行结婚大礼了。在结婚的前夜,土地公公托梦给打拖,告诉他:"残暴的老鹰精明天要到你家来抢亲。但你不要怕,你应该为保卫你的纯真的爱情而反抗。"又说:"你明天中午坐在你家门口的大树底下,小心地对天空瞭望,如果看见一大朵乌云飞近你的家门上空,你就举箭射去,老鹰

精正躲在乌云里面,这一箭可以要了它的命。这样做,不仅你们可以不致遭害,可以结成夫妇,白头偕老,而且,从此人间海国都可以太平无事了!"①

作为文本的核心意象,打拖就开始出现在受众视野之中,他和同村的美丽女子准备结婚。其实,在之前的黎族文学文本中,我们很少看到这种情投意合的男女结合,要么是兄妹的非伦理结合,要么是棒打鸳鸯不能相爱如初,要么是得到神灵的帮助和指点才能喜结良缘。可见,从这个文本的发生语境来看,黎族已经进入了更加文明、更加进步的人类交往时代,人类可以选择自己的伴侣,选择自己的婚姻。但是,在良辰吉日选好以后,老鹰精必然要来捣乱,就连国王和海龙王的美貌妻子都无法逃脱老鹰精的魔爪,更何况一个普通小青年。

但是,在这个过程中,叙事学中的"帮手"形象就开始出现了,"正面—帮手"和"反面—帮凶",构成一个复合式的意象对抗系列。这时的帮手形象就是土地公公,这个意象在汉族神话传说中也经常出现,它就是主管土地的一个神灵。注意,土地公公与打拖的沟通方式也不是直接的沟通和交流,而是通过"托梦"的形式,这是这一时期黎族文学叙述的一个重要变化。因为在第二章的神灵意象谱系中,各种神灵可以毫无障碍地和人类进行沟通、交流、合作以及对抗,在这一章中,人类和神灵已经具有了明显的差异化倾向,神与人不是直接对话的,神与人的对话是通过"梦境"来实现的。

我们知道,梦是一种无意识的、玄幻的、难以科学解释的现象,也是非理性、非科学的领域。在这个领域之中,各种人与神的交流都是可行的,也是可以理解的。所以,土地公公"托梦"给打拖交代一些事项,在黎族文学发展史上,就具有了重要的叙述学转向。那么,他交代了什么呢? 为什么他不直接帮助打拖呢? 这一时期的神灵意象,已经不再是超越于人类或者说可以

---

① 符震、苏海鸥:《黎族民间故事集》,广州:花城出版社,1982 年,第 93 页。

完全主宰和帮助人类,而是借助各种渠道来帮助和辅助人类。因为人类已经是文学文本的主体意象,神灵是辅助意象,只有在人类遇到困难的时候,这些神灵意象才会及时出现,化解各种困难,这也是黎族叙事结构的一个悄然转向。其实这种转向,我们在《西游记》等文学经典中也可以看出来,唐僧是一个人,一个普通的僧人,他身边有各种神灵意象,例如如来佛、观音等,也有各种类神灵辅助意象,例如孙悟空、猪八戒、沙僧等。但是他们都是以唐僧取经为核心,或者说,是以人的行为实践为核心。如果就事情的简单高效而言,唐僧完全可以不去,他的徒弟们个个都武艺高强,孙悟空一个筋斗云十万八千里,抵达西天就是分分钟的事,有了唐僧,对孙悟空来说反而是个拖累。但是文学叙事就是如此,它在表现形式方面,有意识设计出一种对抗性的要素,并且在这个过程中,仍然突出唐僧这样一个核心,无论是神通广大的孙悟空、猪八戒,乃至如来佛、观世音,他们都是暗中协助唐僧取经。以人为主体,以神灵为辅助,这就是中国文学在这一时期的总体征候。当然,这也是土地公公不直接帮助打拖而是"托梦"的一个重要原因。概言之,这一时期的神灵意象纷纷让位于人物意象。

那么,土地公公托梦告知打拖什么事呢?从文本中可以看出:一是告知将要发生什么事件,即结婚时老鹰精要来抢亲,这就是一个重要的预警。根据这个预警,打拖可以做好充分的准备。二是如何处理这个事件。土地公公告诉打拖,要解决这个问题,必须要将老鹰精除掉,如何除掉呢?那就是老鹰精在中午时分会经过打拖家,它躲在云层之中,如果打拖在此时射箭,就能杀死藏在云层之中的老鹰精。三是处理之后的好处。杀死老鹰精,不仅可以保全打拖自己的婚姻,保护他美丽的新娘,更重要的是,还可以帮助国王和海龙王,为民除害、造福于民,这不是一个人的战斗,而是共同的战斗。所以,无论是人间的国王还是海里的龙王,乃至自己的族人,都对打拖给予了很高的期望,希望他完成任务,解救人类。打拖作为一个民族英雄意象,也重任在身,义不容辞。

打拖牢牢记住土地公公的嘱托,第二天中午准时在树下等候。一切都安排得明明白白,他果然等来了乌云,于是毫不犹豫大力射箭。乌云被射中之后,迅速有了反应,就像海上起了大风暴一样,乌云痛苦地翻滚,同时向远处飞去,这翻滚的正是已经受伤的老鹰精。

这块乌云一路上摇摆不定地飞着,又从高空向地面洒下了像水一样的东西。打拖赶上前一看,原来是浓浓黑黑的血水。他又惊又喜,知道老鹰精已经受了重伤。

乌云向远处歪歪斜斜地飞去,血水也滴滴答答从天空洒落下来。打拖背着弓箭一路跟着血迹前进,爬了一座高山又爬一座高山,过了一条河流又过了一条河流,走了一个白天又一个白天,就这样不知爬了多少高山,过了多少河流,走多少白天,最后才看见血迹在一个大森林里的一个洞口前停止了。①

从这段文本来看,老鹰精确实躲在乌云之中。土地公公的嘱托,既告知了事实,又告知了方法,而且事实证明方法是有效的。老鹰精受了伤,流下浓浓的血水,但显然它并没有死,打拖就背着弓箭去追。从神话故事的一般叙述特征来看,这些妖精如果不能彻底消灭、斩草除根,那么就可能死灰复燃、卷土重来,它们不是普通人,而是半人半神的怪兽,所以自愈能力和反攻能力都极强。其实,从民间文学叙述学的角度来分析,打拖这个人物意象也仍然具有一些神性的功能,尽管这种功能有所弱化,但超越英雄主义的基本元素还是有的。

在前面的分析中,黎族及其他少数民族英雄人物形象都具有射箭的技能,无论是《大力神》中的大力神,还是《后羿射日》中的后羿,以及《雅拉射

---

① 符震、苏海鸥:《黎族民间故事集》,广州:花城出版社,1982 年,第 94 页。

月》中的雅拉，都具有射箭的技能。这说明，在早期的黎族先民以及其他少数民族中，弓箭是一个非常重要的生活器具，是人类捕获猎物、战争、防御的重要手段。这也是我们从文学人类学角度开展研究应当注意的细节问题。

打拖沿着妖精的血迹，跨过山和大海，在追到洞口以后，"打拖停下脚步，细心地向四周围看看。一片望不尽的又高又大的树林，遮住了一切。他望不见天空，也望不见太阳和月亮。大地是死一样地寂静。打拖再细心地向洞口看看。洞口方圆足足有丈把阔，几丈以下就看不到底，阴阴森森地不时从洞里吹出一阵风，冷冷凄凄，使人直打寒颤。打拖断定这就是老鹰精的老巢"①。显然，从刚才他和老鹰精斗争的细节来看，打拖具有非凡的神奇功能，但是即使如此，他也感觉到一种人类的恐惧，从超英雄主义的神性特征，转向普通人类的平常特征，毕竟深渊是让人害怕的。按照一般的思维推理，"没有金刚钻，不揽瓷器活"，普通人肯定斗不过妖精，所以知难而退，知其不可为而不为，识时务者为俊杰，才是一个正常人的合理选择。但是，打拖作为黎族文学着力塑造的一种英雄人物形象，他具有刚毅的民族斗争精神品格，正如《荷马史诗》中的阿基琉斯一样，自身具有英雄气质，同时又有外在的各种神灵意象的持续有效援助：

他想：要彻底地消灭老鹰精，就应该下到洞底去。但是，洞那么深，那么黑，没有梯又没有石级。怎样才能下去呢？打拖在洞口来来回回地走着。他决心要想出一个办法，克服一切困难，深入洞底，消灭老鹰精。他对自己说："不消灭老鹰精，誓不罢休！"不知经过多少天的紧张生活，他疲乏极了，就在地上躺了下来，继续在想着深入洞底的办法。他想着、想着，不知不觉地就迷迷糊糊地睡熟了。②

① 符震、苏海鸥：《黎族民间故事集》，广州：花城出版社，1982 年，第 94 页。
② 符震、苏海鸥：《黎族民间故事集》，广州：花城出版社，1982 年，第 94 页。

可见，为了彻底消灭老鹰精，打拖没有畏惧，没有打退堂鼓，面临深渊，面临现实的困难，他依然意志坚定。他有着正常的犹豫和考虑，毕竟洞那么深、那么黑，也无法下去。但是他的意志是坚定的，这个坚毅的打拖形象持有"不破楼兰终不还"的方向目标，想尽一切办法要消灭老鹰精。实际上，任何一个民族的发展，都会遇到各种各样的自然灾害和民族斗争以及权力纷争，在印度文学《摩诃婆罗多》和《罗摩衍那》中，都有这样的兄弟斗争、部族斗争描写。如果软弱、妥协、逃避，那么就只有面临灭绝的危机。只有不断建构和坚守这种坚毅的精神和克服困难的意识，一个民族才可能勇敢地走下去，稳定而持续地发展。但是这种民族文化需要体现在具体的形象之中，所以黎族文学中的打拖意象就承担了这样一种坚毅品质的形象承载功能，因为这个文学文本"善于在说明黎族的起源与自然变异的同时，去塑造典型的艺术形象"①。打拖就是这样一个艺术形象。所以，疲倦不堪的打拖在洞口困惑、沉睡的时候，土地公公又向这个勇敢坚毅的青年托梦了：

"勇敢的青年呀！你的箭真是射得准，射得有劲。现在老鹰精已经受了重伤，躺在洞里养伤。是的，它虽然受了很重的创伤，但它还没有死。为了人间的太平，你还要再作最后的努力！是呀！洞那么深，而且是黑暗如漆，你怎能下去呢？勇敢的青年，我告诉你这个秘密吧。你看那洞口不是有一个又大又圆的石头躺着吗？去吧！你重重地在那石头上敲打三下，一切秘密就将在你的眼前摆开。勇敢的青年醒来吧！"土地公公说完话，就笑眯眯地走了，不见了。

打拖突然醒了过来，土地公公告诉他的话，完全记着。他又重复地想了一下，起身走向洞口一望，果然有一块又大又圆的石头静静地躺着。

---

① 郭小东、韩伯泉：《黎族民间文学概说》，广州：广东民族学院民族研究所，1984 年，第 12-13 页。

他站起身来,振作了一下精神,便大踏步向石头的方向走去了!

他重重地在石头上敲打三下。

忽然,隆隆一声响,跟着是闪了一道红光,黑漆漆的洞突然变成光光亮亮的,一座水晶石结成的石级,从洞口一直向下伸延,深入到洞底。打拖看到这光景,喜欢极了。①

土地公公这个意象,在黎族文学中往往承担着帮助者的功能,在多个文本中都有所体现。在打拖遇到困难的时候,土地公公就像《西游记》中的如来佛祖和观世音菩萨一样,提供各种建议和帮助。此时,它再一次通过"托梦"的形式,明确告诉打拖,虽然老鹰精受伤了,但是还没有死,鼓励打拖为了人间的平安幸福,需要再进一步努力。通过梦境来为打拖指点迷津,告诉他洞口的石头具有重要作用。于是,打拖按照土地公公的指示,敲了三下,于是光明有了,而且阶梯也有了,一切困难瞬间就克服了。在神灵的帮助之下,困难被一步步克服,打拖继续搭起弓箭,沿着光亮之石阶,逐步往下,七弯八拐,总共经历了十八个弯,才看见一个宽阔的广场和一座皇宫。然而,这时候打拖并没有看到老鹰精,而是看到了一个年轻女子,这个女子在晒衣裳,她长得非常漂亮,但精神状态并不好。这样的一个场景,又让文本进入了另一个曲折迂回的境地。

打拖想,这一定是被老鹰精从人间抢来的妇女。他走上前去,向年轻的女人问道:"姑娘,我是来消灭老鹰精的。请问你这里是老鹰精的老巢吧?"

"哥儿,这儿正是老鹰精的老巢。但是,老鹰精法术很大,哥儿,你怎能对付它?危险呀!"姑娘回答说。

"姑娘,我不怕危险,我已经射过老鹰精一箭,使它受到重伤了。请你告

---

① 符震、苏海鸥:《黎族民间故事集》,广州:花城出版社,1982 年,第 95 页。

诉我,它现在在哪里？我要去杀掉它!"

"哥儿,它还没有睡熟,现在你还不能去。哥儿,你暂且跟我来吧,我告诉你怎样去杀它。"

姑娘把打拖带到一个僻静的地方,告诉打拖,她是国王的三女儿,是被老鹰精抢到这里来的。姑娘说:"像我这样不幸的女子,这里还有十三个,我们大家都希望有一天能逃出这个老鹰精的魔掌,重回到人间去。"①

打拖所见到的这个女子,的确就是老鹰精从民间抢来的,她是国王的三女儿,而且像这样的女子还有 13 个。这一段对话和桥段的出现,没有让打拖和老鹰精直接进行殊死对抗,把情节拉入高潮,而是插入一个女性辅助者形象,让历时性的叙述情节突然中断,转而横向描述了老鹰精的背景。对话显示出,这些被抢夺的美貌的女子都十分痛苦,也十分痛恨老鹰精,这就更加增强了打拖为民除害的责任感和使命感。这段对话也让情节进一步推进和展开,打拖的坚毅者意象也更加鲜明生动。当然,这个女子又告知了打拖英雄行为的阻碍,提示他老鹰精的法术高强,不容易打过,这样的冒险具有很大的潜在危机。总而言之,黎族文学文本的叙述节奏,开始变得曲折而委婉,开始更富有戏剧性和表现性。开始有意识地塑造和表现黎族英雄形象的具体特征。

三、"团结"的打拖意象与黎族人民的和善品格

一个民族面对困难、灾害和入侵的时候,不仅需要英雄主义的个人形象,更需要团结一致的集体形象。因为战争是一种集体行为,单打独斗不可能取得最终胜利。对黎族而言也是如此,黎族文学在阐释黎族文化精神的时候,也需要对团结精神进行阐发。打拖这个意象也同样具有这样的符号

---

① 符震、苏海鸥:《黎族民间故事集》,广州:花城出版社,1982 年,第 95-96 页。

功能,尽管打拖面临各种危机,但总是逢凶化吉,步步惊心,又处处有转机。
这个突然遇到的姑娘在土地公公之后又承担了第二个"帮助者"意象,打拖、
土地公公、国王的女儿,构成了一个正面形象的意象符号序列,我们来看她
是如何帮助打拖来进一步展开他的英雄行为的:

> 姑娘又告诉打拖:"要杀老鹰精,一要先偷到它的宝剑,二要盖好厅堂里
> 十三大缸的药水,三要等它睡熟了以后才成。因为只有拿到宝剑才可以砍
> 断它的头;只有盖好了药水缸,才可以使它死了不能复生;也只有等它睡熟
> 后才能用宝剑杀死它。这一次若是杀不死,人间要遭更大的灾殃呢!"
>
> 姑娘最后说:"哥儿,请在这里等候时机吧! 我去告诉那些姊妹们,要她
> 们帮助偷剑,要她们帮助盖好药水缸。"
>
> 一会儿姑娘来了,她说:"把剑偷来了!"
>
> 一会儿姑娘又来了,她说:"把缸盖好了!"
>
> 一会儿姑娘又来了,她说:"老鹰精已经睡熟了,时机到来了!"
>
> 打拖跑到老鹰精的床前,飞起了宝剑,砍下了老鹰精的头,斩碎了老鹰
> 精的身子。只见老鹰精的头在地下跳跳蹦蹦,眼睛瞪得又大又光;只见老鹰
> 精的身子,尽在地下打滚,滚了一会儿就软瘫瘫地不会动了。老鹰精死了,
> 真个地死了!
>
> 十多个不幸的女子获救了,她们一会扑到东,一会扑到西,尽情地歌唱,
> 尽情地跳舞。她们团团地围住打拖,热情地感谢打拖;然后像一阵风似的走
> 出洞口,回家去了。①

　　主人公与帮助者,在这里发生了第二段重要的对话,这些对话向我们呈
现了更多的叙述要素。姑娘告诉打拖,杀死老鹰精应当注意三个要点,一是

---

① 符震、苏海鸥:《黎族民间故事集》,广州:花城出版社,1982 年,第 96 页。

要偷走老鹰精的宝剑,二是盖好三大缸药水防止老鹰精复生,三是要等它熟睡以后再下手。这三个环节具有较强的逻辑性,因为只有用这把宝剑才能将之杀死,其他任何武器都没有用。第一个环节,解铃还须系铃人,一把钥匙开一把锁,如果这个环节不掌握,那么打拖只能是送死,无论如何都不能杀死老鹰精。第二个环节,老鹰精具有死而复生的功能,这也是妖精意象一般具有的特征,它的三大缸药水就是它死而复生的重要秘方,如果不把握这个原则,即使杀死了老鹰精,它也会迅速恢复元气,卷土重来。所以要牢牢地盖住,让老鹰精不能触碰。当然还有最后一个环节,就是战斗时机的问题,机不可失,时不再来,必须在老鹰精熟睡的时候才能杀死它,否则等它元气满满的时候,前两个步骤都会失效。

这三个信息至关重要,任何一个信息的缺漏,都可能让打拖这个英雄意象功亏一篑。而且,更为要命的是,就算是知道了这三个关键信息,作为一个凡人的打拖,也无法完全实现和完成这些任务。所以,打拖意象在这时候就呈现出另一种黎族文化精神品格,那就是"团结"。单独依靠打拖一个人的力量是不能完成这三项使命的,这时候打拖意象就不再是一个孤立的黎族文学意象,他团结一切可以团结的力量,众志成城,共同战胜老鹰精。这些力量就来自那些被老鹰精抓来的美女,她们熟悉这里的环境,也熟悉老鹰精的优势和弱点,尤其对它的一些重要习性了如指掌。正义让他们团结在一起,彼此分工,共同抗敌,有的负责偷剑,有的负责盖住缸子,有的负责打听观察老鹰精何时睡着。这样,天时地利人和、齐心协力、众志成城,他们砍掉了老鹰精的头,所有女子都获救了,正义终于战胜了邪恶,大团圆的故事斗争环节圆满结束。

团结就是力量,任何一个民族,都会在发展过程中遇到各种困难,黎族也是一样,所以,在黎族文学作品中除了宣扬个人英雄主义,还更加赞赏民族团结精神,这既需要一个民族内部的团结一致,又需要各个民族之间的团结合作。因此,打拖这个黎族文学意象与《荷马史诗》《美狄亚》中的英雄人物形象不同,这些西方文学经典中的英雄人物更加侧重对个人英雄的崇仰,例如,《荷马史诗》中的阿基琉斯这个英雄形象,在史诗中就有几次愤怒,为什么会愤怒呢？第一次是因为统帅阿伽门农抢了女俘虏,所以他觉得不公平,这是他的女俘虏,是他的私人财产,所以,这里的英雄为了女俘而闹得不愉快,不愿意投入战斗。第二次是他的战友顶替他去作战,结果被赫克托尔杀死了,所以又让他再一次愤怒。在史诗中,出现了多次因为个人利益而牺牲集体利益的描写。但是在黎族文学中,除了个人英雄主义精神,还有团结精神,打拖不是一个人在同老鹰精作斗争,他有各种帮手,同仇敌忾,一致对敌。

另外,这个文本弱化了一些叙述元素。我们知道,任何斗争都是矛盾双方不可调和的对立的结果。老鹰精作为一个妖怪,根据文本来看,按理说它应当有自己的法力,也作恶多端,但是文本只是强调了它如何作恶多端,并没有凸显其法力的展示及其成效。在《丹雅公主》之中,我们还可以看到很多斗争的细节,比如山花的鬼母、鬼父的各种操作,尤其是山花的鬼王父亲,一批又一批地带着众多妖怪来收拾丹雅公主和山花。

但是,在这个文本之中,老鹰精的叙述元素完全被淡化,既看不到它如何施展它的法力,也看不到它如何应对打拖,如何残忍虐待那些抢来的美女,这一切都只能依靠读者"脑补"这些画面,这也是文学作品中的"期待视野""召唤结构"或"空白域"。我们分析认为,这是叙述者在文本中有意识淡化老鹰精的反面功能,强化打拖的正面形象功能,季羡林先生如此分析这种民间文学叙述特征："我们都知道,奴隶社会中主要矛盾的双方是奴隶和奴隶主,封建社会中主要矛盾的双方是农民和地主。奴隶和农民这一些老百姓都是处在被压迫的地位。他们同压迫者斗争,由于时代条件的限制,遭到失败时候居多。因此,他们创造的故事中,就有很多是弱者与强者斗争而获得胜利的故事。"①作为凡人的打拖与法力无边的老鹰精相比,本来是弱势群体,但是他依靠个体的英雄主义和团结精神,获得了最终的胜利。当然,在现代民间文学叙事学之中,这种做法用得不是特别多,毕竟只有不断强化老鹰精等意象的反面功能,才能突出正面形象的英雄气质。因此,也可以看出,在早期的黎族文学文本意象塑造过程中,这种叙述手法是比较特殊的。

四、"忠诚"的打拖意象与黎族人民的质朴品格

从以上三个部分的分析,我们可以看出,打拖这个意象在与老鹰精作斗争的过程中,彰显出他的正义、勇敢、坚毅、聪明、团结等民族品质,这是对黎族文学意象比较全面的文学解读和文化阐释。除了以上精神,文本还展示了打拖的另一种形象品格,就是他的忠诚。那么,打拖的忠诚品质是如何体现出来的呢? 我们来看一些文本的叙述:

国王的女儿,临去时送给了打拖一只玉环,还再三再四叮嘱打拖,一定要去看她。

姑娘们都走了,打拖也准备回家了。他忽然又听到了求救声:"哥儿,你救了他们,就不救我吗? 好心好到底,请你搭救我出去吧!"是女人的声音。

打拖东张西望,再也望不到一个人,他觉得很奇怪。

"哥儿,找不到我吗? 我是海龙王的女儿,有一天得罪了老鹰精,它不喜欢我,把我钉在墙壁上了!"还是同样的声音。

打拖看看四周,什么也没有,只有一条已经干了的小金鱼,被钉在墙壁上。

打拖暗想:这大概就是海龙王的公主了。他打落了钉子,取下小金鱼。一阵金光闪过,小金鱼变成了一个十七八岁的美丽的姑娘。

---

① 季羡林:《比较文学与民间文学》,北京:北京大学出版社,1991年,第119页。

海龙王的女儿为感谢打拖救命之恩，一定要请他去海底玩玩，看看她的爸爸。打拖问姑娘："怎样才能去到你家呢？"姑娘说："我们打破十三大缸的药水，让它汇成巨流，把我们送到龙王官，送到我的家。"

他俩一起打破十三个药水缸，药水汇成了一道巨流，顷刻间把他俩送到海底，送到金碧辉煌的龙王官。

海龙王为了感谢打拖救女之恩，在龙王官里大摆筵席，请了许许多多虾兵蟹将作陪，欢宴勇敢的打拖。然后龙王和公主又领打拖游玩三官六殿。

龙王的女儿爱上了勇敢的打拖，海龙王也愿意把女儿嫁给勇敢的打拖。①

从叙述学的角度来看，这一段话表明，杀死老鹰精并不是这个文本的高潮。这个文本真正试图彰显的，除了勇敢和坚毅之外，还有黎族文化品格中的忠贞或忠诚品质。按照一般的逻辑思维，如果杀掉了老鹰精，救出了所有的女子，这个故事就圆满结束了。但是文本并没有这样，而是节外生枝、另起炉灶，插入了一段奇特的爱情故事。

正当打拖消灭了老鹰精，准备打道回府的时候，他听到了求救声，这个声音是一条挂在墙上的鱼干发出的，这条鱼自称是海龙王的女儿，被老鹰精捉来，钉在墙壁上。事到如今，救人救到底，打拖救下了这条小鱼。没想到的是，小鱼干变成了一个美丽的姑娘。这里的打拖，除了彰显出英勇无畏之外，还是一个乐善好施的行善者形象。小鱼干也有感恩之意，邀请打拖到海底去游览，于是，顺理成章，海龙王为了感谢打拖的救女之恩，大摆宴席，在海底游玩，建立了良好的感情。

沿着这个叙述要素进一步发展，勇敢的打拖不仅征服了老鹰精，也征服了小龙女，小龙女爱上了勇敢的打拖。自古美女爱英雄，郎才女貌，这是人

---

① 符震、苏海鸥：《黎族民间故事集》，广州：花城出版社，1982 年，第 96-97 页。

之常情。但打拖却并不领情,他告知海龙王他在人间已经订了婚,他的未婚妻正在家里等着他。实际上,他面临着巨大的选择难题,如果选择小龙女,她是海龙王的公主,既有权,又有钱,金碧辉煌的龙宫,享之不尽的荣华富贵,而且小龙女年轻貌美。另一方面,未婚妻在人间,只是一个普通的女子,但是他们已经有了婚约。如果贪图荣华富贵,那么就选择小龙女;如果选择忠诚誓言,那么只能回到人间,办完婚事、履行婚约。正是在这样一个两难的境遇之中,打拖这个人物形象的性格特征和民族文化品性逐渐彰显了出来。

打拖在龙宫里玩了几天,什么宝贝他也不要,然后辞别龙王和公主,离开龙宫,回到了人间。

在回家的路上,打拖又顺便经过京城,拜访国王和他的女儿。

国王欢迎他,国王的女儿更是热烈地欢迎他。国王在皇宫里摆了筵席,欢宴英雄的打拖,文武百官都来作陪。这时公主向他吐露了爱意,国王提出要招他为驸马。

忠诚的打拖,同样回答说:"多谢国王和公主的盛意;但我已订婚,未婚的妻子正在家里等我呢!"打拖在宫里玩了几天,什么也不要,又辞别了国王和公主,回到了家乡。

打拖和未婚妻结了婚,一对恩爱的夫妻,天天勤劳愉快地在一起生活着。

世世代代的后人,都对打拖的英勇,表示钦佩;对打拖忠于爱情和热爱劳动的高贵品质,表示敬仰。①

从这段叙述可以看出,打拖在金钱、权力、美色的诱惑面前,勇敢地坚持

---

① 符震、苏海鸥:《黎族民间故事集》,广州:花城出版社,1982 年,第 97-98 页。

了自己的原则,忠诚于自己的承诺。海龙王给他的什么宝贝都不要,美色、权力、金钱,都不能摧毁他对感情的忠诚品质。回到人间之后,国王也盛情感谢打拖,因为勇敢的打拖救了他的女儿,国王准备把他招为驸马,如果被选作驸马,也是一样享受人间的荣华富贵。国王和海龙王是人间和海里的至高权力者,他们都是一样的热情款待打拖,然后吐露真情。但是,这两个女子及其国王父亲都不能撼动打拖的忠诚品格,这是一种超功利的无私无畏的精神品质。打拖只能聊表谢意,然后返回家乡,和自己的未婚妻结婚了。这种忠诚不阿的品质,成为黎族文化一种重要的特征,这也是打拖这一个意象最重要的形象质素和文化品质。忠诚和诚信,是为人处世之根本,也是一个社会最重要最核心的元素。没有这种品质,一个民族社会无法凝聚一种文明向上的社会风气,也不可能治理得好。所以,这个意象不仅是一个文学意象,更是一种民族文化精神的象征,对当今的中国社会来说,诚信、忠诚依然是最重要、最难得、最可贵的精神品质。

总而言之,通过对《勇敢的打拖》这个文本的细读,结合文学人类学阐释以及民间文学叙事学阐释,将文本拆解成不同的叙述片段,继而可以观照到打拖这个黎族文学意象中的勇敢、坚毅、聪明、忠诚等民族文化品格,这些品格也为当今的黎族文化精神构建了一个历史支撑,我们从这个意象的种种元素之中,可以捕捉和分析到一个民族的立身之本。

第三节　"尔蔚"意象与黎族人民的忠贞精神

从前面的分析之中,我们已经看出,无论是《丹雅公主》之中的丹雅公主,还是《打拖》之中的打拖,他们都是黎族人物意象的典型示意符号,他们身上凝聚和承载了众多黎族文化优秀品格,因此也成为黎族文学的一个重要话语形式。他们的共同之处在于,他们都与黎族民族文化精神密切相关,差异之处在于所反映的具体层面有所不同。有的侧重开拓担当精神,有的侧重勇敢坚毅精神,有的侧重其他方面的文化精神。与这些意象相似,《尔蔚》这个文本也书写了一个特殊的黎族文学意象符号,我们逐一展开分析。

一、"尔蔚"意象与黎族人民的勤劳品格

根据《尔蔚》这个文本的基本描述,尔蔚是一个居住在五指山下的姑娘,聪明漂亮,勤劳朴实。显然,寥寥几句,就可以看出这个女性形象的基本特征,这是正面形象的又一个典范。她不仅会种山兰,也会纺织黎锦,还会唱黎族山歌。在本章第一节中,我们分析了丹雅公主,其实,从丹雅公主的意象分析中,我们已经讲到她开创了"刀耕火种"的山兰种植模式,同时她还会织布,她的儿子伯打和儿媳妇山花,都会唱黎族山歌,通过唱山歌来谈情说爱。因此,在本章中我们反复提到,种山兰、织黎锦、唱山歌这三种黎族人的实践品行,这是黎族女性的基本符号特征。这些品性在尔蔚这个意象之中,也得到比较充分的体现和文本的呼应论证:"她种的山兰,穗头金谷累累;她织的黎锦,彩蝶紧相随;她唱起山歌呀,百鸟都飞来应和。"[①]通过种山兰、织黎锦、唱山歌这三种能力特征描写,一个典型的黎族女子形象就在文学作品中呈现出来。但是,正如前面两节所分析的一样,这一时期的黎族文学逐渐开始具有"二元对立"的叙述风格,正面人物总是伴随着反面人物,正是在与反面人物的斗争中,正面人物形象的各种特征才会被激发出来。

尔蔚从小就失去了父母,依靠她哥哥过活。不久,哥哥成了亲。嫂嫂是个势利鬼,看到钱,眼就红。她要尔蔚嫁给一个有钱人家,尔蔚死也不肯。嫂嫂不依她,故意给她出难题。旺下村前有五座山,嫂嫂要尔蔚一个人一天把这五座山的草木统统砍光。嫂嫂说:"你如果办不到,就得嫁。"尔蔚明知

---

① 广东民族学院中文系:《黎族民间故事选》,上海:上海文艺出版社,1983 年,第22 页。

做不到,也只好答应。①

　　悲剧总是把美好的东西破坏得支离破碎。尽管她多才多艺,黎族女性
应该具有的优良品性,她都具有,然而命运是残忍的。尔蔚这个意象的悲剧
性元素体现在:一是从小失去父母,依靠着哥哥才长大,无父无母,对一个孩
子,尤其是一个女孩子来说,是最大的不幸。二是遇到一个恶毒的嫂子。嫂
子与尔蔚没有血缘关系,因此也不可能像哥哥那般疼爱她,嫂子是个势利
鬼,希望尔蔚嫁给一个条件好的人家,自己也可以跟着享受各种好处。其
实,在上一节中,我们分析的打拖,面临海龙王和国王的各种诱惑,都没有违
背自己的誓言,海龙王和国王给他的权力、金钱、珠宝、美人以及各种仆人,
能够让他过上非常优越的生活,但是他忠诚于自己的妻子,忠诚于自己的誓
言,所以形成了黎族文学坚韧忠贞的民族文化品格。但是,并不是所有的黎
族人都具有这种品格,这里的嫂子就是一个见钱眼开的角色,她威逼利诱尔
蔚去嫁给有钱人。否则,就用各种形式为难她,例如,安排她一天把五座山
的树木砍光,如果办不到,就得嫁人。尔蔚没有别的选择,不答应也得答应。
山重水复疑无路,柳暗花明又一村。在最困难的时候,总会有最善意的人来
帮忙,正如前文分析丹雅公主和打拖一样,在尔蔚这个核心正面意象遇到困
难的时候,帮助者意象也及时出现在应该出现的场合,与尔蔚意象形成一种
呼应。

　　第二天,天没亮,尔蔚就拿起砍刀,带着饭团上山了。她挥动砍刀,一下
子就砍平了七七四十九丛草木,七七四十九棵大树。砍累了,她在一块又光
又平的长石板上休息,迷迷糊糊就睡着了。她梦见一位英俊的后生来到身
旁,微笑说:"好妹子,回家去吧,你要砍的山,我都帮你砍了,今后如果还有

———————————
① 广东民族学院中文系:《黎族民间故事选》,上海:上海文艺出版社,1983 年,第 22 页。

什么难处,就到长石板上轻拍三掌,我就来帮助你。"尔蔚醒过来以后,跑到山上一看,五座山上的草木果然已砍得干干净净!她正在惊奇,她哥哥上山来了。尔蔚对哥哥说:"山已砍完啦,我的亲事,由我做主吧。"哥哥无话可说,拉着尔蔚回家去。①

在这个文本叙述中,尔蔚的帮助者形象出现了。尔蔚上山砍树,这是一种面对现实的态度,说明尔蔚对嫂子的敬重,至于能不能砍完,那是另外一回事。她在山上使劲砍,累了就睡着了。正如本章第二节分析的打拖一样,打拖翻过崇山峻岭去追赶老鹰精,追到洞口的时候,无法下去了,于是就在这个时候,在洞口睡着了。于是土地公公就托梦给他,土地公公总共给他两次托梦,每次都将一些至关重要的信息通过梦的形式告诉了打拖。从这些文本中,我们可以看出,在这个时期,神与人的对话不是直接性的、面对面的,而是以梦境的形式来实现,所以"托梦"就成为神话传说文本中的一个很重要的环节。

在这个文本中也不例外,孤独无助的尔蔚在绝望之中做了一个梦,梦见一个年轻的小哥哥,吩咐她回家去,由他来帮助尔蔚砍树,并且答应她如果有困难就可以拍一拍石头,小哥哥就可以来帮助她。所以,这个年轻的后生,就成为尔蔚的一个重要的帮助者形象。尔蔚从梦中醒来,发现梦想居然成真了,五座山的草木果然被砍干净了。此时,他的亲哥哥来看到这个场景甚为高兴,因为尔蔚完成了嫂子的赌约,她的婚事可以自己做主,不需要成为嫂子的利益牺牲品。

其实,在这段叙述中,还贯穿着黎族文学以及其他少数民族的一个基本社会伦理观点,那就是"善有善报,恶有恶报,不是不报,时候未到"。在没有宗教信仰的社会体系之中,就需要这些文学文本承担伦理教化的功能。聪

---

① 广东民族学院中文系:《黎族民间故事选》,上海:上海文艺出版社,1983年,第22页。

明善良的尔蔚,得到年轻后生的帮助,其实就是一种"劝善"的民族品格。在面对嫂子的恶性和无理取闹的不合理诉求,尔蔚忍气吞声,顾全大局,但是又心存梦想,对美好的爱情和人生充满希望。

二、"尔蔚"意象与黎族人民的率真品格

在古希腊悲剧《美狄亚》中,伊阿宋与珀利阿斯约定,只要伊阿宋能够去将科耳喀斯的金羊毛带回,那么珀利阿斯就归还属于他的国家和王位。但是,伊阿宋在美狄亚的帮助下,历经各种磨难得到金羊毛并回到自己的国家后,珀利阿斯却并不履行自己的诺言,百般阻挠,就是不愿意让出自己的王位。实际上,金羊毛不过是一个由头,是一个让伊阿宋去送死的借口而已,珀利阿斯根本不会把夺来的王位再让给他。所以,恶人的失信,就成为神话传说中的一个惯用的手法。这个手法同样可以用在《尔蔚》的文本之中。按理说,尔蔚完成了嫂子的要求,嫂子应该同意她自主选择婚姻,但是嫂嫂绞尽脑汁,一定要为难尔蔚,所以又出尔反尔,设置了第二个阻碍环节。嫂嫂要求尔蔚去把昨天五座山上砍下来的草木全都烧光。如果不能把这些草木烧光,那么还是要嫁给有钱有势的男子。但是,从常识来看,刚砍倒的草木,水分充足,还没有充分干枯,很不容易着火,这本质上就是一种刁难。虽然尔蔚心里一百个不情愿,但是迫于嫂子的淫威,她还是不得不答应这个无理诉求。

尔蔚上山以后,点起引火绳,来到长石板上,轻轻拍了三巴掌,就听有人在背后招呼她。她转身一看,正是梦里见到的那位后生。他和尔蔚一道来到山脚下,只见他朝天轻轻地吹了一口气,一会工夫,一阵旋风,刮来了一阵瓢泼般的大雨;那雨落到山上,立刻变成了一层湿漉漉的火油。尔蔚把火点着,不到一顿饭工夫,五座山上的草木就全被烧光了。尔蔚很是感激后生,两人就交谈起来。尔蔚倾吐了自己的委屈和苦楚,后生也讲了自己的身世。

原来这后生是一条小金龙变的。他是河里龙王的太子,早就听到尔蔚的名字,十分倾慕她。他看见尔蔚遇难,很同情她的不幸,便上岸来援助。尔蔚知道以后,也十分喜爱他,两人从此结下了生死姻缘。①

　　一回生,二回熟,年轻后生第一次帮助了尔蔚,那么第二次显然也会信守承诺、如期而至。所以,好人的守信与恶人的失信,构成行为标识上的"二元对立"善恶反差结构。尔蔚来到山上,敲了长石板三次,年轻后生如约而至。这些事对他来说,简直易如反掌,吹一口气,就化作了大风,风起云卷,云卷雨落,雨落到山上,就变成了油,尔蔚把火一点,瞬间就烧了起来。这样一来,嫂子给尔蔚提出来的要求,在后生的帮助下,不费吹灰之力就完成。后生这样帮助尔蔚,尔蔚当然也就知恩图报。通过两人的交谈,我们可以看出,他们有着共同的遭遇,"同是天涯沦落人,相逢何必曾相识"。

　　叙述情节向纵深推进,伴随着各种超能力的现象,男主人公的身份开始解码。这个后生本是一条金龙变身,这和第二节中的打拖的遭遇又有一些类似之处。打拖也救了一条小金鱼,这条金鱼正是海龙王的女儿,所以打拖救了这条金鱼,海龙王也热情款待打拖。在这里,《尔蔚》中的年轻后生又是金龙的化身,这些文本反复出现的海洋意象和龙的意象,就说明南海区域黎族文学的独特性。因为海南岛身处南海区域,靠山临海,龙又是中华民族的一个重要意象,比如汉族人就自称龙的传人。因此,龙这个意象,在古代中国意味着高贵的身份背景。那么,我们古代究竟有没有龙这个实物呢?根据季羡林的论证:"龙这个东西,中国古代也有的。有名的典故'叶公好龙'可以为证。但是龙究竟是一个什么东西呢?谁也没有看到过,谁也说不清。据闻一多的意见,龙只是一种存在于图腾中而不存在于生物界中的神秘虚

① 广东民族学院中文系编:《黎族民间故事选》,上海:上海文艺出版社,1983年,第23页。

构的生物,它似乎是蛇,又似乎不是。"①就目前的证据来看,龙是一种虚构的
生物,然而这种虚构意象在中国各民族文学中都有各种符号体现,"龙王和
龙女的故事在唐代颇为流行,譬如柳宗元的《谪龙说》,沈亚之的《湘中怨》,
以及《震泽龙女传》等都是。其中最著名的最为人所称道的是李朝威的《柳
毅传》"②。可见,龙在民间文学以及中国古代文学中,是一个经典的意象,这
些文学文本反复书写龙的意象及其传奇特征,并论证这种意象的普遍性,以
及对中国文化的重要性。

实际上,龙的意象在中国文化之中大概有三种情况,第一种是最常见
的、最普遍的、最经典的意象,那就是飞龙。《周易》关于乾卦的卦辞中,有各
种关于龙的阐述,如"潜龙勿用""见龙在天""飞龙在天"等,这里的龙一般
是在天上飞的,我们称之为飞龙。第二种是地龙,就是中国南方各民族最重
要的图腾意象——蛇。根据闻一多的分析,龙与蛇有所关联,但是又无法确
证。蛇生活在土地上,它的形态和天上的飞龙有着相似之处,所以叫地龙。
第三,就是海龙,海龙生活在大海之中,在《西游记》中就有东海龙王的经典
意象。这三种龙的意象在不同的区域受到的重视程度不同,在内陆地区,天
龙和地龙的意象出现得比较多;在南海区域以及中国其他沿海地区的文学
文本中,海龙的意象出现得比较多,"东海龙王"成为一个重要民间文学
意象。

在黎族文学中反复出现的龙子、龙女形象,就是一个民族文化符号,而
且,这类意象大多数是正面的、积极向上的。本文中的年轻后生,就是这样
的一个龙子,他知晓了尔蔚的遭遇,便主动过来帮助她,尔蔚知恩图报,也倾
诉了自己的身世,两人惺惺相惜,情投意合,便自然而然地结合在一起。从
这段叙述中,我们可以看到黎族男性意象和女性意象的自由恋爱元素,他们

---

① 季羡林:《比较文学与民间文学》,北京:北京大学出版社,1991 年,第 106 页。

② 季羡林:《比较文学与民间文学》,北京:北京大学出版社,1991 年,第 106 页。

相互爱怜、相互帮助、相互克服困难,共同塑造了黎族文化品质中的感恩、率真,他们追求真善美,追求纯真的感情,追求人性的真实,追求彼此的帮助与感恩。正如我们在《丹雅公主》一节中分析的那样,一般情况下,黎族人家在姑娘 15 岁以后,就给她建立一个船型屋,这就是这些姑娘和自己的爱人谈情说爱的地方。摩梭人也有类似的习俗,这都说明少数民族的这种自由爱恋的传统习俗。

面对尔蔚如此这般的神通广大,嫂子并没有善罢甘休,恶人变得越来越恶,善人变得越来越善。尔蔚回到家里之后,告诉嫂嫂她已经把五座山的草木全部烧光。嫂嫂根本无法相信,于是跑到山上去验收,果然毫无破绽。一计不成,又生一计,她要求尔蔚一个人一天种完五座山的山兰。我们在前面的各个章节也分析,种山兰、织黎锦、唱山歌,是黎族女性形象的三种基本品格,这个论断在这个文本中进一步得到证实。嫂子要求一天种五座山的山兰,不要说一个人一天,就是 100 个人一天,也不能完成这个任务。但是,人做不到,神灵却可以做到,"如有神助"就可以梦想成真。龙哥就是这样一个助力的"神灵意象",尔蔚在后生龙哥的大力支持下,很快就完成了这个人类根本无法完成的任务。

嫂子制造了三个刁难任务,尔蔚都完成了。嫂子实在想不出其他什么好办法,只能直接采取冷暴力、辱骂等各种手段来折磨尔蔚。在认识龙哥之前,尔蔚没有退路,也无路可走,只能忍气吞声、忍辱负重。但是在认识龙哥这个大帮手之后,尔蔚有了底气,搬出了家,无论谁来叫都不回去。傍晚孤独的时候,就到长石板上敲三下,龙哥便出现了,两人过着无忧无虑、自由自在的生活,爱情也给了年轻人面对一切苦难的勇气和力量。可见,尔蔚与龙哥的相亲相爱,充分体现了黎族女性率真的文化精神品格。

三、"尔蔚"意象与黎族人民的良知品格

随着叙述节奏的进一步推进,很快尔蔚与龙哥的这种和谐状态又被可

恶的嫂子打破了。作为"二元对立"的重要方面,嫂子在尔蔚意象的塑造中不可或缺。她没有善罢甘休,而是继续想尽一切办法压制尔蔚优秀品质的彰显,在这种对抗过程中,嫂子的人性凶恶逐步深入。她觉得尔蔚不可能有这样的本领完成这么多艰巨的任务,其中必有蹊跷之处。所以,她进一步展开她的"恶",同时,尔蔚的善良品质一再彰显出来。

　　嫂嫂许人的亲事拖了一百五十天,也苦思苦想了一百五十天。她想:尔蔚哪里来那样大的本事?她住在山上做些什么?莫非与别人"放寮"?有一天,她偷偷上山,暗暗注意尔蔚的动静,终于发现了尔蔚与龙哥约会的时辰和暗号。几天之后,嫂嫂利用尔蔚的一个女伴出嫁的机会,把尔蔚骗下山后,自己身上藏刀,打扮得跟尔蔚一模一样,来到长石板上,学着尔蔚的样子轻拍三掌,龙哥果然应声走了上来。一见面,还不及等龙哥开口,她就猛地抽出刀来,刺向龙哥的喉头。龙哥不备,惨遭毒手,翻身栽下河去,鲜血染红了石板,也染红了河水。①

　　任何一个正常人都可以发现,尔蔚多次完成了一个正常人根本无法完成的任务,这是极其不正常的行为。为了探一个究竟,嫂子干起了偷鸡摸狗的下三滥行当,跟着尔蔚到了山上,终于发现了尔蔚与龙哥之间的秘密,并且掌握了约会的时间和暗号,为下一步作恶做好铺垫。后来,她利用尔蔚外出的机会,打扮成跟尔蔚一模一样,采用这样的阴谋诡计来实现自己不可告人的目的。其实这种叙述元素我们在丹雅公主意象身上也有所体现,丹雅公主为了保护自己的儿子伯打以及儿媳妇山花,用染布的染料将脸横一条竖一条地抹上色彩,因为山花前几天被她的鬼母打烂了脸,所以丹雅公主就乔装打扮成山花的样子来对付鬼母和鬼父,这也就成了黎族女性纹面习俗

① 广东民族学院中文系:《黎族民间故事选》,上海:上海文艺出版社,1983年,第23-24页。

的渊源。类似这种"托梦""乔装"的叙述要素,在黎族民间文学文本中是常见的,也具有很重要的文学人类学叙述意义。

等龙哥出来约会的时候,趁其不备,乔装的嫂子立刻用刀杀死了龙哥,鲜血染红了河水。值得注意的是,民间传说的全知全能叙述特征开始发挥作用,一些非逻辑性的特征也开始呈现。和《台风的传说》中的老鹰精一样,龙哥的神性特征时有时无、时多时少,按照一般的妖怪神灵形象的特征,它们不是那么容易被杀死的,例如前面提到的老鹰精,常规武器没有作用,只有通过极其特殊的方式,才能被消灭掉。龙哥在这里一下就被恶毒的嫂子杀掉了,可以看出,此时的叙述者是在刻意强化嫂子的恶毒,淡化龙哥作为神灵意象的无所不能。或者说,龙哥随便使用一个招数,就可以制服嫂子,但是为了营造一种善良者的悲剧场景以及忠厚的品质,所以采取了意象功能淡化的手段,让这个悲剧如期上演。那么,尔蔚知道她的爱人遭遇这个情况之后会发生什么呢?

尔蔚参加婚礼回来,看见石板上的斑斑血迹,又见那河水变红,感到大事不好。她照例拍掌,可没有见龙哥来;再拍掌,还是不见龙哥的影子。她正在发愁,忽然听见一只鹩哥在头顶叫喊:"尔蔚,尔蔚! 龙已伤,龙命危!"尔蔚抬头一看,鹩哥早已飞跑了。这时,一只水龟游到面前,叫道:"尔蔚,尔蔚!"尔蔚转眼望着水龟,问它晓不晓得龙哥吉凶。水龟告诉她龙哥遇害的情况,尔蔚听了,痛苦万分。水龟又问她:"你想不想去看龙哥,想去看,就骑在我的背上,闭上眼睛,我驮你去。"尔蔚点头同意,水龟一会儿就把她背到龙哥床前。尔蔚一看,龙哥身上已盖着十张龙被,还在不停地打颤。他脸色发白,呼吸微弱,眼睛紧闭。尔蔚心如刀绞,放声痛哭起来。龙哥微微睁开眼,说:"我活不长了,河潭边的大榕树是我的命根,那树叶,平日多大的风也刮不落。你回去后,若见到树叶落,那是我在杀鸡了;若见到树枝断,那是我在杀猪了;若见到树身倒,那是杀牛送我归天了。"话毕,便叫水龟将尔蔚送回岸上,尔蔚怎肯,哭叫着说:"你死我也死,死后成夫妻,同埋在一块。"龙哥也哭着说:"我死石棺殓,你死石板间;我死于利刃,你死于银针。"说罢,昏了过去。尔蔚也伤心地昏倒在龙床上。①

尔蔚回来以后,从其他两个帮助者那里知晓了这个情况。显然,谁都无法接受这个事实。在水龟的帮助下,尔蔚得以进入河里,看到奄奄一息的龙哥,痛苦万分。两个两情相悦的年轻人,本来情投意合,可以长相厮守,但是嫂子这个十分恶毒的反面人物,直接撕碎了这个梦想,杀掉了龙哥。在这里,文本并没有就此打住,而是沿着文学人类学的方式开始了"交感巫术"的话语叙述。龙哥告诉尔蔚,河边的榕树是它的命根,树叶、树枝、树根,都对应它相应的行为实践,这就是弗雷泽在《金枝》中提出的"交感巫术"原理,人类与某种象征之物具有通感效应。神的意志通过某种具体的器物,彰显其神灵之处,例如,黎族聚集区的"道公",手上身上的各种法器,其实就是利用了"交感巫术"的原理。大榕树是龙哥的精神交感之物,所以尔蔚回到陆地上之后,想起两人曾经的相知相爱,悲痛欲绝,每天守着榕树,寸步不离,跪在地上哭泣,还唱着歌,恳求风不要吹倒榕树,因为这是她的爱人:

> 风呀吹呀吹,吹到别处去,
> 别吹我龙哥,我的心柱!
> 别吹我龙哥,我的心柱!
> 风呀吹呀吹,吹我那寮屋,
> 别吹我龙哥,我的心柱!
> 别吹我龙哥,我的心柱!②

---

① 广东民族学院中文系编:《黎族民间故事选》,上海:上海文艺出版社,1983 年,第 24-25 页。
② 广东民族学院中文系编:《黎族民间故事选》,上海:上海文艺出版社,1983 年,第 25 页

唱山歌的黎族女子意象,在这里又一次呈现。这里的山歌,正如黎族民歌《久久不见久久见》一样,句式相同、意义相似、不断重复,没有太多的修辞,大道至简,少即是多,以少总多,用反复的句式形成意义叠加,表达出一种痛苦万分的心理状态。毕竟龙哥是她的心柱,她与龙哥的爱情悲剧,不断沉淀出一种苍凉的意味。这种悲剧,也让我们看到黎族人民在阶级社会之中所遭受到的那些非人的磨难以及人为的折磨,表达了他们对真挚爱情的追求,以及他们在人生中的喜怒哀乐。正如季羡林先生所分析的:"读到这些寓言和童话,给人最深的一个印象就是,创造这些故事的人民,对待人生的态度是肯定的、积极的,对待生活中可能遭遇到的一些喜怒哀乐的态度是实事求是的。他们的思想里面有不少的素朴的唯物论和素朴的辩证法。"①

四、"尔蔚"意象与黎族人民的坚贞品格

对于感情,越是淳朴的民族,越是趋于坚贞。在当今社会,离婚率逐年上升。以前对待婚姻,就像对待旧衣服一样,缝缝补补还能穿。现代人对待婚姻,也像对待旧衣服一样,不过是不再那么有耐心去缝补陈旧的感情。所以,随着经济的发展,人的婚姻观、价值观也发生了改变。尔蔚的遭遇如果发生在当今,那么可能就是迅速改嫁、结婚生子,重新过更好的生活。在很多民族文学作品中,往往可以看到"私奔""同甘共苦""共归于尽""玉碎""殉情"等叙述元素。同样,在这个文本中,尔蔚也是一贯体现了忠诚坚贞的民族文化品格。正如第二节中的打拖意象一样,他们都没有受到外界的诱惑,而是始终坚持自己的理想信念,矢志不渝地追求自己的感情归宿。

尔蔚整整跪了七日七夜,整整唱了七日七夜。嗓子唱哑了,泪水流尽

---

① 季羡林:《比较文学与民间文学》,北京:北京大学出版社,1991年,第118页。

了,大风还是照样刮,榕树还是继续摇。到了第八天,树枝折落了,尔蔚一枝枝拾起来,抱在怀里;榕树要倒了,尔蔚死抱住树身。树向东斜,她向西扶;树向西倒,她向东顶;树向南斜,她奔到南边;树向北倒,她跑到北边。飞来了一群鹩哥,跑来了一群花鹿,你呼我唤,你扶我顶,也一起帮尔蔚护树。可是榕树东摇西晃,尔蔚奔来跑去,累得眼花耳鸣,精疲力尽,再也护不住了。只听一阵狂风"呼呼"猛刮,榕树轰隆一声,倒了下去,尔蔚也昏了过去。

　　人们把尔蔚抬回家里去,把她救活了。但她失去了龙哥,如箭断弦,似树断根,再也不想活在人间。晚上,尔蔚找来锅灰,擦在腰间和脸上,奔到河边,投水自尽。尔蔚一投水,就下起倾盆大雨来,河水卷起大浪,将她送回到石板上。尔蔚连跳三次,河水送回她三遍。尔蔚在风雨中沿着河岸来回狂奔,撕心裂肺地呼喊着:"龙哥带我去,龙哥带我走!"可是那河水就是不让她死。①

　　大风刮倒了榕树,从交感诗学的角度来分析,这也意味着龙哥在水下已经彻底死去,这个过程是极其悲惨的。尔蔚也跟着昏了过去,不想活下去,投河自尽,但是河水一直保护她,把她送回岸上,但是这种撕心裂肺的呼喊,其实生不如死。这就更加彰显出两者的感情的真挚感人、动情动真。最后,尔蔚还是自杀了,以自己宝贵的生命,践行了"殉情"这个母题。在中国民间文学中,"殉情"这个母题非常多,例如,白马藏族民间故事《新娘鸟》和《阿拜波与娥曼妹》,不仅具备"相爱—干涉—殉情"的母题叙事模式,而且还存在着"传情—殉情—团圆"的母题情节模式。在《梁山伯与祝英台》中,也是有化蝶的桥段。这两种模式在《尔蔚》中也体现得非常明显。尔蔚和龙哥彼此相爱,但是受到恶毒嫂嫂的干涉和迫害,所以他们以殉情告终。他们彼此传情,又共同殉情,最后在天上或地下团圆重聚。在艺术审美方面,这种"美

---

① 广东民族学院中文系编:《黎族民间故事选》,上海:上海文艺出版社,1983 年,第 25-26 页。

的毁灭"激发了黎族人民追求真爱和真理的理想信念,也体现了黎族青年对感情"坚贞""忠诚""专一"的品格,对民族文化传统具有重要的传承意义。

综上所述,尔蔚作为南海区域黎族文学的一个重要意象,涵盖了大多数黎族人民的民族文化品格,这些品格,诸如善良、淳朴、率真、坚贞等,是黎族长期口传中生成的文学文本,是黎族人民智慧的结晶,也是黎族人民在长期的社会历史发展中,对民族文化精神的一种积淀、描述和升华。尔蔚既是一个女性个体形象,也是一个民族的意象,她对后来的文学意象基本结构具有典型示范意义。

第四节　"亚坚"意象与黎族人民的智慧精神

前面分析了丹雅、打拖、尔蔚三个黎族文学中的意象符号,他们具有一些共同的意义内涵,同时又各自具有一些性格艺术特征。通过文本细读,这些差异和通约性都已经交代了。沿着这个逻辑顺序,我们继续分析黎族文学作品中的人物形象谱系。在这一章中,我们重点分析亚坚这个人物意象。其实,对这些意象的选取并不是随心所欲的,因为在《黎族民间故事选》《黎族民间文学故事大集》等一些文学选本中,有很多关于黎族文学意象的描述,但值得注意是,很多意象要么过于单薄,要么不够全面,要么深度不够,要么不够丰满,要么没有足够的代表性,要么是作为次要意象出现。总之,相对而言,理由不是特别充分,典型性示范性不是特别强,因此不宜作出集中阐释。

这里选择的亚坚意象,和前面的丹雅、打拖、尔蔚一样,他们都是黎族人民千百年的历史发展中,通过口口相传而生成建构的一些生动鲜活的艺术形象,这些形象集中代表了黎族的民族文化特性。对这些形象的刻画,总是通过正反"二元对立"的形式出现,因为阶级社会的出现,让黎族百姓的主要矛盾从人与自然的矛盾转为阶级与阶级的矛盾,哪里有压迫,哪里就有反抗,哪里有罪恶,哪里就有善良。上述这些意象,正是在与各种坏人、反面人物形象的对立中,彰显出黎族人民的勇敢、坚强、忠贞、善良等重要品质,这些品质不仅仅体现在文本之中,更是整个黎族文化精神的艺术反映,也是我们把握这个民族的历史与未来的重要途径。那么,亚坚这个意象具有怎样的艺术特征和文化内涵呢?

一、"亚坚"意象与黎族人民的智慧品格

亚坚这个意象的基本特征,主要体现在《聪明的亚坚》这个文本。在这个文本中,集中体现了亚坚这个意象与黎头之间的矛盾。亚坚本身是个孤儿,没有父母,和前面提到的尔蔚一样,他们处于社会最底层,命运多舛、生活艰辛。黎族文学是民间文学,描写了很多这样处于底层的、卑微的、弱势的人物意象。亚坚从小就给黎头放牛,黎头、峒主这一类人就相当于汉族的封建地主阶级,他们是黎族文学文本中经常出现的反面人物意象。因为这些人正如汉族文学中的"周扒皮"意象一样,想尽一切办法剥削和压榨人民,人民对他们恨之入骨,但是又无能为力。所以,亚坚每天给黎头干活,但是黎头并没有把他当人看,他被当作是下等人、奴隶,所以他吃的是猪狗食,被当作动物来对待,穿的是厚树皮。亚坚吃不饱、穿不暖,而且在寒冬腊月,还只能在稻草堆里睡,盛夏时节,干活没有遮挡,只能拿着树叶当帽子戴,不仅如此,还常常受着黎头的臭骂毒打。可以说,亚坚受尽了人间的苦难,这些困难不仅仅是亚坚所遭受的,而是黎族人民在封建社会长期以来所共同遭受的苦难,他的遭遇,就是封建社会黎族人民的共同遭遇。所以,这个文学文本,其实也是一种历史文本。

亚坚养的牛有上百头,黎头宰牛下酒天天有。可是,黎头却连牛骨头都不肯给他一块。亚坚很气愤,想出了个整治黎头的办法。按黎族迷信说法,牛被雷电劈死是个恶兆,谁也不能吃,吃了,就要全家遭殃。亚坚便趁着一

个打雷的下雨天,把黎头的一条大黄牛弄死,叫伙伴们把牛烧得皮开肉绽,然后跑去告诉黎头,说牛被雷电劈死了。黎头亲自去看,连声叫人快把牛埋掉。等黎头惶惶走后,亚坚就领着伙伴们挖灶生火,把牛宰开煮了,痛痛快快地吃了一顿。①

　　遭遇到这种非人的待遇,谁都不可能长久忍受。亚坚为黎头养牛上百头,这些都是他的劳动成果。但是,付出有他,享受却没有他,黎头每天都把亚坚辛辛苦苦养大的牛宰了吃,谁都无法忍受这种不公平、不公正待遇。所以亚坚想了一个办法,按照黎族的民间传说,牛被雷电劈死,是一个凶兆,谁吃了牛肉就全家遭殃。其实,从这个叙述环节中,我们可以联想到黎族民间文学中的"雷公"意象,在本书第二章中,"雷公"就是一个至关重要的神灵意象,它既有威严的一面,又有邪恶的一面,当然,还有可爱的一面。在黎族文学早期发生时期,雷公主要是威严的,它为人类主持公道,为黎族的繁衍进行各种帮助、指点,让黎族人民能够在与大自然的斗争中幸存下来。到了第二阶段,雷公就显示出邪恶的鬼怪意象层面,这一个层面的意义,在黎族文学中出现的频率非常高,也更具有普遍意义,这时的雷公就是雷公鬼,它是一种鬼怪,通过闪电雷鸣,专门劈打坏人。在第二章中我们详细分析过,被雷公劈死或摧毁的人、动物或大树,当时黎族先民无法解释,于是就采取各种祭祀活动,通过杀狗、杀鸡来祭祀雷公鬼,并把狗牙戴在脖子上,这样来确保一帆风顺。大致说来,这一时期的雷公意象所关联的就是一种晦气的象征。最后一个时期的雷公意象,就发生了一些变异,显得负面意义居多。因为这个时候的人类已经不害怕雷公了,他们能够自己运用各种工具来改造自然,也能够对很多自然现象进行科学解释,所以他们就勇敢地斗雷公鬼,并且最后获得了胜利。

---

① 符震、苏海鸥:《黎族民间故事集》,广州:花城出版社,1982 年,第 164 页。

　　《聪明的亚坚》中的亚坚，其实就是充分利用了黎族民间传说中雷公意象的鬼怪妖魔功能来实现自己的意图。越是在贫穷落后的区域，越是有着非常浓厚的民间信仰，甚至在现代社会，这种趋利避害的精神诉求都仍然一定程度存在。普通民众的心中总是藏有对未来生活的美好期望，我们不能毁掉这种夙愿。如果应和并满足这种夙愿，那么就和睦相处，如果对抗这种诉求，那么就可能形成强烈的对抗。

　　黎头显然不怕自己的农民和手下，但是黎头也惧怕神灵，无论是过去还是现在，我们都无法解释未来、预判未来。所以，为了期许一个美好的未来，亚坚这个策略在客观现实上是可行的。除了雷公意象的特殊意义之外，牛在黎族也具有十分重要的神灵地位，"每年七月或十月，黎族都要特别为'牛'选定一个好日子为'牛日'，而且以保存'宝石'来象征'牛魂'和发展牛群的'福气'。牛日的那一天，家家户户都给牛栏披红挂彩，在牛角上贴上'利市'。峒头的家里敲锣打鼓，为牛招魂；峒头夫妇用酒来洗宝石，然后将洗的酒作'福酒'分给'峒众'痛饮。此外，在牛日里，黎家还要宰牛祭神。他们把牛头安置在村口，由'道公'念着古老的祝福歌绕牛头一周，接着全村的人便聚集在一块，在牛角声和雄浑有力的牛皮鼓声中狂跳'总兵舞'（一种原始舞蹈）"①。从这里满满的仪式感和符号表征可以看出，牛在黎族社会也是一种神性的意象符号，牛与雷公两个神灵意象的重叠，就能产生出有效的现实期待。

　　于是，他在一个风雨交加、雷电密集的夜晚，弄死一头牛，并模仿闪电袭击的样子，把牛弄得惨不忍睹，然后告诉黎头，雷电把牛劈死了。黎头一看，这样的牛肉显然不能吃，吃了不吉利，所以赶紧指示埋掉，这正中亚坚下怀，"糍粑落地——巴不得"。黎头一走，亚坚和小伙伴们就大快朵颐，利用自己的聪明智慧，吃了一顿美味的牛肉。这也是身处底层的黎族人民，在压迫之

① 邢植朝：《黎族文化溯源》，广州：中山大学出版社，1993年，第5页。

中不得不采取的一些生存策略。他们无法改变这种社会政治体制,所以只能戴着镣铐跳舞,利用自己的聪明智慧来获取生产资料和生活来源。季羡林先生分析了民间文学中的这种现象:"我常常想,民间故事看起来非常简单,实际上它却是一个民族智慧或者更确切一点说是集体智慧的结晶。这里面包含着一个民族的聪明才智、经验积累、处世待人的哲学、趋吉避凶的世故,有时也难免有点狡猾的成分。但是总起来看,其意义是积极的,是应该肯定的,值得不同民族互相学习。"①也就是说,这些简单的民间故事,其实包含的是一个民族的聪明智慧以及他们的行为哲学,亚坚显得有些聪明,甚至是狡猾,但是这是一种积极的抗争,正义的抗争,其基本目的是为劳苦大众伸张正义,面对阶级压迫不可调和的矛盾,勇敢地反抗。

二、"亚坚"意象与黎族人民的乐观品格

改变能改变的一切,适应一切不能改变的。亚坚长期在黎头的压迫下生活,他改变不了这种体制,就只能去适应,如何去适应呢? 除了身体物质层面的衣食住行的适应,更多的是心理上的适应。为了缓解这种痛苦,他学会了开玩笑,让黎头家的各位工友都得到心灵上的放松和宽慰。因此,亚坚在黎头家熬了十几年,他和黎头家的长工们同甘共苦,结下了生死之交。亚坚聪明机智,能说会道,他讲的故事,往往非常有趣,让处于痛苦中的劳苦大众,有了一点点的微笑的理由和生活的希望,这也是亚坚给大家带来的积极的力量,让这些劳工虽然处在水深火热之中,但是仍然有一些生活的趣味。积极乐观的亚坚不仅让自己看到生活的希望,还让这些同伴看到了希望。但是,几家欢喜几家愁,亚坚让同伴满意,黎头却并不满意,黎头总是想让这些劳工安安分分地为自己卖力,这是阶级的本质使然,如果这些劳工胡思乱想,揭竿起义,那么黎头的权威就会受到威胁,他的财产也就不能保全。所

---

① 季羡林:《比较文学与民间文学》,北京:北京大学出版社,1991 年,第 177-178 页。

以黎头想尽一切办法来整治亚坚,既不想把亚坚整死,但是又不能让他如此快活。正如前面《尔蔚》中的嫂子一样,黎头想方设法、绞尽脑汁地想馊主意,从反面的力量来折磨文本中的正面形象,从而激发出这些正面形象中的无限潜能。

有一天,黎头一清早就来找他,说:"你平日很会骗人,今天来骗骗我,若能把我一家大小都骗哭,就算你聪明,要不,我要你的命。"

亚坚听了,不慌不忙地回答说:"今天没时间骗你,昨晚溪里有许多鱼浮起,我要着紧去抓,不然给别人抓完了,你老爷就没鲜鱼下酒啦。"说罢,拿起渔网,背起鱼篓,头也不回地朝溪边跑去。黎头听说有大鱼下酒,心里很高兴,同时又怕亚坚偷懒,不给他多抓,便随后赶去。

半路上,亚坚躲到树丛里。等黎头鬼鬼祟祟地从他身旁走过后,他便匆匆忙忙返身回去,哭丧着脸对黎头的老婆说:"刚才老爷去看我抓鱼,错脚踩翻了溪边的一块石头,跌破头滑下溪,被溪水冲跑啦!"黎头的老婆听了,放声痛哭,引得全家老少也哭了起来。亚坚心里暗暗发笑,又倒头跑向溪边。再说黎头赶到溪边,找来找去,没看见亚坚的影子,更没看到一条浮起来的鱼。气得了一肚子火,正想回家找亚坚算账,没想到,跑了没几步就碰上了亚坚。亚坚不等黎头发作,就流着眼泪说:"刚才我忘了拿鱼叉,回去拿,正碰上少爷到牛栏边玩耍,谁知他不留神,被两头角斗相赶的大公牛撞倒踩死了。"黎头闻言,好不伤痛,一路上又哭又叫,奔回家来。亚坚则趁机溜掉了。①

黎头知道亚坚在劳工中的影响力,因此,为了考验和整治亚坚,在劳工中间起到杀鸡儆猴、以一儆百的作用,就要亚坚来欺骗自己,实际上这是一

① 符震、苏海鸥:《黎族民间故事集》,广州:花城出版社,1982年,第164-165页。

个"两难"的陷阱。如果亚坚真的骗黎头,那么黎头则会顺水推舟,借机收拾亚坚,如果不骗,那么则不服从指挥,也会受到整治。总之,枪打出头鸟,为百姓出头的黎族人民形象,总是会遭到很多不公正的待遇和打击。但是亚坚这个玩笑开大了,他根据黎头的要求,将计就计,先把黎头骗到河边去捉鱼,然后中途折返回去骗黎头的老婆说黎头去看亚坚捉鱼时被河水冲走了,然后再次折返告诉黎头,他的宝贝儿子被两头牛踩死了,利用信息不对称,不断制造各种谎言。总之,轻而易举把黎头一家骗得团团转,而且都是往最严重的场景去设计,虽然成功地骗到了黎头一家,但是后果还是比较严重的,毕竟这是黎头精心设计的一个陷阱,而且这根本不是一个对等的游戏。

黎头受骗,恼羞成怒,加上他只有一个独生子,最忌说个"死"字,而亚坚竟胆大包天如此来开他玩笑,这还了得!他想,只有将亚坚处死,才能为他的儿子出这口气。当晚,他便把亚坚抓来,装进猪笼,亲自押着两个长工抬去投溪。到了溪边,两个长工趁着天黑,偷偷地解开猪笼盖的绳子,照着黎头的话,给猪笼系上一块大石头,投入溪里。黎头亲眼看着猪笼已沉下去,以为他家已免大祸,便高高兴兴地回家去了。①

可见,黎头的地位和权力,不允许他受到这样的欺骗,这本身就是一个处心积虑想出来的陷阱。更何况,他只有一个儿子,特别忌讳这些不吉利的词语,但是亚坚却和他开这种玩笑,触碰了他的底线。亚坚也是半认真半不认真的态度,一方面,他知道黎头的目的是要整治他,无论什么时候,无论什么地点,只要一有机会,他迟早会受到黎头的虐待。另一方面,既然自己不能躲避这种整治,那么还不如索性活出个人样,大胆地和他斗,哪壶不开提哪壶,他害怕什么就往这个方面去攻。

---

① 符震、苏海鸥:《黎族民间故事集》,广州:花城出版社,1982 年,第 165 页。

他开这几个玩笑,比抢了黎头钱,吃了他的牛还更致命。所以,这就让亚坚招来杀身之祸。黎头认为亚坚给他的儿子带来了诅咒,所以就要置亚坚于死地,只有杀死了亚坚,他家才能免于灾难。亚坚被采取"浸猪笼"的刑罚措施,这在古代是很常用的杀人方法。把人装进笼子,捆上手脚,压上石头,放进水里,窒息而死。但是这些长工,都是亚坚的亲密战友和阶级弟兄,他们一边按照黎头的要求去做;另一边,又趁着天黑时分,去悄悄解开亚坚的绳索,骗过了黎头。黎头就此以为斩草除根了。因此,这段叙述可以呼应前文的亚坚对待长工们的态度,因为亚坚在劳动生产过程中,和长工们一起分享牛肉,给长工们讲故事、讲笑话,给他们带来了欢声笑语,给他们带来生活的希望和积极的心态,这些铺垫,都让整个文本的逻辑性更强。正是因为有了这些铺垫,所以在关键时候,这些长工就帮助亚坚,悄悄使他免于灾难。所以,正如季羡林先生所说:"以前由于对自然界和社会不能完全理解,不能完全控制,因此在人民群众中才产生了一些幻想,幻想能克服在现实生活中克服不了的自然现象,特别是灾难,这些幻想,在寓言和童话的形成中曾起过作用;在民间故事的形成中国也曾起过些作用。在社会方面,这种情况更多一些。因为在现实中解决不了,所以才幻想出一些故事,来抑强扶弱伸张正义。"①这些长工和亚坚都是被压迫的对象,他们在现实中解决不了的问题,只有在幻想之中予以实现,他们团结一致、众志成城,抑强扶弱伸张正义,共同对付黎头,这显示出黎族人民聪明智慧的品格。

三、"亚坚"意象与黎族人民的侠义品格

正是因为有了工友的帮助,亚坚躲过一劫,幸免于难。亚坚一到水里,就解开绳索,从猪笼里钻了出来,看着黎头已经走远,他才悄悄游上岸来。但是,此时的他已经不可能再回到黎头那里,必须远走他乡,流浪天涯。因

---

① 季羡林:《比较文学与民间文学》,北京:北京大学出版社,1991年,第178页。

为此时的他,既不能正面和黎头进行武力对抗,又不能有足够的理由让自己重新回到以前的生活状态,更重要的是,他不能出卖拯救了他性命的长工朋友。所以,基于以上的原因,他只能仗剑走天涯。

他正走着,忽然听见呼救声,急忙赶过去,只见一个彪形大汉挥动大刀,砍死了一个做生意模样的人。平日,亚坚是个爱打抱不平的人,如今,眼见强盗拦路打劫,谋财害命,他怒火万丈,趁着强盗蹲下去解那人的包袱时,一跃而出,狠狠地往强盗脑后一棍打去,强盗立即瘫痪倒地,像只死狗一样了。亚坚把包袱打开来看,里面全是光洋,行人已死,怎么办?亚坚只得把光洋收起,继续赶路。他一边走,一边想着怎样打发这些光洋,想来想去,想出个好办法:决定利用这些光洋来为大伙报仇雪恨。于是,他赶到崖城,买了一件龙鳞长袍;又买了一顶红顶桂冠;还买了一条金银腰带;又买了一串珍珠。然后,他身穿龙袍,头戴桂冠,腰系金银带,手里拿着那串珍珠,回到黎头家来。①

民间传说的戏剧性就体现在这些方面,山重水复疑无路,柳暗花明又一村,此处不留人,自有留人处。亚坚离开了黎头,正在他走投无路的时候,他遇到了一个戏剧性的场景。那就是一个彪形大汉抢劫一个商人,亚坚本身具有正义感,敢于公然和黎头进行对抗,组织劳工和黎头斗智斗勇。从根本上说,他是一个大义凛然的勇者形象,所以他打抱不平,趁抢劫者不注意,就杀掉了抢劫者。所以,在这里,亚坚在遇到他人有难的时候,没有袖手旁观、置之不理、各自打扫门前雪,而是英勇无畏,正义凛然地打抱不平,这也是黎族人民群众文化精神的一种反映。这种文化精神,在丹雅公主、打拖、尔蔚身上都没展现,他们都是保护自己和与自己相关的人,没有这种现实关联,

① 符震、苏海鸥:《黎族民间故事集》,广州:花城出版社,1982年,第165-166页。

这些英雄很可能不会作出那么多壮举。但是,在亚坚这里,体现出来他对没有现实关联和利益关系的人的侠义行动,所以,他身上的侠义精神,对之前的黎族文学精神品格进行了进一步拓展和延伸,从有目的性变为无目的性,从功利性变为无功利性。有趣的是,没有想到抢劫者和被害者两人都归西了,剩下的包裹无人认领,亚坚打开一看,原来是银子。这又是善有善报、恶有恶报的另一种文学呈现。

　　本来亚坚并没有打算拥有这些银子,他救人不是为了钱财,这是一种无功利的道德诉求。但是,面对这样的情况,如果他不要,别人也会拿去,还不如用这些银子来帮助更多的人,这也是一种侠义品格的再次体现。所以,他从哪里跌倒就从哪里爬起来,决定用这些大洋来报仇雪恨,同时解救那些曾经帮助过他并且目前还处在水深火热之中的阶级弟兄。可以看出,聪明智慧的亚坚没有意气用事,拿着棍棒杀回去,这样只能鸡蛋碰石头,自取灭亡。他采取了一些策略,他知道黎头害怕什么,不怕什么,对于黎头这种典型的"欺软怕硬"角色,只有自己变得比他更强势、更有钱,他才可能俯首称臣,否则他还要一脚踩到底。因此,亚坚购买了龙袍、桂冠、珍珠等富贵豪华行头,让他看起像国王一般荣华富贵。如此这般,回到黎头家里,一定会让黎头大吃一惊,从气势上压倒黎头,让他充满疑惑,从而制造一些虚假的表象,实现侠义的壮举:

　　黎头见是亚坚,早已十分惶恐,又见他这般打扮,更是胆颤心惊,连忙跪下求拜:"神呀,鬼呀,饶命。"亚坚手扬珍珠,笑着说:"我不是神,也不是鬼,是亚坚。我一入溪里,龙王就派兵来迎接,说我是地上来的人,应当好好款待。龙王大摆酒席,把我款待了三天,又赐给我龙袍三套,金条三捆,银条三捆;还有三个美女,三盘珍珠。"亚坚边说,边给黎头递上那串珍珠,"这是我为了报答老爷的恩情尽的一点心意。"黎头听得心醉神迷,垂涎三尺,忙从地上爬了起来,接过珍珠串,贪婪地问道:"龙王对谁都如此吗?"亚坚微微一笑,答道:"是的,龙王说凡是地上来的,他都一样对待。""真的吗?"黎头又问。"那还是假的吗?"亚坚说罢,便扬长而去。黎头急忙赶了上去,拉住亚坚的手,苦苦挽留。当晚黎头开了一瓮好酒,杀了一只肥羊,厚待亚坚。酒间,黎头又提起他能否真的进龙宫的事。亚坚说:"我得先去报告龙王,三天后回来告诉你。"黎头无限感激,向亚坚再三道谢。亚坚见黎头已入圈套,便告辞而去。①

在这里,"斗地主""斗黎头"成为黎族文学的一个重要叙述内容。亚坚与黎头的斗争,具有两个方面的文本语境:第一,少数民族的民间信仰语境。例如,关于"鬼神说"在封建社会民间的广泛流传和高度认同。人死不能复生,按理说,如果亚坚被"浸猪笼"了,那么他不可能再回到人间。按照民间的说法,如果回到人间,那么则只能是以鬼魂的形式出现。这种表述在现代文明之前是具有合理性的,在西方也是如此,在西方文艺复兴以前,文学作品中也经常有鬼魂意象,例如莎士比亚《哈姆雷特》中的老国王,就以鬼魂的形式告诉哈姆雷特他是如何被杀害的。在中国少数民族文学和民间文学中,也有很多这样的鬼魂意象。所以,这就可以解释,为什么黎头看见亚坚的第一时间会认为亚坚就是鬼魂,会相信这种现象的真实发生,这就是直接判断。但是如果亚坚真以鬼魂的形式去欺骗黎头,迟早要露出马脚,所以亚坚没有以这种形式来制服黎头,而是直接澄清自己不是鬼魂。第二,龙王意象的持续出现。其实我们在第二节的《打拖》中,就反复出现了海龙王意象,他盛情款待打拖,感谢打拖救了自己的女儿。在《尔蔚》中,那个年轻后生,就是龙王的太子。所以,在这一个时期的黎族文学文本,龙王意象成为一个重要的示意符号。这里也不例外,人们都相信水里有龙王,有龙宫,我们在《西游记》中,可以明显看出海龙王意象的经典意义。

---

① 符震、苏海鸥:《黎族民间故事集》,广州:花城出版社,1982 年,第 166 页。

　　正是基于以上两种意象延伸谱系,所以亚坚的复仇情节才具有了文本逻辑和事实理由,他描述自己在水里被龙王接走了。通过前面的阐述,这一点黎头是深信不疑的,这是当时社会环境普遍认可的一种现象,并继续阐述了龙王是如何款待他的,无论是龙袍、金条,还是美女、珍珠,这些金银财宝、美女美色,都是极具诱惑的,当然,这些都是聪明的亚坚的精心设计。

　　亚坚之所以强调这方面,是因为他对黎头的心理分析和性格把握相当精准,他知道黎头心里最需要什么,最讨厌什么。对黎头来说,并不是说他有钱、有地位、有妻子、有儿子就满足了,作为地主阶级,他们的贪婪是无止境的,对金钱、美色、地位的贪婪,是他们的阶级本性,也是他们永远追求的东西。作为剥削阶级,他们就是要无限制地榨取被剥削阶级的劳动力。正如果戈里《死魂灵》中的泼留希金一样,就算是他们的粮食变为石头,食物全部腐烂,衣服全部坏掉,都不会给穷人,他们需要一种“拥有感”和“占有欲”。对他们而言,也许这些东西没有用,但是他们就是要强化这种阶级的“拥有感”,誓死维护阶级的地位和利益。

　　所以,亚坚这样的话语设计,对黎头来说,非常具有诱惑力。而且,更符合逻辑的是,亚坚采用虚构加现实的做法来论证这个事实。不仅要虚构出龙王、龙宫、龙袍、龙女、龙珠这样一系列人间没有的稀罕之物,同时还要实际呈现出足够多的证据,他用银元买的这些行头,就是足够的证据。因为黎头也知道,这样一个长工,正常情况下是不可能有这么多钱买得起这些衣服和珠宝的。除了意外所得,别无他法。所以,亚坚手扬珍珠,故作大方,并且把这串珍珠用作感激黎头的礼物。这样一样,除了虚构龙王的意象序列,还实际呈现了各种事实证据,更重要的是,他还动之以情、晓之以理,不计前嫌、感恩回报,大方地把珍稀的珠宝送给黎头,这里的聪明、智慧、圆滑、世故、老道都充分体现出来,将欲取之,必先予之。在其他黎族民间文学文本之中是很少看到这样的复杂人性特征的,这种故事中体现的人物形象的机智,给人们提供了艺术享受,也最大程度挖掘了人民群众的智慧源泉。季羡林先生如此描述："民间故事还有什么作用呢？这种疑问初看似乎很有道理，但是从民间故事在各国仍然受欢迎这个事实来看，说明民间故事还是能满足人们的要求，即使不再幻想有什么灵方妙计来控制自然；有什么奇人奇迹来抑强扶弱，至少还能给人们提供艺术享受。民间故事中表现出来的某一些机智，至今对人们还会有启发性，让人读了以后，会心一笑，怡情悦意。"①所以，我们对黎族民间文学意象中的文化阐释，能够让这些意象更加鲜活、生动而具有艺术感染力。进一步说，亚坚这三种富有逻辑性的阐述，能够让黎头深信不疑，而且对龙宫及其神奇产生了无限的兴趣，亚坚当然不能错过这个复仇的大好良机。

黎头心里像吃了蜜糖，高兴得三天合不上嘴，做了整整三夜的美梦。第四天一早，他就醒来等亚坚，一直等到傍晚，才见亚坚来到。黎头好不心焦，急忙迎上前去，询问他入龙宫的事。亚坚告诉他，龙王已经答应，黎头高兴得要命。又问："什么时候能去？"亚坚道："随你的便。"黎头想起亚坚以前是在晚上去的。便说："今晚去好吗？""好呀！"亚坚大声答道。黎头正急着要见龙王，想快快捞得那无数的金银财宝。于是，便听任亚坚的摆布，被亚坚和长工们捆进猪笼，系上石头，丢下大溪，永远见阎王去了。②

与《尔蔚》悲痛欲绝的结局相比，《聪明的亚坚》展现的是另一种令人喜悦的结局。龙哥帮助了尔蔚，但是却被嫂嫂杀死，尔蔚最后为龙哥殉情自杀，故事显得悲怆。坏人得逞，好人牺牲，又让人觉得压抑。但是在这里，坏人被好人玩得团团转，稀里糊涂地丢了自己的性命。因为亚坚精心设计圈套，假戏真做，弄假成真，黎头相信了亚坚编撰的故事，模仿当初对亚坚的处

① 季羡林：《比较文学与民间文学》，北京：北京大学出版社，1991 年，第 178 页。
② 符震、苏海鸥：《黎族民间故事集》，广州：花城出版社，1982 年，第 167 页。

置一样,被关进猪笼,然后去水里捞取无尽的财宝,这是民间文学对反面形象的"丑化"设计。

当然,黎头肯定是竹篮打水一场空,还丢了自己的小命,善有善报,恶有恶报,一切都有所安排。亚坚和其他长工们终于获救了,皆大欢喜。可见,亚坚这个意象,他聪明智慧、侠肝义胆,而且都用在了和阶级敌人黎头斗争的过程之中,他的勇敢、忠诚、老道,都为解救自己以及其他长工作了巨大贡献。这都是黎族人民百姓在长期的社会生活之中亲身体验过的一些场景,虽然他们并没有像亚坚一样,通过虚构龙王、龙宫等假象来成功蒙骗黎头,但是他们内心渴望有这样一些英雄意象来实现他们内心的这些梦想,从内心深处来说,他们时刻都想成为亚坚一样的人,但现实却又是不可能的,"但这并不等于说,老百姓没有幻想能力。就从这一些短小的寓言和童话里,也可以看到他们的幻想实在是很丰富多采的。然而这些幻想都是积极的,他们幻想消除实际生活中一些不公平的现象,一些黑暗面。这些幻想充分表现了他们的正义感和反抗性"①。他们时刻想消灭这种不公平不公正的待遇,想要追求真善美。所以,黎族文学中的这些意象,体现了他们的侠义感和反抗性,并且如愿以偿地承载了黎族文化精神之中的重要品格,在黎族文学和黎族社会代代流传。

第五节 "冼夫人"意象与黎族人民的团结精神

前面四个小节,分析了丹雅公主、打拖、尔蔚、亚坚等四个黎族文学文本中的文学意象,这些意象有一个非常重要的特征,就是他们都是比较原生态的黎族意象,都代表了黎族先民的民族文化精神,而且他们的故事大多发生在黎族族群内部。实际上,随着历史的发展,黎族除了在与大自然的斗争中

---

① 季羡林:《比较文学与民间文学》,北京:北京大学出版社,1991年,第119页。

形成了自己的民族意象之外,还在与阶级敌人黎头、峒首等剥削阶级的斗争中形成了自己的民族意象。当然,本节将描述另一种民族意象的生成谱系,那就是黎族人民在与汉族及其他民族进行文化交流过程中,塑造了一种具有跨民族意义的意象谱系,也创新塑造了自己的民族文化性格,这以冼夫人、黄道婆和李德裕等人为代表。我们知道,从民族互鉴的角度来分析,任何一个民族都不可能是绝对孤立的,它总是或多或少与其他民族建立了某种联系,要么受到别的民族的影响而自己发生改变,要么是对别的民族文化产生影响。我们研究南海区域黎族文学的意象谱系,不能仅仅是对丹雅、打拖、尔蔚、亚坚这些黎族身份的文学意象进行分析,还必须要从民族互鉴和跨民族的立场,分析在跨民族交流过程中,文学意象的复合性以及变异性,这就是比较文学变异学和比较文学阐释学的研究立场。

如何从跨民族比较文学阐释学的角度来分析呢?我们首先以黎族发展史上的冼夫人为例来说明这个问题。冼夫人在黎族文学及历史中占据着异常重要的地位,与前面四节提到的人物意象不同的是,这是真实的历史人物,不是纯文学虚构的一个意象。当然,冼夫人也并不是纯真实、纯客观的人物意象,她不断出现在黎族文学的文本之中。从冼夫人逝世(约公元602年)至今,一千多年来,记述冼夫人事迹的文学作品层出不穷,从没间断过。这些文学作品不断演绎,以各种体裁和形式出现,让这个意象与黎族文化精神的生成发展建构发生重要的内在逻辑关联,同时也丰富了冼夫人文化体系,使冼夫人的传奇故事在民间广泛流传,成为一个重要的民族文学意象。

一、冼夫人"贤明者"形象与黎族人民的修身品格

在黎族民族文学以及中国古代文学史中,冼夫人众人皆知、耳熟能详。那么,冼夫人是一个怎样的人物意象?她为什么出现在黎族的民间文学之中?她与之前描述的丹雅公主、打拖、尔蔚、亚坚有什么内在关联?她的异质性和差异性特征又体现在什么地方?她在黎族文学文本中如何生成自己

的意象特征？她对黎族文学与文化精神产生了哪些重要影响？

既然她是一个历史人物，那么我们首先就来对这个人物意象做个基本轮廓分析。关于冼夫人，查干姗登在其传记中如此写道：

冼夫人（512—602），名英，幼时叫冼百合，又被尊称为冼太夫人。广东高凉人士，南北朝高凉郡一部落俚族酋长冼氏之女，历经梁、陈、隋三个朝代，为国家统一、民族团结、岭南的安定和社会进步做出了巨大的贡献，是我国杰出的女政治家、军事家、民族英雄，被周恩来总理誉为"中国巾帼英雄第一人"。梁武帝大同元年（535）嫁于当时的高凉太守冯宝。善于结识英雄豪杰，梁简文帝大宝元年（550），在参与平定侯景叛乱时结识后来的陈朝先主陈霸先，并认定他是平定乱世之人，大宝二年（551），冼夫人协助陈霸先擒杀李迁仕。梁朝论平叛功，册封冼太夫人为"保护侯夫人"。公元 557 年，陈霸先称帝，陈朝立。公元 558 年，冯宝卒，岭南大乱，冼夫人平定乱局，被册封为中郎将、石龙太夫人。隋朝建立，岭南数郡共举冼夫人为主，尊为"圣母"。隋文帝开皇十年（590），冼夫人率领岭南民众归附隋朝，被册封为宋康郡（今阳西）夫人。后冼夫人护隋平乱有功加封为谯国夫人，去世后追谥"诚敬夫人"。①

从总体上看，从这一段文本之中，我们可以基本把握这个人物意象的基本特征，她是一个经典的杰出女性人物意象，在历史上确有其人，而且还做出了杰出贡献，所以名垂千古。具体分析如下。

首先，从时间上说，冼夫人出生于公元 512 年，这正是魏晋南北朝时期，这一个时期是中国封建王朝中的一个重要的漫长的分裂战乱时期，这一时期儒家思想并不是像汉朝那样一统天下，魏晋玄学思想兴起，魏晋风度也盛

---

① 查干姗登：《巾帼英雄丰功千秋：岭南圣母冼夫人》，海口：南方出版社，2019 年，第 1 页。

行一时。乱世出英雄，这一时期也是英雄辈出，冼夫人出生在这样一个英雄时期，本身也具有了这种英雄的背景和气场。

其次，从身份上来说，她是广东高凉郡一部落俚族酋长冼氏之女，高凉是古代中国岭南地区的重要郡县，大概主要是当今的湛江、茂名以及北海一带，这个区域离海南岛比较近，无论是文化上的，还是地缘上，都有很多相似性。同时，她又是俚族，前面已经分析了，俚族与古代"黎族"之间有着重要的历史渊源。因此，将之视为黎族文学意象具有族源依据和历史依据。或者说，冼夫人从民族上来说应该是黎族人。

再次，从贡献上来说，她之所以成为黎族文学意象的一个重要符号，主要是因为她历经三个朝代，为国家统一、民族团结、岭南的安定和社会进步做出了巨大的贡献，是我国杰出的女政治家、军事家、民族英雄，所以被周恩来总理誉为"中国巾帼英雄第一人"。这些评价，论证了这个意象符号的典型性和历史性。在中国历史上，各类英雄层出不穷，但是女英雄并不多，就算是有女英雄，他们也是在某一个具体的事件、具体的环境中体现的英雄行为，较少从一个更加宏大历史视野来展现英雄气质。当然，我们也有"花木兰"的意象，花木兰替父从军，她的初衷不是为了国家和民族，而是从家庭出发，所以从英雄格局上来说，她不及冼夫人，冼夫人的大局观更强烈。那么，这个女英雄意象是如何生成发展的呢？冼夫人一生可以分为三个阶段。第一个阶段就是婚前的年少阶段，这一阶段的主要特征就是"年少贤明"。

前面那段引文对冼夫人的一生作了评传，从时间上来说，这是现当代学者的立传，这些评传的主要依据，归根结底还是《隋书》。在《隋书》之《谯国夫人传》中，有着一段表述，这段表述对冼夫人的一生功绩有着比较全面的书写，这应该是历代海内外学者研究冼夫人的权威史料，相对来说，这也是比较可靠的历史记载文字。

《隋书》总共有 85 卷，包括"帝纪"5 卷、"列传"50 卷、"志"30 卷。《隋书》的主要撰写者是魏征，他在公元 622 年开始组织编撰。从时间跨度上来说,魏征撰写《隋书》,对冼夫人生活的时代背景、生平事迹以及历史贡献,都能掌握到比较多的第一手资料,对冼夫人的整体情况还是颇为熟知。所以,我们才将之作为了解冼夫人最权威的途径。

在《隋书》的整体结构中,"列传"部分的数量占的比例最大,这一部分主要是对各种历史名人作传,这与"帝纪"这一部分形成呼应。"帝纪"专门从历史维度记录帝王的功过,"列传"侧重记录那些在某一个朝代或某几个朝代,对当时的社会历史产生重大影响的人物,有高官显贵,也有民间杰出人士。其中,《隋书》卷八十名为《列女篇》,这一部分共记载了15位妇女名人,《谯国夫人》列居《烈女篇》的第五篇,仅次于两位公主(兰陵公主、南阳公主)和两位王妃(襄城王恪妃、华阳王楷妃),公主、王妃都是王室成员,应该说,是社会地位最高的女性,她们与皇帝有密切的亲缘关系,所以稳居前列。

冼夫人不是公主,也不是王妃,她没有这种先天的亲缘优势,也没有皇帝的特殊照顾,而是依靠她的杰出才能,为当时的社会历史、民族团结做出了重大贡献。所以,史学家从客观角度出发,将冼夫人作为重大历史人物,她是当时除了皇亲国戚外,在《隋书》中排位最高的妇女。这种排序,可以看出魏征对冼夫人地位的叙述态度和价值观点。对冼夫人的描写,全篇共2000字左右,这些文字记述了冼夫人一生的主要事迹,主要是客观的叙述,基本没有主观的价值论断。在冼夫人逝世之后不久,隋朝就灭亡了,唐王朝开始建立,魏征受唐朝朝廷之命,从总结历史经验教训的角度,"以史为鉴,可以知得失",站在旁观者的立场来组织编写《隋书》,应该说是比较公正客观。

笔者认为,冼夫人不仅仅是一个历史人物,她同样是一个文学意象。历史就是一个文本,尽管这种文本看起来比较客观,但是它仍然是一种叙述,这种叙述既有它的真实性和客观性,还有它的客观性和变异性。那么,冼夫人是一个怎样的文学意象呢? 我们来看《隋书》对冼夫人年幼时期的基本描述:"夫人幼贤明,多筹略,在父母家抚循部众,能行军用师,压服诸越。每劝亲族为善,由是信誉结于本乡……海南、儋耳归附者千余洞。"①我们知道,《隋书》是魏征 622 年开始编撰的,冼夫人是在 602 年去世的,也就是说,冼夫人逝世仅约二十年,魏征就开始为她作传,从时间来说,这段描述相对可靠。

从这段表述中可以看出,年少时期的冼夫人主要特征有三个方面:

一是"聪慧贤明"。文献中提到"幼贤明",就是说,冼夫人她在年少时期,就已经展现出独有的贤惠和聪明,彰显出与众不同的气质身份。这三个字,言简意赅地刻画了冼夫人的身份,这是对她个人性格特征的基本描述,这种贤明的先天气质和家庭氛围,为冼夫人后来的丰功伟绩奠定了坚实基础。

二是"文韬武略"。"贤明"说明冼夫人家庭教养好,这是一种文化气场。所谓筹略思想,就是强调冼夫人婚前在家的时候,就已经具有运筹帷幄的军事能力和战略思想。她父亲本身就是部族首领,在耳濡目染之中,她也具有将这些天赋进行展露的平台,如果说"贤明"说明的是她的性格特征,那么"筹略"则是指她的军事才能。她很早就具备抚循部众的杰出才能和独特天赋,能行军用师,征服各个部落的军队。

三是"以德服人"。三个篱笆一个桩,三个好汉一个帮。要干成一番事业,不是依靠哪一个英雄,而是依靠一个群体团队的群策群力。虽然冼夫人出身俚族首领之家,天生具有领袖气质,而且在这样的家庭环境中,她既有很高的文化素养,也有很高的军事素养,能文能武、文韬武略。但是这些要素还不够,她还需要帮手,那么帮手从哪里找呢? 就是她自己的部族。在中国古代,一直是以"家"为核心单位,修身齐家治国平天下,这里的家既指她的小家庭,也指她的整个家族。那么如何团结带领自己的家族呢? 冼夫人

① 　[唐]魏征等撰:《隋书·列女传·谯国夫人》,北京:中华书局,1973 年,第 231-234 页。

就是以德服人,劝亲族为善,带领大家追求真善美,相互帮助,团结协作,惩恶扬善,弘扬社会正气,这样才能凝聚人心,所以冼夫人的所作所为,让她在自己的家乡、部族产生了良好的声誉,让她具有了很高的威望,无论是自己的亲戚,还是自己的族人,冼夫人都以德服人。所以,冼夫人的治理不是靠武力征服,而是德治。

正是因为冼夫人以上三种素质,尤其是以德服人,让冼夫人不仅在自己的部族产生了重要影响,而且其他部族也纷纷主动归顺。那么,冼夫人是如何与海南发生关联的呢?

其实,我们知道,冼夫人活动的主要区域——高凉郡,就在海南岛的对面,湛江、茂名一带。而且,《隋书》中对冼夫人与海南岛的关系也有明确记载:"海南儋耳归附者千余洞"。很简单,海南岛上有千余峒归附冼夫人的管辖。峒是黎族的一个区域划分名词,千余峒都归附冼夫人,可以看出这种影响有多大,也可以看出冼夫人与海南岛的历史渊源。

"赐夫人临振县汤沐邑一千五百户。赠仆为崖州总管、平原郡公",这一句话也说明,当时的社会治理,已经拓展到海南岛。崖州,就是今天的海南岛,在今天的三亚市市区的西边,在海南自由贸易建设背景下,正在打造崖州湾科技城。另外,冼夫人跟以往的统治者不同,以前的统治是由上而下地管辖,一片土地一旦被某一个国家政府以后,就重新进行册封,将这些土地分区域管辖,中央直接派驻管理者。但是,黎族的千余峒,他们不是中央政权政府以后重新划分和册封的,而是"自下而上",下面民众内心认同冼夫人,被冼夫人的非凡品德和个人魅力感召,以至于汉代千军万马也征服不了的黎族百姓,这些"霸蛮不羁"千余峒的"俚""獠"部族,主动归顺冼夫人的麾下。

海南这片土地,以前基本与内地是隔离的,这里以黎族为主的南方少数民族,在这里过着自己的生活,隔着琼州海峡,与内地隔绝,所以汉朝那么强大的军事力量,也没有彻底征服海南岛。在魏晋南北朝时期,对岸高凉郡的冼夫人,凭借其德高望重的社会地位,让这些长期"霸蛮"的黎族人,看到了文明的希望。得民心者,得天下。普天之下,莫非王土,海南岛在这个时期,在冼夫人这个历史人物与文学意象的强大感召下,真正成为"王土",百姓成为归顺的臣民。这就是年少时期的冼夫人的基本特征。

二、冼夫人"贤助者"形象与黎族人民的齐家品格

在积累足够多的人气和威望之后,冼夫人开始了下一段历程。冼夫人毕竟是一个女性形象,男大当家,女大当嫁。在中国古代封建社会,崇尚"女子无才便是德",女性虽然也能成大业,但是毕竟是极少数,后来的武则天这样的形象,也只是凤毛麟角。冼夫人知道,在封建社会,女性还是需要结婚生子,这是一个社会的伦理要求,也是对一个女性的价值评判标准。

正当此时,"当时的罗州刺史冯融,素闻冼夫人的贤德,亲自提亲下聘,选定她为儿子冯宝的媳妇。冯家为魏晋时期逃亡岭南的汉族后裔,投奔南朝的宋,三代为刺史。由于是外来人,施政颇为困难,所领辖范围百姓多不服管教。冼夫人嫁到冯家时,丈夫冯宝任高凉太守。他们'妇唱夫随',配合默契,大力整顿当时民风,铲奸除暴,严惩挑起事端的部落首领。从此,罗州境内秩序井然,民风逐渐归于淳朴"①。根据这一段描述来看,古时讲门当户对,冯融是当地的刺史,位高权重,他听说冼夫人的大名之后,甚是钦佩,亲自拿着聘礼,上门去提亲,准备请冼夫人做他儿子冯宝的媳妇。

按照一般惯例,古代提亲都是"父母之命、媒妁之言",委托某个中间人去说媒,两方撮合。作为当事人的父亲,不便于直接出面,更何况,冯融是刺史,这样的官员,这样的身份和地位,并不适宜亲自上门提亲。如果遭到拒绝,那么没有退路,非常难堪,也让刺史的名声和威望受到影响。但是,冯融并没有按照这种常规逻辑去思考,既没有请媒人,也没有安排自己的亲信,

---

① 牛志平等:《海南文化史》,海口:海南出版社,2008 年,第 100 页。

而是亲力亲为。他知道,对冼夫人这样的女子,他亲自上门,就是一种诚恳的态度,就是一种尊重,也是最大的诚意,体现了冯融的胸怀和格局,也体现了冼夫人在当时当地的尊贵地位。

当然,冯融亲自上门提亲,除了为儿子冯宝的个人因素、家庭因素之外,还有更重要的外部因素,那就是民族团结、和谐共处。因为冯融是汉族的后裔,从中原地区南下,到岭南做官,投奔到南朝的宋国,三代都是刺史,大致相当于如今的省长或市长,是古代一个郡或一个州的最高行政长官。但是,我们知道,岭南区域是古代的百越古国所在地,这里是南方少数民族的聚集区,俚族、僚族都长期居住在这个区域。所以,汉人在中原地区以及长江流域可能治理相对容易,因为这些区域是汉族聚集区。在岭南地区,由于民族文化不同、生活习惯不同、管理机制不同,以及其他各种不同的差异元素。因此冯融在这个区域治理起来有难度,这也能够理解。显然,冯融是一位有大智慧和有远见的官员,他的亲自上门,表面上是为了自己的儿子讨媳妇,实际上是为了民族和国家大业着想。

正是基于这样的诚意,这门婚事成了。冼夫人嫁给了冯融的儿子冯宝,冯宝也是子承父业,任高凉太守,冼夫人和丈夫强强联合、和谐共处、配合默契,对于少数民族部落,他们刚柔并济、多措并举,一方面继续发挥冼夫人的仁政策略;另一方面,利用强制手腕,大力整顿当时的不良民风,对于那些作奸犯科的人,他们一律铲奸除暴,对于挑起事端、制造各种不和谐元素的部落首领,又杀鸡儆猴,严惩不贷。从此,结婚后遵守妇德,大力辅佐丈夫,在这样的治理模式之下,罗州境内秩序井然,民风逐渐归于淳朴,可以说冼夫人为此立下汗马功劳。

然而,这样的情况并没有维持多久,冼夫人的丈夫冯宝就去世了,对她来说,这是一个致命的打击。封建社会的女子,从社会地位来说,往往是依附于男子的,君为臣纲,父为子纲,夫为妻纲,虽然魏晋南北朝时期儒学并非鼎盛,但是这种思想观念还是潜在地影响着大多数人。"丈夫去世后,冼夫人接过丈夫的重担,以维护地方稳定为己任,反对割据分裂的叛乱行为。据《琼州府志》记载,梁大同初,冼夫人以南越部族首领的身份,'请命于朝,置崖州'。准奏后,海南岛建立崖州,下辖十个县。从此结束了海南多年'久乱不统'的历史。"①从这一段叙述来看,丈夫去世以后,大多数女子会一蹶不振、忍气吞声、忍辱负重。但是冼夫人从小就具有一种领袖气质和卓越气场,丈夫的离去,不但没有给她带来持久的负面心理情绪,反而给了她一个更大的舞台,她利用丈夫所铺垫的人脉,以及两人共同打下的基础,当然,还有家族三代刺史的政治背景。大刀阔斧地进行改革,在一个魏晋南北朝这个兵荒马乱的时代,既有可能产生英雄,也有可能产生悲剧。国家不幸诗家幸,赋到沧桑句便工。冼夫人为了维护地方的稳定,为了黎民百姓提供长治久安的社会环境,她不得不抛弃个人得失,承担更多的历史责任和民族责任。

因此,根据《琼州府志》的记载,我们可以得知,冼夫人以南越各部落首领的身份,请示中央加强改革力度,要求设置崖州,也就是在海南岛这个区域进行规范化的管制和精细化的治理,崖州下辖十个县。这样一来,郡县制在海南岛开始落地,冼夫人在海南岛推行郡县制,改变了黎族社会在海南岛本土以"峒"为单位的管理机制。这样,就更利于南越地区的组织架构和社会治理。

正是得益于冼夫人这样的治理模式,"在梁、陈两朝交替之际,越地大乱,冼夫人却能安定境内,接受陈朝的统治。当广州刺史欧阳纥谋反时,冼夫人迎陈朝将领章昭达平定叛乱。陈朝灭亡时,岭南暂无所归附,数郡共同尊奉冼夫人为圣母,由其保境安民"②。在朝代更替之时,各方大乱,但是,冼夫人所管辖的区域,并没有随波逐流,揭竿而起。反而她还能帮助当朝者平

---

① 牛志平等:《海南文化史》,海口:海南出版社,2008 年,第 100 页。
② 牛志平等:《海南文化史》,海口:海南出版社,2008 年,第 100 页。

息各种动乱,这显示出冼夫人超常的大局观和社会治理能力。在陈朝灭亡的时候,朝代更替出现缝隙,在这个短暂的空窗期,岭南区域的南越各部落群龙无首,为了避免进一步的大乱,广东区域的各个少数民族部落都推选威望极高的冼夫人为"圣母",以此来实现国泰民安,社会稳定。可以看出,冼夫人已经成为无冕之王,她在当地民间的地位罕有人能够相提并论。正是在这个阶段,冼夫人的文学意象出现了一个质的飞跃,也就是说,本来冼夫人是一个历史人物,女英雄形象,但是在通过她一系列的改革和治理之后,在民间地位陡然上升,继而被奉为"圣母"。可见,正如关羽被奉为"关公""关圣"一样,当地民众对冼夫人已经达到一种神性化的膜拜程度了。

三、冼夫人"和辑百越"与黎族人民的爱国品格

冼夫人被黎民百姓奉为"圣母",意味着她在民间的地位已经相当高了。冼夫人意象的经典化过程,正如关羽这个意象一样,关羽本来是《三国演义》中的一个历史英雄人物,刘备、关羽、张飞桃园三结义,都有各自鲜明的特色,关羽以"义绝"为特征,正是因为他的这种讲义气的风格,在民间大受推崇。因为民间英雄之间,大多推崇"道义",有道义才有兄弟,有兄弟才有帮派,在封建社会,这种江湖义气是底层人民团结一致的精神纽带。基于这样的诉求,也基于关羽形象的此类特征,所以关羽后来被不断变异化、抽象化、神圣化。关羽去世以后,曹操敬重他的义气,封他为"荆王",形成"关二爷"的意象符号。民间尊称"关公",清朝奉为"忠义神武灵佑仁勇威显关圣大帝",从这个表述可以看出,关羽被称为圣人,孔子是"文圣",关羽是"武圣"。

冼夫人的意象变异过程,同关羽有类似之处,他们本来都是历史人物,但是都是由于个人性格中某些特征,被后人在传播过程中被不断放大、变异、重构,继而形成一种新的意象结构体系。冼夫人的意象重构过程中,有一个很重要的环节,就是"和辑百越"。冼夫人在百越地区的威望越来越高,

但是她没有利用这种民间的威望来谋取私利,而是全力以赴研究如何服务于当地的人民,维护当地的社会安定。

公元前 214 年,秦始皇向南出兵岭南地区,设置南海郡、桂林郡、象郡等三个区域行政管理单位,当时的海南岛,被划归于象郡,象郡主要指广西西部、越南北部及中部区域,也就是现在的广西崇左地区。

海南岛虽然划归于象郡,但是当时秦朝没有展开实质性管理。海南岛居民主要是黎族,即为"俚人",在《丹雅公主》这个文本中我们就分析过,丹雅公主是"俚国"国王的公主,冼夫人也是俚族部落首领的女儿,她们都具有相似的民族身份。俚人就属于"俚僚"部落的一支,古代百越族的骆越一支到海南,成为黎族的先祖。

到了汉朝,虽然名义上中央对海南岛行使主权,但是始终处于战乱之中,没有实质性的治理,一直到魏晋南北朝时期,由于冼夫人的重要作用,海南岛才与当时的行政当局发生实质性关联。历代封建统治者都想治理海南,但是都不成功,为什么呢? 一方面由于这里地处偏远,另一方面还是因为管理者的初衷有问题。有学者指出:"封建统治者的剥削压迫是引发海南岛俚民反抗活动的主要原因。海南物产丰富,各种奇珍异宝种类繁多,刺激了统治者们的贪婪欲望,一些贪官污吏将海南看作发财致富的场所,对地方的剥削和压迫致使人民反抗不断,最终让珠崖落得被罢废的结果。"①这些封建统治者,看到了海南岛的重要价值,这里物产丰富,当然也有各种奇珍异宝,统治者之所以想征服这片土地,就是想占有这些财富,压迫这里的人民。但是,海南岛的俚人、僚人,都是南方少数民族,他们在文化体系上原本相对独立,主要受到百越族的文化体系影响,与中原汉族文化交流有限,所以他们并不那么容易归化到汉族的文化体系之中。

其实,在这个方面,我们也可以注意到,诸葛亮"七擒孟获",就是一个正

---

① 查干姗登:《巾帼英雄丰功千秋:岭南圣母冼夫人》,海口:南方出版社,2019 年,第 7 页。

向的案例。对少数民族来说，武力征服只是一个方面，也只表面的要素，更重要的是文化精神层面的认同。诸葛亮这种有大智慧的人物形象，没有仅仅采取武力征服的路径，而是反复抓，反复放，直到让其心服口服为止。所以，当时很多官员到了海南岛，他们都想以发财致富为根本目的，通过压榨百姓、剥削民脂民膏，实现自己的私利。但是当地的黎族百姓并不认同和接纳这种方式，通过各种手段来抵制，没有了天时、地利、人和，所以很快就被推翻。

冼夫人在岭南区域享有极高的威望。前文已经提及，公元 540 年，海南千余峒的黎民百姓，主动归附冼夫人，冼夫人顺从民意，请命于当时的朝廷，设置崖州。被朝廷批准之后，海南正式成为南朝的一个行政区域，她和丈夫冯宝曾经从岭南区域到海南进行巡视。当然，有学者指出："冼夫人是否来过海南，学界尚有争论。但她在一千四百年前解决了海南一度被废置的问题，促进了国家统一和民族团结，受到海南百姓的景仰，则是不争的事实。"①也就是说，不管冼夫人和冯宝是否来过海南岛，但是她对海南进行行政治理的过程，确是一个基本事实，这也为汉族和黎族的交流建立了沟通的桥梁。

当然，另外也有说法是，根据记载，冼夫人先后 5 次到海南来巡查，每一次巡查，都对海南岛的发展提出了一些建设性的意见和建议。具体来说，民间比较认可的，就是她"和辑百越"的历史贡献："在冼夫人和冯氏家族的共同努力下，最终确立并奠定了中央王朝对海南的统治根基。这一历史性的贡献，不仅解决了在漫长历史长河中的海南建制时置时弃的状态，也安定了民族关系上的时服时反的动荡政局，冼夫人以全局为重创造了一个团结统一的和平环境。崖州建立后，冼夫人在政治上推行'和辑百越'的政策，在经济上推广中原先进的生产技术，在文化上积极推行汉制礼仪，使闭塞落后的

---

① 牛志平等：《海南文化史》，海口：海南出版社，2008 年，第 100 页。

海南与相对先进发达的内地有了交流。"①从这段表述来看，冼夫人的时代，各个少数民族部落的反抗之声在岭南地区此起彼落、不绝于耳。乱世出英雄，冼夫人顾全大局，团结一切能够团结的力量，消灭一切应当消灭的反面势力。因此，她当时为一个和平发展的社会环境做出了重要贡献。

具体到海南岛，冼夫人在设立崖州以后，并没有像以前的执政者一样，要么无所作为，置之不顾，只是名义上的管辖，没有实质上的服务；要么是胡作非为，搜刮民脂民膏，鱼肉百姓。而是采取了一个重要的治理政策，那就是"和辑百越"。什么是"和辑百越"呢？"和辑百越"就是采取一系列治理政策，有利于汉族和黎族及其他少数民族之间的和谐沟通。简单地说，"和辑百越"的关键在"和"，这是一个根本目的，在此基础上分类进行管理，这主要包含三个方面的"和"。

第一，对普通老百姓，冼夫人就是一贯采用"德治"手段。对大多数老百姓，冼夫人没有采取暴力政策，她保护大多数人的切身利益，以德为怀、分化瓦解，不要让各个部落的人为了一些不合适的利益聚集在一起。只有分化，才能瓦解潜在的威胁力量。

第二，对罪大恶极的人，采取暴力手段。对待朋友如春风般温暖，对待敌人如秋风扫落叶一样无情，对敌人的宽容就是对自己的残忍，也是对黎民百姓的不负责任。所以，对这些罪大恶极分子，冼夫人采取强权整治、暴力手腕，严厉打击，不留余地。

第三，对本性不坏、误入歧途的人，冼夫人本着治病救人的目的来进行感召。因为这些人处于善恶中间的徘徊区域，属于本质不坏的人，所以不能视为敌人，应当争取他们做自己的朋友。所谓政治，就是让朋友变得越来越多，让敌人变得越来越少。

根据这样三个政策，那么就能实现汉族与其他各民族的和谐共处，和平

① 查干姗登：《巾帼英雄丰功千秋：岭南圣母冼夫人》，海口：南方出版社，2019年，第9页。

发展。事实上这些政策也的确取得了很好的成绩,正如查干姗登所分析:"冯冼的队伍不像汉武帝的队伍那样采取强权政治,而是采用以德为怀、分化瓦解的做法,挽救大多数,打击极少数罪大恶极分子,因而深受群众的拥护和欢迎。那些误入歧途的人,也在冯冼的感召之下,改邪归正,自觉帮助冼夫人平息叛乱,维护治安,使海南迅速改变了久乱不统的局面。"①

在南北朝即将结束、隋朝即将统一全国的时候,冼夫人再次为了维护国家大局,勇于担当,积极配合隋朝当局的军事行动,平定岭南区域的各种部落叛乱。所以,冼夫人护国有功,屡次受到朝廷的肯定和嘉奖:"在隋朝统一南方的过程中,冼夫人遣其孙冯魂、冯盎带兵积极配合,平定岭南反抗势力,顺利地实现了统一。并率领数千名南越部落首领,归顺隋朝。由于冼夫人'和辑百越'有功,受到隋文帝的嘉奖,朝廷颁发圣旨昭告天下,冯冼夫人为谯国夫人,赐给她临振县(今三亚市)汤沐邑 1500 户,并追赠其子冯仆为崖州总管。"②正是因为冼夫人"和辑百越",维护了一方的稳定发展,所以隋文帝册封冼夫人为"谯国夫人",等同于一方诸侯地位。不仅封官、封号,而且还封地,连她的儿子冯仆也被奉为崖州总管。

四、冼夫人"谯国夫人"与黎族人民的英雄品格

隋唐以后,冼夫人在南海区域的影响越来越大,不仅《隋书》对其作传,而且在其他文学作品中,也有非常多的描述,这些描述重构了冼夫人的杰出形象。或者说,《隋书》侧重从历史文本的角度对冼夫人进行描述,其他文本侧重从文学语言的角度进行刻画。可以说,"在海南期间,冼夫人不仅设置了崖州,恢复了与中原的联系,促进民族团结和融合,还多次平定匪贼叛兵,使百姓安居乐业。翻开海南现存最早的史籍《琼台志》,海南岛梁陈隋唐诗

---

① 查干姗登:《巾帼英雄丰功千秋:岭南圣母冼夫人》,海口:南方出版社,2019 年,第 10 页。

② 牛志平等:《海南文化史》,海口:海南出版社,2008 年,第 100-101 页。

歌朝代的历史,几乎就是冼夫人及其家族的历史。可以说,如果没有冼夫人及其家族在海南的辛勤开拓,海南岛就不可能有隋唐之后的安定局面,经济也不可能稳步发展并出现如此繁荣景象"①。在南海区域的魏晋南北朝以及隋唐的诗歌文学作品中,很多都描写冼夫人的丰功伟绩,把她视为文学创作和社会生活一个非常重要的意象符号来反复阐释。除此之外,在南海区域,各地都兴建了许多的"冼夫人庙",就像关羽一样,被民间长期供奉,视为一种神灵护佑,可见其深入民心的程度。

到了宋代,苏东坡贬官到了海南岛,在今儋州一带活动期间,曾经拜谒当地的冼夫人庙,受到冼夫人的精神感染,于是作《和陶拟古·咏冼庙》一诗,是冼夫人文学意象生成过程中最重要的文本文献。苏东坡是宋代的大文豪,也是中国文学史上赫赫有名的历史人物,冼夫人能够引起他的高度关注,尤其能够引起他吟诗作赋,足以可见当时人民群众对冼夫人的深切爱戴。同时,也体现出苏轼与杰出历史人物的内心共鸣、惺惺相惜,这种内心的共鸣,在文字之中彰显无遗,且看其文本:

> 冯冼古烈妇,翁媪国于兹。
>
> 策勋梁武后,开府隋文时。
>
> 三世更险易,一心无磷缁。
>
> 锦伞平积乱,屡渠破余疑。
>
> 庙貌空复存,碑版漫无辞。
>
> 我欲作铭志,慰此父老思。
>
> 遗民不可问,偻句莫予欺。
>
> 爇牲菌鸡卜,我当一访之。

---

① 查干姗登:《巾帼英雄丰功千秋:岭南圣母冼夫人》,海口:南方出版社,2019 年,第 5 页。

铜鼓壶卢笙,歌此迎送诗。①

这是海南岛本土上现存最早的关于冼夫人的珍贵文学遗产。该诗载于明代正德《琼台志》,是关于海南岛较早的历史文献。苏轼这首诗,首先对冼夫人的一生进行定性,"烈妇"并不是说性格暴躁,而是对国家忠烈之妇女,为了国家和民族的事业而鞠躬尽瘁的女性,这是相当高的评价,这是来源于《隋书》中的基本描述。冼夫人因为被隋文帝奉为"谯国夫人",她活了90岁,历经梁、陈、隋三个朝代,到处为国家平定叛乱,维护民族团结,维护一方和谐。

所以,看到冼夫人庙,苏轼就滋生了为她作铭志的想法,这首诗既表达了苏轼对冼夫人的敬重,又表达出对黎民百姓的关爱,虽然他一路南下,反复被贬谪,但是这种先天下之忧而忧,后天下之乐而乐的心态是根深蒂固的。他在杭州一心为民,所以人们为他建了"苏堤",其实这也是同冼夫人庙一样,都是人民群众的口碑。苏轼和冼夫人,都为百姓做出了自己应有的贡献,只是岗位不同、处境不同、时代和人民不同而已。当然,他们这种忧国忧民的心态都是一致的。

宋高宗赵构,赐封儋州中和冼夫人庙为"宁济庙",封冼夫人为"显应夫人",并亲题庙额,诰曰:"儋耳在海岛之中,民黎杂居,厥田下下。弥寇攘之患,格丰登之祥,惟神之功,宽朕之忧。顾未加擢第,阙孰甚焉。其改为小君,易二百年之称号。尚凭宠命,弥广灵厘。"②南宋名臣李光所撰《儋耳庙碑》,记载了时人祭祀冼夫人的盛况:"夫人生有功于国,没能庇其民。天有水旱,民有疾苦,求无不应。每岁节序,群巫踏舞,士女骈辏,箫鼓之声不绝者累日。自郡守已下,旦望朝谒甚恭。"③明清的大部分县志均有冼夫人的

---

① [宋]苏轼:《苏文忠公海外集》,海口:海南出版社,2017年,第65页。
② [明]曾邦泰等纂修:《万历儋州志》,海口:海南出版社,2004年,第122-123页。
③ [宋]李光:《儋耳庙碑》,李光:《庄简集》卷16,第11-12页。

记载。

不仅在海南建立各种冼夫人庙来纪念冼夫人，而且还形成一种流传至今的节日，即军坡节。牛志平从海南文化史的角度指出："冼夫人一生经历梁、陈、隋三朝。她顺应历史潮流，以国家、民族的统一大业为重，为岭南地区的团结稳定和民族大融合付出了毕生的精力。她活到90岁的高龄，寿终正寝。朝廷追谥她为诚敬夫人。冼夫人的辉煌业绩，功照千秋，德被万代，赢得了海南人民世世代代的爱戴和追念。每年一度的'军坡节'和遍布海南各地的冼夫人庙，便是明证。"①在很多海南文化史家看来，军坡节和冼夫人庙，一个是文化仪式上的传承纪念，一个物质上的传承纪念，表明了海南区域对冼夫人神圣化的民间崇敬。

在修建冼夫人庙的过程中，很多达官贵人也纷纷撰写庙碑，书写对冼夫人的追思，也抒发自己的情感，上面提到的苏轼，他采用的是书面的诗文诗词，这里的庙碑，主要是刻在各类冼夫人庙里的铭文。例如，当时南京礼部尚书的王弘诲（海南定安人），为定安县冼庙撰写的《新建谯国诚敬夫人庙碑序》，记述了海南北部冼庙存在的情况及主要活动方式："憔谯国夫人之庙，海南北在在有之……每令节届期，即云集飚附，若三军之奉主帅，曾无敢有越厥者。"可见，祭祀冼夫人的军坡节活动形式渊源久远，早在明代已经盛行。王弘诲是目前所知记载海南军坡节和以诗歌歌颂冼夫人的第一个海南文人。军坡节是海南民间纪念冼夫人的节日，也是海南最独特最典型的民间节日，而海口新坡的军坡节在海南影响最大。

新中国成立以后，对冼夫人的意象仍然出现在各种文学作品和文学研究之中，著名历史学家吴晗写的《冼夫人》发表在1961年1月14日《光明日报》上，该文反响很大，客观上整理了冼夫人的历史功绩，也高度肯定其历史贡献。1980年，陈风贤发表了长篇论文《试论六世纪越族杰出的政治领袖冼

---

① 牛志平等：《海南文化史》，海口：海南出版社，2008年，第101页。

夫人》,从政治意识形态角度对冼夫人做出客观评价。1981 年,黎国器和陈雄创作了海南历史上第一个有关冼夫人题材的琼剧文学本,这也是解放后在海南本土上发表的第一篇正面肯定冼夫人的黎族文学作品。1983 年 12 月 2 日至 9 日,冼夫人研究学术交流会在茂名、海南等地召开,使这一时期冼夫人的研究发展到了顶峰。1980 年代末,武汉电视艺术中心率先决定将文新国、钱五一合编的电视文学剧本《冼夫人》搬上电视屏幕,作为建国 40 周年献礼剧目,1990 年该电视剧获全国民族题材电视剧一等奖。此后不久,中山大学出版社出版了第一部介绍和研究冼夫人与海南关系的专著《冼夫人在海南》。海口 2003 年开始举办"冼夫人文化节",并一直沿袭下来,把民间文艺与现代文艺相结合,使冼夫人题材的文学演绎找到了新模式,得到新扩展。

总体上说,冼夫人这个文学意象的一生充满传奇色彩。同样,她的意象也在发生各种变化,从《隋书》中的描述,再到苏东坡的诗词,再到各种庙碑上的铭文以及军坡节,历史性的建构,文学性的建构,文献类的建构以及民俗类的建构,都包含在内。这些话语建构都以各种形式彰显了对冼夫人意象的历史化沉淀,冼夫人不仅仅是一个历史人物,她也是一个汉民族与黎族文化交融与和谐发展的标志性意象符号。从历史层面来说,她向当时的中央请求设置崖州,促进了海南的对外交流,建构了海南与中央的政治联系,也推进了黎族人民同中原汉族的交流融合。不仅如此,她还把中原地区先进的生产技术推介到海南,例如,推行牛耕、兴修水利、选育良种、制肥施肥、田间管理等,促进了海南的农业生产力发展。也就是说,冼夫人不仅从政治体制上理顺了南海区域黎族人民与中原地区的关系,还为南海区域的黎族生产力发展和社会进步做出了杰出贡献。她通过将各种管理理念和生产技术引入海南,从而让海南逐渐摆脱贫穷落后的氏族部落形态,慢慢走向了农业社会的鼎盛。

从文化层面来说,冼夫人意象的经典意义体现在,她一直受到民间的敬仰和崇拜,被岭南人民奉为"圣母"。封建社会,官方册封她为"谯国夫人",民间尊称为"圣母",周恩来称冼夫人为"巾帼第一女英雄",这些称谓和论断,都能充分说明冼夫人已经从一个历史人物意象转变为一种民间信仰意象和英雄人物意象。冼夫人庙以及各种铭文碑刻、苏轼等文豪的诗词歌赋、军坡节在海南的延续至今……都能有效说明这个意象在南海区域黎族文学的经典意义,以及对黎族民族文化精神的话语建构意义,在这些价值意义中最重要的就是团结精神,尤其是"和辑百越",分类化治理海南区域的黎族人民,拥护当时的执政管理,有效治理当时的黎族人民,同时彰显了黎族人民在冼夫人身上呈现的团结协作精神。

第六节 "黄道婆"意象与黎族人民的工匠精神

冼夫人是魏晋南北朝时期南海区域的经典意象,因为她的影响力不仅仅在海南岛,也包含了当今的广东、广西一带。当历史发展到了宋元时期,又出现了一个经典的文学意象,那就是黄道婆。如今,黄道婆是一个家喻户晓、耳熟能详的名字,但是,这个意象是如何生成、如何发展的呢?黄道婆意象是如何成为黎族文学与文化中的经典呢?她与黎族文化精神之间是否有着逻辑关联?有怎样的逻辑关联呢?我们可以从民族互鉴的角度对这些问题进行一一解读;同时,运用比较文学变异学和跨民族比较文学阐释学的角度,重新对这个经典人物意象进行解释和分析。

一、"黄道婆"意象与黎族人民的勤劳品格

我们知道,前面分析的冼夫人出身名门,是俚族部落首领的女儿,她的一生充满各种传奇。她一生的成就,都是基于她的家境、她的贤明、她的天性以及她的文韬武略,这些天生的优越背景和后天的不懈努力,造就了这样一个高贵伟岸的"圣母"女性意象。当然,在黎族文学中,这样一种高大上的

文学意象毕竟是少数,绝大多数的文学意象,都是普通的黎民百姓,黎族人民需要阳春白雪的榜样意象,也需要下里巴人的平凡意象,用身边人的榜样激励身边人的言行。毕竟,不是每个人都会有冼夫人一样的出身和命运,尤其是女性。而且,时代不同,语境不同,才华天赋也都不同。不可否认的是,大多数的黎族人民,都是非常普通的底层人民,这些人依靠着勤劳的双手来操持家庭、养家糊口。所以,与冼夫人的意象塑造相对应,黎族人民也需要从身边人身边事中寻找自己的理想和希望。换言之,黎族人民既需要阳春白雪一样的"圣母",也需要平凡普通的"榜样",其中最重要的一个榜样,就是黄道婆。

一个文学意象的生成和建构是一个非常复杂的历史演变过程。它既是人民群众现实生活的艺术反映,又是他们对理想生活的艺术想象,正如季羡林先生分析:"可是这一些寓言和童话呢,既然出自老百姓之手,老百姓每天要操心吃操心喝,每天要劳动,不劳动就没有饭吃,因此没他们创造出来的故事就多半会停留在地上,绝不会上天。这些故事也就会反映他们的愿望和要求,反映他们的喜怒哀乐。他们要解决现实生活中一些十分具体的问题。他们不会想到什么解脱,也不会把人生看成是幻象,是水泡,是影子,是电光火花。"[1]在季羡林先生看来,人民群众不会把人生想得那么洒脱,不是每个人都有宗教信仰情怀,大多数人还是得好好吃饭好好生活,所以他们对未来有着无数的憧憬。因此,这些憧憬就生动地体现在文学意象的建构之中。

黄道婆并不是黎族人,前面几节分析的丹雅公主、打拖、尔蔚、亚坚等意象,都是黎族身份,冼夫人也是俚族首领的女儿,因此,也基本可以断定冼夫人就是黎族人。黄道婆与之前论述的文学意象都不同,因为她是汉族与黎族文化交融形成的复合意象结构。根据《黄道婆在崖州》这个文本开头的叙

---

[1]　季羡林:《比较文学与民间文学》,北京:北京大学出版社,1991年,第119页。

述:"黄道婆原名黄小姑。她是七百多年前松江乌泾村人,从小死去爹娘,无依无靠。她八岁当了童养媳,受尽虐待和折磨,后来她漂洋过海,来到海南崖州,落户在黎寨内草村。"①

从这一段表述可以看出,黄道婆并不是像丹雅公主、冼夫人一样出身王室或贵族名门,而是一个江浙一带的童养媳。童养媳是中国封建社会背景中的一种社会身份。在孩子很小的时候,就引入家中进行养育,长大以后就嫁给主人家的儿子,成为儿媳妇。这一类人一般来说家庭都非常贫困,无法养育自己所生育的孩子,或者受到外力所胁迫,只能把孩子送给他人,从小就当仆人,长大以后就嫁作媳妇。她们不可能接受良好的教育,也不可能有很好的家庭生活。黄道婆就是这样一个童养媳,连名字都没有,村里人就叫她黄小姑。现代社会,连宠物都有一个名字,更不要说人了,现代小孩不仅有中文名,还有昵称,以及英文名,都显示着孩子家庭地位的重要。

黄道婆的童养媳身份,注定她的命运悲惨,过着人不像人、鬼不像鬼的日子。她不仅遭受身体上的各种折磨和摧残,在寒冬腊月、大雪飘飞的天气,她衣不蔽体,没有棉衣,被冻得满身冻疮。同时也遭受着各种心灵上的凌辱,遭受主人的各种毒打。实际上,封建时代的黎族人民,也有很多这样处于社会底层的女性形象,他们受到黎头、峒主的压迫,正如前面所分析的亚坚形象一样,总是受尽各种屈辱,在阶级压迫之中苟延残喘、民不聊生。

那么,官逼则有民反,哪里有压迫哪里就有反抗。受到这种非人待遇的黄道婆,要么选择忍气吞声,要么选择揭竿而起。选择前者,那么就是封建社会中国大多数女性的命运,选择后者,现实条件又不允许,况且她又是作为女性,单枪匹马很难对抗一个阶级的力量。根据刚才的引文来看,她选择漂洋过海来到海南,逃离这个苦难的地方。那么,江浙地区离海南那么远,

---

① 《黄道婆在崖州》,参见广东民族学院中文系编:《黎族民间故事选》,上海:上海文艺出版社,1983年,第214页。

为什么黄道婆会到海南呢？她是怎样来的呢？在广东民族学院中文系编的《黎族民间故事选》和符震、苏海鸥编写的《黎族民间故事集》中，对此都没有详细介绍，两本选集开篇都是直接叙述黄道婆来到了海南岛。通过查阅其他资料，我们发现黄道婆的底层遭遇还不仅仅是童养媳那么简单。

根据"人民网"的文字记录，当时正遇上朝廷选官妓，见黄小姑已经长大，所以她的婆母就准备把她卖掉。隔壁的三婶婶知道这个消息，悄悄告诉黄小姑，让她早做打算。小姑趁着家人外出的机会，偷跑出来，但是又不知去向何处。

天黑下来了，小姑心想，到啥地方去过夜呢？忽然，附近传来"嘀笃、嘀笃"的声音，小姑顺着声音寻过去，见有一座道院，山门还半掩着。她趁势挨了进去，走到佛殿大门口，见有一位老师太在敲磬诵经。她不敢惊动老师太，轻手轻脚走到供桌边坐了下来。老师太念完经，回到佛像前跪拜祈祷，突然看到睡着一个人，吓了一跳，想啥人敢在黑夜闯进道院？再仔细一看，是个小姑娘，老师太这才定了心，轻轻把她叫醒。老师太是个好人，非常同情小姑的遭遇，就把她收留下来。从此，这道院里又多了一位道女，大家叫她黄道姑。①

从这里可以看出，黄道婆觉得寺庙里应该是安全的，这应当是清净之地，所以到寺庙避难。但是过了一段时间，她还是疑心疑虑，因为她所在的寺庙与她的婆家只隔条黄浦江，还是有可能被抓回去。山重水复疑无路，柳暗花明又一村，正当黄道婆忧心忡忡的时候，一个非常好的机会来到了她的身边。

---

① 《黄道婆的故事》，参见人民网。

　　一天，道院里来了一位四十来岁的妇女，黄道姑匆匆躲进了禅房。可是不到半根香的工夫，老师太叫人把她从禅房领到住院，拜见新来的那位师姨。黄道姑这时才知道，这位师姨是从海南岛崖州到此探亲的。黄道姑听师姨谈论海南风光，听出了神。她想，原来天下还有这么好的地方？特别听说崖州盛产棉花、棉布，又看见师姨穿的一身衣衫，的确同本地棉布不同。她想起自己当初用手剥棉籽，剥得脱指甲的情景，很想去看看崖州百姓是怎样种棉织布的？盘算着要是去崖州，既可避开婆阿妈的追寻，又能学到种棉织布的本领，那该有多好啊！她把这个想法向师姨提了出来，就得到了她的同意。于是拣了个好日脚，黄道姑跟随师姨奔向崖州。①

　　这样一来，黄道婆为什么要去崖州就可以讲清楚了。前面两个黎族文学选本中，都没有把这个故事介绍清楚，对黄道婆的出走动机解释不明。实际上，这样分析，就可以看出，黄道婆最初是"童养媳"，后来被称为"黄小姑"，躲进寺庙被称为"黄道姑"，来到海南崖州才被称为"黄道婆"，这就构成了一个完整的形象发展和变异链条。我们可以根据这个链条，勾勒出黄道婆这个意象的悲剧属性。不仅如此，黄道婆所反映的，正是当时底层人民群众的苦难体验，这样一些元素在广东民族学院中文系编的《黎族民间故事选》和符震、苏海鸥编写的《黎族民间故事集》中都没有介绍，这就是民间故事在流传过程中的传播变异。正如季羡林先生所分析："因了传述者爱好不同，他可能增加一点，也可以减少一点；又因了各地民族的风俗不同，这个寓言或童话，传播既远，就不免有多少改变。但故事的主体却无论如何不会变更的。所以，尽管时间隔得久远，空间距离很大，倘若一个故事真是一个来源，我们一眼就可以发现的。"②

―――――――――――

① 《黄道婆的故事》，参见人民网。
② 季羡林：《比较文学与民间文学》，北京：北京大学出版社，1991年，第45-46页。

二、"黄道婆"意象与黎族人民的工匠品格

黄道婆到了海南做了什么？她为什么会成为黎族文学的一个经典意象？作为一个遭遇各种磨难的底层女性意象,黄道婆到了崖州,很快就入乡随俗,而且向当地的妇女学习纺织技术。我们在前面《丹雅公主》《尔蔚》等黎族民间文学文本中,反复提及黎族女性自古以来就会黎锦纺织技术。唱山歌、种山兰、织黎锦,是黎族女性意象符号的三个主要能力特征,尤其是织黎锦,至今已有近 3000 年的历史。从内容上说,黎族没有自己的文字,所以黎锦上的各种符号和图案,成为了解黎族早期文化的一个重要历史文献,从这些图案和符号中,我们能够解读出许多民族文化符码。从形式上说,黎族人民在制作黎锦时所使用纺、染、织、绣等技术方法,在世界上都是最为古老的棉纺织染绣技艺。这种纺织技艺被如今还被称为中国纺织业乃至世界纺织业的"活化石",联合国教科文组织于 2009 年将其列入"急需保护的非物质文化遗产名录"。

我们可以看出,在黄道婆进入海南岛之前,黎族人民已经掌握了比较先进的纺织技术。但是,由于黎锦纺织技术主要是在黎族之中流传,缺乏必要的沟通和交流,因此它的差异性和异质性难以得到明显的体认。我们从民族互鉴的角度来解读,从跨民族比较文学阐释学的角度来分析,就可以看出黄道婆意象对铸牢中华民族共同体意识的重要意义。

进一步说,正是因为黄道婆是从他者视野来考量黎锦纺织技术,才看到黎锦的独特艺术魅力。或者说,在同质民族文化之中,黎锦成为人民群众的一个传统技艺,约定俗成、彼此都会。但是,黄道婆从黎族与汉族跨民族的角度来审视黎锦,就发现了它的差异性。黄道婆这个意象就承担了跨民族文化交流的重要符号作用。但是,不同的文本对黄道婆在崖州学习纺织技术的经历表述不一。《黄道婆在崖州》描述得相对简单些:"黄道婆到了内草村,向姐妹们学习纺织手艺,因为她心灵手巧,很快就学会了,而且能织出色

彩鲜艳、花样别致的筒裙和被面。大家见了,都啧啧称赞。"①文本直接叙述她到了村里,向黎族姐妹们学习纺织技术,和她们一起种棉、摘棉、轧棉、纺纱、染色、织布,青出于蓝而胜于蓝,很快就能织出的五彩缤纷的"黎锦"花被,还同黎族姐妹们团结在一起,共同研究改进纺织技术。《黄道婆的传说》这个文本则介绍得相对详细一些:

> 黎族老大妈听了她的哭泣诉说,流下了同情的眼泪,认她为女儿,不仅在生活上给予无微不至的照顾,还给她传授纺纱织布的技术。黄道婆看见黎族妇女的棉纺织技术和工具都比她家乡的先进得多。在她家乡,要用手剥棉子,工效很低,弹花只用小竹弓,弹出的棉絮不够松,而黎族妇女使用的纺织工具踏车既轻巧,织出的布又精细美观。心灵手巧的黄道婆立志虚心向黎族妇女学习,很快就掌握了黎族的纺织技术和工艺,织出了色彩鲜艳、有奇花异草、飞禽走兽等花纹图案的筒裙、被面,令人赏心悦目,啧啧称赞。②

从这段表述可以看出,黄道婆从乌泥泾到了海南岛,举目无亲、无依无靠,遇到一个黎族老大妈,老大妈听了她的身世,异常感动,所以收留了她,这也是黎族人民热情好客、勤劳善良的品性特征。而且,还教给她纺织技术。黄道婆正是从跨民族的角度意识到黎锦纺织技术的重要价值。所以,她感恩于黎族老大妈的收留,潜心学习黎锦纺织技术。封建社会,没有机械化的造衣厂,人民群众的衣服都是依靠手工制作,衣食住行又是人类的基本需求,所以纺织技术就是一项非常重要的生产生活技能。正是因为黄道婆所处乌泥泾地区纺织技术落后,没有海南地区那么发达和先进,才激发了黄

---

① 《黄道婆在崖州》,参见广东民族学院中文系编:《黎族民间故事选》,上海:上海文艺出版社,1983年,第214页。
② 《黄道婆的传说》,符震、苏海鸥:《黎族民间故事集》,广州:花城出版社,1982年,第258-259页。

道婆认真学习纺织技术的欲望,并且很快掌握了这门技能。

因此,我们从黄道婆这个意象的发展历程可以看出,她虽然身处底层,没有冼夫人那样的高贵出身,也没有接受她那样的家庭教育,更不可能有她那样的文韬武略,她只是一个底层的平凡的苦难的女性。但是,她却胸怀一种难能可贵的工匠精神,精益求精,不断学习海南地区的纺织技术,并且用这种精神影响着当地的黎族人民。在中国封建社会,黄道婆在逆境中坚强,在各种困难之中寻找生存的希望,这就是其宝贵之处,也显示出工匠精神的文化品格。

三、"黄道婆"意象与黎族人民的耕读品格

黄道婆的文化传承精神体现在哪里呢? 黄道婆的重要历史意义,不仅仅在于她的工匠精神,在历史上,具有工匠精神的杰出人才包括女性杰出人才不在少数。从根本上说,黄道婆这个意象的重要历史意义在于,她从海南回到了她的老家乌泥径地区,并且把她在海南学到黎锦纺织技术也带了回去,手把手教当地的汉族女性学习和改革创新纺织技术,传承发展了纺织技术,弘扬了中华民族中的耕读传家品格,也继而带动了当地的经济社会发展,促进了两个民族的文化交流,这就是这个意象的民族价值和文化价值。

关于这个问题,《南村辍耕录》有一段比较经典的论述:"国初时,有妪黄婆者,从崖州来,乃教以作造杆弹纺织之具,至于错纱配色,综线挈花,各有其法,以故织成被褥、带、帨,其上折枝、团凤、棋局、字样,粲然若写。人既受教,竞相作为;转货他郡,家既就殷。未几,妪卒,莫不感恩洒泣而共葬之;又为立祠,岁时享之,越三十年,祠毁,乡人赵愚轩重立。今祠复毁,无人为之创建。道婆之名,日渐泯灭无闻矣。"①根据这段论述,我们可以知道黄道婆的文化传承精神之所在,也就是说,黄道婆在海南岛居住了约40年的时间,

---

① 陶宗仪:《南村辍耕录》,沈阳:辽宁教育出版社,1988 年,第 288 页。

在这段时间,她掌握先进的黎锦纺织技术,而且也积极在黎族聚集区传习这种先进技术,在广东民族学院中文系编的《黎族民间故事选》和符震、苏海鸥编写的《黎族民间故事集》两个选本中,都有很多关于黄道婆成名以后不卑不亢、高风亮节的描写,还有同黎族的黎头、峒首机智作斗争的细节。但是,这些叙述者是从黎族文学的角度来展开的,并没有从客观历史的角度分析黄道婆回到老家乌泥径之后的相关所作所为。

因此,在这一段文献中,我们可以看出,黄道婆从海南崖州回去之后,改进了当地的纺织技术,具体地提出了"错纱""配色""综线""挈花"等具体的纺织工艺,不仅在纺织工具上进行创造性改进,而且在织布技术上进行了大刀阔斧的改革,这些改革既得益于她在崖州四十年的纺织技术积累,也得益于她对乌泥径当地纺织工艺的知根知底。正是在这种民族文化与民族技艺的交流对话之中黄道婆取得了巨大的成功,织出了五光十色、丰富多彩的棉布和"乌泥泾被",极大地改进了当地的棉纺织产业的生产力和生产效率。以至于她去世以后,人民群众悲痛万分,为她建立祠堂,以表示纪念,正如海南人民为冼夫人建冼夫人庙一样。虽然黄道婆的宗祠并不在海南,但是她确实是海南黎族棉纺织文化的传播使者,她带去的海南的纺织文化和耕读传家精神,具体体现在以下几点。

第一,"工匠精神"。长三角地区是中国最著名的丝绸之乡、鱼米之乡,尤其是杭州及相关区域,养蚕业、纺织业都是相当发达的。费孝通在《江村经济》中就详细介绍了当地的蚕丝业、纺织业产业发展问题。该书还被誉为"人类学实地调查和理论工作发展中的一个里程碑"。所以,在当地,纺织技术比较高的女性,地位相当高,因为中国古代是一个"男耕女织"的传统农业社会,男子上山下田,在外干体力活、重活,解决吃饭的问题,女子在家相夫教子,同时又掌握纺织技术,解决穿衣的问题,这样的搭配,才构成了中国古代社会的长期稳定和谐。而且,黄道婆所在区域的男子喜欢娶大几岁的女性,因为她们会纺织技术,这是一项重要的技能,所以会纺织技术的女性在相亲的过程中非常受欢迎。黄道婆聚焦于"男耕女织"中的"织",可以说是聚焦主业,聚焦于重大的社会经济问题,带动当地的纺织业革命,"一方面,黄道婆的'工匠精神'体现在其所织棉布的'粲然若写'历史文献中;另一方面,黄道婆无私地传播棉纺织技艺又体现了'工匠精神'中的'非利唯艺'的目的。因此,她才能得到乌泥泾乡民的敬重和崇拜,最终引发了黄道婆文化"①。她专注于技术,毫不利己,专门利人,用自己的纺织工匠技术改变了经济结构,也改变了当地民间习俗和文化结构。

　　第二,"非利唯艺"。什么是工匠精神呢? 无论是过去还是现在,先进的科学技术都是推进一个国家和民族发展的根本动力,只有不断创新技术,才可能解放和发展生产力。要实现技术创新,又必须要具备工匠精神,对黄道婆而言,"黄道婆文化本质表征的是纺织工匠精神,完全符合工匠精神'严谨专注、注重细节、精益求精、无私奉献'内涵。正是在'严谨专注、注重细节、精益求精、无私奉献'态度下,黄道婆及其后继者不断地改进从海南崖州黎族传入到长三角地区的棉纺织技术,创造出中国棉纺织技术的最高峰。而在'无私奉献'的精神指导下,黄道婆及其后继者又无私地传播棉纺织技术造福乡里,从而形成黄道婆崇拜现象,为黄道婆文化的形成奠定了坚实的基础"②。从黄道婆一生的经历来看,她一生专注于纺织技术,从乌泥泾到崖州,再回到乌泥泾,不忘初心,始终如一。同时,她又特别注重纺织技术细节上的改革和创新,从小处着手,从实践性和操作性比较强的细节着手,精益求精、追求卓越。最重要的是黄道婆这个人物意象的无私奉献精神。实际上,凭借她的技术和才能,完全可以把自己的业务做得很大,自私一点,就可以形成一个品牌、一个产业,最大限度实现自己的个人利益,但是黄道婆却把全部的精力和时间用于教育和推广纺织技术,让一个区域、一个民族都活

---

① 刘安定等:《黄道婆文化的再研究》,《丝绸》2019 年第 3 期。
② 刘安定等:《黄道婆文化的再研究》,《丝绸》2019 年第 3 期。

起来,这就是一种"非利唯艺"的敬业精神。

　　第三,文化传承。具体地说,黄道婆传播了怎样的文化呢? 有学者将黄道婆文化划分为本质、内核、外延三个部分:"黄道婆文化包括本质(工匠精神)、内核(乌泥泾棉纺织技术)、外延(地域文化)三部分组成。其中作为其内核的乌泥泾棉纺织技术所体现的是中国古代的工匠精神,而其外延则是由于乌泥泾棉纺织技术对长三角地区产生过巨大的影响,改变了当地人的生产、生活状态,从而形成独特的乌泥泾棉纺织文化。黄道婆文化则是在乌泥泾棉纺织技术、棉纺织文化与长三角地区的风俗习惯的互动过程逐渐形成的一种地域文化。"[①]这个论断比较全面,黄道婆文化包含工匠精神、棉纺织文化、地域文化三个层面,这是一个逐渐深入、逐渐递进的层面。当然,这个表述忽视了一个非常重要的问题,就是黄道婆在黎族与汉族之间的民族互鉴、文化穿插与文化传播问题。黄道婆如果仅仅在汉族之中生存,那么她不可能有这样的历史结局,如果她仅仅在黎族之中生存,可能比仅在汉族之中的作用影响更大,但是也大不到哪里去。正是因为她从汉族而来,深入到黎族,然后又回到汉族,这种迂回之中,一直贯穿着她对黎锦纺织技术的传承与发展,通过纺织技术这个平台,建构和发展了耕读品格、工匠品格和勤劳品格,这不是某一个民族的文化品格,而是中华民族共有的品格特征,而且,黄道婆通过纺织技术来带动一个地方以及中华民族的文化精神,继而形成经济社会发展的强大动力,这就是文学意象的文化内蕴。

---

① 刘安定等:《黄道婆文化的再研究》,《丝绸》2019 年第 3 期。

第四章
比较文学与黎族文学的生态意象阐释

　　本书第一章,主要分析了黎族文学的历史形态及其当代转型,重点对黎族口传民间文学的各种形态以及当代黎族作家文学的各种形态进行了系统的梳理和辨析,对黎族文学的总体结构有了一个基础性的描述,这是一个总体性概述。第二、三、四章是分类叙述,第二章在第一章的基础上,对南海区域黎族文学的神灵意象谱系进行了详细阐述,尤其是对"雷公神""大力神""黎母山""台风精"等神灵意象进行了阐述。第三章在第二章的基础上进一步深化,对神灵意象之后的人物意象谱系进行了阐述,尤其是对"丹雅""尔蔚""亚坚""打拖"等人物意象的各种品格特征进行了比较全面的描述。

　　本章是第四章,重点对黎族文学中的生态意象进行阐述。所谓生态意象,是指文学作品中,通过人格化虚拟和主观性想象,赋予自然界中的客观动植物以主体化的生命意味,在人与自然之间构筑富有灵性的精神对话桥梁,继而实现天人合一、物我不分的文学境界。现当代中外文学作品研究中,越来越多地对生态意象给予关注,例如,吕子青《莎士比亚〈泰特斯·安特洛尼克斯〉中的生态意象研究》就指出:"本文通过解析《泰》中蕴含的生态意象,呈现莎士比亚心中的自然形象,并进一步剖析莎士比亚的生态思想,探寻文艺复兴时期诗人们生态意识的历史渊源。"①这里就明确点到了生态意象的问题。实际上,从 20 世纪中后期以来,生态文学已经成为当今世界文学研究的一个重要热点和学术前沿问题,1962 年美国作家蕾切尔·卡逊创作了被视为第一部生态文学作品《寂静的春天》,在全世界唤起了广泛的生态环保意识。近年来,国内外比较文学界对文学文本的文学人类学阐释和生态美学阐释也越来越时髦。

回过头来,中国文学中,也历来具有生态文学的倾向,从《老子》《庄子》到近现代的很多文学作品,都不乏相关论述。但是,古今中外,对生态文学研究比较多,对文学作品中的生态意象研究还不够,尤其是对生态意象与神灵意象、人物意象之间的联系和差异,更是寥寥无几。笔者认为,南海区域的黎族文学文本,除了神灵意象、人物意象之外,还有较多的生态意象,对这些意象谱系的梳理和把握,能够让我们更深入理解黎族的自然观、生态观和美学观。而且,当前海南正在建设自由贸易港,对生态文明建设也提出更高要求。所以,本章从历史文献和文学文本中进行梳理和展开,从生态文学、文学人类学和诗化哲学的层面进行文化阐释,对我们理解南海区域黎族民族文化,以及海南自由贸易港建设,都有重大现实意义。

第一节 "甘工鸟"意象的生态文化阐释

黎族文学中的第一个重要的生态意象,就是甘工鸟。值得注意的是,生态意象不是纯粹客观的动物、植物意象,也不是纯粹的主观想象物,它是一种似有似无、亦虚亦实的复合式意象符号。很多生态文学研究著作都认为生态意象就是一些自然的山川、河流、草木、生灵等。实际上,这些只是自然

---

① 吕子青:《莎士比亚〈泰特斯·安特洛尼克斯〉中的生态意象研究》,《牡丹江大学学报》2019 年第 5 期。

意象,并不是严格意义上的生态意象,文学文本中的生态意象一个最重要的特征,就是天人合一、和谐自然、共生共存、整体发展,它贯穿着人与自然的深层次沟通和对话。所以,并不是说文学文本中有几个关于花花草草、山河湖海的描述就是生态文学,这一点我们必须要分清楚。

具体地说,在前面已经分析过,南方少数民族,尤其是广东、广西,以及南海区域的少数民族,基本都有"鸟崇拜"和"蛇崇拜"的倾向。但是,黎族文学文本中的"鸟崇拜"又与众不同,它体现了黎族对"鸟"这种生命体的独有认识。因为鸟在黎族文化中,具有重要的民族起源阐释作用:"在黎族的神话传说故事中,蛇、狗、鸟、鱼等动物,所占有的地位是很重要的。它们常常被当作真、善、美的正面形象来歌颂。从这些神话传说中,我们看到黎族的始祖是由蛇卵生的、与动物交配演变成的。"[①]也就是说,鸟在黎族意味着真、善、美。在黎族的文学文本中,反映鸟的生态意象的文本主要有三个:《甘工鸟》《纳加西拉鸟》《麻雀的故事》,在此,我们以《甘工鸟》为主来阐明这个问题。

一、"阿甘"与"劳海"人性中的生态元素

《甘工鸟》的核心意象是甘工鸟,并且整个文本都与鸟相关联,在对主人公阿甘和劳海的叙述中,整体贯穿了生态意象元素。我们先来看这个文本是如何对其人性中的生态元素展开描述的。"古时,在七江溪边的南迪村,有一个姑娘叫阿甘,她是爹妈的独生女儿,是爹妈的掌上明珠。阿甘心灵手巧,会刺绣,会种地,样样活儿都能干。"[②]阿甘是一个黎族姑娘,种山兰、唱山歌、织黎锦,这些技能都是她的长项,这是一个典型黎族女性意象,传承了黎族女性的一般优秀品格。

---

① 邢植朝:《黎族文化溯源》,广州:中山大学出版社,1993 年,第 24 页。
② 《甘工鸟》,符震、苏海鸥:《黎族民间故事集》,广州:花城出版社,1982 年,第 131 页。

　　紧接着,文本描述了另一个主人公——劳海。在其他的黎族文学文本中,也有男主角被叫作"劳海"。劳海是一个猎人,两人的相遇,源于一个中间媒介意象——"鹿",我们在后面的《鹿回头》一节中,将会对这个意象进行详细阐释。在此只想表明,鹿这个意象,在黎族文学中非常普遍,运用也很广泛。阿甘在山兰园子里一边拔草,一边唱山歌,她看见一头鹿被射中了,追来拿猎物的,正是她认识的猎人劳海。这是一个浓眉大眼、年轻力壮的男子。

　　劳海与阿甘彼此认识,而且他们两人的爹爹也是好朋友,所以阿甘邀请劳海到家中做客,阿甘的父母请他喝水吃饭,甚是热情。吃完饭,阿甘送劳海回家,一路两人还情不自禁地深情对歌,阿甘唱:

　　　　有心行路不怕难,
　　　　不怕路湿草又乱;
　　　　乱草拦路用刀劈,
　　　　草儿劈断心不断。

　　劳海也接着唱道:

　　　　阿妹的话像香蕉,
　　　　阿妹的话像蜜糖。
　　　　红藤白藤一条心,
　　　　哥哥妹妹成对双。①

　　两人的情歌对话,显示出一种情真意切的浓烈爱情。两人都情有独钟,

---

① 《甘工鸟》,符震、苏海鸥:《黎族民间故事集》,广州:花城出版社,1982年,第132页。

盼望成双成对,这是一对青年男女自然而然、水到渠成的恋爱。随后,两人在椰子树下定了婚约,也有的文本说是在槟榔树下定的婚约。不管如何,两人的海誓山盟就在黎族土地上发生。从这段文本来看,阿甘和劳海人性中的生态元素体现在以下几个方面。

首先是人物意象处于生态化的自然环境和诗意化的田园风光。七仙岭位于保亭县,山清水秀,绿树成荫,这里呈现的是一个生态海南意象符号。其次是生态化的性格意象。阿甘长得漂亮,这是形象上的理想主义描述,除此之外,她还会织黎锦、唱山歌、种山兰。前面我们分析丹雅公主等黎族文学中的女性意象的时候,经常会提到黎族女性的三个基本配置符号,即种山兰、织黎锦、唱山歌。在这里也不例外,这是黎族文学在描写女性形象时的基本规律。只是说,阿甘比其他黎族女性意象更加注重唱山歌,更加注重用在《甘工鸟》这个文本中,侧重了对“鸟”这个意象的描述,阿甘唱山歌,连天上的飞鸟也停下来侧耳倾听。这种叙述元素,为后文的“化鸟”的情节做好了铺垫。除了唱歌,她也善舞,对黎族人民群众来说,民间常常能听到这样的说法:“能说话就能唱歌,能喝水就能喝酒,能走路就能跳舞”,这不仅是黎族的共性,也是很多少数民族的基本特征。阿甘跳起舞来,彩云都围着她转,彩云也具有了与阿甘轻舞飞扬的主观意愿,这是人格化的自然意象,也是生态阐释的重要元素。

可见,飞鸟和彩云,以及他们立下山盟海誓的槟榔树,这些自然世界的意象符号,已经不仅仅是一种自然意象,而是一种生态意象,因为它们都和阿甘、劳海形成精神层面和行动层面的内在通约和契合,鸟可以倾听她的歌声,彩云可以为她伴舞,动物和植物都已经人格化描述。而且,人也被自然化描述,这两个方面的融合,就构成生态意象的基本要素。在阿甘这个生态意象之中,人和自然合二为一、天人合一。与才貌双全的阿甘相对应的,是勤劳勇敢的劳海。女的阴柔,男的阳刚,天造地设。对劳海的书写,则不是像汉族很多文学作品的男性意象描述一样,汉族文学经典中,常见温文尔雅、满腹锦纶的书生形象,他们知书达理、满腹经纶,但是在少数民族文学文本中,对一个男性整体的评价标准,主要是他们在社会中获取生活资料、生产资料的能力。所以,对劳海的意象描写,也就赋予了射箭的技艺。阿甘和劳海,意味着才貌双全与勤劳勇敢两种人性品质的结合,意味着阴柔之美与阳刚之气的结合,他们的情投意合,也是符合爱情基本规律的。当然,除了形象特征,他们的人性特征中的基本品格,也符合生态自然规律,彼此毫无违和感。

二、"奥雅"与"帕三顺"意象的反生态元素

但是,阿甘和劳海的生态元素并不是常态稳定,从叙述学的角度来分析,它必然要遭受到一些制衡,或者说,生态意象要被一些反生态的示意符号所破坏,这是黎族文学文本的一个基本规律。在无阶级社会,这些反生态意象主要是一些神话中存在的妖魔鬼怪和神灵意象,在阶级社会,主要就是一些剥削阶级的代表,例如"峒主""黎头"等形象符号,这个文本也不例外,"七江有个奥雅,提起他的姓名,人人都害怕。奥雅的瓦房宽又高,但燕子从来不到那里去筑巢。奥雅的家人天天吃鱼吃肉,剩下的骨头堆成山,但饿狗走过连看也不敢看。奥雅有一个儿子叫作帕三顺,生了满身毒疮,像癞蛤蟆一样"①。

从对阿甘和劳海的意象描述中,我们可以阐释出众多的生态意象元素,但是在这里,奥雅和他的儿子帕三顺,却是典型的反生态意象元素。奥雅是一个峒主,也是一个恶霸,鱼肉百姓,无恶不作,连天上的燕子都不去他家。在民间,燕子在屋檐下筑巢,意味着吉祥如意,连燕子都不去,说明这是一个倾向于邪恶的家族。他家吃剩的骨头,恶狗都不愿看,狗本性爱吃骨头,但是恶狗都可以克制自己的本能,拒绝和峒主发生关联。这些都表明,燕子、

① 《甘工鸟》,符震、苏海鸥:《黎族民间故事集》,广州:花城出版社,1982年,第132页。

狗这些动物意象,与峒主身上的精神品格不吻合,如果说燕子和狗是生态意象,那么峒主在这里就是反生态意象。尤其是他的儿子帕三顺,满身毒疮,好比是癞蛤蟆,癞蛤蟆是丑陋的、阴暗的动物意象。可见,为了展现这两个人物的反生态元素,叙述者采用了"燕子不住""恶狗不吃""貌似蛤蟆"这样三个叙述元素。与前面两个生态意象相比,显然是善恶分明。阿甘意象用的是飞鸟、蝴蝶等美学意象,与这三个意象元素形成一种强烈的反差,也显示出黎族文学鲜明的价值判断体系。

之所以这样设计,是因为峒主在这里承担着反生态意象的功能,他试图刻意破坏阿甘和劳海的两情相悦,于是安排媒婆送聘礼来抢亲。峒主在黎族社会中,就相当于汉族的地主,他们拥有土地,也拥有当地的治理权,属于地主阶级、剥削阶级,他们与人民群众的矛盾是不可调和的对抗性元素。在大多数时候,黎族人民只能将这种与生俱来的身份差异归之于命运的主宰,正如儒家思想中的"死生有命,富贵在天",安贫乐道,自娱自乐,自我麻痹,不敢抗拒统治阶级。所以,季羡林先生也认为:"在奴隶社会和封建社会里,那些劳动人民,一方面看到人类在对大自然的斗争中有时候简直是束手无策;另一方面,他们又看到,有些人四体不勤五谷不分,而享受却非常好,吃的是山珍海味,穿的是绫罗绸缎,另一些人终年辛苦,结果却是食不果腹,衣不蔽体;这些现象他们无法解释,只好推之于命运。"①这也意味着,这些处于底层的黎族人民,不得不自甘认命,只能通过其他方式转移自己内心的不满。

除了这两个反生态意象之外,依然还有帮凶者,即媒人。媒人收到奥雅的好处,于是带着聘礼,先是昧着良心描述帕三顺是如何的英俊潇洒、才华横溢,奥雅是如何有钱有势,并且送了槟榔定亲。但阿甘的父母是不会同意的,软的不行,就来硬的,软硬兼施。所以,拥有先天阶级优势的峒主试图抢

① 季羡林:《比较文学与民间文学》,北京:北京大学出版社,1991 年,第 121 页。

走阿甘,嫁给帕三顺,让她做奥雅的儿媳妇。但是阿甘和劳海必须抗拒这种力量,所以劳海射箭保卫,然而峒主毕竟人多势众,劳海被打成重伤。

值得注意的是,在以往黎族文学文本中,此时的人物形象往往都有神灵意象相助,例如《丹雅公主》中的丹雅,她为了保护儿子伯打和儿媳妇山花,同山花的鬼母、鬼父以及一帮小鬼做斗争,如有神助。《打拖》《尔蔚》《亚坚》等文本中,都有诸如土地公公、龙王、神龟这些神灵意象的帮助。但是,在这里,黎族文学文本中的神灵意识越来越淡化,劳海与黑恶势力作斗争,孤军奋战,以一敌十,没有谁帮助,所以才出现了重伤的悲剧。阿甘还是被抢走了,但是她宁死不屈,坚决不同意和峒主家儿子结婚,强扭的瓜毕竟不甜。所以,日夜相思的两个年轻人,只能以泪洗面,终日在痛苦之中。

那么,阿甘和劳海两个年轻人如何渡过这种劫难呢? 他们最终凝结在"鸟"这个生态意象之中,这里的鸟并不是我们通常所看到的作为动物的"鸟",作为动物的"鸟"只是一种生命体,它拥有鸟的属性,但是与人无关。作为生态意象的"鸟",它具有与人对话的生命意识和灵性特征,它具有人格化的元素,具有一种被赋予的生态思想意识。

就在这天夜里,仙人向阿甘托了一个梦:"好姑娘,把身上的银环链放在白里春成一对银翅膀,插在背上,就能在天上自由飞翔。再把翅膀摇三摇,'甘工、甘工'叫三声,就能恢复人形;把翅膀敲三敲,'甘工、甘工'叫三声,狂风暴雨就会来……"

阿甘惊醒过来,急忙解下银环银链,放在白里用木杆春。"铮! 铮!"双手累了,还是继续春着;木杆越来越重,双手,渐渐麻木了,但她还是咬紧牙关,拼命地用力春。快到天明,春成了两面银翅膀,她才松了一口气,擦一擦额上的汗珠。将银翅膀插在背上,突然觉得身体轻飘起来,她试叫一声"劳海哥哥",已经是鸟的声音;她试着飞到谷仓的梁上,一下子就飞上去了。①

在这里,依然延续了《尔蔚》《台风的传说》等黎族文学文本中的"托梦"母题。仙人向阿甘托梦,介绍了摆脱困境的办法。为了克服爱情的苦难,阿甘把身上的装饰物变成了翅膀,变成一只小鸟飞出去了。恶霸峒主当然暴跳如雷,但是无济于事,插上翅膀的小鸟,自由翱翔在蓝天,阿甘作为人的生命已经终结,她化作了"鸟"去找寻劳海,向劳海吐露自己所遭遇到的种种不幸。在天愿作比翼鸟,在地愿作连理枝。劳海也同样深爱着阿甘,他同样终结了属于自己的个体生命,然后化作鸟,相伴而去。两个本是相亲相爱的年轻人,不能在人间幸福地生活,只能在七仙岭的天上自由地歌唱,他们发出的"甘工"之声,成为爱情的绝唱。

所以,人化作了自然之物,而自然也化作了人的一部分,他们成为黎族人民摆脱苦难生活的一种理想、一种憧憬。刘介民教授从比较文学的角度分析了这种变形的重要意义:"神话中的变形,是人类心灵不可缺少的一部分,为人类心灵打开了一扇窗户,使人洞悉了其中的潜意识活动。从不同的角度来探讨这种变形的原则和意义,更有利于把心灵和世界融合在一起。"②这就是文学意象的生态阐释形态。

三、"甘工鸟"生态意象的天人合一精神

在生态元素和反生态元素的对抗博弈之中,"甘工鸟"这个意象如何体现黎族文学生态意象中的天人合一精神呢?那就是"化合"。我们知道,西方哲学知识话语讲究的是"清晰",通过概念、判断和推理等一系列逻辑步骤来认识世界。从现象到本质,从形而下到形而上,先有一个清晰的思维概

---

① 《甘工鸟》,符震、苏海鸥:《黎族民间故事集》,广州:花城出版社,1982年,第134页。
② 刘介民:《从民间文学到比较文学》,广州:暨南大学出版社,1998年,第295页。

念,然后通过理性的演绎,最后认识世界的本质。但是中国哲学却反其道而行之,中国艺术精神并不提倡一种清晰的逻辑,而是一种自然而然、道法自然的含混诗学。例如,庄子说:"天地有大美而不言,四时有明法不议,万物有成理而不说。"(《庄子·知北游》)。法国当代比较文学家弗朗索瓦·于连将这一段翻译如下:

Le ciel et la Terre ontleurgrandebeauté,mais n'enparlent pas;

les quatre saisonsontleurordrelumineux,mais n'endiscutent pas;

les dix milleetresontleur structure propre,mais ne la formulent pas;[1]

在这段译文中,弗朗索瓦·于连试图将庄子的道家思想翻译成法文,实际上,在法文语境中,根本无法阐释"大美""明法""成理"这样的范畴。因为中国哲学不像西方哲学一样把主体与客体、大与小、明与暗、成与毁进行二元对立设置。在中国,它们之间是一种对立转化、辩证统一的有机结构。在中国传统文化中,"化"是天人合一的最高境界,"化"意味着太极中和的至高统一,意味着人与世界的浑然一体,即物我不分、合二为一。这在道家思想中体现得尤其明显,《庄子·齐物论》中有:"昔者庄周梦为胡蝶,栩栩然胡蝶也,自喻适志与,不知周也。俄然觉,则蘧蘧然周也。不知周之梦为胡蝶与? 胡蝶之梦为周与? 周与胡蝶,则必有分矣。此之谓物化。"[2]庄子在梦中化作蝴蝶,他不知是蝴蝶化作了自己,还是自己化作了蝴蝶,浑浑噩噩,但是又明明白白,这里的蝴蝶,就是中国古代的生态意象,甚至可以说,这就是最早的生态意象之一。

另外,化蝶的意象还体现在《梁山伯与祝英台》之中,它与《白蛇传》《孟

---

[1] François·Jullien. *Du temps*. Paris:éditions Grasset et Fasquelle, 2001, p.63.

[2] 庄子:《庄子》,孙雍长注译,广州:花城出版社,1998 年,第 35 页。

姜女哭长城》《牛郎织女》并称为汉族民间"四大爱情故事"。梁山伯与祝英台,生不能相聚,死也要在一起,所以他们最后化蝶,纷纷起舞。在中国各民族文学中,很多这样的"化",在人世间他们的愿望不能实现,于是化作另一种生态意象,继而在另一个世界实现自己的梦想。这种书写形式,在西方文学中并不多见,因为西方文化追求的是概念、判断、推理的知识逻辑,他们认识世界的过程中,首先要确认主体和客体,清晰地辨别我是谁,我从哪里来,我能否认识世界,我如何认识世界,这样一来,人与自然就决然地划分开来,西方也就产生了哲学,产生了各种认识论、方法论、体系论、逻辑论等。

但是中国文学与文化并没有将主体与客体割裂开来,因为中国文学总是试图在人与自然之间构建一种和谐的境界,中国诗歌更倾向于在花鸟虫鱼等自然意象之中倾注主体意识,继而将自然意象转变为生态意象,继而生成一种天人合一之境界,正如王国维所说:

> 有有我之境,有无我之境。"泪眼问花花不语,乱红飞过秋千过。""可堪孤馆春寒,杜鹃声里斜阳暮"有我之境也。"采菊东篱下,悠然见南山。""寒波淡淡起,白鸟悠悠下。"无我之境也,有我之境,以我观物,故物皆著我之色彩。无我之境,以物观物,故不知何者为我,何者为物。古人为词,写有我之境者多,然未始不能写无我之境。此在豪杰之士能自树立耳。

其实,我们可以看出,西方文学更倾向于"有我之境",中国文学更倾向于"无我之境"。在《甘工鸟》这部作品中,这里的"化"虽然不是庄子的"化蝶",但是它所呈现的"化鸟",仍然浸透着浓厚的生态意象元素。通过以上分析,我们就可以理解,《甘工鸟》中的阿甘与劳海,最后"化鸟"的叙述元素,与中国古代文论与文学家中的"化蝶",其实是一脉相传的,无论是"化鸟"还是"化蝶",都体现了中华民族(包含汉族、黎族及其他少数民族)文化中的天人合一精神,这种文化精神主要就是体现在这些生态意象之中,也构成中华民族共同体意识的组成部分。

阿甘和劳海,包括梁山伯与祝英台,这些人物意象之所以能够千百年来在民间口口相传,常盛不衰,一方面在于他们之间的爱情故事体现了真善美的人性诉求,真心相爱、真诚相待,这是人间对幸福美好生活的深切向往,也是对诗意田园世界的执着追求。但是,人生十有八九都是苦痛,所以中华民族在面对各种困难、阻碍的时候,就衍生出不同的处置形式。因此,另一方面的重要贡献就是,他们没有将对抗进行彻底化设计,没有在人与人之间反复叙述"二元对抗"情节,而是导向了天人合一的自然世界,质本洁来还洁去。人世间的愿望不能实现,则通过文学想象的形式,实现人类对真善美的诉求,将人物意象从二元对抗中抽离出来,进入自然世界和生态意象世界,无论是"鸟"也好,还是"蝶"也好,他们都寄托了中国古代人对于山水的由衷热爱,寄情于山水之间,登山则情满于山,观海则意溢于海。这种陶然自乐的心态,在中国文学中比比皆是,例如陶渊明"采菊东篱下,悠然见南山",王维"山路元无雨,空翠湿人衣"等,这都是在讲求天人合一、物我不分的艺术境界。但是西方文学则不一样,例如《被缚的普罗米修斯》中,普罗米修斯同宙斯的斗争,《美狄亚》中,伊阿宋为了金羊毛,同毒龙及各种怪兽作斗争,美狄亚深爱伊阿宋,甚至为了帮助伊阿宋拿到金羊毛顺利逃脱,不仅杀死了自己的亲弟弟,还将之撕成碎片,扔进海里,为伊阿宋争取更多的逃跑时间。所以,在西方文学中,我们看到众神之间的斗争,人与人之间的斗争,人与自然之间的斗争,等等。反之,中国文学更多倾向于思考人与人之间如何和谐相处,人与自然之间如何合二为一。《甘工鸟》中的生态意象,正是在这样一个背景下生成的。

那么,为什么黎族对"鸟"这种意象情有独钟呢?这个符号在黎族文化精神中具有怎样的意义内涵呢?为什么甘工鸟会成为黎族文学的一个非常重要的生态意象呢?

(一)鸟是百越民族共有的生态意象。《甘工鸟》中特别突出了鸟的生态意象功能,从最开始阿甘的歌声与鸟儿的对话,到最后他们双双化作了鸟,都可以看出黎族文学中的人物形象与自然世界之间的内在契合,同样,"百越民族及其后裔是崇拜鸟的民族。崇拜鸟的原因是因为鸟类能够占卜,知晓天文地理,可以左右人们的精神生活。早期社会人们一直使用鸟卦,当鸟类驯化为鸡这之后,鸡卦代替了鸟卦,延续了鸡卦一直是数字易卦的这一主要筮法"①。从张一平对百越古国文化的研究来看,百越民族及其后裔大多数具有鸟崇拜,因为原始先民活动能力有限,没有飞机、火车、汽车、轮船等交通工具,生产生活基本靠双腿,所以比起天上的鸟和地上的野兽而言,人类是弱势的,他们也由此而羡慕鸟的飞翔功能,也看到它的占卜功能,"《汉书·郊祀志》提到'粤人信鬼,而以鸡卜',《史记·孝武帝记》也有'越巫鸡卜'的记载,可见'鸡卜'是当时越族的一种占卜方法,这种占卜方法直至解放前在黎族中还完整地保存下来"②。正因如此,看到鸟能够自由翱翔在天空,就幻想自己也能超越空间的限制。所以《甘工鸟》中的阿甘把银首饰插在身上,变作了翅膀,飞出了峒主家,这就是一种鸟崇拜的文学想象。同时,鸟还具有占卜的神奇功能,能够主宰人类,所以当时的人们就用鸟来算卦,后来鸟驯化之后,就用鸡卦来占卜。这也体现了南海区域黎族先民对鸟类这种生态意象的敬畏。

(二)鸟作为生态意象在黎族女性文身中呈现。之所以甘工鸟能够作为一个黎族文学生态意象,是因为它在人类与鸟类之间建立了一个"万物有灵"论的诗学构架,"《南瓜的故事》里所描述的也正是如此。因为黎族先民深信'万物有灵',所以,他们认为长翅膀的,有四条腿的'朋友'和'亲人'几乎都有超乎人类的特殊功能和神力。这是原始人对自然力的依赖和恐惧,

---

① 黄懿陆:《夏商时代的百越民族集团》,张一平等主编:《百越研究》第三辑,广州:暨南大学出版社,2012年,第13页。
② 苏英博等主编:《中国黎族大辞典》,广州:中山大学出版社,1994年,第414页。

也反映了在原始人的思想意识里,动物无疑比人更具有力量,更聪明。这种认识,实际上就是人类社会幼年时代的产物,是原始生活经验的结晶"①。在黎族族群中,鸟不仅有人格化的元素,人类也在有意识地倾向于鸟类的生态化元素。

例如,关于纳加西拉鸟的传说,就可以生动地说明生态意象在文身中的呈现,大体意思是,黎族的族源是一个叫纳加西拉鸟的动物,"在白沙县本地黎人中流传着一个传说,讲的是一个名叫'纳加西拉'的鸟含着谷类把一个失去母亲的女儿养大。为了纪念这种鸟,本地黎人的妇女便在身上刺上'纳加西拉'鸟的翅膀花纹。这个传说在美孚方言的黎族中也有流传。此外,本地黎人在服饰上、发簪上都带有鸟的图案。这些都反映出鸟是黎族祖先的保护神"②。除了这里的描述,另外也有学者从族源神话的角度进行阐释:"族源神话是少数民族民间文学的一个重要组成部分。在黎族神话传说中,关于黎族的起源有多种解释,其中有包含女始祖方面的内容。比较典型的是《纳加西拉鸟》。故事的大致内容是:黎族的祖先有个女儿,出生后不久母亲就去世了,被一个名为'纳加西拉'的鸟口含谷类哺育长大。为了不忘鸟的养育之恩,以后的黎族妇女便一代传一代地在身体纹上'纳加西拉'鸟翅膀的花纹,以志纪念。故事解释了黎族的族源,也解释了黎族妇女文身习俗的形成。这毫无疑问是图腾崇拜的表现,同时也明显反映了母系氏族社会的特征。"③这些论述都表明,鸟的意象在黎族文学与文化中的生态示意功能。所以,阿甘、劳海变异成甘工鸟,就是一种天人合一的具体体现,也展示了黎族对这种意象的文化价值观念。

---

① 邢植朝:《黎族文化溯源》,广州:中山大学出版社,1993 年,第 22 页。
② 牛志平等:《海南文化史》,海口:海南出版社,2008 年,第 88 页。
③ 王海:《古远而丰厚的沉淀——试论几组黎族神话和神奇故事的文化意蕴》,《民俗研究》2005 年第 2 期。

第二节　"鹿回头"意象的生态文化阐释

第一节已经分析,甘工鸟是黎族文学中的一个非常重要的生态意象,它不仅展现了黎族文学对鸟的图腾崇拜,更是在对甘工鸟的意象变异与转化之中,展现了黎族文学中的天人合一精神。在本节,我们将着重分析鹿的生态意象,实际上,在上一节中,就已经提到,阿甘的对象劳海,就是一个猎人,他们的真情相遇,源于劳海射中了一头鹿。鹿在《甘工鸟》之中承担了媒介功能,在《鹿回头》之中,则成了主要核心的生态意象,这些意象与人之间的相互转化,正是体现了人与自然的对话与融贯,也体现了一种天人合一的交感诗学联系:"神话中的变型与原始宗教迷信有着千丝万缕的联系,图腾崇拜产生了变型思想。人们把自身与动、植物加以对比、参照,产生'交感联系',形成了在一定范围内与动、植物相联结的神秘共同圈。把人们的生与死、惧与怕、欲与望、喜与怒,通过图腾崇拜,表现在具有动、植物形状的神灵形象上。"[1]所以,这种交感诗学思维,正是产生生态意象的一种重要渠道,也是中华民族共有的一种思维方式。

一、"猎手捕鹿"的常态叙事逻辑

与《甘工鸟》的叙述模式一样,黎族文学文本在这里也塑造了另一个重要的生态意象,即"鹿回头"。"鹿回头"本身是一个陈述句,即表示一头鹿转过头去这个动作。但是,在如今,鹿回头却是指三亚市区的一个风景名胜,"海南岛南端,榆林港附近,有一座小山。这座山面临南海的波涛,掩映在茂密的椰林中。天风海气,景色优雅,是我国南方避寒圣地。它就是享有

---

① 刘介民:《从民间文学到比较文学》,广州:暨南大学出版社,1998年,第295页。

盛名的鹿回头。"①在美景的背后，蕴藏着黎族先民对于生态意象的执着追求。我们首先来检视一下这个文本的基本叙述情节。

说到鹿回头，至今还流传着这样的一个古老传说。

相传古时候在五指山沟里，有一位机灵的青年，是远近闻名的好猎手。可惜孤苦伶仃，家里只有他一个人。有一天，天刚蒙蒙亮，他就手持弓箭，身披树皮衣裳，到山林里狩猎去了。翻过一山又一山，却一无所获。正当他失望的时候，突然，有一只灵巧的梅花鹿，在他面前活蹦乱跳。年轻的猎手高兴极了，立即提起弓箭追了过去。小花鹿回头瞧了猎人一眼，拔腿就跑。年轻的猎手在后面紧紧追赶。越过高山，穿过密林，跨过深涧，进入了一片茂密的椰林。跑呀，追呀，一直追赶到崖州的榆林港。年轻的猎手一看，大海挡住了它的去路，心想这一下一定能捉到它了。正要搭箭拉弓，向它射去，只见小花鹿一回头，霎时变成了一个年轻漂亮的姑娘，跪倒在小伙子的面前。

姑娘望着那小伙子，说："好哥哥，我是一位像小花鹿一样善良的妹子，能忍心杀害我吗？"年轻的猎手听了她这番话，手软了，绷紧的弓箭慢慢地松下来。

姑娘站立起来，走上前去，害羞地站在猎手面前。猎手惊讶地问道：

"你是什么人？"

"我是仙女。"

"你来干什么？"

"我下凡来，就是因为你孤孤单单一个人，与你来作伴。"

年轻的猎手听了，高兴得半句话也说不出来。从此。他俩结成夫妻，在南海之滨的椰林里开荒耕种。

---

① 广东民族学院中文系编：《黎族民间故事选》，上海：上海文艺出版社，1983年，第195页。

这个地方,后来就叫作"鹿回头"。①

　　首先,从故事发生的地点来看,故事发生在五指山附近,其实也就是黎族聚集区所在的琼中、白沙、保亭、三亚一带,大多数的黎族民间文学,都流传在这一带,这里处于海南岛的南部和中部,相对于海口等核心区域来说比较偏远,即使是三亚,也是在后来旅游热兴起以后,才逐渐有了很大知名度。

　　文本的主人公是一个年轻的猎手,其实在前面我们也分析过,黎族女性的主要符号特征就是种山兰、织黎锦、唱山歌,黎族男性的主要符号特征就是射箭。所以,我们在很多黎族文学文本中,都可以看到黎族男性形象的主要技艺就是射箭,例如《甘工鸟》中的劳海,就是一个优秀的猎手。这也说明,黎族文学的社会背景,就是生活在南方山地丛林之中的少数民族集群,在北方的一些少数民族文学之中,我们很容易看到"马""羊"这样的意象符号,但是在南方少数民族文学中,我们更多看到"鸟""蛇"以及射箭这类元素。

　　和《甘工鸟》中的劳海一样,年轻的猎手也是一个聪明机灵的角色,但是他孤苦伶仃,没有父母,也没有其他亲人。他为了谋生,不得不在丛林之中翻山越岭、四处狩猎。但是,一直一无所获,正当他绝望的时候,看到了一只小鹿,这种突如其来的惊喜让他措手不及。对一个猎人来说,这等于是送上门的菜,谁能轻易放过。可是,年轻的猎手一路追寻,正当小鹿走投无路的时候,事情发生了转机。按照正常的叙述逻辑,猎人捕杀了小鹿,然后饱餐一顿,紧接着继续生活,这就是比较正常的思维方式。但是南海区域黎族文学的叙述方式不同,因为如果按照猎人射鹿的逻辑走下去,那么这就不是天人合一的生态意象叙事了,而是显示出猎人这种残忍的杀生举措破坏了人与自然世界的和谐共处。孟子认为,人皆有不忍人之心,儒家思想推崇"仁

---

① 广东民族学院中文系编:《黎族民间故事选》,上海:上海文艺出版社,1983 年,第 195-196 页。

义礼智信",仁者,爱人,也就是说,人对于世界应当有怜悯仁爱之心。尽管猎杀是人类生存的本性,但是从文学艺术的角度来看,这种暴力美学在大多数情况并不能产生审美思绪和生态意义。

所以,从中西比较文学的角度来看,季羡林先生认为:"当一个民族年轻的时候,她同样也对故事有特别的爱好,对古希腊民族的天才,我们都赞美不止。古希腊人不但在哲学、科学、艺术、文学方面有极伟大的贡献,在说故事方面,他们也显露了他们的本领。"①鹿回头显然是一种幻想,这是黎族人民群众在日常生活中寄托的对美好爱情的期望。在西方文学《美狄亚》中,我们也看到美狄亚对伊阿宋不顾一切的爱情,但是最后看到的却是伊阿宋的背信弃义以及悲惨结局。在中国文学,包括黎族文学文本中,我们也可以看到很多美丽的故事:"我们中国的古代,虽然不能像希腊那样引起人们的金色的幻想,但也表现了值得骄傲的想象力。我们的祖先也创造了许多美丽的故事。在古代的文学作品,像《诗经》《山海经》《楚辞》等里面,我们可以找到很多。"②

所以,我们从《鹿回头》这个文本之中,既可以看到"猎人捕鹿"的常态化叙事逻辑,更重要的是,其中还有"人鹿转化"的生态化叙事逻辑,从现实主义的艺术手法走向了一种浪漫主义想象式艺术手法。正如季羡林先生所分析:"你反对幻想。否,我不反对幻想。大家都知道,没有幻想,就没有诗歌;没有幻想,就没有科学。我反对的只是那些不费吹灰之力、草率从事、信手拈来的幻想。"③任何文学艺术都具有虚构的元素,这在神话传说与民间文学中体现得更明显,费尔巴哈认为:"语言不是别的,就是类的实现,'我'与'你'的中介,其目的在于通过扬弃'我'与'你'的个别分离性而表达出的统

① 季羡林:《比较文学与民间文学》,北京:北京大学出版社,1991年,第42页。
② 季羡林:《比较文学与民间文学》,北京:北京大学出版社,1991年,第42页。
③ 季羡林:《比较文学与民间文学》,北京:北京大学出版社,1991年,第195页。

一性。因此语词的元素就是空气,就是那高度精神性的、最普遍的生活媒介。"①在费尔巴哈看来,语言就是一种普遍的生活媒介,我们从这种媒介中,可以看到一个民族的集体无意识和社会集体想象。同样,从《鹿回头》这个文本中,我们也可以明显看到常态化的叙述逻辑,以及非常态的具有想象力的生态叙述逻辑。

二、"小鹿回头"的生态意象变异

从常态化叙述逻辑到生态化叙述逻辑的文本转承点,就在这猎杀的一瞬间。这时,小鹿走投无路,然而并没有继续向前坠崖而死,也没有原地不动,而是发生了"回头"这个动作。这个回头,就是一种生命的对视,这种对视,可以理解为一种祈求放生,更可以理解为一种心灵感应。在对视的过程中,小鹿化成了一个年轻美丽的姑娘。正如前面的"化蝶""化鸟"一样,这里也是"化",只不过这里不是人化作动物,而是动物化作人。同样,这个"化"的过程,也是生态意象的生成过程。为什么小鹿可以化为美丽的姑娘?姑娘又可以化合为小鹿呢?两者之间的通约性在什么地方呢?

显然,两者之间的转化变异,关键就在于中国文化哲学中的天人合一论。中国哲学绝大多数情况都认为天人和谐、太极中和是重中之重的核心思想。西方倡导人定胜天,人类可以战胜自然、认识世界、改变世界,"西方与中国的主流哲学思想正好相反。在天人关系上,西方哲学中的天人相分论占主流;天人相分就是意味着人要战胜自然、克服自然、征服自然,叫作人定胜天,这是西方人的主流思想。当然西方人中也有不少学者主张天人和谐的一面,在古希腊时期就有。但从整体来看,天人和谐论不占主流"②。相反,中国古代主张天人和谐,例如,张载提出了"乾坤父母,民胞物与"的重要

---

① [德]费尔巴哈:《黑格尔哲学批判》,王太庆、万颐庵译,北京:生活·读书·新知三联书店,1958 年,第 11 页。

② 辜正坤:《中西文化比较导论》,北京:北京大学出版社,2007 年,第 77 页。

观点,辜正坤认为:"乾坤指天地,是我们的父母。'民胞物与'的意思是老百姓都是我的同胞,万物都是我的同伴。张载认为自然界的万物,包括动物、植物等,都是我们的同伴,我们要加以爱护,这是典型的生态学思想。生态学思想不是始于张载。《易经》、老子、管子都有这种思想。这是中国古典哲学的核心部分之一,与天人合一论相通。"①通过这样的对比分析,我们就能了解到"小鹿回头"这样一个时间的中西哲学语境和黎族文化诗学语境。

为了阐释"鹿回头"生态意象的文化内涵,我们还可以从文明互鉴和民族互鉴的角度进行对照合读。海明威的《老人与海》就是一个中西互释、文明互鉴的参照系。海明威在其系列文学作品中,塑造了著名的"硬汉"形象,这些硬汉形象包含拳击家、斗牛士、渔夫、猎人、战士等,例如《老人与海》中的老人桑提亚哥。他在海上捕鱼,但是和《鹿回头》中的年轻的猎手一样,苦苦找不到猎物,只不过,桑提亚哥是在海上,年轻的猎手是在山中。桑提亚哥84天都没有捕到鱼,年轻的猎手也是翻了很多高山大河都没有打到猎物。桑提亚哥快饿死了,正当老人绝望的时候,他遇到了一条大马林鱼。这条鱼超级大,也算是对他84天辛苦努力的一种回报,老人是相当惊喜的。正如年轻的猎手一样,在苦苦探寻了许久之后,突然遇到一只小鹿,这种内心的喜欢也是不言而喻的。他们都是处在底层的人,也都是面临生活的绝境,年轻的猎手孤苦伶仃,一人生活,年迈的桑提亚哥也是孤军奋战,漂泊海上。他们都为了生活而拼尽全力。

但是,在对待客观世界和自然生态上,中西方文学体现出截然不同的态度。中国文学尤其是黎族文学文本,在对待自然世界的问题上,塑造了明显的"生态意象"——鹿回头,西方文学却在与自然世界的战斗过程中,体现出明显的"对抗意象"——硬汉。因此,我们能够从比较文学的角度看到中西方文明关于人与自然问题的差异态度,通过这样的对比,也可以很清楚地看

---

① 辜正坤:《中西文化比较导论》,北京:北京大学出版社,2007 年,第 76 页。

到黎族文学生态意象系列的重要异质性特征。

老人遇到了大马林鱼,当然不能放过,他与大马林鱼展开了你死我活的生死搏斗。大马林鱼与桑提亚哥是对抗性的存在,大马林鱼把桑提亚哥的船使劲往大海里面拽,而桑提亚哥把大马林鱼使劲往船上拉,相反的方向,相反的力量,彼此都不放手。尽管桑提亚哥在船上,面临着暴风骤雨以及恐怖的大海,面临没有粮食,没有水源,没有帮手,没有武器,没有其他任何可靠力量的局面,单凭着桑提亚哥的一双手和一条破船来支撑。当然,支撑他的最根本最核心的力量,还是海明威试图展现的硬汉精神——“一个人不是生来要被打败的,你尽可以把他消灭掉,可就是打不败他。”正是这种硬汉精神,桑提亚哥就算是手抽筋,也丝毫没有灰心。经过两天两夜的战斗,终于杀死了大马林鱼。桑提亚哥获得了暂时的胜利,但是在拖着死去的大马林鱼返程的途中,他又遇到了前来夺食物的鲨鱼。这些鲨鱼撕咬大马林鱼,桑提亚哥为了保护自己的战利品,又不得不同鲨鱼作斗争,凭借折断的舵柄,他杀死了一些鲨鱼,但是他的大马林鱼,还是没有全身而退,只剩下一副骨架。但即使是这样,他也只能拖着骨架,回到岸边。

在这场斗争中,谁都不是胜利者,桑提亚哥虽然貌似战胜了大马林鱼,实际上得到的不过是一副骨架,既不能吃也不能喝。大马林鱼也不是胜利者,它败给了桑提亚哥,也在返程途中被鲨鱼咬得干干净净。虽然两败俱伤,但是海明威试图展现的是老人桑提亚哥即使面对不可征服的大自然,即使面对年老体衰的身体条件,即使面对手无寸铁的孤立无助,即使面对一无所获的结局,他依然在精神上自强不息,依靠一种不可战胜的精神力量,对抗外界的一切阻碍。可见,这就是一种典型的主体对抗客体的叙述模式。《老人与海》呈现的一种简洁有力的叙述要素,它具有一种无可抗拒的美,这种美就是在人与自然的对抗之中呈现的。相反,《鹿回头》呈现的是一种生态和谐的美,这种美就是在生态意象的转化之中呈现的,人与鹿之间并没有这种对抗的张力,而是呈现转化的合力,人与自然身心相通,相互帮助,克服困难,而且以鹿为媒介,成就了一段佳缘。所以,这是一种和谐的、生态的、积极的生存样态,也是千百年来中国文学,包括少数民族文学试图呈现的一种样态,例如"行到水穷处,坐看云起时""池塘生春草,园柳变鸣禽""雨中黄叶树,灯下白头人"等,人在自然之中,自然在人的心中,并行不悖,合二为一。

三、"人鹿交感"的生态伦理阐释

陈立浩认为:"黎族的爱情故事,一个突出的主题,就是讴歌爱情的真诚和坚贞,唯有这样的爱情才能克服重重困难,战胜一切邪恶,实现美好的心愿。"[1]黎族文学作品中的这些爱情故事,之所以感天地泣鬼神,就在于他们往往都是在现实中遭遇到悲剧性的处境,然后在天人合一的生态意象叙述中体现浪漫主义的结局,在克服重重困难的过程中,展现"邪不压正""有情人终成眷属"的原初期待和美好愿景。正是基于这样的文学传统,与《老人与海》相反,《鹿回头》展现的不是这样的主体对抗客体的叙述模式,而是展现主体与客体在生态意象之中展现的天人合一精神。在《鹿回头》的前半部分,年轻的猎手也是追寻猎物,但是在小鹿走投无路的一瞬间,小鹿发生了一个"回头"的动作,这种人与自然的对视,在一瞬间实现了交感诗学效应。在《老人与海》之中,老人桑提亚哥与大马林鱼,始终是一种对抗的力量,不仅没有内心层面的对视,连一点缓和的叙述情节都没有。可见,小鹿之前的奔跑,本来不是一种刻意的逃离,而是一种迂回的引诱,它的一回头,缓和了刚才的紧张局势,猎手放下了弓箭,而小鹿也化作了年轻漂亮的姑娘,从动物变成了一个人。这样一来,小鹿就温和地告诉年轻的猎手,她是天上的仙女,看见猎手孤苦伶仃,就下凡来与他做伴。那么,退一步说,为什么仙女不直接以她的身份出现在猎手面前,直接告诉他想做他的新娘呢?

---

① 陈立浩:《海南民族文学试论》,《海南师院学报》1993 年第 1 期。

从叙述学的角度上来讲,这是一种螺旋式叙事。如果仙女直接与猎人面对,那么这就缺乏中间的生态意象过渡,显得过于突兀,这样猎人就会思索:你是谁? 你为什么要过来见我? 你这么漂亮的仙女为什么要嫁给我这个穷苦的凡人? 你真的能够忍受和我在一起过苦日子吗? 这些追问,过于直接,也过于直白,仙女也不好回答,无论如何解释,两者的相遇,缺乏一个中间环节,缺乏一个逻辑上的关联,缺乏一种回旋的余地。因此,仙女化作了一只鹿,让年轻的猎手来追赶,这样一个设计,就让猎手与捕猎关联起来,在小鹿走投无路的时候,小鹿回头,化作一个年轻漂亮的姑娘,这是第二个意象设计。从逻辑上说,此时的小鹿向猎手求情:"我是一位像小花鹿一样善良的妹子,你能忍心杀害我吗?"求情,就是一种感情和伦理上的对话,对猎手来说,杀掉一只小花鹿,是他作为猎手的本分,但是杀掉一个善良、漂亮、年轻的姑娘,用孟子的话说,从良知论上有四心:"恻隐之心,人皆有之;羞恶之心,人皆有之;恭敬之心,人皆有之;是非之心,人皆有之。恻隐之心,仁也;羞恶之心,义也;恭敬之心,礼也;是非之心,智也。仁义礼智,非由外铄我也,我固有之也,弗思耳矣。"[1](《孟子·告子章句上》)

正是因为年轻的猎手有恻隐之心,所以他没有杀掉这个年轻善良的姑娘。在这个过程中,猎手也彰显了自己的善良。同时,在这简短的对话中也看出,仙女之所以出现,是因为看到年轻的猎手孤身一人,想要和他共结连理。但是这种求偶的举动之所以显得并不突兀,是因为"鹿回头"让猎手于心不忍,善心萌动。而仙女断定猎手会同意的重要原因,则是她出于感恩之心。她的故意逃跑,就是为了引诱猎手,她的故意求情,就是为了让猎手施恩,她的以身相许,则是为了让猎手接受感恩。这样,仙女通过"鹿回头"这个生态意象的设计,实现了从仙女变为小鹿,从小鹿变为仙女的转化过程。这个转化过程,就让年轻的猎手和小仙女合情合理地对接起来,中间没有绝

---

[1]　孟子:《孟子》,杨伯峻、杨逢彬注译,长沙:岳麓书社,2000 年,第 193 页。

对的对抗,即使有,也只是发生在前半段,即"猎手追鹿"的这个环节。在后一个环节,由于有这个生态意象的中转,猎手与仙女关系得以缓和,在这个情节转化之中,两人自然而然结成夫妻,相亲相爱,在南海之滨的椰林里开荒耕种。

可见,正是因为有了"鹿回头"这个生态意象,才有了这个美好的结局。这个美丽的姑娘,从自然意象中来,又回到自然意象,这种转化与变异,大多情况我们认为是神话,诚如如此,但是神话这种思维方式就是纯粹虚构的吗? 它仅仅是存在原始社会吗? 显然不是,只要人存在,神话就存在,对这种理想生活、爱情和人生的美好愿景就存在,刘介民教授从比较文学与民间文学的角度分析:"人从自然中来,人回到自然中去。尽管人们把过去相信的'神话'当作故事来接受,可是神话的精神并没有死亡,神话依然以变形的原则活在不同的形体中:飞碟、电脑、太空、海底都是今天的新神话,神话绝不会在人的世界中消失,只要人存在神话就存在。"①正是因为黎族文学展示了人类与自然相处过程中的种种生态意象,所以才让它显得真切、自然,我们能够从中把握黎族文学艺术的魅力,这也就是黎族文学作品中的生态意象与西方文学的异质性所在。

第三节 "椰子壳"意象的生态文化阐释

前面两节,分别叙述了甘工鸟和鹿回头两个生态意象,不仅从中国各民族文学的角度进行了民族互鉴和跨民族阐释,而且还从中西跨文明阐释的角度进行了文明互鉴和跨文明阐释。例如,用海明威《老人与海》来分析《鹿回头》,就得出了黎族文学文本中的生态意象符号的独特价值。在本节中,我们将继续沿着这个叙述思路展开,主要分析第三个黎族文学的生态意象,

---

① 刘介民:《从民间文学到比较文学》,广州:暨南大学出版社,1998 年,第 295 页。

那就是椰子壳。

一、"椰子壳"意象的原初生成

椰子在中国主要产于海南岛,在湛江等广东、广西沿海地区有少量产出。椰子和槟榔一样,在海南岛处处皆是,正是因为长期以来,椰子在海南人民生活中非常常见,也非常重要。椰子富含氨基酸,具有人类需要的各种营养元素。椰子产量也非常大,一年四季都有,只是多少而已,如果不及时砍下来喝掉,掉下来还有安全风险。正因椰子在海南的重要地位,所以产生出很多关于椰子的传说故事,在这些文学文本之中,也逐渐产生了椰子的生态意象,这些生态意象在其他民族文学中并不多见,属于区域文化特征明显的生态文学意象。我们以《椰子壳》这个文本为例,来说明黎族文学中的生态意象问题。

为什么会出现椰子壳这个意象? 它是怎样一种形态? 人们对它的态度是怎样的? 为了回应这些问题,文本首先如此陈述:

> 从前,有一个母亲生了五个孩子,头四个孩子长得漂亮、健壮。第五个孩子生下来却是个椰子壳,没有脚,没有手,走起路来打翻滚。母亲讨厌他,把他当作废物丢进大河去。椰子壳随波漂流,后来被一个农民捡到了。椰子壳对着农民说:"老公公收留我吧,我会帮助你看牛和种地的。"老农答应了,便把他带回了家。①

一位母亲生了四个孩子,但是第五个却是个椰子壳。因此,这里就产生了椰子壳符号意象。在内陆少数民族文学文本中,女性生下乌龟、鸟类以及其他动物的现象比较普遍,在早期的黎族文学文本中,还经常看到生下一个

---

① 《椰子壳》,符震、苏海鸥:《黎族民间故事集》,广州:花城出版社,1982 年,第 87 页。

肉团的现象,这是因为近亲结婚带来的后果,只是当时无法用科学解释这些现象。但是,生下一种植物的现象,在黎族文学中并不多。正如前文所分析,椰子树、椰子壳、椰子汁,这都是海南岛比较普遍的意象符号。所以,女性的生育与椰子意象结合在一起,就是生成了"椰子壳"这个生态意象。这个意象正如前面的甘工鸟、鹿回头一样,都是人与自然世界的转化过渡符号机制。母亲生的第五个孩子是个椰子壳,它既不是人,又不是椰子,而是一种似人非人,似椰子非椰子的存在物。因为他没有手,也没有脚,走路只能靠打滚,可以想象,这种形式就与椰子的外形相似,圆圆的形态,可以翻来滚去。对母亲而言,前四个孩子都是那么漂亮和健壮,那么第五个就显得多余。或者说,如果只有椰子壳这一个孩子,那么她没有选择,有可能留下,但是已经有四个孩子了,而且都长得健壮聪明,孩子的数量和质量上都已经有充分保障,那么母亲则毫不犹豫扔掉了第五个孩子,趋利避害,是人类的基本心态。

其实,从这种细节中,我们也经常会联想到,在第一章和第二章中的黎族文学文本,经常有描述黎族妇女生下一个肉团或其他某物的情节,因为在早期,可能存在近亲结婚的现象,这种血缘婚姻,从遗传生物学的角度说,极有可能导致后代的不正常。所以,椰子壳的产生,尽管与这些现象有所区别,但也是不正常的生育现象,也可能是当时婚姻生活现象的一种折射。

从另一个方面来说,母亲抛弃自己的孩子,也存在伦理道德上的不合理性,不管如何,毕竟是她的孩子,应当尊重一个生命。这种抛弃的做法,也具有一种自私自利的性质,只顾自身的眼前利益,没有顾及一个生命应当拥有的权利和未来愿景。

紧接着,被扔到河里的椰子壳,随波漂流,被一个老公公捡到了。他祈求老公公收留他,并答应给他放牛和种地。其实,从文明互鉴和文学互鉴的角度来分析,在古希腊悲剧《俄狄浦斯王》中,也有这样的一些叙述模式。在俄狄浦斯出生之后,其生父拉伊奥斯从神谕中得知,这个孩子长大以后会杀父娶母,所以就把他扔到荒野之中。但是负责去扔俄狄浦斯的仆人于心不忍,就把他给了一个牧羊人。于是,开启了一场杀父娶母的戏剧化历程,他与命运抗争,但是又最终阴差阳错地按照命运的轨迹运行。

虽然中西方都有这种"弃子"的母题,但是中西方的母题背景并不相同,因为西方的"弃子"母题,主要是源于一种宗教信仰领域的制约。古希腊神话之中,很多神都担心自己生孩子过于强大,所以就杀死他们,以巩固自己的执政地位。但是,在中国文学中,"弃子"并不是一种宗教神谕问题,而是一个道德伦理问题,椰子壳的亲生母亲抛弃他,这是道义上的"不善",一个老公公从河中捡起椰子壳,并且收留了他,这就是一种"善举"。从老爷爷的"收留"和椰子壳母亲的"抛弃"两种行为举动中,两种价值判断趋向顿然出现,也让"椰子壳"这个意象具有了艺术的张力性,因为正是通过"椰子壳"这个生态意象,让我们看到了两种截然不同的文化精神和人类品格。

回到农民老公公的家里,文本省去了椰子壳成长的过程。在椰子壳长大以后,他就开始回馈养育之恩。所以,椰子壳要求老公公把脏活、累活、重活、轻活都给他干。但是老公公并没有对椰子壳抱多大希望,因为"良知"的一个基本特征,就是无目的的合目的性,老公公在捡起椰子壳并收养他的时候,并没有打算有何回报,所以并没有对他寄予太多厚望。老公公最初还是安排他去帮忙养鸡,不过椰子壳还是一再恳求,所以,老公公答应了他的请求,让他去放牛。

在椰子壳这个生态意象之中,我们看到了一种文学意象的再生功能,或者说,当一个处于劣势的意象符号生成的时候,受众的期待是悲剧性的,但正是发挥了人民群众的集体想象,所以文学艺术总是将这种悲剧性的原初符号导向一个逆转性的发展结局,最终获得一个大团圆的结局,满足人类的审美期待。维戈茨基从艺术心理学的角度分析了这种现象的生成机制:"现在几乎还无法想象,艺术在重新铸造人的过程中将会起什么样的作用,它将调动起哪些已经在我们的机体中存在但尚未发挥作用的力量去形成新人。

但有一点是无可怀疑的,即艺术在这一过程中将会说出很有分量和决定性的话来。没有新艺术便没有新人。"①没有黎族文学的集体想象,我们也难以看到椰子壳这个意象从原初生成时刻的劣势地位转为一种动态优势地位,也就难以看到一种天人合一的生态意象的发生。

二、"椰子壳"意象的生态变异

在这样一个处境下,这个农民老公公并不知道椰子壳的真实身份,也并不知道为什么椰子壳如此这般的身躯,却要反复恳求帮助他干重活。我们只是从这些文本中能够发现,椰子壳是一个有待于揭开的艺术符号。那么,椰子壳这个生态意象是如何生成发展的呢? 它如何展现它的生态属性呢?

农民家里有一个漂亮的女儿,每天都由她送饭给椰子壳吃。但椰子壳总是说不够吃;她感到很奇怪;这么个小小椰子壳,吃得这么多? 她决心要弄清这件事。

一天,她送完了饭就躲在一棵大树后,紧紧地看着椰子壳。突然,"轰"的一声,椰子壳里跳出一个年轻小伙子。他把树枝轻轻一摇,所有的牛都向他走来,点过数目,吃完了饭,又缩回椰子壳里去。姑娘高兴极了,她把这件事说给她父亲听,告诉父亲她想嫁给椰子壳。②

椰子壳意象的展开,取决于农民老公公女儿的疑惑。这在椰子壳生态意象的发展中起着重要的中介作用。这个姑娘正如很多黎族文学文本描述的那样,善良且漂亮,她负责为椰子壳送饭,但是小小的椰子壳饭量巨大。这就制造了一个叙述的"结"。这个"结"也是文本叙述的一个不可或缺的

---

① [俄]维戈茨基:《艺术心理学》,周新译,天津:百花文艺出版社,2010 年,第 336 页。
② 《椰子壳》,符震、苏海鸥:《黎族民间故事集》,广州:花城出版社,1982 年,第 87 页。

环节。为了打开这个"结",姑娘只能悄悄地躲起来观察究竟发生了什么事,原来椰子壳里藏着一个年轻小伙子,并不是一个真正的椰子壳。所以,椰子壳这个意象又出现了黎族民间文学文本中的"化"的元素。这里的"化",正如前面的"化蝶""化鸟""化鹿"一样,都体现了人与自然的相互转化,以及合二为一的诗学功能。椰子壳化作年轻小伙,主要是为了完成老公公的放牛任务,完成之后又继续回到椰子壳之中。姑娘看见了真相,心花怒放,她看见的不再是一个没有手没有脚的椰子壳,而是一个年轻能干的小伙,男大当家,女大当嫁。所以对于情窦初开的小姑娘来说,就有了与椰子壳共结连理的想法。

但是,这个事情还没有得到完全的确认和证实。小姑娘回去之后告诉了农民老公公这个情况,但是农民老公公半信半疑,他为了确认这个事情,决定亲自看一下。准备设计一个策略,来验证椰子壳的真实身份。

天黑了,椰子壳赶着牛回了家,农民假装纳闷地说:

"唉! 牛棚坏了,需要那么多篱笆怎么办?"

"我明天去砍!"椰子壳抢着说。

"你怎么能砍?"

"能! 过一会儿你只管来背好了。"

第二天,椰子壳去砍竹子做篱笆,农民和女儿跟到山后躲起来,偷看着椰子壳的动静。只见椰子壳滚到一块空地上,突然"轰"的一声,跳出一个年轻小伙子来,他手执钩刀,左右一挥,周围跑出好多人来。不到一个时辰,空地上堆满了竹子。农民高兴极了,便把竹子背回家去。

回到家,女儿对父亲说:"怎么样? 爸爸,我没骗你吧?"

父亲明白女儿的心意,同意把她嫁给椰子壳。①

———————————

① 《椰子壳》,符震、苏海鸥:《黎族民间故事集》,广州:花城出版社,1982 年,第 88 页。

在这个环节,椰子壳彻底暴露了自己的身份,农民老公公借故需要大量的篱笆来修牛棚,以此考验椰子壳的真实能力。椰子壳毫不犹豫地答应,第二天就去山上砍竹子,可以看出椰子壳对自己的恩人没有防备之心,绝对的信任。农民和自己的女儿依然跟踪椰子壳,暗中观察他的一举一动,果然,椰子壳化成了年轻小伙,仿佛是神仙下凡一样,拥有超常的能力,左右一挥,就招来许多人帮忙,于是很快完成了任务。农民老公公见证了这样一个奇迹,于是就答应把姑娘嫁给这个有能力的年轻人。从常理上来说,这样的婚约显得过于简化,甚至有些草率,但这也是民间文学的一个基本特征。

椰子壳这个生态意象,是一个年轻男子的化身,与他伪装的外表形式相反,从本质上是一个拥有超常能力,而且乐于助人、心地善良的一个男性形象。其实,很多人也有追问,为什么他没有从"人到人"的直接转化变异,而是借助于"椰子壳"这样一个生态意象呢?其中一个原因就是本节开头所分析的,椰子这种植物在海南岛随处可见,椰子汁也是人民群众比较喜欢的一种饮料,它是天然的、生态的,是上天赐予海南岛的一种宝贝。另一方面,民间文学的意象选择总是身边人身边事,从人民群众喜闻乐见的日常生活意象中进行艺术加工,椰子壳这个特殊的地域植物意象体现的正是黎族人民与自然世界的内在关联性。他体现的不是别的,正是黎族人民的思维形态,正如伊格尔顿所说,这是一种坚固的、可靠的、持久的思维观念结构,它构成了文学作品的艺术张力:"如果不能把文学视为一种客观的描述性的范畴,那么也不能把文学只说成是人们随意想要称为文学的东西,因为这类价值判断完全没有任何随意之处,他们根植于更深的观念结构中,这些结构就像帝国大厦一样,巍然不可撼动。"[①]椰子壳这个生态意象,体现了人类与自然的生态转化和天人合一思想,椰子壳并没有报复和埋怨抛弃自己的亲生母

---

① Terry Eagleton, *Literary theory—An Introduction (second edition)*, Oxford: Blackwell Publishers, 1996, p. 14.

亲,而是就地转化,感恩养育自己的老公公,并且主动完成各种任务。"感恩"是一种内在的回馈,这种回馈与自然界相通,也是一种生态反映,我们经常说,种瓜得瓜种豆得豆,没有付出就没有收获,滴水之恩就要涌泉相报。这就是一种生态伦理、社会伦理和人性伦理。

三、"椰子壳"意象的民族互鉴

农民老公公在把握这个情况以后,就直接和椰子壳摊牌,准备将女儿许配给椰子壳这个年轻能干的小伙子。直接告诉他,如果椰子壳喜欢他的女儿,就让他们共结连理。但是椰子壳此时仍然揣着明白装糊涂,故意卖关子,最开始还是准备委婉地拒绝这个女子,但是后来也就不再掩饰,直接说出了自己的身份,在椰子壳意象的背后,其实还有更深刻的生态文化内涵。

晚上,农民对椰子壳说:"你如果喜欢我的女儿,我就把她嫁给你。"

椰子壳说:"我是一个椰子壳,又没有家财,怎么能娶妻子呢?"

农民说:"你一切我都知道了,你就把我的女儿带去吧!"椰子壳自然很高兴。

第二天,椰子壳带着姑娘,走到一块空旷的草地上,然后对姑娘说:"我本来是一条龙,因为讨厌水里的生活才到岸上来的。从此以后,我要和你一起过活了。"说完,"轰——"的一声,椰壳破了,跳出一个漂亮英俊的小伙子;接着,在他们后面出现了一间漂亮房子,前面出现了成群的牛羊鸡鸭。从此,他们夫妻勤劳生产,相亲相爱,过着甜蜜的日子。①

椰子壳觉得无权无钱,不能娶这个美丽的姑娘。但是农民老公公把所看到的都揭示出来,椰子壳也就不再隐瞒,第二天就带走了姑娘,并且告诉

---

① 《椰子壳》,符震、苏海鸥:《黎族民间故事集》,广州:花城出版社,1982年,第88页。

她,自己原本是一条龙。值得注意的是,这里的生态意象出现了"三位一体"的符号特征。椰子壳道出原委,即他本是龙,然后从水里到了陆地,成为椰子壳,继而又变成了一个年轻英俊的小伙子。于是"龙—椰子壳—年轻小伙"构成了一个独特的生态意象符号。事实上,在文本中,对这三个符号的介绍存在一些明显的漏洞和瑕疵。例如,先有椰子壳还是先有龙?龙如何变成椰子壳?椰子壳与年轻小伙之间的事实性关联又是什么?这些问题,在文本中并没有交代得特别详细。这也是民间文学传说中的一个比较普遍的叙述特征,那就是叙述的"不平衡性",往往叙述者为了突出某一个情节,就有意识无意识地掩饰某些次要环节,结果导致叙述逻辑的错乱以及事态发展中的不合理性,这样的文学样式,没有一个固定的创作主体,也没有创作主体的精心设计,难免出现这样的粗线条的描述。在这个文本中,显然,作者是为了突出椰子壳的神奇功能,继而天马行空地进行叙述,对各种意象之间的转化,缺乏更多的逻辑勾连。

在"龙—椰子壳—年轻小伙"这样一个叙述序列之中,椰子壳从人性符号体现出神性符号特征,正如前面提到的甘工鸟、鹿回头一样,他们除了形象转化功能,还具有其他神性功能。他迎娶了这个姑娘,并且瞬间变出了房子和牛羊,相亲相爱、甜蜜幸福。事实上,如果椰子壳早就发挥这种功能,那么就不可能制造那么多的曲折情节。所以,民间文学文本中的意象塑造,具有一种结构性的叙述特征。

而且,"龙"这个意象在黎族文学文本中反复出现,但是汉族的龙意象往往是"天龙",而黎族文学文本中往往是"水龙""海龙"。在本章的《尔蔚》之中有水龙王的意象,在《聪明的亚坚》之中也有水龙王意象,在《勇敢的打拖》之中也有,在其他黎族文本中,也有诸如此类的水龙王、海龙王意象。在这里,椰子壳只是一个表面的生态意象,根本的文化意象就是龙。从龙这个意象的文学意象,我们可以认为,中华民族是一个"和而不同"的文化共同体。从民族互鉴的角度来分析,中华民族各民族文学都不断呈现出龙这个意象,就说明中华民族对这个意象符号的共有文化阐释,这是中华民族共同体意识的一种具体表征。正因为有着共同的审美意象,才具有共同的价值评判体系。在西方,龙是一种恶毒的、可怕的、妖魔化的丑恶意象,在中华民族,龙是吉祥如意、富贵大气的正面意象。在中华民族的共有意象之下,各民族文学又显示出差异性和变异性,例如内陆少数民族文学倾向于"飞龙""天龙",海南岛黎族文学及其他沿海地区民族文学倾向于"水龙""海龙",这既与地域环境有关,也与民族文化属性相关。关于民族的定义,斯大林指出:"人们在历史上形成的一个有共同语言、共同地域、共同经济生活以及表现在共同文化上的共同心理素质的稳定的共同体。"①简单地说,只有语言、地域上的共同,还不足以确定一个民族的根本属性,必须还要有文化和意识形态上的共同心理素质,这才是一种永久性的、牢不可破的民族属性。季羡林先生从民间文学与比较文学的角度指出:"我觉得,一个民族或若干民族发展的文化延续时间长、又没有中断、影响比较大、基础比较统一而稳固、色彩比较鲜明、能形成独立的体系就叫作'文化体系'。"②

这个文本还有一个重要功能,就是黎族民间的道德教化。因为椰子壳的亲生母亲知道自己生的孩子那么厉害,就试图去认领和看望,她看到椰子壳现在的生活如此幸福美满,就试图以亲生母亲的名义分一杯羹。但是椰子壳说:"以前,你嫌我生得丑,把我丢到河里,今天我也再不能认你做母亲了!"③椰子壳这么一说,母亲只能哑口无言,羞愧地走出了儿子的家门。

其实,文本在这里的设计,与开头形成一种呼应。在开始,椰子壳的亲生母亲觉得这个孩子没有手,没有脚,走路基本靠滚,没有什么出息,所以就"弃子"。但是在结束,椰子壳的意象内蕴完全释放出来,它是龙的化身,也

---

①　斯大林:《斯大林全集》卷二,北京:人民出版社,1953 年,第 294 页。

②　季羡林:《比较文学与民间文学》,北京:北京大学出版社,1991 年,第 294 页。

③　《椰子壳》,符震、苏海鸥:《黎族民间故事集》,广州:花城出版社,1982 年,第 89 页。

是一个年轻力壮、英俊潇洒的年轻后生的化身,他被农民老公公收留,还博得了漂亮姑娘的欢心,两人共结连理,勤劳致富。这就引起了亲生母亲的嫉妒和羡慕。

人都是趋利避害的,这是天性。但是人也要讲求基本的道德良知。当椰子壳的亲生母亲发现椰子壳的伪装面貌时,并没有从一个母亲的角度来一视同仁,而是一扔了之,而且从道义上说,更应该对这样弱势的孩子进行关爱。这个文本,通过"椰子壳"这样一个意向,就衍生出"龙""年轻小伙"两个他者意向,通过这几个意象之间的相互转化,继而考验出不同的人性特征。具体地说,就是验证出农民老公公一家人的善良,以及椰子壳亲生母亲的势利。在结局中,可以明显看出"当好人,做好事,行好运"的道德伦理,也在反面告诫黎族人民不要唯利是图。

因此,如果像儒家思想一样,在《论语》中设置各种思想规训,单纯地进行道德教化,对少数民族来说,效果不一定好。所以,在这里,黎族文学文本通过设计"椰子壳"这样一个生态意象,取材于黎族人民日常生活中常见的符号,而且赋予他独有的意象变异功能,这样一来,依托椰子壳的不断伪装,不断转化,继而考验出不同的人性特征,也能够通俗地传递黎族社会的道德伦理。这就是南海区域黎族文学意象谱系的特殊功能。从这里,我们也可以看出,正是通过黎族文学文本,黎族的民族精神才得以在跨民族文化交流之中明哲保身,坚守自己的异质性,继而创新发展自己的文化精神:

一个特定民族的文学,其价值的显现主要在于表现出这个民族的民族特征。值得注意的是,目前在全球化的发展进程中,不仅是黎族文化,而且是整个中华民族文化都同样面临着严峻的挑战。在这样的环境背景下,我们应该看到,在强势文化的包围中,弱势文化不可避免地会被大面积地淹没;但这种淹没很大程度是物质文化上的趋同,而精神文化里的一些东西是非常顽强的,那就是民族心理,或称民族意识。民族心理是一个特定民族能存在并继续发展的最重要的因素,民族的消失最主要的表现是民族心理的消失,而不是语言、服饰等外在的东西。民族心理消失了,这个民族就彻底消失了。①

　　所以,椰子壳这个意象,它所承载的不仅有"天道",还有"人道",所谓"天道",就是尊重自然规律,追求人与自然的和谐相处,所谓"人道",就是用这个生态意象展示出黎族人民的社会伦理规则和价值标准。这在汉族和其他民族中,所选择的意象不尽相同,所展示的内容也不尽相同,在这些意象之中,既有通约性、契合性,又有变异性、差异性,这就是我们从跨民族比较文学角度阐释黎族文学文本意义的创新路径,正如赫施所说:"意义是一个文本所表达的意思,它是作者在一个设定的符号序列之中所表达出的意思。意味则是指意义与人之间的关系,或者是一种印象、一种情境,即任何想象中的东西。"②中华民族有共同的文学审美意象,各民族也阐发出独有的审美意味,这就是一个民族文学的多元化阐释路径得出的不同效果。"同文化一样,不同国家和民族文学之间既有共性,也有个性。共性是受人类共同的思维规律所制约的。个性则表现在差异方面。"③季羡林先生对各民族民间文学的分析,非常深刻地解释了这个和而不同的意象符号生成规律。

第四节　"五指山"意象的生态文化阐释

　　如果说万泉河是海南黎族人民的母亲河,那么五指山则是海南黎族人民的母亲山。万泉河和五指山,一山一水,这是海南黎族文学的两个核心生

---

① 王海:《跨越与局限——黎族当代作家创作简论》,《广东社会科学》2005 年第 4 期。

② E. D. Hirsch, *Validity in Interpretation*, Yale University Press, 1976. p. 8.

③ 季羡林:《比较文学与民间文学》,北京:北京大学出版社,1991 年,第 297 页。

态意象。海南境内主要的江河大小河流32条皆从此地发源。其中,原始黎族人民的"母亲河"——水满河以及南渡江昌化河和万泉河是由五指山原始森林中的山泉水汇聚而成的。20世纪后期,有一首著名的歌曲——《我爱五指山,我爱万泉河》,可见五指山和万泉河已经成为黎族文学艺术的两个经典意象。因此,分析黎族文学中的生态意象,必然绕不开五指山。或者说,五指山是黎族文学中的一个重要的生态意象,围绕这个意象,也衍生出黎族独有的生态文化观。

一、"五指山"意象的生态书写

"民族精神是每一个民族的灵魂,而民族精神的衍展依存于民族文化的传承。"[1]南海区域的黎族文学意象有很多的关于生态元素方面的。这些文学意象,其实蕴含黎族人民的一种民族精神,因为这里的大山大海,热带雨林,动植物种类,都是黎族人民赖以生存的重要基础。所以,热爱生态,保护生态,已经形成一种民族精神,融入黎族人民的血液之中,这种民族精神的传承,就依赖于黎族的民族文化这个载体。因此,在民族文化传承发展中,我们看到很多生态意象,这些生态意象其实就是民族精神的组成部分,也是中华民族共同体意识的组成部分。其实,关于五指山的名称及其来源,有很多种阐释方式,在《大力神》中,我们就已经提及,大力神用尽全身的力量,用他身体的每一个部分,化作了山川河流,最后用他的手掌撑住天空,这手掌的五个手指,就是我们今天看到的五指山。这是神话文本中的一种传说,所以,在这个文本中,五指山就是大力神的五个手指。后来,在其他文本中,五指山又有不同的话语陈述,内容大体相似,只是话语表述方式有所差异,维戈茨基从艺术心理学角度分析:"凡艺术家现成取得的东西,无论是词、语音、流传的故事以及常见的形象,等等,都是艺术作品的材料,直至作品所蕴

---

① 张睿:《海南黎族民歌文化研究》,海口:海南出版社,2017年,第251页。

含的思想。这些材料的安排和构成方式就被称为一件作品的形式,而不管是指语音在诗句中的安排,或事件在短篇小说中的安排,或思想在独白中的安排。因此,通常的形式概念便有效地扩大了,这种扩大从心理学的角度来看也是至关重要的。"①关于五指山这个意象,文本比较多,我们可以从生态意象的角度,通过不同文本中的五指山生态意象,把握这个意象的立体维度。

在符震、苏海鸥编的《黎族民间故事集》中,收录了《五指山的故事》一文。这篇文献应该说与《大力神》文本有一些相似,都是有关开天辟地神话的内容。只是说,这个文本的主角不是大力神,而是讲述两个雷公神灵意象"扬叉"和"法也凝",他们都有神灵意象惯有的各种技能,例如力大无边、神通广大等。但是,他们又有着自身的差异性特征。

一般说来,生态话语叙述的开始,都有一段关于原生态的境况描述:"很久很久以前,天下太平。我们这里原是一片无边的平原,牧草茂密,万物生长,仙境一般。"②在文本叙述之前,文本首先交代这里是平原,国泰民安,万物自由生长,一片安乐祥和的场景,就像仙境一样。其实,在其他黎族文学作品之中,也大都是这样的模式,最初是一切平衡和谐的场景,这种场景只是一种铺垫和预设,等待一些失衡的要素出现。在现实生活中,五指山区域,也是海南生态保护最好的一个片区,这一带有五指山、七仙岭、吊罗山、霸王岭、尖峰岭、俄贤岭等。其中,五指山是最著名最经典的生态意象符号,也是海南生态文明符号体系一张亮丽的名片。

二、"五指山"意象的生态变异

随着事态的进一步发展,原初的生态和谐遭遇到了变故,根据文本的叙

---

① [俄]维戈茨基:《艺术心理学》,周新译,天津:百花文艺出版社,2010 年,第 67 页。
② 《五指山的故事》,符震、苏海鸥:《黎族民间故事集》,广州:花城出版社,1982 年,第 29 页。

述:"一天,忽然风雨大作,天摇地动,王帝急忙叫雷公兄弟扬叉和法也凝来,告诉他们说,大难临头,天地将要倒覆,命他们下凡去压实地基,以免遭劫。兄弟两人领得圣旨,带了工具匆匆下凡,扬叉和法也凝分别挑土搬石,用堆山的方法,将地压实。地基牢固了,天才能稳。"①风雨大作,天摇地动,王帝预判将要天崩地裂,世界将要毁灭,世界末日即将来临。其实,我们在第二章的神灵意象谱系之中,已经介绍了"雷公神"这个黎族社会非常重要的神灵意象,它既威严正义,又凶恶可怕,而且还有调皮可爱、小偷小摸的一面。总之,是一个非常复杂变异的神灵意象。在黎族社会,雷公鬼属于天鬼,或者说是天神,它的地位是比较高的,黎族民间有言:"天上雷公,地上舅爹公。"但雷公还不是天上最高的神灵,最高的是天帝,在这个文本中称之为王帝,一般情况下都是叫天帝。雷公只是天帝一个手下,当天帝发现人间有什么问题的时候,就派雷公去处理,例如《双女石》这个文本中就如此描述,两个仙女在天上看见海南的渔民打鱼很累,就下凡帮助渔民打鱼,结果忘了回天上的时间,天帝就派雷公来惩罚他们。在这个文本之中,雷公也是承担一样的功能,天帝发现人间即将面临世界末日,雷公就来拯救世界。不过,这里的雷公不是一个单一的意象,而是分化为两兄弟。王帝做出的指示则是,既然天动地摇,那么要解决这个问题,就要通过"堆山"来将大地压实。只有将大地压得紧紧实实,人类才能免于灾难,才不会天崩地裂。

在五指山这个意象中,从最初的生态和谐变为了生态失衡。这里的失衡,主要是指生态环境遭遇到了破坏,这里的破坏主要还是来自大自然,属于人类面对自然灾害时显示出来的恐慌与无助。在这个意象中的生态失衡,是一种自然灾害导致而非人为导致的,比如台风、地震、泥石流等,这些现象黎族先民无法解释,所以就虚拟出一个神话传说。但是,面对这样的自然灾害,黎族先民还是求助于神灵的护佑,所以上天派出雷公兄弟来帮助人

---

① 《五指山的故事》,符震、苏海鸥:《黎族民间故事集》,广州:花城出版社,1982年,第29页。

类,希望重新恢复生态平衡。

三、"五指山"意象的生态重构

雷公兄弟为了重新建构世界的平衡,于是就按照天帝的要求进行堆山,扬叉堆了五座,法也凝堆了七座。根据文本的叙述:"他们挑呀搬呀,时间一天一天的过去,山也越堆越高。扬叉堆了五座连绵的山峰,这就是我们今天的五指山。法也凝也堆了七座比五指山还高的山峰,这就是今天的七指岭。这些山峰造好后,天地才得到稳定,灾祸才得到消除。这时候两兄弟才安下心来。在谈笑间,他们提出比一比,看谁筑的山牢固。于是他们两人互用脚来踢两座大山,七指岭被扬叉一踢,便下陷了许多;可是法也凝却踢不动五指山,这样七指岭便低过五指山了。因为五指山牢固,所以今天仍耸立云霄,巍巍矗立在海南岛上。"①这一段表述,就能解释今天的五指山和七仙岭两座海南最有名山峰的来源,也解释了为什么五指山会比七仙岭高。

因此,在《五指山的故事》这个文本中,五指山这个生态意象成为黎族大地重构和谐的一个重要符号,虽然它没有前面几个小节中提到的甘工鸟、鹿回头、椰子壳一样,具有人与自然对话融通的变异功能。但是,它却体现了五指山的生态重构功能。平原只是一种原初的状态,只有山才可能有川,只有五指山、七仙岭这些山峰,海南岛才可能有生物多样性。所以,五指山在这里是作为自然生态意象而出现的,不是作为动物生态意象出现。

四、"五指山"意象的生态伦理

五指山的意象除了体现在《五指山的故事》之中,在《五指山大仙》和《五指山传》中都有其他类型解释,由于《五指山传》主要是讲述天狗与黎族繁衍的故事,在第二章神灵意象谱系的论述之中,已经做了较多介绍,在此

---

① 《五指山的故事》,符震、苏海鸥:《黎族民间故事集》,广州:花城出版社,1982 年,第 29 页。

就不再重复。《五指山大仙》与《五指山的故事》不同,它主要通过五指山这个生态意象,来阐述黎族社会的生态伦理问题。在这个文本中,五指山和前面提到的甘工鸟、鹿回头一样,都有生态转变变异的过程。

首先描述的乞丐去地主家讨饭的遭遇。

> 地主说:"像你这样下贱的人,吃了我一碗,我连一粒也难收回哩!"乞丐说:"你如果能给我吃饱一顿,那么吃一粒还一箩。"地主突起那鼓胀的大肚子冷笑道:"嘿嘿,我活了几十年,在这方圆几千里内,都从没听过吃一粒还一箩的事。快走开。"乞丐说:"耳听无凭,眼见属真。"地主心里想:"这个倔强的穷鬼,装模作样,不如给他一碗酸饭,看这穷鬼能搞得出个什么名堂。"旁边那刻薄的地主婆猜到了丈夫的心思,对地主说:"穷鬼诡计多端,这臭乞丐还不是想骗饭吃?猪狗都不吃的酸饭宁可倒到河里也不要给穷鬼吃! 穷鬼哪里有米还你? 你听他讲什么鬼话!"①

从这一段表述中,我们可以看出,乞丐去向地主家讨饭,完全是碰一鼻子灰。他们宁愿让自己的饭酸掉、坏掉,也不愿意施舍给乞丐吃。这在前面的文字中已经有很多的分析,在阶级社会,剥削阶级和被剥削阶级之间的斗争是不可调和的,不存在真正的温情与怜悯,"因为从近代开始,黎族人民的命运与汉族人民联系得更紧密了,在共同的反剥削、反压迫,追求真理和解放的漫长斗争中,黎汉人民更加团结,文化之间的互相渗透更加广泛深刻"②。在资产阶级社会也是一样,资产阶级和无产阶级,也具有不可调和的矛盾,我们在果戈里的《死魂灵》之中,可以看到泼留希金宁肯让自己的粮食放成一堆石头,也不愿意把这些东西给他的农奴吃。在黎族社会也是,峒

---

① 《五指山大仙》,符震、苏海鸥:《黎族民间故事集》,广州:花城出版社,1982 年,第 81 页。
② 张睿:《海南黎族民歌文化研究》,海口:海南出版社,2017 年,第 63 页。

主、峒首、黎头都是地主阶级、剥削阶级,他们对穷人,就是一味地剥削和压榨,我们在《聪明的亚坚》这个文本中,可以看到很多对这种现象的描述。

其次描述乞丐去穷人家讨饭的遭遇,以此形成一种鲜明对比。

乞丐走呀走的,走到一间破陋的茅屋边。屋子里的孩子们正吵吵闹闹要吃饭。母亲在屋里说:"等饭熟了就给你们吃。"父亲说,"管它熟不熟,拿给他们吃吧——唉,吃完这些,还是又要挨饿!"乞丐等他讲完,便走到他面前说:"好老哥,给点吃的,做做好事吧!"母亲说:"我们老大刚才在山上找来的山薯还不够孩子们吃呢!"父亲说:"好老哥,这回是你饿鬼碰着我穷鬼了。孩子们刚上山挖了些山薯回来。有饭同吃,我们大家一人一碗吧。等饭锅挂起,大家又饿肚子时再算。"孩子们说:"山薯是我们掏来的。"父亲说:"你们掏了山薯,就不能拿出来大家吃吗?"孩子们说:"地主有那么多粮食,为什么又不分给穷人吃呢?"乞丐说:"地主是欺负我们穷人的,世界上只有穷人才能关照穷人!"①

乞丐在这里的遭遇和在地主家的遭遇完全不同。这种相形见绌的形式,是民间文学常用的策略。对这家穷人来说,孩子刚从山上掏的山薯,连自家人都不够吃,按照一般常理,是不可能再分出一些给乞丐的。但是,作为孩子,他们不明白很多道理,所以提出了质疑,这样也显示出这个文本的可信度和真实性、戏剧性。同时,父亲和乞丐的语言对话,又成为这个文本的点睛之笔,父亲提出和乞丐同吃山薯,这是黎族人民的善良和博爱的体现,另一方面乞丐把这个问题提高到一种政治高度和思想高度,他说天下地主欺负穷人,只有穷人关照穷人,这是对黎族封建社会本质的一个生动描写,也是对人性善与恶的问题的细致刻画。这一句话,揭露了地主阶级不可

① 《五指山大仙》,符震、苏海鸥:《黎族民间故事集》,广州:花城出版社,1982 年,第81-82 页。

能对穷人有关爱和同情,只有无产阶级才会团结起来,争取翻身做主人。

与这两个场景相对应,乞丐原来是五指山仙人变的。仙人把穷人家满屋子装满光洋、白米。五指山仙人说,穷人要关照穷人,就把大米、光洋分给其他穷人,大家开始过好生活了。地主知道后想要依法炮制,好酒好菜招待乞丐以后,本以为会得到许多大洋,结果是"成千上万条青蛇、黑蛇、花蛇,粗的、细的、长的、短的,都从水缸里爬出来,把地主和地主婆活活咬死了"①。可见,五指山仙人这个生态意象,把地主和地主婆都彻底消灭了,正义战胜了邪恶,这个故事圆满结束。从这个生态意象中,我们也可以看到黎族人民的斗争精神:"黎族人民具有强烈的反抗精神和英勇抗战的传统,是一个自立自强、英勇善战、爱憎分明、团结向上的民族。历史上,为了争取发展空间,反抗封建压迫、抵御外敌入侵,黎族人民在海南岛上经历了太多次的大小兵战。从历代对黎族聚居区的治理来看,统治者对黎族人民的武力镇压,不仅没有打垮他们,反而使他们更加团结,凝聚起了更强大的力量。因此历朝历代都未能在五指山地区大规模驻扎军队,只能通过黎族上层代为管理。"②这里的五指山仙人这个生态意象,对于受压迫的穷人,就团结帮助,毫无保留,对于欺压群众的地主,就反抗斗争,想尽一切办法进行惩治,这也彰显出黎族人民团结向上、不畏强权、敢于斗争、善于斗争的民族文化精神。值得注意的是,文本中所提到的生态意象,并不是完全的和谐统一,我们前面分析的天人合一是其中一部分,还有一部分,就是一种"和而不同"的差异对话,因为在这些生态意象之中,也有各种意义的拓展和变异,其中不仅仅是"和",也有对话,也有抗争,还有差异的博弈。

其实,在汉族的很多传说故事中,也有很多类似的表述,因为都属于中华民族的大家庭,所以民族文学与文化之间相互交叉、相互交融,形成一种

---

① 《五指山大仙》,符震、苏海鸥:《黎族民间故事集》,广州:花城出版社,1982 年,第 83 页。
② 张睿:《海南黎族民歌文化研究》,海口:海南出版社,2017 年,第 249 页。

对话效应。在封建社会,存在不可调和的阶级斗争,黎族和汉族都相同的社会背景就是阶级社会,黎族人民和汉族人民都面临同样的阶级敌人,而且在真善美、假恶丑等基本的价值判断方面,都具有共同的审美旨趣,从民族互鉴的角度来分析,黎族和汉族以及其他少数民族,在生态意象和生态文化类型方面,都有着明显的中华民族共同体意识,这是"由于同汉族长期以来的密切接触,使得黎族传统文化与汉族文化形成了双向的交流与融合"①。

　　五指山这个生态意象,具有几个重要的生态伦理教化功能,从学术上说,生态伦理主要是人类在处理自身及其周围的动物、环境和大自然等生态环境的关系中,所体现的一系列道德规范。文本以五指山这个生态意象为核心,展示了地主阶级和农民阶级的阶级属性,也刻画出两类人的思想境界和本质特征。对于黎族社会的自我教化和伦理道德规范,具有重要的理论价值和实践价值。

　　综上所述,我们从民族互鉴、文明互鉴的角度,运用比较文学变异学和比较文学阐释学的方法论,对黎族文学的意象谱系进行了全面的梳理和阐述。季羡林先生曾指出:"多少年来我就有一个感觉,觉得我们对国内少数民族,包括民间文学在内,虽然进行了一些研究工作,但是总起来看是非常不够的,而且也非常不平衡。"②本书在这里的阐述,尽管从神灵意象谱系、人物意象谱系、生态意象谱系三个方面做了分析和解释,从文明互鉴、民族互鉴以及跨民族、跨文明的角度,对黎族经典文学文本和文化文本进行了深入的阐释。应该说,这既借鉴了之前的各位学者的优秀做法和主要观点,同时也采用了新方法、新策略,同时也得出了新的结论,这些研究范式和研究结论,对我们今后开展黎族文学研究,对海南自由贸易港建设,应该会有一点思想启示作用。最后,我试图用季羡林先生的话对本书作一个总结,也是对

---

① 张睿:《海南黎族民歌文化研究》,海口:海南出版社,2017 年,第 63 页。

② 季羡林:《比较文学与民间文学》,北京:北京大学出版社,1991 年,第 331 页。

今后的研究方向做一个展望:"中国境内各民族之间的文学关系十分密切,但头绪相当复杂,内容相当丰富,这在目前似乎还是一块没有被开垦的处女地,应该尽快在上面播种,让它生长出茁壮的禾苗。这样的研究好处很多,它能够丰富中国文学史的内容——过去所谓中国文学史实际上只是汉族文学史,加强国内各民族之间的理解,提高对中华民族文学发展规律的认识,大大有助于全民族的团结,可以说是有百利而无一弊。"①

———————————

① 季羡林:《比较文学与民间文学》,北京:北京大学出版社,1991 年,第 332 页。

参考文献

一、著作

曹顺庆:《比较文学教程》,高等教育出版社 2006 年版。

曹顺庆:《比较文学论》,四川教育出版社 2002 年版。

曹顺庆:《比较文学史》,四川人民出版社 1991 年版。

曹顺庆:《比较文学学》,四川大学出版社 2005 年版。

曹顺庆:《比较文学学科理论研究》,巴蜀书社 2001 年版。

曹顺庆:《东方文论选》,四川人民出版社 1996 年版。

曹顺庆:《跨文明比较文学研究》,巴蜀书社 2005 年版。

曹顺庆:《迈向比较文学新阶段》,四川人民出版社 2000 年版。

曹顺庆:《南橘北枳》,中央编译出版社 2014 年版。

曹顺庆:《世界文学发展比较史》,北京师范大学出版社 2001 年版。

曹顺庆:《中国古代文论话语》,巴蜀书社 2001 年版。

曹顺庆:《中国文化与中国文论》,内蒙古教育出版社 2000 年版。

曹顺庆:《中外比较文论史》,山东教育出版社 1998 年版。

曹顺庆:《中西比较诗学》,北京出版社 1988 年版。

曹顺庆:《比较文学概论》,高等教育出版社 2018 年版。

查干姗登:《巾帼英雄 丰功千秋:岭南圣母冼夫人》,南方出版社 2016

年版。

陈立浩:《海南民族文学作品选析》,南海出版公司 1992 年版。

杜桐:《甘工鸟》,广东人民出版社 1960 年版。

冯涛:《中国黎族研究文献题录》,华中科技大学出版社 2016 年版。

符桂花:《黎族传统民歌三千首》,海南出版社 2008 年版。

符桂花:《黎族民间故事大全》,海南出版社 2010 年版。

符震、苏海鸥:《黎族民间故事集》,花城出版社 1982 年版。

付策超等:《黎族民族文学》《黎族生态文明概览》《黎族民俗与民间工艺美术》《黎族哲学初探》《黎族传统音乐与舞蹈》《黎族织锦与文身研究》,中国文史出版社 2014 年版。

吉明江:《黎家故事》,海南出版社 2010 年版。

季羡林:《比较文学与民间文学》,北京大学出版社 1991 年版。

乐黛云、阿兰·勒·比雄:《独角兽与龙》,北京大学出版社 1995 年版。

乐黛云、王宁:《超学科比较文学研究》,中国社会科学出版社 1989 年版。

乐黛云:《跨文化之桥》,北京大学出版社 2002 年版。

乐黛云:《文化传递与文学形象》,北京大学出版社 1999 年版。

乐黛云:《中西比较文学教程》,高等教育出版社 1988 年版。

李永喜、陈仲:《甘工鸟的故乡》,海南出版社 2007 年版。

梁漱溟:《东西文化及其哲学》,上海世纪出版集团 2006 年版。

刘介民:《从民间文学到比较文学》,暨南大学出版社 1998 年版。

龙敏、黄胜招:《黎族民间故事集》,南海出版公司 2002 年版。

龙敏:《黎山魂》,中国作家出版社 2014 年版。

《黎族简史》编写组:《黎族简史》,广东人民出版社 1982 年版。

《黎族简史》编写组:《黎族简史》,民族出版社 2009 年版。

马克思、恩格斯:《马克思恩格斯选集》,人民出版社 1995 年版。

［美］斯皮瓦克:《一门学科之死》,张旭译,北京大学出版社 2014 年版。

［美］苏珊·朗格:《艺术问题》,滕守尧,朱疆源译,中国社会科学出版社 1983 年版。

苏英博等:《中国黎族大辞典》,中山大学出版社 1994 年版。

孙绍先:《黎族研究大系》(1—4 卷),上海大学出版社 2012 年版。

孙有康、李和弟:《五指山传》,暨南大学出版社 1990 年版。

［俄］维戈茨基:《艺术心理学》,周新译,百花文艺出版社 2010 年版。

王超:《比较文学变异学研究》,中国社会科学出版社 2019 年版。

王超:《比较文学阐释学研究》,中国社会科学出版社 2021 年版。

王蕾:《穿芭蕉叶的新娘》,海南出版社 2010 年版。

王献军等:《黎族的历史与文化》,暨南大学出版社 2012 年版。

王学萍:《黎族藏书》英文卷,海南出版社 2009 年版。

王学萍:《中国黎族》,民族出版社 2004 年版。

王越:《五指山传说》,广东人民出版社 1980 年版。

韦勇等:《黎学新论文集》,中国文史出版社 2012 年版。

文明英:《黎族民间文学概论》,中央民族学院民语系语言所编印 1987 年版。

吴启彦:《勇敢的打拖》,作家出版社 1958 年版。

亚根:《黎族》,中国人口出版社 2014 年版。

杨晶、吴兆萍:《海南黎族传统舞蹈概论》,南方出版社 2014 年版。

怡安:《五指山:地方传说》,中国社会出版社 2012 年版。

张隆溪、温儒敏:《比较文学论文集》,北京大学出版社 1984 年版。

张隆溪:《比较文学译文集》,北京大学出版社 1982 年版。

张隆溪:《阐释学与跨文化比较》,北京三联书店 2014 年版。

张隆溪:《道与逻各斯》,江苏教育出版社 2006 年版。

张隆溪:《走出文化的封闭圈》,北京三联书店 2004 年版。

章培恒、骆玉明:《中国文学史》,复旦大学出版社 1996 年版。

赵毅衡:《"新批评"文集》,中国社会科学出版社 1988 年版。

中国科学院广东民族研究所编印:《海南岛史》1964 年版。

钟敬文:《民间文学概论》,上海文艺出版社 1980 年版。

周启超:《跨文化的文学理论研究》,百花文艺出版社 2006 年版。

朱东润:《中国历代文学作品选》,上海古籍出版社 1980 年版。

朱光潜:《西方美学史》,人民文学出版社 1979 年版。

朱熹:《四书章句集注》,中华书局 1983 年版。

宗白华:《美学散步》,上海人民出版社 1981 年版。

二、论文

陈立浩:《黎族文学试论》,《新东方》2008 年第 11 期。

丁力:《现代生活对黎族心理积淀的撞击与回响》,《民族文学研究》1999 年第 2 期。

黄昂、卓小畴:《文化夹缝里的精神诉求》,《民族文学研究》2006 年第 4 期。

黄欣:《当代黎族文学研究论析》,广东技术师范学院 2014 年硕士论文。

马蛟:《清末至民国时期外国学者对黎族的考察和研究》,海南师范大学 2015 年硕士论文。

曲明鑫:《黎族作家文学的民族性和开放性研究》,华东师范大学 2008 年硕士论文。

曲明鑫、李默:《论黎族作家文学对黎族神话传说的继承》,《大众文艺》2011 年第 9 期。

孙海兰、焦勇勤:《黎族民间文学的特点及保护》,《山东行政学院山东省经济管理干部学院学报》2006 年第 3 期。

谭好哲:《以问题导向推进马克思主义文艺理论中国化时代化》,《文学评论》2023 年第 2 期。

王海:《黎族文化研究著述概评》,《西南民族大学学报》(人文社科版)2005 年第 7 期。

王海:《黎族长篇小说创作探析》,《民族文学研究》2010 年第 4 期。

王海:《印象与思考——当代黎族文学发展浅议》,《民族文学研究》1997年第 2 期。

王挺:《黎族的文化适应:特征、影响因素及理论模式》,华东师范大学2013 年博士论文。

吴兴明:《"理论旅行"与"变异学"》,《中外文化与文论》2006 年第1 期。

吴兴明:《迂回作为示意》,《文艺理论研究》2007 年第 5 期。

向丽:《百年来国内外黎族研究述评》,《广西民族师范学院学报》2013年第 4 期。

邢斌:《海南少数民族文学论析》,《琼州大学学报》2003 年第 1 期。

邢植朝:《黎族文学总体观》,《海南大学学报》(社会科学版)1998 年第2 期。

亚根:《海南黎族文化的特色》,《海南新使命:争创中国特色社会主义实践范例——海南省首届社会科学学术年会论文集》(下)2014 年第 11 期。

叶舒宪:《从比较文学到比较文化》,《新东方》1995 年第 3 期。

叶舒宪:《文学人类学:探寻文化表述的多重视野》,《西南民族大学学报》(人文社会科学版)2011 年第 1 期。

叶舒宪:《文学人类学的理论与方法》,《上海交通大学学报》(哲学社会科学版)2019 年第 1 期。

余治平:《全球化视野下的中西哲学对话》,《江海学刊》2004 年第 1 期。

张杨文倩:《论 20 世纪黎族作家的散文创作》,广东技术师范学院 2016年硕士论文。

赵红、陈秀云:《黎族古籍文献流散轨迹与再生性回归策略研究》,《图书与情报》2010 年第 3 期。

赵毅衡:《争夺孔子》,《中国图书评论》2008 年第 1 期。

周宪:《文学与认同》,《文学评论》2006 年第 6 期。

后　记

　　2017年我从湖北省到海南省工作,2018年就申报立项了这个项目,感谢海南省社科联的资助立项。经过5年的艰苦努力,终于完稿,推开窗户,迎着海岛的蓝天白云与落日晚风,在这个面朝大海春暖花开的季节,终于可以放松一下疲惫的心灵。

　　这个项目是在建设海南自由贸易港的背景下产生的,主要是运用民族互鉴和文明互鉴等比较文学阐释学方法,创新梳理和阐释南海区域黎族文学的意象谱系。在建设海南自由贸易港的宏大历史语境下,重新审视黎族文学与文化的历史形态及其现代传承问题,具有重要的战略意义。因为文学就是人学,一切发展的根本动力还是在于人。一个人的关键构成既在于他的体魄,更在于他的精神,而人的精神既在于他主体的思想观念和主体精神,更在于一种岁月积淀绵延下来的观念体系和文化精神。所以,按照这个逻辑结构,我们大题小做、小题大做,从黎族文学意象谱系来把握黎族文学的精神符号,从黎族文学的精神符号把握黎族文化的核心价值,从黎族文化的核心价值发掘黎族群众的思想理念,从黎族群众的思想理念和思维关系出发,进一步丰富比较文学跨民族研究实践,进一步铸牢中华民族共同体意识,进一步推进中华民族伟大复兴进程,进一步推进中国式现代化。这项研究也有利于提升海南自由贸易港建设的舆论氛围,继而增强全岛人民群众的创新动力,将外在的政策支持转化为内在的发展动力,以从根本上推进海南自由贸易港建设和中国式现代化建设,这就是本课题的学术缘起和思维逻辑。

感谢恩师曹顺庆教授的关心和指导以及曹门弟子的支持帮助。感谢海南师范大学各位校领导的关心厚爱。感谢海南师范大学文学院资助本书的出版。感谢海南师范大学人文社会科学院、教务处、人事处的协调和帮助。感谢重庆大学出版社张慧梓的辛苦付出。感谢我的博士和硕士研究生对我撰写书稿的支持。感谢我的亲人给予我的关爱。在本书撰写过程中,得到了很多专家学者的指导,感谢他们的不吝赐教。当然,我才疏学浅,本书还有很多不足,恳请各位专家批评指正。

王　超

2023 年 4 月 11 日于海南师范大学